作家榜®经典名著
★★★★★★★★★
读经典名著，认准作家榜

たけくらべ

青梅竹马

樋口一叶选集

[日] 樋口一叶 著

田肖霞 译

浙江文艺出版社

她想要他喜欢和爱自己,想着要怎样才能获得永世不灭的爱,让自己和他都度过完满的一生。

——《埋木》

这个人一笑,便有无限喜悦,这个人流一滴泪,便有万斛的忧愁。
——《埋木》

新一年肯定会有好事的。凡事都要忍耐。

——《大年夜》

若是那样,石之助就成了阿峰的守护天尊。
——《大年夜》

东睿山的春四月,树木间的樱花如同云蒸霞蔚。
——《映灭》

在樱花落下、樱树长出青叶之前,阿缝收到了三封信。

——《行云》

她唱了起来:"我怀着爱恋,要走过细谷川的独木桥,怕过桥,但若不过……"

——《浊江》

她却仿佛独自一人走过冬日万物凋零的旷野，心无所系，眼无所见。

——《浊江》

风声伴随着皎洁的月色,虫声断断续续,有几分悲伤。

——《浊江》

这时她终于流下一行泪,泪水泄露了层叠的忧伤。
——《十三夜》

她微笑道:"既然这样,阿吉,我想和你约定,等你出人头地,也给我做衣服。"

——《岔路》

他烤着火,悲叹自己的身世。
——《岔路》

看清了门外的人,美登利的脸红了。
她的心跳变得急促,就像出了一件大事。
　　　　　　　　——《青梅竹马》

一个结霜的早上，有人把一枝人造水仙花从格子门外插在门上。
虽然不知道是谁留下的，美登利不知怎的心生依恋。

——《青梅竹马》

目　录

导读 / 01

小说 / 001

　　埋木 / 003

　　大年夜 / 037

　　行云 / 055

　　浊江 / 070

　　十三夜 / 105

　　岔路 / 123

　　青梅竹马 / 135

　　破灭 / 189

日记 / 227

　　蓬生　本乡菊坂町时代 / 229

　　尘中　下谷龙泉寺町时代 / 287

　　水上　本乡丸山福山町时代 / 327

樋口一叶年表 / 403

导读

在日本，提起樋口一叶，所有人都知道她是五千日元纸币上的女作家。她的形象登上纸币是在2004年，随着2024年日币改版，她将从纸币"退隐"。不过，樋口一叶留下的文字并不会随着外部世界的起伏而变化。那些小说如同历史长河里沉淀的沙金，总在那里，只等有心人伸手打捞。

稍微熟悉日本文学史的人，无论国籍和母语，都会对樋口一叶短暂贫穷的一生产生感慨。她生于十九世纪晚期，与年代稍早的艾米莉·勃朗特、安妮·勃朗特一样，死于肺结核。短短二十四年的生命历程，她留在身后的作品有小说、随笔、日记与和歌。今天对她的评价主要是关于小说的。二十二篇小说当中相对成熟的作品都诞生于她的人生的最后阶段，所谓"奇迹的十四个月"。

考虑到国内的读者未必了解樋口一叶的生平，在此先做一番介绍。

樋口一叶的祖父一家住在甲斐国山梨郡中荻原村，务农为生，家境尚可。她的祖父樋口八左卫门跟着村里的住持念过书，自号"南乔"，写俳谐、狂歌等,在农耕之余教村里的孩子写字,还给不识字的农民做代笔。

樋口家长子大吉成人后,和青梅竹马的恋人古屋彩芽的恋爱受到对方家庭的反对。古屋家同样是农民,但家境比樋口家要富裕一些。大吉讨厌务农,加上彩芽怀了孕,两人在安政四年(1857年)私奔到了江户,也就是现在的东京。这时大吉27岁,彩芽23岁。大吉丢下家业离开,樋口家由他的弟弟喜作继承。

大吉和妻子之间一共有五个小孩。这对夫妻多次更换名字,此种做法在当时的日本很常见。在第三个孩子奈津(后来的樋口一叶)出生后,大吉改名为则义。至于妻子彩芽,离乡后常用的名字是多喜。以下就用则义和多喜称呼他们。

到了江户,多喜生下长女藤,将女儿暂时送给别人抚养,她到本乡汤岛的旗本稻叶大膳的家里(旗本是有面见幕府将军资格的大名),给他家刚生下不久的养女阿矿当乳母。则义通过同乡的前辈真下丞之助的介绍,在番书调所(江户幕府直辖的西方学问研究教育机构)做低级职员。可以说这对年轻夫妻从抵达江户之初,就怀有出人头地的梦想。小两口努力赚钱和储蓄,在庆应三年(1867年)也就是他们离家的第十年买了幕府直参的武士身份。然而紧接着第二年就是明治元年,没落士族纷纷流散,在时代的激变中,则义的身份从幕臣变为东京府的下级官吏,算是"转型成功"。

则义和多喜生了三个儿子,活下来的是泉太郎和虎之助,另一个在生下后不久夭折。明治五年(1872年),二女儿奈津降生。奈津常用的名字是夏子,她在日记的署名也经常是"夏""夏子"。樋口一叶是她自己取的笔名。以下用一叶称呼。

一叶家经历过许多次搬家,他们全家在一起并且生活最安定的时期,是她4到9岁之间,住在本乡六丁目的时期。那是一栋则义买下的大房子,位于东京帝大红门对面,与法真寺接壤。她4岁那年,则义辞职从事不动产买卖和金融业(高利贷),樋口家的家境此时相对殷实。则义完全不上班的日子只持续了一年,后来边上班边放贷。到她9岁的时候,则义卖了房子,到警视厅警视所工作,回到月薪二十元的官吏生活。

明治十年(1877年),5岁的一叶就读本乡学校,不久退学。一种解释是,因为她过于年幼;另一种是,则义对公立教育不满意。同年秋天,一叶进入私立吉川学校,三年半后转入私立青海学校。明治十六年(1883年),她11岁,以第一名的成绩从小学高等科第四级毕业,前后加起来一共念了五年半的书。则义想要让她继续读书,多喜反对,认为女孩子不用学那么多学问,该学针线活和家务。在父母一番争执后,一叶从学校退学。她在后来的日记中写过,"不上学让我难受像死了一样,但终于还是停学了。"

则义并没有彻底放弃对一叶的教育,先是让她以通信的形式请和田重雄指导和歌,又在一叶14岁那年将她送入中岛歌子的歌塾荻之舍,学习和歌、千荫流的书法,以及古典。荻之舍的学生多是华族的夫人小姐,因此,一叶和另外两位"平民组"的伊东夏子、田中美浓子关系相对密切。荻之舍有和歌的品评会,从这时起,一叶的和歌就经常在众人当中领先。

明治二十年（1887年），一叶15岁，大哥泉太郎因肺结核病逝。此事给全家巨大的打击。明治二十一年（1888年），一叶成了家中的户主，则义担任监护人。这一年发生了一件事，可以说是一叶立志从事文学的激励事件。她在荻之舍的师姐田边龙子（后来的三宅花圃）为筹措其兄长的葬礼费用，在20岁的年纪写了小说《树丛莺》，在金港堂出版，得稿费三十三元两角。

一叶17岁那年，则义过世，接着婚约对象涩谷三郎悔婚。从樋口家的角度看，涩谷此举是背信弃义，一叶也从未原谅过对方。两年后，涩谷重新向一叶求婚，被一叶拒绝。

涩谷三郎后来在新潟裁判所担任检事、判事，赴德国留学归国后，又担任东京控诉院判事、秋田县知事、山梨县知事、早稻田专门学校校长等职，可说是一路顺遂。他于昭和六年（1931年）去世，时年64岁。

明治二十四年（1891年），19岁的一叶正式决心写小说，希望能靠稿费改善窘迫的经济状况。父亲过世后，母女三人每个月的开销将近八元，光靠她们做缝纫和手工赚钱是很艰难的，何况还有父亲生前欠下的债务需要偿还。也就是在这一年，她经朋友介绍，认识了在《东京朝日新闻》担任记者并连载小说的半井桃水。

研究者大多将桃水作为一叶破灭的初恋来看，至于两人之间的实际关系则是众说纷纭。本书中收入的日记从明治二十四年起，对两人的交往有详细的记录。不过，一叶的日记有创作的成分，其中有省略，也有变形。

总之，正是由于邂逅桃水，一叶正式走上了小说创作的道路。她的第一篇小说《暗樱》发表于桃水创办的《武藏野》第一期，其后又在该杂志陆续发表作品。《武藏野》只发行了三期便夭折，一叶的小说这时尚生涩，并未获得多大的影响。

明治二十六年（1893年），因为家境愈发窘迫，加之一叶打算脱离"糊口的文学"，和家人商议开店。她们从朋友处借钱租了下谷龙泉寺町的房子，开了一间小店。店里售卖零食、杂货和玩具，进货由一叶负责，妹妹在家做针线活儿并看店。

这一年的年底，拿到二月刊载于《都花》的《晓月夜》的稿费十一元四角，一叶原以为是十元，格外惊喜，便带了钱和母亲一道去看望稻叶矿。稻叶家是三代将军德川家光的乳母春日局曾经嫁入的世家，在明治后期是两千五百石的旗本，一叶的母亲多喜在他家当乳母那会儿，阿矿被称作"公主"。对樋口家来说，阿矿是没有血缘的亲戚。进入明治后，阿矿接替户主，入赘的丈夫稻叶宽做生意失败，家道中落，宽只能当人力车夫和苦力来维持生计。稻叶家的现实也反映到一叶的小说中，《十三夜》的高坂录之助明显有稻叶宽的影子。

明治二十七年（1894年），关掉店铺并迁居本乡丸山福山町的一叶迎来了文学创作的高峰期。她陆续发表了《大年夜》《浊江》《十三夜》《青梅竹马》等作品，一举成为文坛最受瞩目的女作家。好几家杂志的编辑常到一叶家拜访，她家逐渐成为沙龙般的存在。另一方面，因为一叶发表作品主要在同人杂志《文学界》，并非每次都有稿费，樋口家的家境仍然不佳。

拥有了文名、文学圈熟人的一叶,并未因此志得意满,她清醒地认识到,作品受到高度评价,很大程度上和自己的女性身份脱不开关系。

因罹患肺结核,一叶于明治二十九年(1896年)十一月二十三日去世。

关于一叶的生平简介如上,下面谈一下她的作品。

明治二十五年(1892年)三月发表在《武藏野》的第一篇小说《暗樱》讲述的是少女的暗恋。16岁的千代和22岁的邻居良之助自幼青梅竹马,千代自以为把对方当作哥哥一般。两人去逛摩利支天的庙会,偶遇千代的同学,被调侃了一句"郎情妾意",千代惊觉自己心中的感情,从此一病不起。故事的结局,千代的生命已如风中烛,她留给良之助一只戒指,一句"明天和你道歉"。这篇小说整体较为稚嫩,本书未做收录。

同年十一月发表在《都花》的《埋木》,是一叶首次拿到稿费的小说。《埋木》讲的是萨摩烧陶画工入江籁三兄妹的故事。兄妹俩一个迂腐固执,追求艺术;一个内心纯善,暗藏激烈。这对兄妹邂逅了籁三从前的师弟,被卷进一场阴谋,走向悲剧。此时一叶尚未脱离受王朝文学以及和歌影响的文风,遣词华丽,多用排比句。籁三的人物形象很可能是以一叶的哥哥虎之助为蓝本。

到了明治二十七年(1894年)十二月发表于《文学界》的《大年夜》,一改早期过于矫饰的文风,叙事方式变得简洁有力。所有情节被放在同一天,有研究者认为此写法受到井原西鹤的影响。主人公阿峰在悭咨的山村家做女佣,她的舅舅生病,一家陷入困窘,阿峰想要在大年夜向太太借两元钱,却被拒绝,于是决心铤而走险。山村家的浪荡子不知是有意还是无意地扮演了阿峰的拯救者,故事留有余白,引发读者的想象。不难看出,经过下谷时期开店生活的磨砺,一叶不再专注于美学,而将视线投注到穷苦人的身上。

日本的研究者将一叶的创作高峰称为"奇迹的十四个月",这段时期始自《大年夜》。此后,一叶的小说有了质的飞跃。

《行云》发表于明治二十八年(1895年)五月,看得出中日甲午战争的背景。一叶后来写过《通俗书简文》,在这个短篇里,书信也起到了重要的作用。在东京亲戚家借住的年轻人野泽桂次对主人家的女儿阿缝怀有恋情,阿缝因为要面对严苛的后妈和冷淡的父亲,习惯了掩藏心情,总是风波不惊。桂次在乡下的养父其实是他未来的岳父,他全靠岳父家资助才能拥有东京求学的生活,被乡下写信催促,只能回去成婚。在桂次的身上,不难看到涩谷三郎的影子。男人追求现实的名与利,女人却只能在现实的夹缝中生活。从《大年夜》到《行云》,一叶小说中的嘲讽性也变得愈加锋利。

明治二十八年(1896年)九月刊载于《文艺俱乐部》的《浊江》,被看作是和《青梅竹马》接近的力作。文中着力刻画了陪酒女这一"特殊职业"的女性形象,阿力和她的同伴们表面光鲜,内里有不为人知的惨痛。因为阿力失去家财并落到社会底层的源七,对妻子恶声恶语,是典型的心智迷乱的青楼客。在一叶之前,作家们纵然写到青楼生态,总是从男性视角出发,这是日本文学史上第一次出现从女性角度对卖笑营生的书写。

《十三夜》在明治二十八年十二月发表于《文艺俱乐部》的临时增刊《闺秀小说》，又是一部从女性视角出发的作品，主题是离婚。普通人家的女儿阿关嫁给高官，婚后生活不幸，在阴历九月十三的月圆之夜回到父母家，提出想要离婚，却被父亲以种种现实理由劝退。回家路上，她所搭乘的人力车的车夫正是小时候暗恋的男子。就像《大年夜》的主要情节发生在一天之内，《十三夜》的过程凝缩在一夜，巧妙地勾勒出明治的家长制度和附庸于男性的女性的地位。

明治二十九年（1897年）一月刊载于《国民之友》的《岔路》是一部短而有力的作品，以不到六千字的篇幅描述了穷困中的男女对"出人头地"的取舍和态度。一叶特别善于描写男女之间若有若无的情愫，读来回味悠长。

几乎所有评论家和读者都会同意，《青梅竹马》是樋口一叶最好的小说。这部作品最初断续连载于《文学界》（和现在日本的文学杂志《文学界》只是同名，并非同一刊物），从明治二十八年一月到二十九年一月。

故事的主人公是几名少男少女，虚岁14岁的美登利，比她年长1岁的信如，比她小1岁的田中正太郎。美登利和父母还有姐姐共同生活在吉原妓院大黑屋的宿舍，姐姐大卷是花魁（头牌妓女），美登利因此零花钱不断。她出手阔绰，在一起玩的孩子们当中树立起了女王范儿。寺院住持的儿子信如显得内向、阴沉，与他相反，生在高利贷放贷者家庭的正太郎性格开朗，整天和美登利黏在一块儿。尽管信如素来冷淡，美登利对他有着极为浅淡的、连自己也不分明的情感。故事从夏天的千束神社庙会到十一月的酉市，美登利身边和她自身的变化贯穿全书。读者以旁观的角度，一眼望尽少女美登利被局限的命运，等待她的，将是和姐姐一样置身青楼的未来。一叶用伤而不悲的语气侧写了无法挽回的"儿童的时间"，字里行间充满了花街吉原的呼吸。

明治二十九年四月，发行量大的杂志《文艺俱乐部》全文重刊《青梅竹马》。同月，森鸥外、幸田露伴、斋藤绿雨在《觉醒草》的评论专栏"三人冗语"对《青梅竹马》做出高度好评。可以说，从此，一叶在文坛的地位彻底确立，然而留给她的时间已然不多。

明治二十九年五月刊登于《文艺俱乐部》的《破灭》，是一叶最后的作品，讲述了母女两代人的悲剧。与四郎的妻子美尾爱慕虚荣，抛下丈夫和年幼的女儿，不知所终。受此刺激，与四郎辞去公职，成了放贷的商人。他于50岁去世，留下大笔财富给女儿町子和入赘的女婿金村恭助。恭助很少在家，町子常守空宅，内心落寞无处排遣，除了和婢女们闲聊，有时把关注放在家中寄宿的书生千叶的身上。其实，恭助在外面有情人，私生子也已长到11岁。他听闻妻子与书生的绯闻，将町子赶到别院。故事的原型来自一叶在荻之舍的同学，应该做了艺术上的处理。可以看出，这个中篇更像是长篇的雏形，有许多未尽之笔。

此外还有一部残篇《里紫》，明治二十九年二月刊于《新文坛》。从仅发表的上章看，讲的是杂货店店主的妻子阿律对丈夫撒了谎，去见情人，在路上产生的心理纠葛。考虑到明治时期仍有通奸罪，小说后半的发展着实难以预期。濑户内寂听在1996年出版的《我的樋口一叶》中,模仿一叶的文体对这篇小说做了续写,不过行文气质毕竟各有千秋。

总的来说,一叶的小说浸透了无法发声的女性的悲凉。明治近代的社会存在种种无言的高压,来自父权、男权社会的,与贫富差距有关的,这些都被一叶的笔尽数描摹下来,清晰可见。

当我们谈论作家的时候,一方面会注意到"写什么",另一方面则是"怎么写"。

一叶的文体相当独特,其间经历了明显的变化。处女作《暗樱》用了雅文体,夹杂和歌,有装饰过剩的趋势。到了《大年夜》,其叙述风格有质的飞跃,是她后来标志性的"雅俗折中体",具有很强的音乐性。《岔路》因为对话较多,读来最为平易动人。不知为何,到了《破灭》,整体又有些往雅文的方向走。

二叶亭四迷从明治二十年(1887年)开始连载的《浮云》,标志着日本言文一致运动的兴起。一叶只写过一部口语体小说,明治二十八年(1895年)的《这孩子》。叙事由婚后三年的年轻妻子"我"的独白构成。性格刚烈的"我"嫁给法官,夫妻不和,做妻子的一心盼着孩子死产,自己可以回娘家,结果孩子顺利出生,"我"因此感觉到了活着的快乐。全文以快乐的语气表达出对婚姻关系的反讽。至于采用这一文体,很可能是应约稿的《日本乃家庭》的编辑的要求,也可看出一叶在写作上的探索。《这孩子》与一叶的其他作品相比,显得比较普通。不过可以想象,如果一叶能活更久,她的文字风格也一定会有更多的改变。

一叶的日记在她的创作中占有很大的分量。现在能读到的，除了明治二十年（1897年，一叶15岁）的一册，其他的从明治二十四年（1891年）四月起，到她去世那年，明治二十九年（1896年）七月，正好和她开始走上文学道路及至绽放光芒的时期重合。本书选取的是与创作和生活重大事件有关的部分。需要提请读者注意的是，一叶的日记往往不是当天记下发生的事，而是基于备忘录，一次将过去的一段时期写完。她的日记可以看作某种意义上的私小说，有个人想象和装饰的成分，也是她内心情感的曲折体现。

此次翻译的原书用的是小学馆的版本。樋口一叶的小说在刊载当时就有杂志重刊的，她会在第二次刊载时做细节修改，小学馆采用的均是最终发表的版本。

关于篇目的选取，主要参照1962年人民文学出版社《樋口一叶选集》（萧萧译），小说部分，选择了"奇迹的十四个月"中的七篇和早期的一篇。在编排上，按当初全文连载完的时间先后为序。另外，日记部分比人文社版增加了近二十篇，为的是让读者能对一叶有更多了解。萧萧老师的翻译珠玉在前，我作为后学晚辈，只能尽自己的努力，做到更为合乎当代读者阅读习惯的行文。

樋口一叶的原文很少有分段，通常一整个章节仅一段，句号也非常少，且对话无引号。如果完全忠实原文的行文格式，读者很容易疲倦，对此在翻译时也按当下的阅读习惯做了调整。

前面也提到过，一叶的写作并非白话文，即便对现代日本的读者来说，阅读樋口一叶也不是一件容易的事，读者大多通过各种版本的现代文译文来接触她。此次翻译的过程中尽力研读原文，遇到难解之处，多亏有若干现代日文翻译可供学习。有趣的是，同一篇文章在不同现代文译者笔下的呈现往往大不相同，有些地方是个人理解的差异（除了字词的含义，还有哪些地方是对话，哪些地方是心理活动），更主要的则是译者的文风差别。

在这里需要写一下给我许多帮助的诸位。高桥和彦的《完全现代语译樋口一叶日记》是让人钦佩的心血结晶。至于小说部分，菅聪子编辑的《樋口一叶小说集》是原文加注释的集子，不仅对许多时代名词做了解释，还用明治时期的若干图录做了插画，让现代读者对旧时风物拥有直观的了解。《现代语译樋口一叶》收入《行云》《青梅竹马》《大年夜》三篇，译者是身为和歌歌人的秋山佐和子，译文流畅，浅显易懂。其他参考书也在书后列出，本身有日语基础又对樋口一叶有兴趣的读者不妨找来阅读。

此次为翻译这本书，在长达十个月的时间里，我得以和一叶的文字朝夕相处，是难得的体验。一叶原文的节奏感和音乐性，或者说"呼吸"，希望其风骨和气质仍在，能让读者对这位早逝的天才有个直观的感受。

田肖霞

2020 年 9 月

小 说

埋木[1]

第一回

以一支笔，描绘出五百罗汉十六善神，空中筑楼阁，神思绕回廊。三寸的香炉、五寸的花瓶上，绘有日本本土和中国的人物，或带有元禄[2]风格的优雅，或梳着上古的高髻。细致地刻画武士铠甲的连线，选取官员衣裳的纹样，用极尽华丽的花鸟风月绘制装饰带，再画上楚楚的高山流水，让景色随心呈现，色彩浓淡相宜。映在不懂得点砂[3]有多繁难的外行人眼里，都让人惊叹出声。画出这些的入江籁三却索然无味，放下笔，屡屡感叹萨摩烧的衰颓。说到萨摩，这世道就连萨摩鲣鱼干的要价也格外高一些[4]，然而彩绘描金的萨摩陶器却没落了。

---

[1] 埋木指的是长时间埋于地层中变成化石的树木。——译者注，下同。
[2] 日本的年号，1688—1704年。
[3] 萨摩烧彩绘的技法之一，在器物表面绘出细密的突起，有立体感。
[4] 鲣鱼干削成薄片是木鱼花，日式高汤的重要材料。萨摩的土佐鲣格外有名。

回顾往昔，天保[1]年间，苗代川的陶工朴正官有感于当地缺乏彩绘描金的能人，他虽是个年仅16岁的少年，却奋起勇气千万丈，游说长官，向藩政府请命，请了两位老师来到竖野[2]，吃尽苦头获得真传，其后磨炼了数度春秋，直到安政[3]初年，终于在田之浦陶场让绘画窑开花结果，其间经历的刻苦与艰难数不胜数。前人的余荫之下，自己生在有美术奖励制度的今天，光是在东京这一地，就有两百多名陶器画工。这些人当中，没有人打算钻研技术，让日本自古以来的技艺之妙抵达万里海外的蓝眼睛，他们即便拿起笔练习，心里也尽是小利小欲。在他们看来，美不过是赚钱的工具。

吉原和洲崎的青楼也是美的，那儿歌舞喧嚣，品川也有不错的姑娘。他们嘴里哼着三弦的节拍，一脸自得地随手乱画。总之，人生在世讲的是钱，即便画技高超，最后也是看成交价，只要做出批发商喜欢的东西就好。这话不知是谁说的！

就是因为这般，陶器生意被卖国的奸商们左右，价格不断被往下压，本就薄的利润越发低微。然而陶画工们仍未醒悟，只觉得这样不合算，于是克扣时间削减费用，粗画滥描，本该画一件器物的工夫画了十件，或是敲醒刚坐在绘画台前、学习的时候都在打盹的小学徒，让其帮忙画器物的口沿和下腹，这样胡乱画出的洒金和点彩，就像擦过颜料的抹布上的脏污，别提一个"美"字，简直是丢脸。

---

1 1831—1845年。
2 竖野窑是萨摩藩的官窑。
3 1855—1860年。

这样下去不消十年，萨摩烧有可能沦为今户烧[1]的同伴，在粗陶店里落满灰尘。也不是所有陶画工都傻乎乎地认不清形势，但他们认为，时势如水决堤，靠我等去堵是堵不上的，不如先在高处观望。他们一手托腮，不知屁股该坐在哪边，心性游移不定，明明是自己不热心，却说，不顺遂就像地震或雷鸣一样毫无缘由。走投无路时，他们只会迁怒老天。老天爷可真冤。

不过这也是有道理的。陶画工们无非是我国几十万子民的成员，尽管天皇的关心照拂到百姓的炊烟，但老百姓们哪懂这个，只把日本的名誉揉成一团，扔进簸箕的角落。在世间，这乃是寻常事，犯不着为此生气。

可是，我有我的理念。既然我走了握笔这条路，你可以笑我狂，说我傻，就算你拿黄金千万来换，我也不改此心。怀着这份心意磨炼技艺，在这将轻佻浅薄的人唤作才子的明治时代，坚毅的价值有多少，热情的结果能怎样，我们陶画工的道路究竟在何处，别人又究竟怎么看——无论如何，我要做出让自己满意的作品，让我入江籁三之名留在陶器的历史上。虽然心里这样想，以赤贫之身空怀壮志，已有若干年。这般下去，胸中的蓝图究竟要画在什么材料上，又要到何时才能描绘？我真恨，此恨入骨。

——想到这里，籁三握紧右拳，手腕抖个不停，胸中如沸，热泪盈眶。他虽然没有对外界发出悲愤之声，然而不知是谁给他取了

---

[1] 产于东京浅草的素烧陶器，价廉，日常使用。

个外号，叫作"愤世先生"。他常成为别人酒席上的谈资，却少有人来叩响他家的柴门，他没有朋友、弟子和妻子，只有一个叫阿蝶的妹妹和他一道住在高轮如来寺前的家。这是栋简陋的房子，篱笆上爬着牵牛，檐下吊着蚊香，兄妹俩过着柿汁蒲扇[1]相伴的日子。

第二回

都说十六七岁是看到树木落叶都忍不住笑的年纪，但生在贫家，月与花皆催人泪下。与阿蝶年纪相仿的少女们穿着新染的单衣，系着流行的腰带，摇曳生姿。有的姑娘细看并不美，她们搽了让人美三分的粉，把睡得翘起来的头发反复地梳直，加了垫发和假发髻，让头发蓬起来，做出个美人的姿态，打扮得漂漂亮亮地在黄昏去寺庙参拜，和她们擦肩而过时，飘来的风带着香水味。她们是去乞求什么呢，神佛也为她们头疼吧。

和她们相比，反观自身，阿蝶并不自惭形秽，但也不怎么高兴，她穿着洗旧了的单衣，不自觉地夹紧了双肩，小跑着经过排在路边的庙会摊子，并不多瞧一眼。她急着赶路，心里只想着哥哥。

我既不求富贵也不求荣华。若能将我这辈子该有的运气尽数转

---

1 将尚未成熟的柿子果实碾碎榨汁，发酵后得到红褐色的半透明液体，涂在蒲扇的扇面上，可以防蛀。这里用作贫穷生活的象征。

给哥哥，让他的技术能被世间承认，让他一心磨炼的愿望得以实现；此外，若能让其他那些看不起哥哥的画工向哥哥磕头认罪，如此一来，家中佛龛里二老的牌位也增了光。为此，哪怕我比现在更加衣衫褴褛，腰系破绳，都无妨。

这些就是阿蝶的愿望。她刚把在家做的手帕送到商人那里，直接就来了白金台据称特别灵验的清正公[1]这里参拜。她每天都来，却没有告诉哥哥。要是和他说，他会把画笔一扔道："这份追求艺术的心，我倒还不如你了！"

参拜过后回家，她惦着家里的情形，一颗心和双脚都急急忙忙。途中的一条小路上，人群聚集。管他是打架还是偷盗，她不想被波及，正打算绕过去。这时，有阵哭声从众人的衣袖底下传入她的耳中，她不觉驻足观望。

该说是贫穷无止境吗，只见那是个50多岁的老女人，看上去比阿蝶还穷上一倍。她的眉眼皱纹丛生，却显得优雅，大概从前有什么来历。可怜的是，她正把头磕在摊子的角落里，翻来覆去地道歉。是个卖现烤点心的摊子，摊头摆着一排铜板。她道歉的对象是个30多岁的胡子蓬乱的男人，看着就凶神恶煞的。他身上的单衣敞着怀，正在边跺脚边吼，吼声震耳欲聋。

这世道，人人都是因钱结仇。有些人原本关系和睦，并非那种会吵得脸红脖子粗的关系，其中一方受了另一方的恩惠，起初再三

---

[1] 位于港区白金台的最正山觉林寺。

拜谢，结果没想到借钱的一方还不上钱，落到社会的底层，动弹不得。约定还钱却没钱，羞愧之下，欠债的便装作不在家，到后来甚至撒些言不由衷的谎，拖上一个月，然后又是半个月，那之后仍是没有着落，走投无路，便挑个月黑风高夜，在债主家的围墙外双手合拜，不顾情义和名誉，就此潜逃。

这个老女人看来也是这般情况，她像怕人听见似的羞愧地小声解释，边说边哭。虽然没全听清，从其破碎的句子大概知道，她家作为顶梁柱的女儿生了病。她用揪人肺腑的悲伤声音说道："只要等那孩子康复了，就会有法子的。请再宽限些时日。"阿蝶本就是个爱哭的女儿身，况且穷人的悲哀，她不是不懂，听着这番话，她觉得就像在说自家的事。

然而那个男的根本就不听，说道："虽然根本不够抵债，你拿这个摊子来赔吧。"老女人合掌作揖道："要是没了摊子，我和女儿从今往后就没法糊口。还请您发发慈悲。"男人却狠狠打了她的手。

阿蝶想，这家伙真讨厌！他看起来手头并不吃紧，而且身强力壮，也没有生病，可他毫不体恤家里有病人的老人是多么的困苦，简直如同恶鬼和夜叉。真想用钱抽在那张脸上，拯救老太太。可我做不到。打开钱袋，里面空空如也。真是气人，真是可怜。

她无比遗憾地想着，望向黑压压的人群。哪怕这中间有一位有怜悯心的人也好。正当她这么叹息的瞬间，一名男子从阿蝶的身旁擦肩而过，毫不迟疑地走了出去。她不及反应，只见那名男子按住了恶汉高举的手肘，微微一笑。众人一惊，都将视线投向他。那人是位二十八九岁的年轻绅士,白单衣外罩黑绢外套,腰带间不经意地曳出一节怀表的金链子,其形容温厚,举止优雅,有种无法言喻的俏皮劲儿。他看向老女人,礼貌地说:"我是个过路的,虽然不清楚原委,不过,对方是女的,又是老人,有时候难免失礼。您看,她已经都那样道歉了,这路上人多眼杂,一会儿要是巡查过来了,您的身份也不合适。就让我来做个调解,如何?"

他的态度柔和如柳。胡须男从鼻子里笑了一声。"你一个外人管什么闲事!如果道歉有用,我早就算了。如果你想听一下我为什么不接受道歉,我就讲给你听。我们把房子租给这个女人,给她遮风挡雨,已有两三个月,是她的大恩人。然后被她巧言说动了,一下子借了五元钱给她。毕竟是生意,讲好了一个月两毛五的利息。不管是天翻地覆,还是独生女要病死了,我们既没答应过缓几天,也没答应过能少还钱。可她这么哭哭唧唧,我就算是佛,耐心也有限。我现在连利息都拿不到,所以我能拿多少是多少,把这个摊子收走,也不算不讲理。"

年轻男人哈哈地高声笑了。

"我以为是什么事呢,原来花钱就能解决。那就简单了。你刚说外人别管闲事,可既然四海之内皆兄弟,我来出这个钱。"

说着,他在钱夹里翻出一张五元钞,一枚一元硬币。

"虽然不够,不过我现在只带了这些,你既是租房子给人遮风挡雨的大恩人,能否网开一面?"

他的态度依旧温和,然而有个爱夸张的看客小声说,要是对方说个"不"字,他那雪白的拳头可就要挥出去了,胡须男说不定会被打趴下。

汉子抢过钱,塞进怀里,摸出几张收据,那上面印的字是许多人的泪水的源头。他找了半天,找到对应的名字。

"好了,确实给你了。要说不够,的确还差得远,总之比拿不到要好。这就算一笔勾销了。老太婆你赚大了。你找到了一座好靠山,今后可以借不带利息的钱了。虽然不关我的事,但我倒还是担心慈善家往后怎么过。"

他冷笑着掸了掸衣服上的尘土,既不道谢也不羞愧,分开众人离去。不可思议的是,他前行之处,大地并未裂开,也没有石头绊他的脚。

老女人向年轻男人道谢,他不肯细听。"没什么,区区小事。我正好有钱,所以能帮到你,要是没钱,我和你并无差别,有一天也会站在困难的深渊前。这世上浮沉乃是常事,如果要道谢,就等你有朝一日富裕了,我自会去问你要。在那之前,这钱就当是寄放在你处。不,我的名字不值一提,就此别过。"

他从老女人的手中把衣袖一抽,悠然远去。人们目送那背影,觉得光明灼眼。

第三回

入江籁3从13岁拿起画笔，如今已有十六年。他在陶绘之道上一心一意，视富贵如浮云。然而唯有一项，即难舍追求名誉的心。胸中常燃好胜之火，本该高悬的心之明镜，有此一点阴翳。可要让他为此趋炎附势，除非投胎重来，否则他是做不到的。他绝对不肯主动求人，随着他那固执的名声越来越高，更是全身浸满了忍耐和顽固，对于不肯容纳自己的世间，他渐渐不予理会。"看吧，我有的是技术，总有一天会扬眉吐气。"他说着这番无人听的大话，聊以自慰。陪伴他的只有贫穷，而贫穷正是万事的阻碍。他扬眉吐气的日子何时才会来呢？或许和弥勒现世同样遥远。这念头让他心怀不甘，时常夜不成寐。

　　一夜无眠之后的某个清晨，他看到后院草丛上的露珠，忽然忆及先师，便立即准备去扫墓。他随手折了几枝篱笆底下的夏菊，阿蝶让他待会儿走，他也不听，没吃早饭就出了家门。

　　老师的墓地位于伊皿子，在台町，离他家不太远。泉岳寺旁边的树篱绿油油的，他走过树篱旁洒过水清清凉凉的小道，那上面留着帚痕。他用力踩着磨损的木屐，趿拉趿拉地走着，嫌和服下摆碍事，便卷了起来，毫不在意地露出赤裸的小腿。

　　籁三是个小个子，面容并不丑陋，皮肤黝黑，瘦骨嶙峋。他有着高鼻梁，紧抿的嘴，目光锐利，整个人有股沉郁之气。他身穿藏青色萨摩棉布的旧单衣，系着白色兵儿带[1]。看那雄赳赳的样子，仿

---

[1] 兵儿带是柔软面料做的腰带，容易松脱，不适合出门行走。

佛他的怀里装着给政府的建议书似的，而他右手举着的夏菊的颜色，却显出几分温柔。

　　用心看去，眼中所见之物，皆是陶画的颜色。肌肤明丽、穿米泽薄绸的美女站在细格子门前，系着黑缎腰带，风姿绰约，芙蓉面上画了淡妆，杨柳发间插了髻簪[1]。籁三不禁丢了魂似的盯着美女看，心想，这就是美，我想让她做我的朋友，将她追求这份美的心移到我的陶画上。女人想，这人真讨厌。她赶紧逃进门去。籁三意识到自己止不住的念头很可笑，并不回头看女人，又走了五六步，遇见一个3岁的男孩迈着不稳当的步子跑来。男孩穿着无袖单衣，衣服上的花纹是菱格形的篱笆与菊花。籁三想，回头在香炉上画一圈这个花纹，也好看。客人的要求是龙田川[2]的纹样，可既然是交给我来画，按要求画也太憋屈了。

　　除了听已故的老师的话，他人的意见向来入不了籁三的耳朵。他讨厌因为贫穷而屈从。阿蝶因为有这样一个哥哥，没法像其他年轻姑娘一样，只能每天尽操心柴米油盐。想到阿蝶，籁三也没法摆出哥哥的谱，而阿蝶像是放弃了嫁人的打算。不过，一旦时来运转，阿蝶总有一天会过上好日子。就算她住进带大门的房子，出入坐的是刷了黑漆的长包车，被人称作"夫人"，那也没什么不可思议的。嗯，比起房子的大门，更要紧的是，要找个出色的人物做她的丈夫。

---

1 这段描写出自白居易的《长恨歌》，"太液芙蓉未央柳""芙蓉如面柳如眉"。
2 流水与红叶。

籁三正思索着妹妹的未来,忽然间一抬头,只见面前是道大门,和他想象中的一个样,门边的名牌上写着"篠原辰雄"。他想,这房子真气派!不知主人是个怎样的人,是什么身份。如果此人心怀爱国的理想,我说不定可以和他促膝谈心,聊一下日本传统美术的衰颓,我们陶画业界的疲软。

他把愿望寄托在素不相识的人身上,并未意识到自己的念头近乎癫狂。他胡思乱想着,不知不觉爬上了坡。穿过寺门,僧人还在睡懒觉,尚未响起念经声。在自然的寂寥当中,晨风吹拂松树,沁入身心,那感觉难以言喻。他绕过正殿,往背后的墓地走,刚经过排列着水桶的功德井时,忽听有人叫道:"入江先生,请等一下!"

那声音似曾相识。籁三转头看去,只见一名男子飞奔过来,尚未开口便伏在地上。他吃了一惊,心想:怪了,这是谁?那人在他脚边缩成一团,说道:"您忘记我了吗?还是说,我偏离人伦,您不愿意和我说话?您一向正直无瑕,对您,我曾犯下了过错,没脸见您,也无话可说,如今我已经悔过并改正,这并非自以为是的辩解,我会用忏悔来赎罪。除了您,我没有旁人可以讲。看到既是师兄又是旧友的您,我来请求——"

那人头也不抬地道着歉,后领清清爽爽,耳朵背后有两粒黑痣。籁三想,原来是他,模样虽然变了,这家伙是新次。先师格外宠爱他,还想认他做养子。他谎称要买素陶,从老师那里得了一大笔钱,就此不见了。老师临终时,他也没出现。这家伙不是人。到如今他跑这里来了,真烦。什么师兄弟,好生失礼!

籁三的眼角眉梢露出天生的坏脾气，他也不听对方的话，便说："我不想听，你住口！倘若是师兄弟，那就如同兄弟，有话说，有训斥，有责骂。可你我之间没这层关系，我们是素不相识的外人。我入江籁三是个洁身自好的人，你别把我叫作朋友。听着让人不快。你让开，别堵那儿。我这刚摘了带着露水的花，打算上坟，花要是凋谢了就可惜了。"

　　他简短说完，就要走过去，对方慌忙扯住他的衣角。"您的话没错，可我听着难受。您责骂我吧，训斥我吧。我知道自己有罪，您如果教训鞭打我一顿，我都是心甘情愿的。可您这番话，像是不认识我，要把我扔下。从前的入江和现在的入江，是换了个人，还是换了颗心？还是说，我到现在为止都看错您了？我把您看作是老师的替身，要向您道出改邪归正的事实和谢罪之心，可您却说了这番话——"

　　对方刚说到一半，籁三回头道："闭嘴！"

　　这一嗓子满是郁闷之气，其声势，若是撞到什么东西，能给撞裂了。他的嘴唇簌簌颤抖。他生来不善言辞，此时愈发口拙。

　　"新次，你不是人，你不知恩，不知义，不懂做人的道理。你不懂得忏悔，反而来批评我？你是在批评我吗？我籁三过去和现在都心怀正义，走在正路上，没有走错过一步！我到底什么时候有过什么缺点，你说来听听，说来听听！"说着，他愈发横眉竖目，"你这个不忠不义的家伙，老师太宠爱你，包庇了你的罪过，如今知道此事的人只有老师和我两个人。我决心不提此事，至今已近十年。正因为我不开口,你才能安稳度日,你也不想想这都是谁在庇护你。用鞭子教训你是吗?就算你不求我,我这里也有鞭子,我就用这束打算供奉老师的花来打你,正合适!打你的是籁三,教训你的是老师,你要是难受,就用身子和骨头记住!"

他连续打了几下,又把手中的菊花一扔。他瞪大的眼里逐渐映出新次的形象。新次俊美的容颜如旧,如今更多了一层风度,这名英俊男子没有躲闪,后悔的泪水溢出眼眶,眉宇间满是羞惭。籁三动摇了,心道,他是先师宠爱之人,且一心向我道歉。我该恨他,还是该扔下他走开?他正不知该如何是好,新次静静地抬起头,说了一番话。籁三听了想道,我错了,是我太急躁。此人无罪,乃是不幸误入歧途。这时,他怀着怜悯之心往下听。

"我原本就不是出于私欲那么做的。我的破灭,正源自舍小取大,打算为国家利益出谋划策。现在想来,是我的想法太天真了。思考与实际动手做,如同冠履之别,云泥之差。我不断叹息别人比我聪明,世事不按我的想法走,直到我变得一文不名,才终于意识到,正义是人间的至宝。那之后,我花了数年磨炼心志,流浪到异国他乡,不可思议的是,人们都说我成了个人物,我稍微有了点名气。今年,我难得衣锦返京,盼着能与老师见上一面。可老师已经睡在此处的草荫苔下,我连续几天早上来打功德井的水,给老师扫墓。想到再也见不到老师,我倍感遗憾。泪水落在衣袖上,被松风吹干。这几天,我愈发地想念你,怀念你。你打我骂我,我都高兴。就像见到了真正的兄弟。"

说着,他在眼眶里打转的眼泪落了下来。籁三见之感慨,扶他起身。"你先起来。我原先不知道你的情形,刚才有些失礼,眼下知道了,心里后悔。我刚骂了你,但其实并无恶意。我们在老师的墓前和好吧,你别放在心上。"他说话不带芥蒂,亲热地拉着对方的手。

"这也是老师在冥冥中指引。你和过去一样,是我的朋友,师兄。你上我家来吧。"

"你也来我那儿坐坐。"

"你住在哪儿?"

"离这里不远,如来寺前,有座周围长草的破房子。"

"那么离我家很近,我家就在这个坡底下,用的是我现在的姓,篠原。"

"真是奇遇啊。原来你就是辰雄先生。"

第四回

籁三一直恨风憎月,把天下看作是恶魔的巢穴,自己在黑暗中徘徊,如今他隐约见了一点幽光,对前途的期待逐渐增大。从前的新次,如今叫作篠原辰雄的男人,在从前当手艺人的时代,因其好胜心强,不受人喜爱。正因为师傅格外地宠爱他,讨厌他的人便编了各种说法,骂他傲慢,嘲笑他狡猾。那时没什么人与他来往。籁三一向扶助弱者,像待弟弟一样待他。然而,他卷了如同再生父母的师傅的钱,逃走了,师傅和籁三都认为自己看错了人,不愿以耻示人,就将此事瞒了七八年。籁三不时地想起他,并未忘怀,想着他是不是在某处和坏人们一伙,如今又在做什么。而他现在变成了气派的绅士,且有着高洁的理想,和他聊得越多,越觉得他让人信赖。扫墓结束,籁三去了篠原的家,与他聊了半日。

辰雄把他迄今为止的经历毫无隐瞒地讲了,无论是好事还是坏事。姓篠原的这个家原本属于某地的富豪,辰雄在他家住下,渐受青睐,入赘娶了他家的独生女,成了户主。不幸的是,之后不到两年的时间里,篠原家的父母和妻子相继病逝。那家留下数万的资产,辰雄不想自由支配那笔钱,想把财产给篠原家的远亲,自己退隐,然而人们并不接受他的这种想法,他便继续过着安逸的日子。

"既然身份高了,以前有过的各种想法便沸腾起来,出于天性,有些事明知做不到,却难以舍弃。我为了社会东奔西走,不久前,为一些项目来到东京,不承想,人人吹捧和称赞我,让我直流冷汗。回忆往昔,老师于我有大恩,无论理由如何,我毕竟做了很多错事。如今我一脸若无其事地过着好日子,害怕正义的制裁。感觉自己欺世盗名,内心不安,夜里被噩梦惊醒,为这不为人知的罪恶所苦。"辰雄做了最大的坦白。

籁三一向讨厌别人只做表面功夫,厌恶轻薄之流。辰雄坦荡的模样映在他的眼中,是浪子回头的本原之善,是个珍贵的人。曾经的过失犹如美玉有瑕,拂去一看,更显光华璀璨。籁三愈发心醉于他。

两个人的话题怎么也聊不完。辰雄交际广阔,他们不断被访客打断。辰雄问:"入江兄,我想找个没人的地方,好好听一整天你的高见。你随时有空吗?"

籁三毫不掩饰地说:"这个嘛,穷人没有闲工夫。你说得轻松。要说没人的地方,我的陋室倒是清静,只有屋后辘轳水井的打水声,外面街上哄孩子的哼唱声。离这里很近。你什么时候来吧。我可以招待你吃麦饭和山药泥。"

辰雄叹息道:"那可真叫人羡慕。你不闻世事,不与人交,无事搅扰,心胸清静,远离凡尘,以手中的画笔为乐。你与我是云泥之差。"

籁三听了笑道:"有什么好羡慕的?我既不能随心绘画,画的东西又不合乎世间的潮流,这样一路埋没下去,不知道未来如何,或许会落到首阳山或汨罗江的下场[1]。我完全没有出头的法子。"

毫无顾虑地谈论往昔,让他的心情为之一爽。出了房间的移门,只见走廊绕了好几个弯,整栋宅子相当大。他想,人的命运真是如流水一般。沉默着回头望去,只见辰雄微笑相送。啊,真是位人物。籁三在心里夸道。婢女把他的破木屐摆好了,平时他会为此羞惭,这时却无所谓,喜气洋洋地出了门。

回家后,他把今天的经过对阿蝶讲了。哥哥平时厌恶世人如避蛇蝎,能让他夸奖的,是个怎样的人呢。阿蝶想要见一下那个人。看到哥哥高兴,她也愉快。过了一天,第二天的傍晚,知了在屋檐下的朴树上叫起来的时候,阿蝶仔细整理了手边的针线活,把房子

---

1 以伯夷、叔齐和屈原自喻。

里外打扫干净，又忙着在门口洒水。这时听见一个声音说："入江兄在吗？"

"哪位？"

用揽袖带绑了袖子的阿蝶扭过头，对方见了她，心想，真漂亮。来的正是辰雄。阿蝶吃了一惊，立即双颊飞红，却不自知。是我去清正公参拜那天遇到的那个人，为什么来了我们家？她骚动的心中生出恋情，就是源自此时吧。

第五回

八月末，蟋蟀在地板底下鸣叫，都城的马路现出秋色。有人在宫城南三田[1]一带买了二三十户人家，推倒房子，开始新的工程，是为哪般？工地竖起了木桩，截面上用黑墨写着"博爱医院建筑工地"，砖块堆成的地基上响起了搬运木材的号子声。伴随着这些，四面八方都能听见篠原辰雄的名字。他没有抛下世间的疾苦，纵然人情薄如纸，他还是孤身奋起，追寻爱世济民之法。每见今日细民穷困之情状，他为之断肠，遂发愿，要尽一己之微力，以不肖之身来做事，死而后已。有人穿了重重锦衣，烤着火聊着天，观赏雪日，却不知贞节妇人在受冻，连泪水也结成了冰；有人住在大房子里，点一串

---

1 现在的港区三田。

岐阜灯笼，在纳凉夜候着风，却不见孝顺子女在蚊香旁哭泣。尤其可怜的是生了病的人，尽管有名医和良药在近旁，却无钱相求，既不是因为天命，也不是因为宿孽，便失去了本来可以挽救的性命。死者的妻子儿女的遗憾该有多大呢。

人性本非恶，然而事到临头，人们无暇在意是否合乎道德，只是恨天恨地。因此道德混乱，国家的将来变得危急。为了拯救这一切，需要的正是仁义。他率先投入资产，着手从拯救众生的急处做起，一边推行富国利民之策，一边向显贵和绅商们要求赞助。所谓"德不孤"，某某贵族某某长官与他意气相投，一道协商，辰雄的美名由甲传到乙，把品德道义当作名誉的人们自然是同声附和，于是他的名声一下子变高了，就连素未谋面的人也仰慕他，无人不知晓他是个仁者。

对辰雄的言行见得越多听得越多，随着与他相熟，籁三渐渐开始仰慕他，尊敬他。原本下决心绝不求人资助的籁三，在此人的面前失去了固执，憋不住郁闷，谈起了陶画业的不景气。

"我没有一天不想着重振陶画业，然而事实上，我无权无势，说话没人听，说了也只是被人耻笑，甚至被人指着后背骂，真让人难过。不过这也难怪，我走上这条道，迄今十六年，我的名字一次都没有在共进会[1]出现过。我的画笔是自由的，不曾被贫穷束缚，但因为我这人耿直，商人那边的评价不高，订单总是廉价粗劣之物，不合乎

---

1 从明治初年起在全国各地召开的艺术品评会兼展会。

我的心意，让人无从下笔。最让我不满的是，这世上的人大多没有眼光。有些陶画工觉得，给人们用这样的东西足够了，于是随便画画，既没有设计纹样，也不愿磨炼技巧，那种画就等于把陶器给弄脏了。可是，我把血泪往肚里吞的同时画的粗劣陶器，和他们为了衣食而画的粗劣陶器，看起来并无差别，人们嘲笑我，说我是个只会吹牛没本事的陶画工，我的名声更加一落千丈。我有锻炼多年的画笔，苦心经营的设计，这些都在心里，没有画出来。我一个大男人，精神一到，何事不成？然而我一事无成，很没用。究竟是世人不明事理，还是我自己的眼光有误？也没法和人讨论，在前途渺茫间过了这些年。你也曾是我辈中人，应该能懂我的意思。请给我出个主意。"

籁三把内心和盘托出，辰雄频频叹道："我也有同感。我对国家的观点和你完全一样。我总在感慨德行与道义的颓废，人情的腐败，世人大多投身浊流与污沟，而且不觉得肮脏。我的同伴少，仇人多。但事情正是在坚持之下才能做成的，到了最近，我的事业也终于被几名正义人士所知。虽然我做得不够好，不过请你学我的样子，就算人们不接受，你也别放弃，要画出符合你的水平的陶画。资金我来筹备。你生性廉洁，可能会觉得别人出钱不干净，但这不是你一个人的小事。让众多画工从睡梦中醒来，对国家有益，这还要踌躇吗？我多年来也感到遗憾，我国特有的陶器，虽然价格平实，但质量不如英法意国的。唯有萨摩陶器在陶土和釉料上都不同于他国出品，本可以成为名品，却因为画工没有骨气，商人不争第一，才到了今天这个地步。不可思议的是，我与你想到一处去了，许是时机正好到了。别放过这个机会。"

他热心地想要出力，籁三感动得泪盈于眶，生来第一次对人说道："那就一切拜托了。"辰雄不由分说地拍胸脯道："都交给我好了。"

隔了数日，伴随着三田的工程的喧嚣，另一件事沸沸扬扬地传入陶画工们的耳中。据说，埋没在如来寺门前深深的草丛中的愤世先生，三年不鸣不飞，如今打算一展技艺。这群人习惯了攻击站得比他们高的人，当面和背地里批评个不停。籁三既有了后盾，反倒觉得他们很可笑，静心做起了描线。用的素胎是沈寿官精制的细纹开片陶，形制是籁三一向的喜好，一对三尺高带底座的细口龙耳瓶。几个月后，这上面将会百花团簇，呈现绚烂的金色。籁三的一颗心驰向未来，眼前浮现人物景色，不觉莞尔一笑。这日子似是王侯将相也不换。他远离尘嚣，心境如凌风架云的仙人，倏忽不知时日经过。

第六回

对那个人，曾为他的恩义所感动，叹服他的行为，将他当作神明一般崇敬。而他不设心防，与自己亲近，让人高兴极了。阿蝶从尚不知晓篠原之名的最初就动了心，这心思渐渐明晰，随着两人愈发相熟，相思成疾。阿蝶的举止温柔又柔弱，如同荻花下的露珠。她不会把内心呈现出来，同时，她只要想清楚了，这辈子就愿意舍下这条命，无论水里火里，都不会再踏上第二条路。她斥责自己道，我是卑贱之身,也没有教养,而那人是受人敬仰的身份,我们不相配。另一方面,她舍不下这份心,打算以恋慕那人的一颗心为友,独自过一辈子。其决心着实可怜。有时听到外面的一些话,她的决心不由得摇摇欲坠。若是别人说那人的好话,她格外高兴。听到有人说媒,"某某子爵最爱的女儿,正适合那个人",她胸中有如雷鸣,装作若无其事地去问哥哥,被籁三一笑置之:"没那回事。"

但籁三毕竟也上了心,隔天晚上,辰雄来了家里,他便提起子爵女儿的事,问是不是真的。

辰雄不当回事地说:"倒也不是谣传。说是什么几万石的旧大名,都听烦了,我已经回绝了五六次,那边还总让媒人一次次地白跑,真可笑。"

籁三心有所思,说道:"为什么回绝呢?你还年轻,也不能一直单身下去。我不知道你的喜好,不过如果对象合适,就该定下来。"

"我没打算一辈子单身,但我不想做华族的女婿,不想娶个公主做妻子。就算她懂得香、花、茶道那套规矩,又有少许能派用场的学问,也抵不了事。那样的人看不到世事的艰辛,也做不到独当一面的交际,无非是个牵线木偶。娶个那样的妻子,为她父母的荣光低三下四,我觉得很烦。我想要的不是地位,也不是对方的父母,而是对方的一颗真心。只要是个行得正、有志气的女子,我现在就愿意娶。"

听到这番旗帜鲜明的话,籁三半笑不笑地回望阿蝶一眼。

来家里玩的时候,辰雄不像个名人,像家人一样随意地聊着天,满是念旧和亲切，感觉比朋友和亲戚更亲，不由得让籁三有了切实的念头。有一回，他把这层意思透给阿蝶，她羞得用袖子遮了脸，逃进厨房。

从此，阿蝶愈发地谨言慎行，专注于德行。身上的布衫并不让她感到羞愧，但是从措辞、举止、打理家里的开支，乃至与外界的交往，细细回顾之下，她以为自己有许多的不足。她虽然在忙这忙那，可恋情这东西真古怪，不时掀起波澜。她不希望那人厌倦自己，想要他喜欢和爱自己，想着要怎样才能获得永世不灭的爱，让自己和他都度过完满的一生。她想要的越来越多，心中涌现各种各样的想象，见到他，心喜之，却又怀疑他的话语背后有其他究竟，不禁叹息着责怪自己。一颗心的一半属于辰雄，喜怒哀乐皆由他而起，善恶黑白全凭他指点，爱的阴影笼罩了心。

籁三作为局外人，抛开迷乱看去，辰雄的爱意不在妹妹之下，他是真心，妹妹是真意，放在一起恰成一对，让人喜悦。听那二人闲聊，恰如双蝶飞舞于百花园中，或是春风拂过席间，籁三自己也不禁陶然。在这般喜悦的心情中，他心无挂碍，意气风发地运笔构图。缠枝纹，分割纹；边纹、下腹和背景的讲究，以毕生的巧劲绘制浓彩淡墨，烧了素陶，又一窑，第二和第三然后是第四窑……不觉间，残菊落叶染了霜，掸天花板和捣年糕的声音响起，北风吹过天空，门前摆着装饰的松枝[1]。

---

[1] 日本正月期间在门口装饰门松，一般是12月13日到1月15日之间。

第七回

辞旧迎新是寻常事，不过心境若是不同，就格外亮堂。正月初一的日头刚升起，去辘轳井打新年第一桶水，想着生活也像这辘轳一样转动了，心下愉快。籁三拿起喝屠苏酒的酒杯递给妹妹，说，年纪小的先喝。只有两个人的庆祝，倒也有趣。他们学着宫里的仪式，装年菜的是一直没扔的三层的旧食盒。家里的新物件是对着外廊的两间[1]长的四扇移门。以前都是将破的地方贴纸补上，东一块西一块，今年换了新门纸，靠的是篠原的恩情。元旦一早，兄妹俩便谈论起篠原的恩情。

籁三生性固执，不愿受人恩惠，然而如今过于热衷陶画之道，便不再逞强，由篠原出资，买了二十元陶胎，二十钱[2]金箔，并支付了四五个月的生活费和几次烧窑的费用。这许多的恩情之外，篠原还时常送来礼品，籁三每次都推掉了。只是，去年送来了新年衣裳的面料，他嫌烦，送了回去，那边又给送回来，如许几次，籁三说，那我就让妹妹收下，我一个男的，穿新衣服也没什么可高兴的。他把给兄妹二人的衣料还回去一幅，留下一幅，算是收了人情。用这

---

1 明治时期的度量单位，1间约1.8米。
2 日汉字写作"匁"，约3.75克。

衣料给阿蝶做了外出的衣裳，元旦这天让她打扮起来一看，果真是"粗茶头泡香"，18岁的阿蝶正如玉露般馨香馥郁[1]，比平时更有模样。籁三心喜，期望阿蝶平时也能穿这样的衣服。

正月里人们忙着拜年送礼，籁三是个抛却了尘世的人，没有交际之苦，今天一天不工作，枕着胳膊躺倒。梦境被新年祝词的声音打断，籁三说："少见啊，会有人来，是谁？"原来是平时不来往的某某商人。他的扇子上写了吉祥话，打开来照着念了，又絮絮地为去年疏于问候致歉，说以后请多关照。

阿蝶接待了他，过来传话，籁三指着客厅的花瓶，说道："被利欲蒙蔽的眼睛，会昏花到什么程度呢？他的那番话，可不是对我讲的，是对那位。"各路商家对籁三的花瓶评价很高，在他还没做好的时候就竞相说，我来买，不，务必卖给我。籁三把这些人一一回绝了，说道，这东西要拿去今年的哥伦布博览会[2]参展，凡事由辰雄斡旋。悠然摆架子着实痛快，这更让籁三说起了大话。

天黑下来，掌灯时分，辰雄四处拜年之后来了籁三家。他虽然交游广阔，却不辞辛劳地来了，让车夫在门口停了车。家里仿佛变得春色悠长，二人相谈甚欢，籁三聊起放风筝的往日，辰雄说起玩陀螺的从前，话题从此到彼，氛围渐渐亲密。

"我经历各种变迁，反倒一味怀念少不更事的小时候。我关注

---

1 日本民谚，"丑女十八俏，粗茶头泡香"；玉露是上好的煎茶。
2 明治二十六年（1893年）在美国芝加哥举办的纪念哥伦布发现美洲四百周年万国博览会。

世界和他人,想要帮那个救这个的,担起了自己不够格的事业,却又力所不及,让人郁闷,只能暗自吞泪。但这是我自己主动做的事,又不是别人让我做的,所以也没法向人诉说。我心里闷,只有来这里玩的时候才能放松。"

这番话不像他,籁三听了便问:"这就怪了。你的博爱品德如今是上闻下达,一定有很多人尊崇你,你还有什么不满意的呢?"

辰雄抬头道:"沉默是金。你我之间一问一答的,如果是开心的事倒也罢了,我自己都兜不住的苦楚,怎么能讲给你们听?从来正不胜邪,直难胜曲,你别问了,我的脑子愈发乱了。"

不知是否心理作用,籁三觉得他的面孔惨白,不见血色。他咬着嘴唇,像在沉思。阿蝶忍不住轻轻拽了下哥哥的衣袖,籁三往前膝行了几步,说道:"能分享好事的朋友,要多少有多少,无论喜忧都能讲,才是真友情。可能有些人会因为你藏起忧虑而高兴,不过说句不中听的,你这样,我和妹妹都不会开心。我们把你当作兄弟,水里火里都愿意和你携手同行,你就讲个明白吧。你不说,我总是放不下心,比起我,阿蝶更是惴惴不安。女人气量小,会想着自己帮不上忙,一个劲儿地难受。那样的话我也烦,她也可怜。这也就五十步一百步的区别,你就把你的苦处讲给我们听吧。"

他说的是肺腑之词。阿蝶不说话,蔫蔫的,一双手不断绞在一起又分开,可怜她的一颗心跳得越来越快。

辰雄像是忽然意识到什么:"是我说了蠢话,把难得的好气氛给搅了。有苦才有乐,有乐才有苦。两者往复,才有趣味,而我为其中的苦处唉声叹气，人的一生不过五十载，哪里够用。阿蝶，你别担心。我刚说的都是醉话，我是个爱哭鬼，真的没什么。你且露个笑脸，让我也放下心。"

说着，他哈哈一笑，像是全不放在心上。二人又回到了原先的话题。夜深了，辰雄回了家。阿蝶的心头却是愈加烦闷，辗转难眠，泪染被褥，心中想道：你那么热忱地做了计划，是有什么变故吗？好可惜。在这世上，和你聊得来的朋友少，想要毁灭你的仇敌多，你该有多么不甘心！你今晚的话语和神情，其中必有缘故。你是和我生分，想要掩藏，还是不想让我担心？无论如何，我是你的妻，即便没有你，我也不会跟别人。正是这种时候，我该让你明白我的真心。人人面上一般无二，刻在一层皮底下的骨头上忘不掉的，才是真心。我要和你互道真心，与你同忧共喜。

思来想去之间，响起了早晨的钟声。新年伊始，阿蝶却没有从容的心境，身心耗费在没有余暇的恋情上。

正月初三过去了，辰雄来信说，一月七日将举办新年宴会，顺便庆祝他的生日，想借阿蝶一用。大概是为了逗阿蝶开心吧，他还送来了阿蝶当天穿戴的衣饰，是用心挑的，让她在哪家显贵的席上都不会逊色。籁三兴冲冲地答应了。阿蝶自是不会拂了那人的意，化了妆，如锦上添花。"啊，你如今真是个淑女了，我们的这份运气，你的这般模样，真想给去世的双亲看看。"听到籁三的话，阿蝶在镜子跟前哭了。

第八回

窗外的梅花先于百花盛开,黄莺也来到我家鸣唱,春风吹,作品落成。一只花瓶烧四回窑,一对八回,每回都担着心。木柴的增减,烟的多少,火的成色燎着胸腔,轻微的响动牵动神经。会不会裂?颜色会不会化开?金色会不会变色?这几个月真是尝尽了苦楚。构思得以实现,用新稻草打磨过的陶器散发着光泽,那炫目的光是属于我的。

花瓶上半部分用两根线做了区隔,那之间的正面画着盘龙和浪花构成的圆,周围是以古代缠枝纹风格画的菊花与桐叶;分隔线的边上画了云朵,上下绘有东大寺的纹样,背景是万字纹和铜钱纹;花瓶的肩上是一圈圆形菊纹,这纹样普通,但画得无比细致,不惹人厌。花瓶的上部到此结束,中间格子里,正面是成对的金阁寺银阁寺,背面是凑川和稻村之崎[1]。用尽诚心绘制的色彩,并非凡笔。格子周围是古萨摩风格的七草,散落着点金蝴蝶,背景是金砂云海。花了前人未曾下过的工夫,明显有刻苦的痕迹。不管是底座的描绘,还是瓶口和下腹的小纹样。

"要是想说我这瓶子不够精巧,不够细致,那就说吧。有眼光的不妨来看。就连一根棍子都有它的美。我籁三这点微末本事,全在

---

[1] 日本南北朝时代的古战场。

这物件上了。"籁三自豪地想着，晚酌一杯。好心情添上几分酒气，愈加愉悦，他打算去和篠原吹嘘一下，顺便感谢对方上回招待阿蝶。

到了大门口，袖口被妹妹拉住了。"哥哥，等一下。"她踌躇着不开口，籁三回身道："有什么事？"

"没什么。晚上风冷，你小心别感冒了。"她叮咛道。

籁三高兴道："我不会太晚回。不过酒醒了容易着凉，我套件外套出门。"

他折回去，坐在屋檐下穿外套。妹妹帮他理顺衣领，凝视着他的侧脸，说道："哥哥，你的胡子好多。大过年的，看着不爽利。"

"什么嘛，晚上看不出的。明天在亮处帮我剃了。现在作品完成了，虽然不能因为小小的成功而放松，倒是不妨庆祝一下。我打算这几天约上辰雄，三个人一道去哪里玩一下。今天就是要去约他。我不会太晚回，不过新陶器在家里，外出毕竟要谨慎。你把门锁好了等着。哎，我心里现在没有半片乌云。今晚月色也好。"

他站起身。妹妹和他牵着手，把他送到门口。落在地上的两道影子眼见着有一道远去了，站那儿目送的影子显得忧伤。晚风寂寥地吹过屋檐下的朴树。

篠原家门口的门牌，从前看着是外人，以后就将是妹妹的家了。籁三觉得在玄关喊人通传太麻烦，他知道辰雄的起居室在哪儿，便直接推开院门。屋子亮着灯。他踩着被霜打湿的草坪，悄然无声地走去，围篱挡住了他的身形。他听见有人高声说话，映在纸门上的影子有两三个人。听着像是在商量什么事。他竖起耳朵听了一两句，疑心自己是在做梦。他们聊的事出乎籁三的意料。

"以那个子爵作为幌子,和某某长官讲一声,此事必能成功。子爵的印章不难搞,只要买通柳桥的艺伎就行。钱的出处是那个富豪,已经通过气了。之后就找个地方躲起来。我才不怕被人说成是骗子或是欺诈,取走蠢人的不用之财,这是替天行道。说是从洋行回来的才子,想想都好笑,他哪里有什么眼光,就是个蠢货!要让他上钩,只需要用入江的妹妹做饵。我可瞧见了他在上次宴会的德性。要说服她那个顽固的哥哥不容易,不过只要提一下我对他的恩情就行,就等于把他绑起来扔在牢房里。那姑娘是个养在深闺的女儿家,不懂事,就是情深义重,容易哄。总之我都弄妥了,且等着吧。没想到籁三这个傻瓜不堪用,不过且养着他,也许将来有用。就像楠木正成曾用过能将人说哭的男人[1],是个人总会有用,博爱也是一种仁道。"有人得意洋洋地说。

那声音不就是辰雄?籁三直起身,正要喊一嗓子"你这混蛋——",终究扼腕放弃了。屋里的说话声不知何时停了,传来嘹亮的玉笛声。

第九回

---

[1]《太平记》中的故事,楠木正成招兵时,出现了一个叫佐兵卫的男人。佐兵卫讲故事,先后让楠木和另一位武将落泪,因此被楠木重用。后来佐兵卫在战役中以计谋退敌。

这个人一笑，便有无限喜悦，这个人流一滴泪，便有万觞的忧愁。一颗心总是牵系着他，如同比形体更清晰的影子。

此刻，他那张玉一样的面庞含着愁绪，一字字说道："你我之间是怎样的缘分呢？宛如前世的缘分，难以忘怀。我想要为国家尽心，一颗心的一半却给了你。我的心思无法对人言说，尽管不知道你怎么想，我决心除了你绝不娶别人，那个什么子爵的女儿，我才不理她，干脆地回绝了。然而千里之堤毁于蚁穴，说起来，是我的事业的问题。迄今为止，子爵助了我一臂之力，我这边的费用都是他赞助的，到如今，事业总算上了正轨，可他突然不肯出钱了。断了财路，无法成事，我是不是该把怨恨往肚里吞，就这样放弃？想到是为了你，即便别人讥笑和嘲讽，我都无所谓，可是一想到本可以改变的人世，国家的未来，我心中就满是遗憾。这些该对谁讲呢？因为这个缘故，就连与我亲密无间的你，我也说不出口。也不是无路可走，所以我才更加难熬。"

他没说下去，言辞愈发磕磕绊绊。

阿蝶恨声道："你还不懂我的真心吗？"

"不，正因为懂得你的真心，才难过。其实，事情和你有关。成败善恶，就在你的一念之间。今天的宾客当中有位显贵，说愿意为我们出资。我问他为何有此意，让人为难的是，他不知从哪儿听到的，以为你是我的妹妹，说想要娶你为妻。就算是为了国家，我也没法把你让给别人。就算让我抛却理想，我也不该对你说这些。"说着，她的爱人露出了肝肠寸断的神色。

楚楚可怜的姑娘失魂落魄，打算扛起这份责任。她心中想道，我该用自己的贞操换你的德行吗？这一来，我心里有着不为人知的罪。可如果因为我的缘故，让别人瞧见你身败名裂，那我就成了恩将仇报的畜生。这真是左右犯愁，该怎么办？她丧失了思考的能力，觉得可走的路唯有一死：在这个有影子有形体的世界上，有诸多障碍和阻挠。若能回到出生前的空无量，没有叫作阿蝶的这个我，那么他就不用在乎情义，也不用忌惮谁，可以和那位小姐成就姻缘。对，这也是天命。死于疾病或死于恋爱，命都只有一条，没法活两次。我无愧于天地，神佛也不会责罚我。哥哥，你原谅我吧。我不后悔。

阿蝶的决心狠厉，毫无牵挂。可怜阿蝶是洁白无瑕之身，不染污浊，不沾恶行，她一直在贫贱中磨砺心性，不去看他人的富贵，就连在睡梦中也不忘记。打碎这块十八年的无瑕美玉的，正是恋爱这一魔障。魔王借了辰雄的形貌，篠原的声音，有时邀来春风，让花开满园，有时指向秋云，让月色晦暗。少女将喜忧藏在心中，魔王牵着她的衣袂，究竟要带她到何方？东西南北皆不见踪影，那双逗人的酒窝在何处？那如远山般让人怀念的眉毛在何处？眸如双星，口如绽蕾，却已不再闪耀，不再张开。漆黑发，雪白肌，都已不在。寒风凛冽中，夜半的月下，追寻人不见，呼唤亦无答。

她留下的仅有一封信，那上面的字迹秀美，泪痕宛然。

第十回

籁三沉重地往花瓶跟前一坐，也不擦一下流淌的热泪。他瞪着的双眼迸着光，紧紧抱着双臂，心道：

就让骨头碎了吧。如果我生下来就是个扭筋弯指的人，就不会走上这条道。既没有走上这条道，从前又会有怎样的念想呢？就因为被称作"陶画的好苗子"，我在老师的画室被称作一把手，自己没做宣传，别人就知道我的名字。因为贫穷而被埋没，我便不甘心。原本洁白的心沸沸扬扬，追求不该追求的名誉，是为什么？托付不该托付的人，是为什么？这张嘴吞下不该吃的不义之食，是为什么？把阿蝶许给不该原谅的人，是为什么？就因为这双手，这身本事，乱了心，迷了眼，让我一无所见一无所知。今晚阿蝶不幸离家出走，这是谁造成的？是我磨炼多年的画笔杀了我最爱的妹妹吗？是经营惨淡的苦楚让我变得肮脏了吗？辰雄在冷笑，在嘲笑，说那番话的是他，可犯下罪的人是我。君子断交，不出恶声。我不懂什么君子之道，可我受到的恩情如泰山沧海，虽然悔到了骨髓深处，恩情就是恩情。我听到了他作奸犯科的秘密，不该装作没听见，为了世间为了他人为了正义，我都该打他一拳，或是拔出身藏的短剑，扎他个透心凉。这很容易。

然而让我不甘心的是，这瓶子、这恩情、这好处束缚了我，让我既没有拔剑也没有挥拳。仔细想来，我该恨的是我自己，是我的这双手，这身本事，这花瓶。我恨，我不甘心。仇人！敌人！大恶魔！

将你打碎了，就能刺向辰雄吧。如果没有你，就没有什么恩惠！

他握紧拳头，站起身，望过去。月光中浮现的金阁寺银阁寺，一点砂金一根描线，没有一处不贯注了他的心意，还有那一圈洒金，啊，都是他多年辛苦的结晶。

画来画去，我自以为得了此道之妙。又有谁能继承我的这支笔？我在这条道上走了十七年，一直爱惜自己的名声。如今这名字写在花瓶上。看哪，海外的蓝眼睛；来吧，万国的陶画工。这是日本的一员，入江籁三自豪的笔，是能让我骄傲的完美作品。我怎么舍得将它打碎？怎么舍得将它打碎？我一直不容于世，而我一辈子的念想就在这东西上。我该隐遁深山吗？我不甘心。要是阿蝶会回来，要是辰雄改邪归正，这东西便会留存。

想到这里，他用双手抱住瓶子，四下打量。看着看着，一颗心逐渐恍惚，不知是自己进到了画中，还是图画来到了身边。既无阿蝶也无辰雄，没了忍耐也没了固执，自己的身上闪着金光，四方彩声沸然。

籁三莞尔一笑，此时听得耳畔有人说："籁三这个傻瓜不堪用。"是篠原吗？他正要转头喊一嗓子"混蛋——"，袖子被扯住了，一个温柔的声音说："别感冒了。"

"太好了，阿蝶，你回来了？"

"哥哥，我们一起去那边。"

那手指的前方是金阁寺、银阁寺，小蝴蝶飞在开花的秋草间，雾色皑皑，正像自己做的洒金底子。

有趣有趣，蛟龙终非池中物。涌来的云朵间，海浪滚成团状，升龙降龙盘龙，团蝶团花团凤凰，桐叶招展狮子狂舞二叶葵，源氏轮小锤轮，缠枝牡丹缠枝菊，吉野樱龙田枫。这些那些都是美。阿蝶是美，辰雄是美，其中尤其美的是我的画笔。我舍了笔，又去哪里？天下人皆盲目，没有人值得看这个，也不值得给人看。花瓶呀，我的知己就是你，你的知己就是我，我们一起走吧。

　　辰雄抱了一对瓶子，用力一扔，院子的石板地上轰然作响，伴随着大笑声。夜半的钟声远远地响起又消逝，只余洒下片片金光的一轮明月。

大年夜

上

井用辘轳取水,绳长十二寻[1]。朝北的厨房里,腊月的风呼呼地吹过。"啊,好冷。"她蹲在灶前查看火势,想着顺便取个一分钟的暖,结果多待了一会儿。为这点琐事,挨了东家好大一顿训斥。女佣的日子着实难熬。

阿峰来这家帮工之前,中介的老太是这么说的:

"那家有六个孩子,常住在家里的只有大少爷和小的两个。太太的脾气不大好,不过你只要会察言观色,就没什么。她是个爱听奉承的,你要是做得好了,给你件贴身衣服、半副衬领[2]或者围裙带子,都不成问题。他家的财产在町里是第一多的,同样的,吝啬劲儿也绝不排到第二。好在老爷心软,也不是没有外快可拿。你要是做不下去了,就给我寄张明信片,也不用详细说明,只要写上想找其他

---

[1] 约 21.6 米。
[2] 和服的衬领左右两边为一副,半副显出了主人家的悭吝劲儿。

活计,我一定不辞辛苦给你找。总之,在人家做事的秘诀,就是把里外分清楚。"

听了这番话,阿峰想,说得怪吓人的。又想,凡事都看自己的心态。我才不会重新拜托这位给我找工作。只要我好好干,不辞辛苦,东家就一定会中意的。她下定决心,开始给凶恶的主人干活。

那是引见后的第三天。7岁的小姐下午要表演舞蹈,太太让阿峰一早给她洗澡和打扮。霜冻的早上,太太躺在暖和的被窝里,"哐哐"地敲着烟灰缸[1]。"起啊!起啊!"太太的声音比闹钟更尖锐,响彻心扉。不等她喊到第三声,阿峰就爬了起来,顾不得系腰带,先把袖子给捆上,赶忙去了井边。井旁的水槽里残留着月光,冷风刺着肌肤,让她忘了昨晚的梦。

澡盆是底下带灶火的款式,并不大,不过得把满满的两桶水往里倒十三趟。阿峰满身大汗地挑着水。她穿着一双屐齿磨损的厚底木屐,竹皮编的夹脚襻儿松开了,走路时必须把脚趾往上翘才不会甩脱。她挑着重物一起身,脚步不稳,在水槽的冰上一滑,都来不及喊就摔倒了。小腿结结实实地撞在了井围上,可怜她胜雪的肌肤上紫痕俨然。水桶也抛在了一旁,一只完好,另一只的底破了。虽然不知道这一只桶价值多少,但太太的额头上暴起骇人的青筋,仿佛整个家因为坏了一只桶就此倾家荡产似的。从阿峰伺候早饭的时

---

1 明治时代已有卷烟,不过这里指的是旧式吸烟斗用的器皿,竹或木制的提篮里面有小火钵、烟草盒、烟灰缸。烟灰缸多为竹筒。

候起，太太就瞪着她，那一整天没和她讲话，到了第二天，动辄举筷就说："我们家的东西可都是值钱货。把主人家的东西不当回事，可是要受天罚的。"从早到晚这样讲，每来个客人就要讲一遍。阿峰年轻，听了羞愧，之后凡事小心，总算没再捅娄子。

有人夸赞道："这世上有不少人家雇了用人，不过没有哪家的女佣换得像山村家那样频繁。一个月换两个是寻常的。有时候做个三四天就走了，也有人一晚上就逃走了。要是从开天辟地数起，他家太太光是掰手指数自家用过多少人，袖口都得磨破。说起来，阿峰可真能忍。若是对她不好，是要遭天罚的吧。东京虽大，阿峰之后，没人能当山村家的女佣。让人钦佩，让人赞叹！"

说闲话的男人则把这句话挂在嘴边："首先，阿峰的容貌没得挑。"

入秋，阿峰唯一的舅舅病了，听说他的蔬菜店也不知何时关了。还听说，舅舅家从马路边搬到同一个町的后巷长屋[1]。然而阿峰的主人家不好商量，她拿了预支的薪水，就如同把自己卖给了他们家，没法去看望舅舅。她想着帮主人跑腿时去，然而她太苦了，哪怕她去跑腿的那么一会儿的工夫，太太也会盯着钟表，算计她多少时间走多远。她想过，要不就溜出去。又一想，坏事传千里。自己好不容易忍到现在，要是因此丢了工作，反倒让生病的舅舅担心。舅舅家里穷，她即便在家吃一天的闲饭，也过意不去。她只好不断给舅舅写信，说就要去看望。如此一天天过着身在心不在的日子。

---

[1] 传统的日本平民建筑，长长的平房区分成一间间，分租给租客。

十二月，家家户户都在忙碌。从前天起，当代一流演员们全员出动，穿起比平时华丽的戏服，演起了新作的歌舞伎和狂言。山村家的女儿们嚷嚷着说，可不能错过新戏。定下十五日去看戏，难得举家出动。要在以往，阿峰会很高兴能陪着去看戏。父母过世后，舅舅是她唯一的亲人。不去探望卧病的他，反倒去看戏游玩，她做不到。要是自己不去让太太不高兴，那就算了。她去恳求说，自己不去看戏，想请假。毕竟她平日做得好，隔了一日，太太说："那你就早去早回。"这句回话也是按当天的心情讲的。

阿峰都不记得自己有没有道谢，迅速上了人力车，一个劲儿地着急念道，小石川怎么还不到，怎么还不到。

初音町这名字听着雅致，其实并无黄莺鸣叫，是个穷地方。阿峰的舅舅，人称正直安兵卫。俗话说"神佑老实人"，他的脑袋像个大药罐，脑门闪亮。他以这副标志性的长相，在田町到菊坂[1]一带售卖茄子萝卜。小本经营，赚到的钱又拿去进货，所以尽卖些价廉量大的蔬菜。装在小船形容器里的黄瓜，用稻草包着的新上市的松茸，这些他是不卖的。也有人笑话他说，安兵卫卖的菜总是那几样。好在他的生意有回头客，一家三口好歹能糊口，还让8岁的三之助去上五厘学校[2]。然而正所谓秋天难过，九月末的一个早上，秋风骤寒，

---

1 田町，现在的文京区西片一丁目附近。菊坂，现在的文京区本乡四、五丁目。樋口一叶曾在菊坂居住。
2 穷人家的孩子念的学校，月费一角五左右，一天的学费折合五厘（半分钱）。当时的公立学校每月费用在三角五到七角之间。

安兵卫去神田进货，刚挑回家，就发起了烧，接着神经痛发作，躺倒了。那之后过了三个月，迄今无法做生意。渐渐地吃光了老本，连秤也卖了。外屋的店无以为继，搬到月租五角的后巷长屋。如今也顾不得别人的眼光，只想着什么时候若能有转机。搬家的光景也很凄凉。坐在板车上的只有病人，家人提着一只手就能拎的行李，悄悄去了同一个町的角落。

阿峰下了人力车，问了几次路，看到一家廉价点心店，屋檐挂着风筝和纸球，店里聚了一堆孩子。她想着三之助会不会在里面，看了下没见着，感到失望，无意间往路上一看，马路对面有个瘦得皮包骨头的孩子拎着药瓶在走，那背影比三之助高，而且实在太瘦了，可是那模样像他。阿峰大步奔过去，探头看他的脸孔。

"呀，姐姐！"

"啊，是三儿。真巧。"

她和三之助一道往酒坊和芋头店的深处走，盖在水沟上的木板嘎吱作响。进了后巷，三之助当先跑去，在门口喊道："爸爸，妈妈，我带姐姐回来了！"

"什么，阿峰来了吗？"安兵卫起身说。他老婆正忙着做填补家用的缝纫活儿，此时放下活计，握住阿峰的手，喜悦地说："哎呀，这可真是稀客。"

只见六叠[1]的单间里有个一间高的橱柜。家里原先就没有抽屉柜

---

1 叠，面积单位，一张榻榻米的大小，约1.6平方米。

和衣箱，但如今一看，长火钵¹也不见了，有只今户烧的烤火方钵，装在同样形状的木箱里，这个家的家具就这些。再一问，连米柜也没了，真让人难受，在同一片十二月的天空下，有人却在看戏。

阿峰泪盈于眶，将犹如盐米饼一样硬邦邦的薄被拉到舅舅的肩上。"风冷，您躺着吧。你们吃了不少苦吧，舅妈看着也清减了。可别因为太过担忧把身子搞坏了。舅舅最近好些了吗？我在信上都听你们讲了，可不见面总是记挂，好不容易等到今天得了假。哎，住哪里都没关系的。只要舅舅痊愈，就能在外面街上开店，请尽早好起来。我想着给舅舅带点礼物，可是路远心急，总觉得车夫的腿脚比平时都要慢，一路着急着就错过了您喜欢的那家糖果店。这点钱虽少，是我的零花钱剩下的。主人家在麴町的亲戚来做客的时候，亲戚家的老太太肚子痛，很难受，我就彻夜给她揉腰来着，她给了我这些钱，说让我买个围裙。主人家虽然严厉，但其他客人对我都挺好的，零碎地赏了些东西。舅舅，请为我高兴，我现在的工作不难做。这个小口袋和衬领都是别人送的，领子虽然颜色素了些，舅妈，请拿去用。小口袋可以稍微改一下，给三之助当便当袋用，正合适。三之助还在上学吗？要是有习字的作业，给姐姐看看。"她说个不停。

阿峰7岁那年，爸爸去给人盖房子，拿着抹墙的刮刀爬到脚手架上，正要和底下的人说话，刚一回头——那天的日历上有颗黑星，说是大凶日——他在走惯了的脚手架上踏空了，摔了下来。底下正

---

1 敞口的木箱，内衬铁壁，用来烤火。

在换院子里铺路的石板，旧石板被挖起来堆在那儿。他的脑袋结结实实地砸在石板的一角，没救了。那之后过了好久，人们都畏惧地说，可怜他正好明年 42 岁，是前厄年¹。安兵卫和阿峰的妈妈是兄妹，收留了她们母女。两年后，妈妈得了流感，忽然病重不治。那之后，阿峰把安兵卫夫妻当作父母，长到了 18 岁。其恩情自不待言。她还把喊自己"姐姐"的三之助当作弟弟疼爱。

"来这里。"阿峰把三之助喊过来，一边抚着他的背，一边瞅着他的脸，说道，"爸爸生病，你寂寞和难受了吧？马上就正月了，姐姐给你买点什么吧。可别跟妈妈要东西，让她为难。"

"说什么让我们为难，阿峰啊，你听着，三儿虽然只有 8 岁，他个子大，也有力气。自从我病倒了，没人赚钱，尽是开销，家里日子难过。他看不下去，和外面街上咸鱼店的小子一道去买蚬子然后叫卖。他挑着担子四处转，能走多远走多远，那家小子若是卖了八分钱，三儿就一定做到一角钱的生意。大概是老天爷看到了他的孝心，保佑着他，总之，现在我的药钱都是三儿赚来的。阿峰，你夸夸他。"做爸爸的盖着被子，流着泪，声音哽咽。

舅妈也哭了。"他特别爱念书，我们从来没操过心。他吃了早饭就跑出去，三点放学后也不在外面乱晃。不是我自夸，老师也夸他。可就因为家里穷，他挑着蚬子，在这大冷天的，小脚穿着草鞋。你要知道，我们这做爸妈的有多难过。"

---

1 按日本风俗，男子虚岁 42 是厄年，前一年则是前厄年。

阿峰抱紧了三之助，绷不住，哭了起来。"你真是这世上少有的孝顺孩子！就算你个子大，8 岁就是 8 岁。挑扁担，肩膀痛不痛啊？脚被草鞋磨破了吗？真对不住你，从今天起，我也回家来照顾舅舅，帮忙赚钱。我之前不知道这些，今天早上还嫌打水的井绳结了冰。我真是身在福中不知福。让还在读书年纪的三儿挑着蚬子，我这个做姐姐的却穿着长衣裳，这怎么行？舅舅，求您了，让我辞工。"

三之助像个大人似的，扑簌扑簌掉泪。他不想让人看见自己的眼泪，低着头。他肩膀那儿的衣服绽着线。想到就是这副肩膀挑着担子，阿峰心里难受。听到她说要辞工，安兵卫说："那可不行。你有这份心，我很高兴，但你就算回到家，女人家也赚不到什么钱。而且，你家主人还预支了工资。不可能说不干就不干。头一份工可是很要紧的，不能让人觉得你是熬不下去回的家。你要好好做。我的病不会太久，等我好些了，精神自会好，那就能继续做买卖。再过半个月，今年就过完了。新一年肯定会有好事的。凡事都要忍耐。三之助要忍着，阿峰你也要忍着。"他掉下泪来，"你难得来，也没什么好吃的。有你喜欢的今川烧[1]和炖芋头，多吃点。"这话让阿峰高兴。

舅舅又说："我不想让你辛苦，不过眼看着就要过大年夜了，家里困难。我的胸口堵得慌，不是因为生病而犯愁。我刚病倒那会儿，从田町的高利贷那儿借了十元钱，三个月为期，预扣了一元五角的

---

[1] 加了糖的面糊填上豆沙馅，用铁板烤制而成的点心。

利息，所以拿到手是八元五角。九月底借的，这个月就到期，可眼下这情形是还不上的。我和老婆合计过，她做针线活做到手指流血，一天也就一角钱不到，三之助也没办法。阿峰，你家主人在白金台町有一百间出租的长屋，靠着收租，平日里穿的是绫罗绸缎。有一次我过去找你，那宅子哪怕花上一千元都盖不起来，让人羡慕，显得富贵。你在他家干了一年，既是他家中意的帮佣，稍微提点要求，主人不会不听。我打算这个月底去求高利贷延期，附上延期的份子钱一元二角，就又能延三个月。我说这些话，显得贪心，但我想买点货郎的年糕，正月头三天煮点年糕汤，要是不这样做，我对不起还没出头的三之助。虽然难以开口，大年夜之前，能帮我们筹措两元钱吗？"

阿峰思索片刻，说道："好的。我答应你。要是他们不愿借，我就说是预支工资。家家有本难念的经，要借钱，到哪儿都是难的。但毕竟不是什么大数字，而且这笔钱能帮到你们，我把事情的原委讲一下，他们不会不答应。为了这事，我得哄着他们高兴，今天我就先回了。下回放假得是正月了。希望到时候我们一起开开心心的。"

那边问："钱怎么给，让三之助去拿吗？"

"让他来。平时就够忙的，大年夜我更是忙得团团转。路远，有点辛苦，不过三儿啊，拜托你了。正午之前，我一定一定给你们备上。"阿峰满口应下，回去了。

下

山村家的少爷名叫石之助,和妹妹们不是一母所生,父亲对他的爱也淡薄。打从十年前他就总听父母商量,要把他送出去做养子,家业给其中一个妹妹继承。他听了不开心。

明治时代不再有逐出家门这种事,真好玩。我便随心玩耍,让继母哭去吧。他这样想着,不理会父亲是否失望,从15岁的春天开始浪荡度日。

周遭的姑娘们在背后议论说,石之助的相貌是那种有味道的英俊,眼神有股机灵劲儿,皮肤黑了点儿,但相貌堂堂。

他整日胡混,还去品川的妓院游逛。他每次在妓院喝酒之后不过夜,大半夜的雇了人力车,把车町的一干破落户叫起来,买上一堆酒菜,把钱包用得底朝天。他找乐子的方式就是挥霍。继母不断向父亲搬弄谗言:"要让他继承家业,就好比往汽油仓里扔一把火,钱财全会化作青烟消失。我们该怎么办呢?那样妹妹们多可怜。"最后父母商议说:"这世上不会有人愿意收养这个浪荡子。总之,我们把财产分出一部分给他,让他当个年轻的富贵闲人,另设户籍。"而他本人漫不经心地听了这话,并不接受。"分给我一万。每月再给我钱,不干涉我玩乐,等父亲走了,我就是代家长,家里大事小事都得听我这个哥哥的。等于我姑且自立门户,不用管这个家。要是能答应这些,我就按你们说的做。"他的这些话怎么听都是在故意惹人厌,让人为难。他从外面听说,山村家出租的长屋比去年多了,收入翻倍，便对伊皿子[1]附近的穷人们说："可笑啊可笑，多那些个租屋，打算给谁？都说'火灾起自灯油碟'，难道不知道，我这个大公子就像火星一样会飞？我要把钱弄来，让你们过个好正月。"穷人们听了高兴。他还定下了大年夜在哪里喝大酒。

"哎呀，哥哥，你回来了。"妹妹们畏惧他，忌惮着不敢惹他，凡事都按他说的做。他愈加起了性子，把双脚往暖桌里一塞，嚷道："我要醒酒，给我喝水，喝水！"总之任性得不行。继母虽然恨他，毕竟他有着长子的名分，便藏了平日背后说他的那些毒舌，怕他感冒，给他送了小棉被到枕边，然后在他旁边把明天做菜用的小鳀鱼干[2]撕成条，嘴里还在俭省地念叨："这个如果让别人做，就不够细致。"

时近中午，阿峰惦着和舅舅的约定，心里不安，也无暇对太太察言观色，好不容易找了个空当过来，把头上的帕子一摘，在手里团成团，搓着手说道："之前托您的事，知道您在忙，现在说有些不合适，可是我约好了今天过午给那边钱，还请您帮个忙。此事关系着我舅舅的幸福和我的快乐，您的恩情我永不会忘。"

最初和太太提的时候，那边先是含含糊糊的，后来说了个"好"字。她便当成了倚仗。太太的脾气不好，要是反复催，反而不妥，所以阿峰一直忍到了今天。但约好的是今天上午，也不知太太是不是忘了，一句也不提，阿峰感到不安，她也不好说这事对自己来说

---

[1] 伊皿子和前文的车町都在现在的港区，以前是穷人的聚居区。
[2] 小鳀鱼干在日语的读音是 gomame，音同"御健在"（健康），因此大年初一作为年菜，取其口彩。

极其要紧，按捺着说了上面的话。

太太一脸震惊，"你说什么？好像你确实讲过，你舅舅生了病，然后还讲了要借钱，但我可没说过我们家会出这个钱。是你搞错了吧？我完全不记得。"

这一套是太太擅长的，确是无情。

原本，太太今天打算让女儿们穿上过年的小袖和服，上面的樱花红叶美不胜收。她要给她们把领子和下摆都整理好，相互打量，喜不自胜。可如今她心里就一个念头：她们那个烦人的哥哥真碍眼。快点出门。快走！她嘴上不说，却难以忍住生来的坏脾气。如果让得道高僧来看，会见到她被火焰缠绕，身冒黑烟。她此刻满心狂乱，俗话说，"钱是毒药"，虽然她记得自己答应过借钱的事，但不愿在这时候借给阿峰。于是她一口咬定，是你搞错了吧。她从旱烟斗吐出一个烟圈，做出一副不知情的模样。

又不是一大笔钱。不过是两元钱，而且是太太亲口答应的，才过了不到十天，她也没老糊涂。对了，那个带提手的砚台盒的抽屉里就有一叠一元的票子，十张还是二十张，太太说过先搁那儿。我没说全要，只要两张，舅舅会欢喜，舅妈会露出笑脸，而且舅舅说过，三之助就能吃上年糕汤了！想到这里，无论如何都想要拿到钱，太太真可恨！

阿峰很不甘心，讲不出话来。她平时乖顺惯了，不知该如何理论，垂头丧气地去了厨房。此时，正午的炮声响亮地传来，那响声让她内心一震。

"请老夫人快来！我们夫人今天早上开始难受，说是下午会生。因为是头一胎，老爷一直在那儿乱转，家里没个长辈，真是乱成一团。请马上过去！"

嫁到西应寺[1]的女儿第一次生产，都说这是会分生死的事，那边派了车过来接。虽是大年夜，生孩子不挑时间。家里搁着现金，而且浪荡子睡在那儿。太太的心分作两处，然而身子只有一个。她被母爱牵扯着坐上了车，这种时候，不由得憎恨起闲云野鹤的丈夫，一副姜太公的样子，这种日子还去海边钓鱼。就这样，太太出了门。

和她一出一进，三之助来了。他一路问路来到白金台町，想着自己衣衫褴褛，怕给姐姐抹黑，便从厨房门口小心地张望。在灶台跟前哭的阿峰想，是谁来了？她擦干泪一看，是三儿。如今的情形，她都没法说一句"你来了"。

三之助不知原委，一脸喜悦地道："姐姐，我进屋你不会挨骂吧？我拿上东西就走吗？爸爸说，让我和老爷太太好好道个谢。"

"你先等一下，我还有点事。"

阿峰跑进屋，把里里外外看了一遍。小姐们在院子里，正一心一意地打羽板球[2]。男用人外出办事还没回。做针线的女佣在二楼，

---

1 现在的港区西应寺町。一叶在父亲过世后，和妈妈、妹妹一起到西应寺的二哥家住过一段时间。
2 类似羽毛球的游戏。用梯形带手柄的羽板击打带羽毛的球。球的制法是将无患子的种子穿孔，插上羽毛。羽板上施有彩绘，正月装饰起来作驱邪用。

且是个聋子,不碍事。少爷呢?一看,他躺在客厅的暖桌底下,正做梦呢。

"神仙,菩萨,我拜一拜你们。我要当坏人了。我不想当,可没办法。如果你们要罚,就罚我一人。虽然这钱是舅舅舅妈用,但他们不知情,请原谅他们。对不住了,请让我偷了这钱。"

说着,她从之前看好了的砚台盒的抽屉里,把那叠票子单单抽了两张出来。之后她恍恍惚惚如在做梦一般,把钱给了三之助,让他回去。她以为无人瞧见这一切,真傻。

那天临近傍晚,老爷一副惠比寿[1]的笑脸,钓鱼回来了。接着太太也回来了。女儿顺利生产,她心里高兴,对送她回家的车夫都和颜悦色,还给了蜡烛钱[2]。"我忙完今晚再过去看她。明天一早,我一定会让她的一个妹妹过去帮忙,请你转告一声。总之辛苦啦。"她一进家门便说,"哎呀,忙死了。谁要有空,恨不能借半个身子过来。阿峰,小青菜洗好了吗?鲱鱼籽[3]洗过了吗?老爷回来了吗?少爷呢?"

最后这句是小声说的。听说石之助还在家,她皱起眉。

石之助当晚乖巧地说:"从明天开始的三天是新年,我本该在家庆祝,但你们都知道,我这人浪荡。让我一本正经地穿上裙裤和人

---

1 七福神之一,其形象是个老翁,钓了一条鲷鱼,满面笑容。
2 以灯笼的蜡烛钱为名目的赏钱。
3 腌制的鲱鱼籽也是过年的食物之一。

拜年，我嫌烦，别人对我提意见，我也听腻了。亲戚们的脸又不美，我也不想看到他们。我和巷子里的朋友们今晚有约，先走了，回头再来拿钱。姐姐生了，可喜可贺。给我多少压岁钱呢？"

他从早上一直睡，就是在等爸爸回家，为了这笔钱。

孩子是三界的枷锁[1]，的确，没有什么比做浪荡子的父母更加不幸。都说血缘是斩不断的，儿子做了那么多的荒唐事，终有一天会粉身碎骨，做父母的要是不管他，外人也看不下去。老爷为了家庭的名誉和自己的脸面，不情愿地打开了仓库。石之助看准了形势，说道："有笔借款，以今晚为期。有人给做的保，盖了章。结果我在赌场上手气不好，就跟狂风刮过似的，输了个光。要是不把钱还给我那些个破落户朋友，后面怕是不好办。我倒是无所谓，就是对不起您的名誉。"

就是说，他想要钱。继母想，果然还是这样。她忘了从早上就有的疑心，想道，他打算要多少？老爷心软，真让人牙痒。

但她知道，自己说不过石之助。早上她刚把阿峰给说哭了，这会儿换了个模样，从旁窥看老爷的脸色，眼神骇人。老爷一声不吭地进了金库，拿了共五十元的一叠票子过来。

"这不是给你的。是因为可怜你还没出嫁的妹妹，而且事关你姐夫的面子。我们山村家代代都是本分人，以正直律己为守则，从来没让人说过我们家的坏话。可是出了你这么一个好比是天魔转世的

---

[1] 三界指过去、现在、未来。意思是无论何时都无法断绝与孩子之间的羁绊。

坏人，如果你因为缺钱而去觊觎别人家的钱财，那就不光是我这一代人丢脸。不管财产有多重要，都只是第二位的，首先别给父母姐妹们蒙羞。和你说这些话也没用，按道理，作为山村家的少爷，你自己好好的，人家自然不会对你有什么恶评，然后过年拜年，你也该代替我，让我少些操劳。可你眼看着年近六十的父亲哭泣，你要遭报应的吧？你小时候也读了些书，怎么就不明白这些呢？哎，你走吧，回去吧，随便你回哪里，别再给我们家丢脸！"

说完，父亲回了里屋，钱到了石之助的怀里。

"母亲大人，您过个好年。我走了。"石之助故意恭恭敬敬地和继母告别，又说："阿峰，帮我把鞋放好。我要走玄关，是从这里出门，不是从这里回家。"他大模大样地挥着手走了。他要去哪儿呢？父亲的眼泪将会在石之助的一夜闹腾间化作梦一场。最糟的是有个浪荡子，最糟的，是有个让儿子变得浪荡的继母。太太在石之助走后，把门前的脚印给扫了一遍，虽然没到撒盐[1]的地步。少爷走了，她高兴。尽管心疼钱，见到人也让她心烦。一如往常，她恶毒地说："他不在家最好！是怎么才能长成那么没脸没皮！真想看看生他的亲妈是什么样！"

阿峰只当没听见这些。她感到，自己犯下的罪行太可怕，刚才的举动，如今就像在梦里，到底是自己还是别人做下的？细想之下，

---

[1] 日本风俗，撒盐祛除不净。

这件事能不被发现吗？就算是一万张钞票少了一张，数一数就知道了。而且少了的钱跟我提过的数目一致，又是紧接着不见了，若换成我是太太，会怀疑谁？她要是质问我，我该怎么办，该说什么？我如果说谎，罪孽更深，如果坦白，会害了舅舅。我的罪，我认了，但如果连正直的舅舅也被冤枉，就糟了。人们不会相信他，因为我们穷。人们会说，原来那家人偷了钱。好难过，我该怎么办？有什么办法能让我猝死，不至于让舅舅蒙羞？

她这样想着，视线盯着太太的一举一动，一颗心徘徊在砚台盒边。

这天晚上要集齐家里的钱，封起来，叫作算大账。太太想起来，从里屋喊道："砚台盒那儿有修房顶的太郎还过来的钱，二十元。阿峰，阿峰，把砚台盒拿来。"

听见这话，阿峰仿佛是没了命。她想道，我要去见老爷，把事情从头讲起。太太说了翻脸无情的话，我是迫于无奈。能守护我的是正直。我要不逃避不隐瞒，如实道出，虽然不是自己想要钱，但我偷了钱。舅舅没有罪。唯独这点，我要反复地讲，要是他们不听，没办法，我就当场咬舌自尽。用我这条命去换，他们就不会认为我在说谎了吧。

她下了这样的决心，往里屋走，一颗心如同待宰的羔羊。

阿峰仅仅抽走了两张，应该余下十八张钞票。可是为什么呢？抽屉里不见成叠的钞票，把抽屉整个拉出来，底朝天地抖落，也没有。

奇怪。散落的纸片之间,有张不知什么时候写的收据。

> 抽屉里的钱,我也一道借走了。石之助

是那个浪荡子干的?人们面面相觑。阿峰没遭到查问。

是阿峰的孝顺感动了天地,使得这事在不知不觉中成了石之助的罪行吗?不,也许是他知道发生了什么,顺便顶下了罪名。若是那样,石之助就成了阿峰的守护天尊。

真想知道后事啊。

行云

上

酒折宫，山梨岗，盐山，裂石，差出，就算一一列举这些山梨县的名胜古迹，东京人也不曾听过。越过险峻的小佛岭、笹子岭，眺望猿桥下的急流，令人目眩。鹤濑、驹饲没什么值得一看，即便是胜沼，对东京来说，也不过是乡下。说起来，甲府算是有些高楼大厦，还有跸躅崎的遗址[1]可看，如果通了火车还好说，可是眼下没什么人会特意坐马车人力车摇晃个一昼夜，到惠林寺[2]赏樱。但这是野泽桂次的老家，每年暑假，同学都计划去箱根、伊香保，只有他，要回到甲斐的群峰之间，看白云[3]流散。以前倒也没什么，唯有今年这一次，要离开首都往八王子去，他却生出前所未有的愁闷。

他听说，义父清左卫门从去年起身体不适，时常卧病在床。但

---

1 武田信虎、信玄、赖胜三代的居城遗址，位于甲府市。
2 临济宗寺庙，武田家的墓地所在。位于从前的盐山市，现在的甲州市。
3 这里隐含了纪贯之的和歌：山间白云现，好似樱花开。

他想着养父原本身子强健，不会有什么大事，便只告说，请遵医嘱。他自己犹如飞在空中的鸟儿一般，当个自由自在的学生，一心想要多玩一段时日。然而就在前几天，老家来了封信，信上说：

在那之后，老爷的身子没什么大恙，只是他的性子越来越急，变得很固执。一方面也是上了年纪。只是，周围的人哄不住他，都很为难。像我这样的老伙计，总能想个法子，让老爷缓和个一两天，但他有时说些让人不明就里的话，而且凡事催得急，仿佛救火似的，让人没辙。最近他反复说，想把你喊回来，早日让你继承家业，他自己好养老。此事理所应当，亲戚们一同做了决议。

起初，你去东京，我是不赞成的。这样说有些失礼，但学问对野泽家来说并无大用。赤尾那边阿彦家的儿子去读书却患了精神病回来，我是见到的。你原本聪明伶俐，不必有这方面的担心，可如果你从此放荡，就无法挽回了。此次你和小姐成婚，继承家业，年龄上也合适，亲戚们都赞成。不过，你在东京一定也有未竟的事。请把诸事做个了断。就像飞鸟过后无痕，你可不能在身后留下谣言，让人说，野泽桂次虽是大藤村[1]大财主家的儿子，却个账目不清的家伙，某间店说好是分账的，他把他那一份推给别人了，自己跑了。为此，我们按账单的数目，从邮局汇款过去。如若不够，你让上杉家先垫上，总之要把诸事了结清爽再回家。如果你因为钱的事让家里蒙羞，我们这些管账的

---

[1] 大藤村位于盐山市中荻原，是樋口一叶父母的故乡。

伙计实在是过意不去。如前所述，老爷性子急，等你等得心焦，一旦你把那边的事情处理完了，请尽快回来。

  这封信是名叫六藏的在家掌柜[1]写来的，桂次没法拒绝。
  若自己是生在野泽家养在野泽家的亲生子，这样的信就算来个十封十五封，可既然自己想念书，就可以说，在学问有成之前，请原谅我的不孝之罪。亲儿子就能做到这样的任性。可让人犯愁的是，自己是养子。桂次如此想着，深深羡慕别人的自由，觉得自己的未来被锁链拴住了。
  7岁那年，在亲生父母家过着穷日子的他换了境遇。原本，他会穿着只到屁股的褂子，赤着脚，到田头给家人送便当，或是把松明当灯用，唱着马夫小调打草鞋。因他眉目长得像夭折的少爷，如今已过世的地主家的太太宠着他。起初对他来说是值得尊敬的大财主家的老爷，后来成了他的父亲。对他来说，幸与不幸都在其中。
  野泽家的女儿名叫阿作，比桂次小6岁，今年17岁。离开老家之前，对于自己必须娶这样一个毫不出彩的乡下姑娘，桂次并没有觉得是不幸的姻缘。但到了最近，就连看到老家寄来的阿作的照片，他都感到忧伤。想到自己将要娶她，一动不动地待在东山梨郡，便觉得人人羡慕的酒坊财主家算什么呢？就算自己继承了家业，倘若亲戚们的干涉过多，根本没法随便用钱，那等于这辈子成了宝库

---

[1] 掌柜分为住在主人家和自己家的，六藏是后者。

的看门人，再加上不中意的妻子，更是累赘。要不是这世上有叫作情义的牢笼，真想把宝库还给原主人，将长旅的累赘让给别人。别说是今后十年二十年，就连现在的短暂时间，自己都不想离开东京。若有人问为什么，自有一套冠冕堂皇的借口。但如果不做粉饰平心而论，是因为在东京，有那么一个人，让他无法割舍。想到自此分别，以后就见不到她，此刻他也胸中烦闷，无法排遣。

桂次现在住的是义父的亲戚上杉家，他喊作伯父伯母。他刚来到这个家，是在18岁的春天，他穿着乡下粗纺的条纹布和服，肩膀打了褶子[1]，因此被嘲笑了。这家人把他的和服腋下的开口[2]缝起来，让他换成大人的装扮。如今他22岁，算上中间有一半时间住在寄宿舍，也受了这家将近三年的照顾。他了解到，伯父胜义性情阴郁，而且固执得一塌糊涂，唯有对他老婆心软，让人发笑。伯母则是口头上说得好听，其实对任何人都冷冷淡淡的，毫不热情，要是没有明确的利益，她笑到一半的嘴便抿起来，显得非常现实。对此，桂次也从屡次的经验中大致搞懂了。要在上杉家待下去，账面清楚没有坏处，表面上一定要做出乡下读书人来叨扰和受照顾的模样，不然，首先伯母就会不开心。

伯母因为家里姓上杉，便自称是大名的旁支，摆足了架子。她让女佣喊自己"夫人"，和服的下摆长长的拖在地上，稍微做点事，

---

1 为了节约，将成长期的孩子的衣服肩膀收几道褶子，随着双肩变宽，将褶子放开。
2 孩子的和服腋下不缝起来，开口用来穿过腰带，固定衣服。

就说肩膀酸。月薪三十元的公司职员的妻子在家这样摆谱，想来是这个女人的一种小聪明，或许会让她的丈夫增光。然而，野泽桂次是个有着堂堂名字的男儿，却被那个女人背地里喊作"我家的书生"[1]，还各种使唤他，简直把他当成个看门的。太荒唐了。仅此一项，就该远离这个家。然而他离不开上杉家。有时心下不快，已经定下了寄宿舍，出去不到两周，又回来了。

伯父和十年前去世的妻子之间有个女儿，名叫阿缝，是现在的太太的继女。与桂次初见时，她十三四岁，梳着唐人髻，扎了红发带。桂次觉得她可怜，想道，她看上去还是个孩子，但没有亲妈的孩子，总是显得稳重些。他自己也是由别人养大的，便对她生出同情。阿缝凡事都要顾及母亲，甚至对父亲也有所顾忌，很少主动开口说话，乍看起来，她是个乖巧温顺的姑娘，既不活泼，性格也不激烈。但凡父母双全，大门不出二门不迈的女儿家，若是引人注意，被喊作才女，那么多半是好胜的、故作惊人语的、被宠坏了的任性人物。就因为不懂得收敛而且傲慢，才会得了这种名声。而若是凡事谨慎、不想招摇的姑娘，明明有十分才气只露七分，则会有三分的损失。桂次想到了故乡的阿作，两相比较，更为阿缝痛心。他虽然讨厌伯母的傲慢嘴脸，但想到那样温柔的人要小心应对那样傲慢的人，阿缝该有多辛苦，他便认为，至少自己要在她的身边，为她注意一二，或是安慰她。若让别人知道他的这种想法，会嘲笑他自以为是，而

---

[1] 书生指的是寄宿的读书人，也兼做仆人的活儿，以补偿食宿。

他受这份情绪驱使，说到阿缝，他仿佛是当作自己的事，或喜或怒。要是此刻抛下阿缝，回到故乡，她留在这里，该有多不安。继女的身份真是悲哀，而自己是个没用的养子，此时不由得哀叹人世的无情。

中

人们都说，被继母养大的孩子性格别扭，尤其是女孩子，难得有品性正直的。比之常人稍微有些愚钝的孩子，会格外逞强，尤其让人讨厌；有小聪明的孩子则会养成狡猾的性子，变成表面乖巧的恶徒。一个性子端正、本心正直的人，因为家庭境遇被人们认定性格不好，要吃一辈子的亏。

上杉家叫作阿缝的姑娘，毕竟是让桂次心心念念的人，其容貌出众自不用说。她上过小学，粗通读写和珠算。应了她的名字，精于缝纫，连裙裤[1]也能做出来。10岁以前，她还像个孩子般顽皮，虽是个女孩，却常常让她已过世的母亲皱眉。玩耍时她经常弄破衣服，挨了许多责怪。

现在的母亲是父亲的上司的情妇或小妾，其中有些复杂的缘故，父亲不得不接收了她。或者父亲是喜欢她才娶了她。具体的不清楚。她的势力很大，摆出一副妻掌天下的架势，阿缝作为继女，自然被

---

[1] 日本的传统下装，明治时期女学生常穿，现在一般作为男子和服正装。

她欺负到哭。阿缝只要说个什么，就会被她瞪；只要笑，就会挨骂；讨好她，被她说成是狡猾；不惹事，被她骂作迟钝。如同新芽上落了霜，还用力去压它，看它会不会长。人无法在忍受这般对待的同时还能笔直地生长。阿缝哭了又哭，想要对父亲诉说，可父亲心冷如铁，没有半点温暖。对其他人，就更加无从诉说。

阿缝仅有的慰藉，是每个月的十日，到谷中[1]的寺院去给母亲扫墓。尚未把白花八角树枝[2]、香和各种供品摆好，她抱住石塔，落下热泪。"妈妈，妈妈，带我走吧！"她的母亲若是在苔藓之下听了，怕是无法安眠。有三四次，她扶住井沿，窥看水面，然而细想之下，纵然无情，那也是自己的父亲。如果自己死了，污名传到别人的耳中，留下的羞耻不是别人的，正是父亲的。她在心里向父亲道歉：我想通了，不该轻生。

她又想，在这个无法求死的人世，要保持清醒生活，那么种种愁闷痛苦就变得难以忍受。一生五十年。做个睁眼瞎，便容易过。从此，她专注于讨好继母，让父亲高兴。她就当自己不存在，家里平静无波，仿佛连屋檐下的松树都会有鹤来筑巢。要说她的这份决心映在世人的眼中是怎样的呢？继母是个能言善道的，又爱笼络人，所以比起抛却了自我、置身黑暗中的女儿，倒是继母在外的名声更好。

阿峰毕竟还年轻，桂次对她好，她是高兴的。我这样的人，连

---

1 现在的东京都台东区。
2 日本扫墓供奉常用的植物，又称佛前草。

父母都舍弃了我,他却用心待我,宠着我,真是感激。她虽然这样想,但和桂次的热忱比,她显得十分冷静和从容。

"阿缝,我就要回老家了,你怎么想?从此你省了每天早晚的家务,麻烦事减少了,轻松了,你是不是为此而高兴呢?还是说,那个爱聊天的、饶舌的人不在了,偶尔地,你会想起他,觉得有些寂寥呢?告诉我吧,你怎么想?"

当他这样问,她说:"不用你讲,家里会变得多么寂寞。你在东京的时候,有一个月一直住在寄宿舍,那时我盼着星期天,早上一开门,就想着是不是听到了你的脚步声。你回了老家,就很难来东京了,此后的别离会有多久呢。等通了铁路,请你常常来,我会很高兴的。"

"我也并不想回老家。要是能留在这里,我就不回了。倘若之后能出来,我会像现在这样再来叨扰。我想尽可能只回去几天就来东京。"他轻飘飘地说。

阿缝劝道:"你将要成为一家之主,得管家。可不是像现在这般逍遥的身份。"

"关于这个,你就当作我是遭了难吧。把我养大的人家位于大藤村的中荻原。极目所望,天目山和大菩萨岭的群峰围成了墙,耸立在西南方的白皑皑的富士山的顶峰把自己藏起来,不显露身形。冬天下雪的时候,山风彻骨寒冷。要吃金枪鱼刺身,得走五里[1]路,从

---

[1] 明治时期的1里约为3900米。

甲府运来。你可能不清楚,问问你父亲吧。那地方极其不便和不卫生,如果是夏天从东京回去,有些事难以忍受。我将被困在那地方,从事无趣的工作,见不到想见的人,难以踏上想去的土地,努力地过着日子。一想到这些,我当然心里郁闷。至少,你要怜悯我。难道我不可怜吗?"

"尽管你这么说,妈妈说,你的身份可让人羡慕呢。"

他笑道:"这身份有什么好让人羡慕的!说到我的幸福,倘若在我回去之前,阿作忽然去世,她既是独生女,义父惊变之下,暂时就不会让我继承家业。如此一来,他家的财产虽不多,毕竟是财产,而我又是个外人,他便不想给我。而亲戚当中那些个贪心的,不想眼看着他家的钱财落到别人手里,肯定会加以游说。到了那时,我只要做点不当的事,就能顺利和他家撇清,变成野地里的一棵杉树。从此我便自由了。到那个时候,你再用'幸福'这个词形容我吧!"

阿缝愕然道:"你讲这样的话是认真的吗?我一向认为你是个温柔的人,说什么阿作忽然去世,就算是背后乱讲,也太过分了。她真可怜。"她的眼里带了点泪,为阿作说话。

"可能因为你没见到她本人,才会觉得她可怜。你不该同情阿作,该同情我。我被眼睛看不见的绳索扯着走,你真的毫无所感吗?我感觉你其实完全不在意我,随我怎么样。就连此刻,你说我不在东京会寂寞,其实只是场面话,说不定你心里想的是,这样的家伙早些走吧，恨不得竖起笤帚撒盐[1]呢。我自以为受欢迎，还长住在你们家，真是对不住了。我讨厌乡下，可是不得不回去。我以为你对我有情，可你像这样抛下了我，人世间真是太没意思了。随便怎么样吧。"

桂次故意胡搅蛮缠，做出一脸的不高兴。阿缝将秀眉一蹙，仿佛不解地说："野泽先生，你在拿我开玩笑吧。是有什么事让你不高兴吗？"

"当然了，在正常人眼里，我看起来一定是疯了。我自己也觉得自己有点疯。但疯子也是有原因才发狂的，是因为各种事叠加在一起，让头脑缠作一团。我不知道自己是疯了还是得了什么热病，但就在最近，我脑子里琢磨的是你这个正常人绝对想不到的事。我拿到一张可爱的照片，不知哪家的谁在她小时候照的，我便白日夜里的拿出来看，一会儿对着照片说些没法对她当面讲的话，一会儿小心地收进抽屉里，一会儿说些痴话，一会儿做梦。要是我这样过一辈子，人们肯定会认为我是个大白痴。我变得这么痴傻，可她不明白我的心。既然无缘，那么至少她可以讲些温柔的话，让我成佛。但是她一脸的若无其事，说些无情的话，最多只说什么我走了她会寂寞。是不是太过分了？我是不懂你作为正常人怎么想，在我这个疯子看来，她真是坚强，让人恨。女人不是应该更温柔一些吗？"他一口气说道。

---

[1] 据说把笤帚倒过来放，盖上手帕，就能赶走不受欢迎的客人。赶走之后，撒盐净化家门。

阿缝难以作答，往后缩了缩。"我该怎么说才好呢？我笨，不懂得如何回话，真是惶恐。"

　　桂次没想到她会这么说，愈发垂头丧气。

　　上杉家的隔壁是某某宗的佛寺，寺内辽阔，遍植桃与樱。从这边的二楼往下望去，樱树仿佛云彩横曳，如在天上。衣缠腰间的观音像位于户外，花瓣飘飘摇摇，落在佛像的肩头和膝上。供在佛前的白花八角树枝上也堆积着花瓣，好看极了。背孩子的妇人从底下经过，只见花瓣在她额头的布条上稍做停留，又飞舞着落下，往春深处去。晚霞过后，朦胧的月夜，人们的面庞微暗，起了微风。去年、前年和再之前一年，花开时，桂次都住在上杉家，在寺院里走走停停。今年此时的樱花并不特别稀奇，但想到来年春天就没法来此看花，就连此地的观音像也格外让人不舍。好几个夜晚，他离开家，到寺院参拜，尤其来到观音像前合掌祈祷。"请保佑我心爱的人。"此情若永不消逝就好了。

下

　　桂次对阿缝的恋情炽热，仿佛只有他一个人发烧和耳鸣似的。阿缝则像是个木头做成的人，在上杉家没兴起爱情纠纷，大藤村的阿作大概连做梦也安稳吧。

定下了四月十五日回老家。桂次买了些礼物。日清战争[1]画，胜利袋，腰带扣，外套系绳，香粉，簪子，"樱香"的头油。因为亲戚多，还买了各种香水和肥皂，为了显出东京的样子。阿缝送的东西当中，有副雪青地白牡丹花的里衣衬领，说是给桂次未来的妻子的。后来女佣阿竹说，桂次看到这件衣服的表情，十分可怜。

阿作给桂次寄过照片，不知他是秘密地收起来不给人看呢，还是悄悄烧掉了，总之，除了桂次，没人知道。最近，从老家来的交代事情的明信片，行文是男子的风格，署名也是"六藏"，但上杉家的妻子专会挑人的短处，瞅着明信片说道："一定是那边老爷子觉得女儿的字大有长进，得意地想给人看，所以让他家闺女写的。"

凭借笔迹浮想人的相貌，就如同听名字判断人的善恶。当代的书法大家中，会有业平[2]那样的美男子吗？不过，写字要看如何用心。就算字丑，也该写得清楚，要是想要装作龙飞凤舞，乱写一气，让人认不清，那就没有意义。虽然不知道阿作的字究竟如何，上杉家的妻子对她的容貌却自有一番想象。据她说，该是个宽短面庞的姑娘，眉眼倒也不太坏，头发稀疏，脖子肥短，腿比身子长。那姑娘喜欢在字上面加多余的点，末笔故意写得长长的，不好看，而且可笑。

她又说："桂次的容貌在东京也不算差的，可谓大藤村的光源氏。他回去之后，那些织布机跟前的姑娘该要涂脂抹粉了。"

---

1 日清战争，即中日甲午战争，发生于明治二十七年（1894年）八月至二十八年（1895年）四月。《行云》执笔于明治二十八年四月上旬。
2 在原业平，平安时期的贵族、歌人，常用来比喻美男子。

上杉家的两口子聚在一起说坏话，连桂次的父母家也不放过。他们说，娶一个丑老婆也没什么，该忍了。原本是贫穷的佃农之子，一举攀上枝头成了富翁。

阿缝独自听着他俩不约而同的嘲笑口吻，怜悯桂次，心想，还好他没听见这些。

行李已经先运走了，后面自己回去就行。桂次一身轻松，天天去朋友家，办些琐事。他好不容易找了个空当，扯住阿缝的衣角。

"虽然你讨厌我，我们就要分开了，但我绝不恨你。你有你的路要走。总有一天，你的岛田髻会梳成圆髻[1]，你美丽的乳房会被可爱的孩子含住。我将会过完这漫长的一生，一心祈祷着你的幸福与康健。你也要好好地孝顺父母。以你的性格，一定不会违逆你那坏心眼的母亲，不过还是要把孝顺放在最先。我有很多话要说，有很多事要想，这辈子，我会一直给你写信，我写个十封，你要回我一封啊。难眠的秋夜，我会抱着你的信，在梦里看见你虚幻的倩影。"

他说了这番话，流下男儿泪。他仰起脸，用手绢擦脸，感到自己软弱无力，但人都会如此吧。即将回去的故乡、养育自己的家、自身、阿作，他忘了这些，仿佛世上唯有阿缝，一颗心陷入迷茫。这种时候，这等情形，有些女人脆弱的心被打动了，从此在心中留下一辈子无法消除的悲影。而如木如石的阿缝呢，不知她在想些什么，只是簌簌落泪，一言不发。

---

1 已婚妇人的发型。

春夜梦浮桥，云朵断如缕[1]，桂次在这样的天空下离开了东京。因为要顺道去一些地方，所以乘人力车去了新宿。从那里到八王子，一路在火车上。下车后，又换乘马车，不久过了小佛岭，经过上野原、鹤川、野田尻、犬目、鸟泽，当晚在猿桥附近住下。虽不闻巴峡的猿啼[2]，却因为笛吹川的潺潺声睡得不稳，这声音同样断肠。东京那边收到他从胜沼寄的明信片。到了第四天，又收到两封带有七里[3]邮戳的信，其中一封是给阿缝的，这封信很长。就这样，桂次成了大藤村的居民。

都说这世上靠不住的是男人的心。遇上男人变心，那种狼狈，宛如秋天的夕阳忽然变得晦暗，没带伞，在乡野路上溅了一身雨。有过恋爱经历的人都这么说。但其实所谓男人心，也都是一时兴起吧。既没有结下浪头越不过末之松山的誓言[4]，自己又不是靠男色过活的人，光是流泪，也没什么用。昨日的悲哀是昨日的悲哀，今天的自己有许多事要忙，虽然不想忘记对方，但不觉间就忘了，一生如梦。若说人生如朝露，的确无常。

说起来，男人原本就有结发的妻子，不管他本人是讨厌还是愿

---

1 藤原定家的和歌：春夜梦浮桥，天空横云断，如缕不连峰。意思是，从春夜如浮桥般的短暂梦中醒来，横云被吹到山峰上，朝左右分开，流向黎明的天空。
2 白居易《送萧处士游黔南》：江从巴峡初成字，猿过巫阳始断肠。
3 山梨县东山梨郡的村子。
4 清原元辅的和歌：誓约结，互拧满袖泪，浪不越末之松山。意思是发誓情义不变。

意，要一下子斩断俗世的情义，桂次真的能做到吗？他们顺利地举行了仪式，作为一对新人成了夫妻，不久，桂次将会当上父亲。从此将会产生各种亲戚关系，无法断绝的牵绊也会变多。他将不单单是桂次，若是幸运，会累积到十万身家，成为山梨县的大额纳税人。他的誓约之词留在了身后的港湾，船随着流水，人被尘世牵着走，远走到千里、两千里、一万里……大藤村和东京相距三十里，然而心灵断绝，就如同外山的山峰被云霞遮蔽。

在樱花落下、樱树长出青叶之前，阿缝收到了三封信。信写得详细。五月的屋檐下少有晴日，让人心生想念，那边又寄来好几封诉说回忆的信，她读得喜悦。那之后，每个月有一两封信来。起初有过一个月三四封的时候，后来变成一个月一封，阿缝心里惆怅。到了把孵化的蚕虫从纸上扫到匾里的时节，变成两个月一封，三个月一封。然后是每半年，每一年，变成只有贺年卡和暑中慰问。想来那边懒得写信，觉得明信片就够了。屋檐下的樱花每年都笑道，那时真可笑啊。隔壁的观音双手扶膝，宝相柔和，仿佛也在笑，在怜悯人们年轻时的热情。来参拜的阿缝曾被称作"冷淡"，难道她就没有喜笑颜开的独立之日吗？她依旧小心讨好父亲，揣摩继母的心情，当自己不存在，衡量着上杉家的安稳过日子，但她的心已经绽了道口子，这个家的安稳也将难以维系。

浊江

一

"哎，木村先生，信哥，来坐坐吧。既然我请你们坐，就坐一下嘛。你们又打算不来我这儿，直接上二叶那儿去，是吗？看着吧，我要去他家把你们拽过来。你们要真是去澡堂子，回来的时候请一定来啊。要是骗我，我可不干！"

阿高站在门口，拽住趿拉着木屐的熟客模样的男人，抱怨道。他们对她的牢骚倒也不生气，边找借口解释，边说："待会儿就来，就来。"

她目送那两人的背影，啐了一声。"才没有什么待会儿。根本就不打算来。娶了老婆的人，真是没办法。"她往店里走，迈过门槛的时候自言自语道。

"阿高，你说那么多干吗？用不着在意。反正是烧过的棍子[1]，还

---

[1] 日本谚语，烧过的棍子一点就着，意为男女之间只要有过关系，很容易旧情复燃。

会回来的。别担心。要么你下个咒等着。"同伴安慰地说。

"阿力,我跟你可不一样,没有你的手段。哪怕走掉一个,我也觉得可惜。像我这样运气不好的人,下咒或其他什么都没用。我今晚又要空守在门口了。真是的,真没劲。"她鼓着气往进门处一坐,用二齿木屐的后跟通通地敲着没铺地板的地面[1]。她的年纪大约在27到30岁之间,眉毛画得很长,用墨染了鬓角,敷了厚厚的粉,嘴唇像吃过人的狗,红得可怕。

被她喊作阿力的,身材匀长,丰满合度,刚洗过的头发梳了大岛田髻,上面插着新稻草[2],显得清爽。她天生白皙,粉只搽到颈子,领口敞着,故意露出一截胸脯,不搽粉的地方还更白。她呼呼地吸着旱烟,手执烟杆,立起一边膝盖,坐没坐相,可没人说这样不好。她身上是印染了大花的单衣,腰带系了一个式样简单的结,垂在腰后一截。腰带的表面是黑缎子,里面是不知什么布拼的。背后露出底下的红色细腰带,一望即知,是这一带妓女常做的打扮。

叫阿高的那位用白铜簪子挠着天神髻[3]的底下,像是忽然想起来,说道:"阿力,你刚才寄信了吗?"

"嗯。"那边没精打采地应了一声,又笑道,"也不会来的,我就是做做样子。"

---

1 日式房屋在进门换鞋的位置不铺地板。
2 插秧后剩下的稻苗,浇上热水后阴干。是当时流行的发饰。一把五分到一角,颇贵。
3 将头发分左右拉成两个环髻,中间用头发束住。和前面提到的大岛田髻一样,都是未婚少女的发型。这里是指妓女们刻意打扮得年轻。

"得了吧。你写了两寻¹卷纸,那么大一封信,贴了两张邮票,就是做做样子吗?而且那位不是和你从赤坂那会儿就要好吗?就算有点什么事,也没法断了吧?完全就看你怎么应对。你稍微打起精神,和他续上吧。拖下去可是会受报应的。"

"多谢你关心。你的意见我接受,可我怎么也喜欢不来那样的家伙,就当我和他无缘,请你别劝了。"阿力说得像是别人的事。

阿高笑道:"真拿你没辙。你就是因为别人都接受你的任性,所以才那么豪气。像我这样的可没法任性。"她拿起团扇,扇着脚边,自言自语道:"我从前如花²。"她说这话的模样可笑。看见经过马路的男人,她又叫道:"来坐坐嘛。"黄昏的店门口热闹起来。

店的门面有两间长,屋檐下挂着灯笼,门口堆着盐³,显得生意兴隆。架子上排列着许多有名的好酒,不知是不是空瓶。还有一处看着像账台。厨房里,给炉子扇风的声音闹哄哄的。暖锅、蒸蛋之类,女主人自然能做。只见挂在外面的招牌上装模作样地写了"料理"。那如果点几个现做的菜,店家会说什么呢?不巧,今天沽清了。这话古怪,但客人都是男客,也不好开口请她们去旁边的店买过来。这世上有种种方便。客人也都懂行情,不会有哪个乡下人来这里就为了吃一个配酒的拼盘。

---

1 两寻约 3.6 米。
2 引自都都逸:别把我当傻瓜,我从前如花,引得黄莺鸣叫。都都逸是日本的一种民谣。
3 青楼风俗,在门口放置三角形的盐堆。

叫阿力的是这家的头牌，年纪最轻，招揽客人有一套，但她说话并不讨人欢心，一举一动极其任性。伙伴们有人觉得她多少恃貌而傲，在背后说，瞧见她就让人生气。其实接触之后，发现她出乎意料地有温柔之处。同样是女人，却想和她待在一处。邻里的同行们羡慕道，哎，本性这东西藏不住，她的模样显得俏，是性格的反映吧。但凡来到这片新开地[1]的人，没人不知道菊之井的阿力。究竟该说是菊之井的阿力，还是阿力的菊之井？总之，她是个少有的能人。全靠了那姑娘，新开地才有光彩。她家老板应该给她做个神龛供起来。

　　阿高见路上没人，说道："阿力，你不会因为以前有过交往，就把人放在心上，可我忍不住要想到源哥。他落到如今的地步，完全算不上好客人，但你们既然互有情义，就顾不上这些了。他比你年纪大，又有孩子，对吧？只因为他有老婆，你就能和他分开吗？没关系的。喊他来。就拿我的相好来说，那混蛋变了心，一看到我就逃走，没办法。反正我是放弃了，打算另找，但你的情况不同。只要你想，就能让他给他太太一封休书。你心性高，不打算和他在一起。可你甚至都不愿喊他过来吗？你写封信。回头三河屋的伙计上门来，让他跑个腿递信好了。你是什么人？又不是大小姐，在顾虑些什么？你就是每次和人断得太快了，这样不好，总之你写封信给他。源哥也是可怜。"说着，她看向阿力。那边忙着清理烟杆，低着头，一声不响。

1　新开发的土地。一般先有声色场所，再建起其他商业设施。

终于,她把烟斗擦干净,吸一口烟,"砰"地磕一下烟杆,又吸上,然后把旱烟斗递给阿高。

"你要当心,在店门口说这种话,让人听到了可不好。会让人以为菊之井的阿力找了个建筑工地的帮工当情人。那都是以前的梦,我如今都忘干净了。管他是源哥还是阿七,我都不再想了。别再讲这种话了。"

说着,她站起身,朝着经过店门口的一群系着兵儿带的男人叫道:"哟,石川先生,村冈先生,你们把阿力的店给忘了吗?"

"哦,你喊人还是这么有江湖气。让人没法过门不入。"说着,他们进了店。走廊上立即响起啪嗒啪嗒的脚步声。有个声音说:"大姐,拿温酒壶来。"有人答:"来点什么菜?"三弦的声音繁盛地响起。狂乱的舞步声也响了起来。

二

连绵的雨日,一个30来岁戴圆顶礼帽[1]的男人路过门口。阿力想,要是不叫住,这种雨天没客人来。她奔出门去,拽住那人的衣襟,耍赖道:"我就不让你走。"她的美貌起了作用,把平时不会来店里的绅士给喊了进来,两人在二楼六叠大的房间里,阿力没弹三弦,

---

1 明治时期,礼帽配和服的男子装扮很常见。

安安静静地聊起了天。客人问她的年纪,又问姓名,然后问她父母的情况。

"你家是士族吗?"

"不告诉你。"

"是平民吗?"

"是不是呢?"

"那么就是华族。"

她笑着听了这话,"哟,您就这样想吧。华族的公主亲手给斟的酒,您就感激地接了吧。"说着,她给客人满满地斟了酒。

"这可真是没样子。哪有搁在桌上斟酒的?是小笠原流[1]吗,还是别的什么流派?"

"这叫阿力流,是菊之井家的礼仪。既有把酒浇在榻榻米上的路数,也有用大碗的碗盖一口气喝光的路数。终极的一手就在于,不给讨厌的人斟酒。"阿力毫不畏怯地说道。

客人愈发觉得有趣。"讲一下你的来历吧。你肯定有特别厉害的故事。看着不像普通人家的姑娘,没错吧?"

"您看,我的两鬓还没长角,背上的甲壳也还没变硬。"她咯咯笑道。

"别这样打马虎眼。把真相讲给我听。要是你不肯讲你的真实身份,那就谈一下你的目的。"他追着说。

---

1 武士的代表性礼仪流派。

"好难啊。我如果说了,您会吃一惊吧。想要夺取天下的大伴黑主[1],就是我。"她笑得更厉害了。

"这可不行。你尽在开玩笑,稍微讲几句真话吧。就算一天到晚扯谎,总该有一点真的。你有丈夫吗?还是因为你父母的缘故,你才到了这里?"

阿力被他认真地一问,有些伤感。"我也是人,多少也会有些事进到心里。我父母早逝,如今只剩我一人。虽然我做这份营生,也有人说想要娶我为妻,不过,我尚未结婚。反正我出身下贱,就这样终此一生好了。"

她这番自暴自弃的话充满了感慨,不同于她俊俏放荡的模样,显得别有故事。

"又不是出身下贱就不能有丈夫。特别是像你这样的美人,能更上一层楼,嫁入富贵家。还是说你不喜欢当阔太太,更愿意做手艺人的老婆?"他问道。

"反正终归也就那样吧。我喜欢的,不喜欢我;说想要娶我的,我又不喜欢。您可能觉得我水性杨花,但我就这样一天天过着日子。"

"不,你可别这么说。你肯定有相好的。刚才在店门口,不就有个女的对你说吗,某某和你问好来着。你肯定有什么故事吧?"

"哎,您可真爱琢磨人。我的相好遍地都是。情书就是废纸,

---

[1] 三弦说唱的曲艺有一种叫作常磐津,其中有《积恋雪关扉》,阿力说的这一句是关守关兵卫(大伴黑主)的台词,可见她的才气。

若要让我写,不管是向神佛起誓的文书还是定情信,只要客人喜欢,我就写。虽说是男女之约,不等我这边违约,对方就没了耐性。有东家的畏惧东家,有父母的要听父母之言,他既然不理我,我也不会再纠缠。誓约就此废了,一刀两断。我虽然有许多的相好,却无人可托付一生。"她显出无依无靠的样子,又说:"别再讲这些了,开心地玩吧。我最讨厌低落,好好地热闹一下吧。"她击掌呼喊同伴。

"阿力,你们谈得好亲热呢。"一个化了浓妆的30来岁的女人过来说道。

男的突然问:"喂,这姑娘的情人叫什么?"

女人说:"是哦,我还不知道您的名字。"

他笑道:"你如果撒谎,盂兰盆节可就不能去拜阎罗王了。[1]"

"话是这么说,您今天是头一次来吧?还请报一下名字。"

"为什么?"

"您的名字是?"女人反问。

"你别胡闹,阿力要生气了。"

喧闹的无聊对话更让女人也就是阿高来了劲。"让我猜一下老爷您是做什么的,如何?"

"请。"男人伸出掌心。

"不,不用看手心。看相。"阿高一脸的煞有介事。

---

1 俗话说,撒谎要下拔舌地狱。日本的习俗,七月十六日参拜阎罗王。

"别,你这样盯着我看,一会儿该编排我的缺点了,这谁受得了。别看我这样,我可是个做官的。"

"您撒谎。又不是星期天,哪有官老爷出来玩的?喂,阿力,他是做什么的?"

"反正不是妖怪。"男人开玩笑道,从怀里拿出钱夹子,"猜中的人有赏。"

阿力笑道:"阿高,不得无礼。这一位是有身份的华族,悄悄地出来耍。他可不做什么营生。"说着,她拿起客人放在坐垫上的钱夹子。"今日陪您的高尾[1]收了这个,散些零花钱给大家吧。"

她也不等对方回答,嗖嗖地抽了纸钞出来。客人靠着柱子,一句牢骚也不发,只说:"那就拜托了。"他显得满不在乎。

阿高吃惊道:"阿力,你稍微拿一点就好了。"

"你在说什么呀。客人说了,这个给你,这个给大姐,大票子拿去账房付账,剩下的可以给大家。你去道个谢就走吧。"

她把钱分了。这一套是她最擅长的,阿高便不再客气,又向客人道:"老爷,这样行吧?"然后道了谢,抓了钱走了。男人对着阿高的背影笑出了声。"她说自己19岁,看着可是老多了。"

"别讲人坏话。"阿力起身开了移门,倚在栏杆上,敲了敲疼痛的脑袋。

---

[1] 高尾是吉原的名妓。二代目高尾与仙台侯伊达纲宗交好,后因违逆伊达而被杀。此处,阿力以高尾自居。

"你呢,你不要钱吗?"男人问。

"我没什么想要的。有这个就够了。"她从腰带间拿出客人的名片,做了个收下的动作。

"你什么时候拿的?作为交换,给我一张你的照片。"客人恳求道。

"您下个星期六来的话,我们一起去拍照吧。"

客人打算走了,她也不特意挽留,绕到他身后,一边帮他套上外套,一边说:"今天失礼了。等您下次来。"

"喂,别说得好听。我可不要你空口发誓。"客人笑道,匆匆起身下了楼梯。阿力拿着他的帽子,从后面追上来。

"是真是假,要先忍过九十九夜的辛苦。[1]菊之井的阿力并不是模子浇筑的女人。有时也会变的。"

只听一声"送客",阿力的同伴和账房里的女主人都跑出来,齐声说:"刚才多谢了。"帮客人叫的人力车来了,他从屋里一步坐上车,众人将他送到马路上。"等您下次再来。"这份殷勤是他给出去的钱的余光,之后人们又向阿力不断道谢,说她是阿力大明神。

---

[1] 据说,深草少将恋慕美女歌人小野小町,小野说,若能连续一百天来找我,就和你结婚。他去了九十九夜,却在最后的雪天冻死了。

三

客人名叫结城朝之助,自称是个浪荡客,但不时显出实诚的一面。他没有工作,没有妻儿,又是正适合玩乐的年纪,自从邂逅阿力,他一周总要来个两三回。阿力似乎也对他上了心,三天不见就给他写信。见她这般模样,同伴们有的带着醋意揶揄道:"阿力,你开心了吧?他长得帅,出手大方,今后肯定会有出息的。到了那个时候,你就成了夫人啦。你要从现在开始多上点心,别再不好好跪坐,伸个腿,也别用茶杯喝酒,没样子。"有的冷言冷语:"源哥听到会怎样呢?说不定会疯。"

阿力大剌剌地说:"呀,以后我要是乘马车来,路不好走,你们先把路给修了。店门口的阴沟光用块木板挡着,这样的店才是没样子,马车也没法停,不是吗?你们也稍微加强一下礼仪,端个茶送个水什么的。"

"啊,真讨厌。你要是不改一下说话的方式,听起来可不像个做夫人的。等结城来了,我要去告状。"

说话的一见到朝之助,便打小报告道:"有话对您讲,阿力实在顽皮,我们管不住她。请您教训她一下。第一,用茶杯喝酒,如同饮毒。"

结城一脸严肃地命令道:"阿力,酒还是少喝点。"

"呀,说这话可不像你。我阿力之所以能勉强做这份生意,还不是借了酒劲?我如果没了酒意,这屋子就要变成佛堂了。请你谅解。"

"原来如此。"结城便再无二话。

某个月夜，某工厂的一伙人来了店里，他们坐在楼下的厅里，敲着碗，唱着甚九[1]的谣曲，闹腾极了。姑娘们大都集中在一楼，二楼的小厅里只有结城和阿力两个人。朝之助躺在榻榻米上，愉快地向阿力搭话，她不带劲地回个一两句，像在想事。

"你怎么了，头又痛了吗？"他问。

"不是头痛，也不是其他地方痛，是老毛病犯了。"

"你的老毛病是生气吗？"

"不是。"

"是妇女病[2]吗？"

"不是。"

"那么是什么？"他又问。

"我不能说。"

"又不对别人讲，对我，任何事都可以讲。你说吧，是什么病？"

"不是病。就是，像这样，想一些事。"

"真拿你没辙。看来你有许多的秘密。你父亲呢？"

"不能讲。"

"你母亲呢？"

"也不能讲。"

---

[1] 民谣的一种。
[2] 原文"血之道"。女性常因月经、妊娠、生产、产后、更年期等荷尔蒙变化导致头痛、眩晕等症状，日本人认为这些问题和血行不顺有关，从江户时代起称之为"血之道"。

"你迄今为止的经历呢?"

"我不能告诉你。"

"就算撒谎也好,你编一个吧。大多数女人都会说,我有这样这样的不幸。而且我们也不是见了一次两次,说一下这些也没什么关系吧。就说你嘴上不说,瞎子一摸也能知晓,我知道你心里有事。我现在问的就是你的心事。反正是一回事,我想先问你的老毛病是什么。"

"别问了。就算告诉你,也不过是无聊的事。"阿力越发不理会他。

这时,有个女人从楼下端了杯盘,到阿力身边耳语道:"总之请你下去一趟。"

"我不想去,给我回掉吧。和那边说,今晚我这边客人喝得太醉了,我去了也讲不了几句话。唉,这人也真是的。"阿力皱眉道。

"你这样行吗?"

"行啊。"

阿力在膝上玩着三弦的拨子,女人讶异地起身走了。

结城全听见了,笑道:"你不用顾虑,去看一下,怎么样?用不着这么摆架子。让你的相好不见上一面就回去,太过分了,你快去看看他吧。或者把他喊到这里来。我会坐在角落里,不影响你们谈话。"

"别开玩笑了,结城先生,我也不好瞒着你,就告诉你吧。町里生意做得还算大的被褥店的老板源七,和我是老相识。他现在彻底落魄了,蜗居在蔬菜店后面的小房子里。他有老婆孩子,而且年龄比我大得多,但可能是和我有缘吧,到如今,他有时还是会找个由头过来。这会儿他也在楼下。我倒也不是因为他穷了才赶他走,和他见了,会有许多麻烦,所以最好不见,让他回去。我做好心理准备让他恨我来着,把我看作是恶鬼或毒蛇,随便。"她把拨子放在榻榻米上,稍微探身,朝马路俯瞰。

"怎么,瞧见他了?"结城故意说。

"嗯,看见他走了。"她茫然道。

"你的老毛病就是这个吧?"他质问道。

"哦,大概吧。看医生,或者去草津泡温泉。[1]"她有些寂寥地笑道。

"真想见一下他本人。要是用演员打比方,他像谁?"

"你如果见了会吓一跳的。他皮肤黑,个子高,像不动明王。"

"那你是被他的心打动了?"

"他在我们店里耗尽了家产,就只是人好,没什么优点。既不好玩,也不风趣,就是个普通人。"

"既然如此,你为什么喜欢他?我要问的就是这个。"结城换了方式问道。

"总的来说,我很容易喜欢上别人。对你也是,最近没有一个晚上不梦见你。梦见你结婚了,梦见你再也不来了,还做过更加悲伤的梦,枕头上的纸[2]都哭湿了。像阿高她们,说要睡了,刚沾上枕头,

---

[1] 民谣,后一句是"都治不了相思病"。
[2] 当时的人睡的是木枕叠加一枚布面小枕头,布枕里面是稻壳之类。怕发油弄脏枕头,其上垫纸。

就开始大声打呼噜,好像很惬意,我不知有多羡慕。我不管有多累,一钻进被窝就清醒了,想各种事。你觉察到我有心事,我很高兴,但我究竟在想些什么,你是不会明白的。想了也没用,所以我在别人跟前总是兴高采烈,还有客人说,菊之井的阿力是个不管不顾的性子,从不会让自己辛苦。可我觉得,大概真是有所谓因果,总之没有人像我这么不幸。"她静静地红了眼圈说道。

"真少见,你说了这样消沉的话。就算我想安慰你,因为不知原委,也无从安慰起。你如果真的梦见了我,就该和我说,让我娶你为妻,可你从未道过一句,又是为什么?古人言,衣袖相触也是缘。你如果讨厌这份营生,可以对我讲。我从前以为,以你的性格,是把这生意当作解闷呢。你究竟是因为什么缘故不得不做现在的营生,如果可以的话,我想听一下。"

"我最近倒是想过要讲给你听。但今晚不行。"

"为什么?"

"不为什么。我是个任性的人,我不想说的时候,怎么都不愿意说。"

说着,她"刷"地起身,来到走廊上。无云的天空中,月光清凉,俯瞰街道,只见经过的人影分明,木屐声咔嗒咔嗒。

"结城先生。"她唤道。

"怎么?"他来到她的身旁。

"在这儿坐吧。"她拉过他的手,"那边的水果店,有个孩子在买桃,看到了吧?刚满4岁的可爱孩子,他就是那个人的儿子。那么小的孩子都恨极了我,叫我'恶鬼'。哎,我看起来像那么坏的人吗?"

她仰望天空,叹了口气,声调显得十分煎熬。

四

同样在新开地,靠近边上的位置有条巷子,巷子两边蔬菜店和梳头店的屋檐紧挨着,路太窄,下雨的时候都没法打伞。脚边阴沟的盖板上到处是洞,走路危险。两侧是分隔成若干间的长屋。巷子尽头的垃圾堆旁边,有间九尺二间[1]的屋子。大门的门槛破损,挡雨的木板门向来关不严实。屋子虽破,总算不是只有一道前门,毕竟在山手地区,有个后院。三尺的屋檐下是一片草丛茂盛的空地,边上围了一圈篱笆,种了青紫苏、翠菊,篱笆上爬了豌豆藤。此处就是以前和阿力相好的源七的家。

源七的老婆叫阿初,二十八九岁。因贫穷显得憔悴,看起来比实际年龄要年长个7岁。黑牙齿染得不均匀[2],眉毛许久没剃,乱糟糟的。洗旧了的鸣海棉布单衣换过前后片[3],膝盖那儿以细密的针脚不显眼地缝补过,腰间紧紧地系了细腰带。她揽了编木屐鞋面的活

---

1 约2.7米宽,进深约3.6米。标准的贫民房屋。
2 持续到明治末期的已婚妇女的旧习,用醋和铁的溶液加五倍子粉,将牙齿染黑。
3 把衣服磨损的前襟和后背交换。

儿[1]，从盂兰盆节前到夏天是这活计最赚钱的时候，她大汗淋漓地忙碌着。为了省点工夫，她把理顺的藤条挂在天花板垂下来。她一心念着多做一点，那副心无旁骛的模样着实可怜。

"天已经黑了，太吉怎么还不回？源哥又上哪儿去了？"这样想着，她收拾了工作，抽了会儿烟，像是累了似的眨巴着眼，从水壶底下分了些火出来，放到驱蚊的火盆里，然后拿到三尺的屋檐下。她把捡来的杉树叶堆上去，呼呼地吹火，烟蒙蒙地起来了，逃到屋檐外的蚊子的嗡嗡声很响。

太吉啪嗒啪嗒地踩着沟板回来了，在门口叫道："妈妈，我回来了。我把爸爸也带回来了。"

"这么晚了！我还担心你是不是去了山上的寺院呢。快进屋！"

源七走在太吉的前面，没精打采地进了屋。

"呀，你回来啦。今天好热吧？我以为你肯定早回来，把擦澡的水烧好了搁那儿呢。你赶紧擦一把汗。太吉也去泡一下。"她说。

"哦。"太吉应了一声，开始解腰带。

"等等，我看下水温。"她到水槽边，把盆放下，从水罐里舀了热水，搅了搅，放进擦澡巾。"孩子他爸，你让太吉进去泡一下。你看着没精神，是中暑了吗？要是没有不舒服，就好好洗，洗干净了再吃饭。太吉等着你呢。"

"知道了。"源七仿佛惊醒了似的，解下腰带，来到水槽边。不

---

[1] 一叶的妹妹邦子也做过编鞋面的活计。

觉间想起了从前的自己。就连做梦都没想过,自己会在这逼仄屋子的厨房里擦澡。更不用说,父母可没把自己生成工地的帮工,在后面推车。都是因为自己做什么春秋大梦!他怔怔发呆,没碰温水。太吉一无所知地催促道:"爸爸,帮我洗一下背。"

"孩子他爸,有蚊子,快点洗完了过来。"妻子催促道。

"哦。"他一边回应,一边让太吉泡在澡盆里,自己擦了澡。他进屋后,妻子拿出洗晒过的干爽的单衣,说道:"换衣服吧。"他系上腰带,来到通风处。妻子摆上了能代漆器的小饭桌。饭桌旧了,表面的漆有些剥落,脚有些晃。

"做了你喜欢的冷豆腐。"说着,妻子往小碗里放上豆腐,加上香气四溢的青紫苏。太吉不知何时从台子上拿了饭桶,"嗨哟嗨哟"地喊着号子扛过来。

"儿子,到我旁边来。"他抚着太吉的脑袋,拿起筷子。他心头一无所想,然而没有食欲,嗓子眼仿佛肿了似的。他把碗一放,"我不吃了。"

"这怎么行!做力气活儿的人,一天三顿饭可不能不好好吃。你不舒服吗?还是太累了?"

"我没有哪里不舒服,只是不想吃。"

他这么一说,妻子露出悲伤的神色。"你又来了,是吧?菊之井的饭菜大概够香的,可是以你现在的身份回想起来,毫无办法。那边是卖笑的营生,只要有钱,她就能像从前一样疼你。经过马路一看就知道,那群人擦了粉,穿了美丽的衣裳,但凡撞进店的,不管是谁,她们都好好地款待。那就是生意。'我如今穷了,所以不搭理我了。'你这样一想,就能明白。你之所以恨她,是因为你舍不得。后町卖酒那家的后生,你难道不晓得吗?他迷上了二叶屋的阿角,把货款全用掉了,为了补空缺,又去赌,结果越陷越深,做起了坏事,最后干起了偷盗仓库的事。如今,他在监牢吃牢饭,那个阿角却跟个没事人似的,开开心心地过她的日子。也没人为此责怪她,她的生意照样兴旺。说起来,她做生意获利,被骗的人反倒有罪,就此思来想去也没个头绪。你与其想这些,不如重新振作,好好干活,想办法稍微存点本钱。你若是不行了,我和这孩子也无法可想,那就真要流落街头了。你要像个男人一样,痛定思痛。只要你有了钱,别说是阿力,哪怕是造间别墅养些个小紫或扬卷[1]都行。你别再想那些啦,好好地吃饭吧。你不吃,连儿子都没精打采的。"

只见太吉放下碗筷,交替地打量父母的表情,显得惴惴不安。源七胸中一紧,想道,我有这么可爱的孩子,却忘不了那个狐狸精,是前世造了什么孽啊。他暗骂自己,真是当断不断。

"我才不会一直那么蠢。你别老提阿力。你一提她,我就想起以前做的错事,更加抬不起头。我如今都这样了,还会想什么呢?吃不下多半是身体的缘故,并不是有什么心事。让孩子多吃点。"

说着,他躺下来,用团扇一下下拍着胸口。虽然没被驱蚊的烟呛到,却思绪如焚,身上热腾腾。

---

[1] 小紫、扬卷都是吉原的名妓。

五

不知是谁给她们取了"白鬼"的名字,她们的店铺就像那缥缈的无间地狱,虽然看不见哪儿藏着机关,但她们的拿手好戏是将人倒悬在血池,或赶到欠债者的针山。她们娇声说"来坐坐吧",那声音就像捕食蛇的锦鸡一般骇人。同样是十月怀胎来到世上,还在依偎着母亲的乳房喝奶的时候,她们一个个可爱得不得了。大人们把她们的手举在嘴边,"啊啊"地哄着。当大人拿出钞票和点心,让她们选一个,她们伸手说,要点心!她们做了现在这份行当,不讲真心,然而一百个中总有那么一个真切地哭道:"你听我说,染坊的辰哥昨天又在川田屋和那个能说会道的阿六打情骂俏,两个人还追来打去地跑到街上,我明明不想瞧见他们来着。像他那么胡来的人,将来怎么办?他以为他几岁啊?前年他就 30 了,我每次见到他都说,该成家了,他呢,每次当面应了,其实根本没往心里去。他父亲年迈,母亲眼睛不好,为了不让他们担心,也该早点有个家。尽管他这样,我还总想着帮他洗褂子,帮他补裤子,可他那颗心玩野了,什么时候才能把我娶回去?想到这些,我很厌倦工作,就连揽客都不带劲。啊,真烦人。"这一位的一张嘴平时哄骗人,此时却埋怨别人薄情,忍着头痛,左思右想。

另一位则在黄昏的镜前流泪。"哎,今天是七月十六日。那些被带去参拜阎魔王的孩子,穿着漂亮的衣裳,得了零花钱,一脸的兴高采烈。他们一定父母双全,而且父母是认真工作的人吧。我家的太郎今天从他干活的主人家得了假,又会去哪里玩什么呢?他肯定会羡慕别的孩子吧?他爸是个大酒鬼,如今居无定所;我这个当妈的如今沦落成这样,擦得红红白白的,让人羞愧。就算知道我在哪里,那孩子也不会来的。去年我和伙伴们一道去向岛赏樱,打扮成年轻媳妇的模样,梳了个圆髻,在河堤上的茶房碰见了那孩子,和他打招呼,他见我的样貌显得年轻,吃了一惊道,是妈妈吗?更不用说眼下,我梳着年轻姑娘的大岛田髻,插着流行的花簪,逮着客人说笑,他要是知道了,虽然是个孩子,也一定会难过的。去年见面时,他对我说:'我如今在驹形的一家蜡烛店当伙计,不管有多难,我都会熬住,做个男子汉,将来让爸爸和你过上好日子。在那之前,你一定要做清白的营生,一个人好好的,千万别另外嫁人。'虽然他有过这番话,可是女子之身太难了,糊火柴盒养不活我自己,若是去给人当女佣,我的身子弱,做不动。总之都是烦恼,要让身子闲适些,就只能做现在的活儿。虽然我并不是本性轻浮的人,但那孩子一定不能接受我这个百无一用的妈妈。梳的这个岛田髻,平时一点也不觉得有什么,唯独今天,让我感到羞耻。"

就连菊之井的阿力,也并非恶魔转世。她因为一些原委流落至此,每天尽扯些谎,说些笑话。她的感情薄似吉野纸,淡如萤之光。她长久地忍着眼泪,纵然有人为她而死,她也养成了一副冷淡的做派,说句"您节哀"便不再理会。然而有时候,她的胸中充满了悲伤与恐惧,又羞于在人前哭,往二楼客厅的壁龛那儿一趴,憋着哭声抹眼泪。她把这些瞒着伙伴们,不让她们知道。于是,有人说她性子坚定又要强。却没人知道,她其实像蛛丝一般,一碰就断。

七月十六日的夜里,各家店铺都挤满了客人,人们大声唱着都都逸和端歌[1]。菊之井楼下的客厅坐了五六个商铺的伙计,唱着走调的《纪伊国》。他们颇为自得,又用下流的粗嗓门学着清元节唱起"霞之衣""衣纹坂"[2]。

"阿力呢?让我们听她用歌声表个情。来吧,来吧!"男人们叫道。

"我就不说名字了,不过我的意中人就在座呢。"阿力说了句取悦人的套话,众人一阵欢腾。

她唱了起来:"我怀着爱恋,要走过细谷川的独木桥,怕过桥,但若不过……"[3]唱到一半,像是想起了什么,她放下三弦,起身道:"我走开一下,不好意思。"

"你要去哪里?去哪里?不许逃。"举座哗然道。

"阿照,阿高,你们帮忙照看下。我马上回来。"

她匆匆往走廊奔去,一次也没有回头,在门口踩进木屐,身影消失在斜对面的小巷的阴影里。

阿力一口气出了店,心想,要是能走,真想就这样一直走到唐土,走到天竺,走到世界的尽头。啊,好烦好烦。要怎么才能去到听不

---

1 一种歌词简短的小调。下文的《纪伊国》也是端歌。
2 出自《北州千岁寿》,净琉璃曲目。净琉璃是用三弦伴奏的剧场说唱艺术。清元节是净琉璃的流派之一。
3 端歌,接下来的歌词是"就见不到我想见的那个人"。

见别人的声音也没有其他声响，静静的，静静的，连自己的心也变得钝钝的，不思不想的地方？我一直觉得无聊，没意义，没有滋味，凄惨伤心而且不安，我什么时候才能获得解脱？这就是我的一辈子吗？我的一辈子就这样了吗？啊，好烦呀！

她神思恍惚地靠着路边的树，在那儿站了一会儿，仿佛听到自己的歌声传来："怕过桥，但若不过……"她想，没法子，我还是得过人世这座独木桥。据说我爸就是半路枉死，爷爷也同样。总之我背负了几代人的怨念，要是我不好好活着，那么就连死也死不透吧。人们都说我无情，没有人可怜我，如果我说自己难过，别人就会说，你是讨厌做生意吗？哎，随便吧。我再怎么想，也想不清楚将来的事，干脆就不想，只做菊之井的阿力。不去想自己是不是不懂人情世故，不解情义。想通了也毫无用处。这样一个我，做这般生意，又是这样的前世的宿缘，不管我怎么做，都没法和普通人的情形一样。那么我像普通人一样思考，肯定只会吃苦。真不痛快，我为什么站在这里？得回去了。

她走出巷子的阴影，想要换换心情，在摆着一溜夜摊的热闹的小路上闲逛。只见路上经过的人们的脸孔显得小小的，就连与自己擦肩而过的人的脸，也像是从远处望去一般。仿佛只有自己脚下的土地比别处高出一丈有余。虽听得人声喧嚣，那声响却像是往井里扔东西传来的回响似的，人声是人声，自己的念头是念头，泾渭分明，而且无论看到什么都无法排解心绪。经过若干店门口，有一处夫妻吵架，站了一堆人，她却仿佛独自一人走过冬日万物凋零的旷野，心无所系,眼无所见,只觉得昏昏沉沉的,脑子不清醒。想到自己难道是疯了,她不由得站定了。这时,有人拍了下她的肩。

"阿力,你去哪儿呢?"

六

"十六日我一定候着你,你要来啊。"

阿力完全忘了自己对结城说过这番话,而且迄今为止都没想起来过。无意间撞见结城,她吃了一惊,满脸讶异地"咦"了一声。看到她这副少见的狼狈模样,结城哈哈笑了。她有些窘,说道:"我边走边想事情,没想到遇见你,吓了一跳。你今晚真的来了。"

"你都和我约好了,却没有等我,真意外。"他责怪道。阿力牵了他的手,"随便你怎么讲我。我回头再解释。"

他提醒道:"有人看着呢,会说闲话的。"

"随便他们说,我们是我们。"她分开人群,与他一道走去。

楼下的客厅仍然充满客人的嘈杂声,他们因为阿力离席感到不快,正在嚷嚷,听见店门口有人说"哎,回来了",便大声道:"哪有把客人扔一边自己跑掉的?既然回来了就过来,你要是不赏脸,我们可不答应。"

阿力不理会他们,把结城带到二楼,让人递话说:"我今晚头疼,不能陪诸位喝酒。在一群人中间闻着酒味儿,我会醉,说不定会失态。

让我歇息一会儿，不陪你们啦，今晚真是抱歉。"

结城提醒道："可以这样吗？他们会生气吧？待会闹起来可就麻烦了。"

"没事，不过是些个掌柜和伙计，能闹什么事？他们如果要生气，就让他们生气好了。"

她让女招待去拿温酒壶，等酒一来就说道："结城先生，我今晚有些不开心的事，情绪与平日不同。你担待着些。我要尽情地喝酒，你别拦我。要是我喝醉了，你要照顾我。"

"我还没见过你喝醉。你随便喝吧，喝到高兴。不过，这样不是又要头痛吗？有什么事惹得你不开心，不能对我讲？"

"才不会，我想要讲给你听。等我喝醉了就讲，你别惊讶。"她嫣然一笑，拿了个大茶杯，给自己倒了两三杯酒连着喝下去，都不带喘一口气。

结城的模样，她平时也没怎么在意，今天却觉得非同一般的好。他是个宽肩膀的高个子，说话字斟句酌，显得稳重，目光犀利地盯着人看，有种威严，让她感到愉悦。他的头发浓密，如今剃短了，颈子的发脚清爽。她仿佛是这才好好端详他。

"你在发什么呆？"

"我在看你的脸。"

"你这家伙。"

她被他瞪了一眼，笑道："哎，吓人。"

"不开玩笑了。你今晚不对劲。我如果问你，你可能要生气，可我还是要问，你有什么事吗？"

"并没有发生什么。和人起矛盾，是常有的事，我从不放在心上。那么为什么会有心事呢？我有时会生出些念头，都不是因人而起的，是我自己的性子不够稳当的缘故。我是这样的卑贱之身，你却是位尊贵的人物，我们的想法是截然不同的。我要讲的事，不晓得你听了之后能不能明白。就算你会笑我也没关系，今晚就毫不隐瞒地告诉你。哎，从哪里讲起呢，我心里很乱，嘴巴也变笨了。"说着，她又用大茶杯痛饮起来。

"首先要请你明白，我是自己堕落到这般地步的。你可能看得出来，我原本也不是娇养的小家碧玉。就算嘴上说得好听，要是这一带有哪个姑娘是出淤泥而不染的莲花，那么她非但生意不会好，都不会有人来瞅她一眼。就这样想吧，来我这里的人都是如此，除了你之外。我们虽然做了这行，也会有寻常人的想法，有时候感到羞耻，感到难受，由此想到，干脆就此嫁人，哪怕住进九间二尺的长屋也好。但我做不到这样。尽管如此，来的都是客，我也不好冷着脸，总要说些场面话，说对方可爱、让人动心，说我对你一见钟情。说多了就有人当了真，说要娶我。若是被人娶走会高兴吗？我真想和对方一块儿过吗？我真的不知道。说起来，我从一开始就特别喜欢你，一天见不到就心生挂念，但如果你说让我嫁给你，我会怎样呢？我不想嫁人，可见不到又会想着人，如果用一句话概括，就是水性杨花。那么，是谁造就了这样一个水性杨花的我？我们一家三代都不成器，我爸爸一辈子也够可怜的。"她垂泪道。

"你父亲他怎么了?"

"我爸是手艺人,爷爷是个识字的人。爷爷和我一样不正常。他写了没意义的书,结果遭到幕府禁止出版,他说无法原谅,绝食死了。我爸爸一直为爷爷哀叹,说他原本出身低贱,16岁时决心上进,开始读书,活到60多岁,一无所成,终究成了别人的笑柄,如今都没人知道他的名字。我从小就老听爸爸说他的事。

"我爸爸3岁的时候从屋顶上掉下来,一条腿残了。他讨厌出门见人,在家做细金工的装饰活儿。他性子高傲,不苟言笑,都没人照顾他的生意。记得那是我7岁那年的冬天,大冷天的,我们一家三口都穿着旧单衣。爸爸像是不知寒冷,靠着柱子,一心做他的活计,妈妈把一口破锅放在缺了口的单眼灶上,让我去买米。我拎着一只竹笊篱,捏着零碎的一点钱,开开心心地跑到了米店。回去的时候,寒气沁入身体,手和脚都冻僵了。离家还有五六间屋子远的距离,沟板上结着冰,我滑了一跤。这时,我手里的东西掉了。正好沟板缺了一块,米从那个缺口唰啦唰啦地泼洒进去。那底下的阴沟满是污泥。我从缺口看了好几次,根本没法捡起来。我那时只有7岁,但已经懂得家里的情况和父母的心境。既然回家路上丢了米,我没法带着空笊篱回家,站那儿哭了好久。没人来问我一句怎么了,就算问了,当然更不会有人提出买米给我。那时候,要是附近有河或者池塘,我肯定跳下去了。我现在的话连形容真实情况的百分之一都不到,就是从那时起,我就不正常了。妈妈见我一直没回家,担心我,找了过来。我这才回了家。妈妈不说话,爸爸也沉默着,没人责骂我。家里静悄悄的,偶尔听见一声叹息。我难受极了,一直屏息敛气,直到爸爸说,今天我们就不吃饭了吧。"

说到这里,阿力的泪水止不住地往外涌,她拿起红色的绢帕子按住脸颊,咬住帕子的一头,久久地不说话。席间全无声响,只有被酒香吸引过来的蚊子的嗡嗡声,听着格外响。

她抬起头,脸上泪痕分明,却又露出一个寂寥的笑。

"我就是那样的穷人的女儿,我疯疯癫癫,是遗传了父母,不时地就会发作。今晚也说了这些不明所以的话,给你添麻烦了吧。我就讲到这里,要是让你不开心了,请原谅。或者我喊几个人来,让她们热闹一下?"

"你跟我不用这么客气。你父亲,他走得早吗?"

"是呀,妈妈得了肺结核过世了,还没到她第二年的忌日,爸爸就追随她去了。要是他还活着,如今也才50岁。我不是因为他是我爸才夸他,他的手艺可以说是大师。可就算有大师的手艺,生在我们这样的人家,也成不了什么气候。可以想到,我也是一样。"她沉思着说。

"你想要出人头地吧。"朝之助忽然说道。

"啊?"她显得讶异,"我这样的人,最多能做个拎着筇篱的穷人家的老婆。没想过要嫁入好人家。"

"撒谎也要看对象。我一开始就把你看透了,你对我撒谎有意思吗?你就大胆地按你自己的想法做吧。"

"你就别教唆我了。反正我是这样的低贱之身。"她没精打采地说完，又沉默了。

夜深了。楼下客厅的客人不知何时已经走了，店里的人说要关门，朝之助一惊，准备起身，阿力说："你就住这儿吧。"她不知什么时候把他的木屐藏了起来。他不是幽灵，没了鞋，不可能从门缝里飘出去，于是今晚便在此留宿。一时之间，只听得一阵关门关窗声，关了之后，从屋内透出的灯火也消失了，唯有夜晚的巡警经过屋檐下的脚步声格外响亮。

七

到如今回想也没有意义，忘了她吧，放弃吧。源七虽然有这样的念头，但即便不去想，还是自然地回想起去年的盂兰盆节，自己和阿力做了同样花色的单衣，两个人一道去藏前参拜阎魔王。如今又到了盂兰盆节，他没心思去干活，妻子阿初劝道："孩子他爸，你这样可不行。"他听了只觉心烦，躺下来道："你别说了，闭嘴！"

"我要是闭嘴，这日子可过不下去。你如果身体不好就吃药，不行就去看医生，可你的病不在身上，你只要重新振作精神，就没什么问题。你要回到正路上，努把力。"

"你翻来覆去说同样的话，我的耳朵都起茧子了。没法让人放松。你买点酒来，我要喝酒解闷。"

"孩子他爸，要是有那个钱买酒，你都说不想去干活了，我也就不会硬要你去。我在家做手工,从早干到晚,也就能赚个一毛五,一家三口连喝米汤都不够。你却说让我去买酒,真说得出口,你乱指使人也要有个限度。昨天是盂兰盆节,可我既没钱给儿子吃个白玉团子,也没能给祖宗的牌位上供,只好点了盏灯,向祖宗道歉,你以为这是谁造成的?都因为你做尽了傻事,被阿力迷得七荤八素。我这么说不中听,但你就是个差劲的老子,不孝的儿子。你该稍微想一想儿子的未来,活得像个人!喝酒解闷只是一时,你要是不认真改过,将来总是不得安生。"

听到阿初抱怨,他没有回应,不时发出一声粗重的叹息,整个人一动不动地仰躺着,心里难受。

阿初想,你落魄成这样,仍然忘不了阿力吗?我陪伴你十年,还生了孩子。你让我吃了这么多苦,让孩子穿着破衣烂衫。住的是两叠大的单间,像个狗窝,被人们当成傻瓜,低看一眼。到了春分秋分,邻居们互送牡丹饼和年糕团,他们说,就不要给源七家了,他家没法回礼,怪可怜的。他们也许是好意,但这长屋住了十户人家,唯独我们家被排除在外。男人出门在外,这种事毫不放在心上,我一个女人家,又难受又悲伤,无处排遣,不由得畏畏缩缩的,一早一晚的碰见了打个招呼,都要看人脸色,可怜极了。而你根本想不到我,尽想着你的情妇。对那个无情的女人,你就那么迷恋吗?大白天的都跟做梦似的,在那儿自言自语,真难看。你是打算不管老婆孩子,把一条性命交付给阿力吗?你真是骨头轻,让人又遗憾,又难受。

想归想,她说不出口,只是眼神告恨。

没人说话,逼仄的家里就有些寂寥,天空渐渐暗下来,四下一片朦胧。屋子不临街,愈加昏暗,阿初想着该点灯和烧火驱蚊,牵挂地朝门外看去,只见太吉快步回了家。他用双手抱着一只大袋子。

"妈妈,妈妈,有人给了我这个。"

他开心地一笑,奔过来。阿初一看,是新开地日出屋的蜂蜜蛋糕。

"呀,这么好的点心,是谁给你的?你好好地向人道谢了吗?"

"嗯,我认真地鞠了个躬。这是菊之井的鬼姐姐给的。"

他的妈妈变了脸色。"那个贱人!把我们逼迫到这般地步,还嫌欺负得不够吗!居然利用儿子去挑动他爸的心,真有你的!她说了什么?"

"我在大街上热闹的地方玩儿来着,她和一个叔叔一道过来,说要给我买点心,让我和她走。我说了我不要,可她把我抱了去,给我买了点心。这点心不能吃吗?"孩子猜不透妈妈的心,窥看妈妈的脸色,不敢立即吃。

"啊,你还小,真是个不懂事的孩子。那个姐姐是恶鬼啊,是把你爸变成懒汉的恶鬼!你之所以没了衣裳,没了家,都是被那个恶鬼害的。对那样的恶魔,就是啃她的肉都不为过,你还说什么她给了点心能吃吗,真傻!这么脏的点心,放在家里都让人生气,去扔了,扔了!你舍不得扔吗?混蛋!"

她一边骂,一边抓起袋子,往后院的空地上一扔。纸袋破了,点心滚出来,砸在竹篱上,有几个落在沟里。

源七猛地起身,大喊一声:"阿初!"

"什么事?"阿初不理他,连头也没回。

他盯视着她的侧脸,斥责道:"你够了,别把我当傻瓜。我这边不吭声,你就骂个没完。熟人给孩子点心,没什么好奇怪的。太吉拿了点心,有什么错?你喊太吉混蛋,是拿他冲我撒气。对着孩子说他爸爸的不是,这一套是谁教你的?如果阿力是恶鬼,你就是魔王。那边是做生意的,谁都知道她会骗人,而你这个做老婆的满口抱怨,就这样算了?就算我现在干的是工地或者拉车的活儿,做丈夫的就有丈夫的权利。让我不痛快的人,就别在这个家待了。你出去!随便你去哪儿!你这个麻烦的女人!"

"你太过分了!把好心当作驴肝肺。我怎么冲你撒气了?我是因为这孩子太不懂事,再加上阿力的做法太让人讨厌,才说了那些话,你却揪着不放,还让我走,这也太过分了。我是为了这个家,才说些不中听的话。如果我想走,就不会忍气吞声地过这样的苦日子。"

"既然你过腻了苦日子,那就随便上哪儿去吧。你不在,我不会变成讨饭的,也不会养不大太吉。你一天到晚都在说我的坏话,要么就是说些嫉妒阿力的话,我实在是听厌了。你要是不走,反正都一样,这九尺二间住不下去了,我带儿子走。那样的话,你可以随便怎么吵吵。怎么样,你走,还是我走?"

被源七一顿抢白,她说:"你真的那么想和我离婚?"

"你明明知道的。"源七说话的模样不比平常。

阿初既不甘心,又伤心和难过,泪往上涌,说不出话。她吞下泪,磕头哭道:"是我不对。请你原谅我。我把阿力好心给的东西扔了,我错得厉害。我说阿力是恶鬼,那我就是魔王吧。我不再说了,不再说了。今后绝不再提阿力半个字。不要因为我在背后说了些话,就和我离婚。不用我重新讲一遍,你知道的,我没有父母,也没有兄弟姐妹,是房东大叔做的媒,我才背井离乡嫁到你这里,若是离婚,我无处可去。请原谅我,让我留在这里。就算你恨我,看在这孩子的份上,让我留下吧。我向你道歉。"

"不行,无论如何,这个家你不能待了。"

源七说完,一言不发地对着墙,看起来,阿初的话进不了他的耳朵。阿初惊呆了,心想,他以前不是这么无情的人。被女人夺走了魂魄,居然变成这样一个无聊的人吗?让妻子唉声叹气是不用说的,最终说不定会让心爱的孩子饿死。这样的他,我现在向他道歉也没有用。想通了之后,她唤道:"太吉,太吉。"把孩子喊到身边,她说:"你想跟着爸爸还是妈妈,说吧。"

太吉老老实实地说:"我讨厌爸爸,他什么都不给我买。"

"那么妈妈不管去哪里,你都跟着一道去吗?"

"行。"他显得毫不在乎。

"孩子他爸,你听到了吗?太吉说,他跟我走。他是个男孩,你可能想留着他[1],但我不让孩子跟着你。我带他走,无论去哪里。行吗,我把他带走了。"

---

[1] 当时的习俗,夫妻离异,男孩跟爸爸,女孩跟妈妈。

"随便你。我不要孩子,什么都不要。你想带他走,那就随便带他去哪儿。这个家和家里的东西,我什么都不要,随便你。"源七仍然躺着,连脑袋也没转过来。

"你说什么呀。你明明没有家也没有家什,说什么随便。从此以后你就一个人了,你想花天酒地或者做其他什么,可以尽兴去做。今后不管你怎么说想要孩子,我是不会理你的,不会把他还给你。"阿初说完,从壁橱里拿出一个小包袱。"这是儿子的睡衣、围兜和三尺带。我就拿这些走。你没喝醉,所以不存在酒醒之后的悔悟。不过,你好好想一下,不管日子怎么穷苦,都说父母双全的孩子是富足的。我们分开之后,他就是单亲了。你不觉得他可怜吗?唉,你的良心已经坏掉了,都不知道疼自家孩子。我走了。"

她拎着包袱到了外面。源七说:"你快走吧!"他没有喊她回来。

八

盂兰盆节之后几天,节日的灯笼仍落寞地亮着的时节,两只棺材从新开地抬了出去。一只是用轿子抬的,另一只单单用扁担挑着。乘轿子的棺材是从菊之井的别院悄悄地抬出去的。

大街上的人们窃窃私语。有人说,那姑娘也是运道差,被倒霉的家伙缠上了,丢了性命。有人说,那是殉情,那天傍晚,的确有人瞧见他俩在寺院的山上谈话来着。那个男的是女人喜欢过的人,他既然提出一起死，她出于情义不好拒绝吧。又有人说，那个女人哪里懂什么情义！她去澡堂回来的路上遇见了那个男的，不好甩开他逃走，才和他走在一处，说了些话。她身上有许多伤，从肩膀到后背被斜砍了一刀，脸上有擦伤，颈部有撞伤，肯定是她正打算逃走的时候被砍的。与她相反，男的是完美的切腹。以前他开被褥店的时候，并不觉得他是个能做下这等大事的人。那才是漂亮的死法。死得堂堂正正。有人把别人的伤心当作笑柄说道，总之菊之井的损失可大了。那姑娘原本有了个不错的相好，现在可是鸡飞蛋打。

众说纷纭，无法追究真相。唯有遗恨长久。据说有人见到，一道发光的事物，不知是不是人的魂魄，不时地在叫作"寺院山"的小丘上飞来飞去。

十三夜

平时她总是很有气派地乘坐自家刷了黑漆的人力车，车轮声在门口停了，爸妈嘴里说着"是女儿回来了吗"，到门口迎接。今天她在街上随便拦了辆车，在路口让车走了，自己悄悄地来到格子门外。爸爸在屋里以他不变的大嗓门说道："说起来我真是个有福之人，孩子们都听话，不用我操心，别人都夸他们。只要我没什么非分之想，眼下的日子便足够了。真好啊。"

她想，爸爸一定是在和妈妈说话。他一无所知，那么地开心，我有什么脸和他说我想离婚呢？他一定会责骂我。我有太郎这孩子，却扔下他跑回来，来之前，我也曾左思右想，实在别无他法。到如今，惊动爸妈，让他们之前的喜悦化作泡影，我并不好受。干脆悄悄地回去？如果回去，我就还是太郎的妈妈，会一直是原田的太太，爸妈可以为他们有个当奏任官[1]的女婿而自豪。我只要自己省一些，有时还可以给爸妈送些他们爱吃的或是零花钱。我要是按自己的心意

---

1 明治时期的高级官吏，由首相推荐，天皇任命。

离婚，太郎会摊上个后妈，爸妈迄今为止的骄傲一下子没了，再加上外人的想法，弟弟的前途……啊，就因为我一个人的任性，他的前途也将会受阻。还是回去吧，回去吧，回到那个恶鬼一样的丈夫的身边去吧，那个恶鬼，恶鬼一样的丈夫身边。啊，我不愿意，不愿意。

她颤抖起来，身子一软，不小心碰到了格子门，"咔嗒"一声。"是谁？"父亲大声道。他多半以为是经过的小孩在恶作剧。

外面的人轻声一笑，用格外可爱的声音说："爸爸，是我。"

"咦，谁，是谁？"爸爸拉开移门，"呀，是阿关。你站那儿做什么？怎么这么晚来啊？没个车，也没带女佣。哎，快进来，进来。你来得突然，让我有点不知该怎么办了呢。门不用关，我来关。你往里走就是，往有月亮照着的那边。来，坐到坐垫上，坐垫在这儿。和房东讲过榻榻米脏了得换，但房东说，换榻榻米的工人最近没空。你别拘束。衣服会弄脏，把坐垫垫上。对了，你怎么这么晚来，家里都还好吧？"

爸妈和平时一样隆重地款待她。被当作阔太太对待，她如坐针毡，羞愧地强忍了眼泪，说道："都好，没人因为换季生病什么的。我太抱歉了，一直都没来看望，您和母亲都好吗？"

"我连个喷嚏都不打，你妈妈她有时候会发作一下那个妇女病，不过只要盖上被子躺个半天，就全好了，所以不要紧。"爸爸矍铄地笑道。

"亥之不在，他今晚去哪儿啦？那孩子还是那么用功吗？"

妈妈忙着端来热茶，满面笑容道："亥之刚去了夜校。托你的福，那孩子最近涨了工资，课长对他很照顾，我们也都放心了。我们经常讲，这说起来也都是靠了原田。阿关，你是个机灵人，今后也要设法让原田开心啊。亥之那孩子天生不善言辞，就算见了原田，估计他也只会简单地打个招呼，你得在中间递个话，让你丈夫知道我们的心意，托他关照一下亥之。如今正值换季，阳光变少了，太郎他还是那么顽皮吗？你今晚怎么不带他来呢？他外公可想念他啦。"

听到妈妈的话，她愈加悲伤。

"我想过带他来，但那孩子睡得早，我就让他继续在家睡着。他确实一直很顽皮，完全不听话，出门的时候紧追着我不放，在家也黏在我身边，带他特别费工夫。到底为什么那样呢？"说着，她的眼泪因回忆上涌，涨满心胸。她想道，我虽然一狠心扔下他来了，估计这会儿他醒了，又该喊着要找妈妈，让女佣们不知如何是好。说不定大伙儿用米饼和点心哄不动他，正拉着他吓唬说，鬼要来吃你了哦。哎，他真可怜。

她想放声大哭，然而爸妈的心情正好，她不敢多说，便吸了几口烟，借机掩饰着干咳几声，用里衣的袖子悄悄抹了泪。

妈妈说："今晚是阴历的十三夜[1]，虽是旧习，我做了赏月的年糕团子。你喜欢吃这团子，原想着让亥之助拿一些给你，可他觉得不合适，让我别送给你；再说八月十五也没送，赏月不成双，也不

---

[1] 明治五年十二月三日作为明治六年的一月一日，开始使用阳历。但生活中，人们常用阴历。这里指的是阴历的九月十三日的夜晚。与八月十五一样，是赏月之夜。

好。所以虽然想让你吃，却只是想想，没能送给你，今晚你来了，就像做梦一样，真是我的念想传到了你那边么。你在家有许多甜食吃，不过妈妈做的毕竟不同，你今晚别把自己当太太，就做回从前的阿关，别顾着形象，爱吃什么就吃。豆子和栗子都有。我常和你爸说，你当然是出息了，在别人眼里也有了样子，不过，摆出原田太太的架势，和上流的有身份的太太们交际，一定有许多辛苦。要使唤女佣们，要招呼来家里的人，做人上人自有一番辛苦，尤其我们家又是这样的普通人家，你得仔细办事，不让人看低。想到这些，你爸和我虽然想看看外孙，可是不好老上门打扰，就尽量不去。有时候经过你家门口，我穿着棉布衣服，打着混纺面子的伞，瞧一眼二楼的帘子，心想，阿关在做什么呢，就这样走了过去。要是我们家的情况能好一些，你脸上有光，我们也不用那么紧张。说来说去，像现在，哪怕想给你送点赏月团子，都会先想到我们家的盒子是不是太粗糙了。想到你对我们的好，心里高兴，要是有一天能随意走动就好了。"

妈妈的小小抱怨，可悲地道出了她的身份低下。她便说出了口："我真的觉得自己不孝。的确，我穿着绢做的衣裳，乘着自家的人力车，看起来很有派头，可我都没法让爸妈和自己过得一样，说起来，那不过是作为原田太太的面子罢了。还不如在家做些裁缝活儿，留在你们身边，那要快活得多。"

"傻瓜，傻瓜，就算是随口说说，也不要讲这种话。既然嫁了人，就不要想着补贴娘家，你在家是斋藤家的姑娘，出嫁了便是原田家的太太。你只要让阿勇高兴，把家里打理好了，就没什么可说的。虽然辛苦，但你既然有嫁进他家的运气，应该就没什么不能忍的。女人哪，就爱抱怨，都是你妈，说些有的没的，让人为难。她念叨说没能给你吃上团子，生了一整天的气。她可是怀着好大的热情做的，你多吃些，让她放心。团子可甜呢。"

爸爸开玩笑道。她再次失去了摊牌的机会，只能感激地吃了栗子和毛豆。

阿关嫁出去的这七年，从未在夜晚来过，更不曾不带礼物一个人步行过来，而且总觉得她的服装不像平日那么华丽。爸妈难得见到她，心里高兴，以上种种都没往心里去，但女儿没有替女婿带一句话，虽然她努力在笑，笑容背后却是蔫蔫的，想必有些缘故。爸爸看向桌上的座钟，故意说道："哦，快十点了。阿关，你今晚住这儿吗？要是回去，差不多得走了。"

她这才抬头看向爸爸，忽然坚决地伏在榻榻米上。"爸爸，我今天来，是有事求您。请听我说。"这时她终于流下一行泪，泪水泄露了层叠的忧伤。

爸爸神色一变，朝她膝行几步。"你突然一本正经地说什么呢？"

"我今晚来，决心不再回原田家。阿勇并未允许我这样做。我是让那孩子，让太郎睡下之后，怀着再也见不到他的决心出的门。那孩子除了我谁也不要，我哄着他睡了，趁他在做梦，狠狠心出来了。爸爸，妈妈，请你们体谅。迄今为止，我从未对你们讲过原田的事，也不曾把他和我的关系告诉别人。但我反复思考过千百次，哭了两三年,到了今天,我下定决心,无论如何都要和他离婚。拜托了,请你们帮我去要休书。我今后会接些活计在家做,努力帮衬亥之助,让我这辈子就一个人待着吧。"

她哇地哭出了声,然后咬住里衣的袖子。袖子上的墨竹仿佛变成了紫色,显得哀伤。

"这是怎么一回事?"爸妈都问道。

"我从来没提过,不过你们如果花个半天看一下我们夫妻的相处,大概就会了解了。他有事才对我说话,而且总是凶巴巴的。早上起来和他问好,他忽然看向一边,故意称赞院子里的花草。这真让人生气,但他是我的丈夫,于是我忍了,从不回嘴。吃早饭的时候,他不停地抱怨,在用人跟前列举了一大堆,说我笨拙,礼数不够,对这些,我也忍了。然后他又不断地说我缺乏教育。当然我原本就没有在华族女学校念过书,也不像他同事的太太们,学了些花道茶道或是和歌绘画之类,所以我没法和他聊那些。既然我不会,他明明可以悄悄地让我去学,没必要当面说我娘家的不是,还让女佣们在一旁瞧着我的表情。刚嫁过去半年左右,他对我很好,整天阿关阿关地喊我,自从我生了孩子,他就像变了个人似的,想起来都让人害怕。我就像被推落到黑暗的谷底,看不见一点温暖的日头。一开始,我以为他是在开玩笑,故意做出冷淡的样子来逗我,但其实他是彻底厌烦我了。他是故意在折磨我,想着只要这么做我就会走,那么做我就会提出离婚,他不断不断地折磨我。爸爸,妈妈,你们知道我的脾气,就算丈夫迷上了艺伎,把她养在外面,我也不会因此而嫉妒。我从女佣们那里听说了,他在外面有人。但他是养家的人,男人总会有那样的情形。他去那边的时候,我小心打理他的出门衣服,注意不惹他不快。可对他来说,我做的事没有一样是合意的,任何一点小事,他就说,在家不开心,都是因为老婆处事不当。我到底是哪里处事不当,又是什么事让他不开心,他如果直接告诉我就好了,可他只是一个劲地嘲讽说,'你这人真无聊真没劲,真不懂事,我和你无话可说''我把你留在家里,无非是做太郎的奶妈'。他真的不像我的丈夫,而是个恶鬼。他没有主动开口让我走,可是看到我这么没用,因为太郎可爱而忍气吞声,一直听他训斥,他便说,'你这个笨蛋,没一点骨气,所以我才讨厌你'。如果我反问一句'是吗',不服输地说出想说的话,那他肯定会以此为话柄,让我走。妈妈,我走根本没什么。和原田这种光是名气响亮的人离婚,我一点也不觉得遗憾。只是,一想到太郎什么都不懂,却没了妈妈,我就没了心气劲儿,光是向他道歉,看他的脸色,为一些鸡毛蒜皮的事担惊受怕,忍着不发表意见,这样一直到了今天。爸爸,妈妈,我真是命苦啊。"她倾诉了悔恨和悲伤,这番话着实令人意外。双亲不由得面面相觑,女儿和女婿的关系居然如此恶劣,让他们无言以对。

妈妈疼女儿,一句句听下来,便切身地不痛快。

"我不知道你爸怎么想,但原本也不是我们求着他娶你,他居然说你身份低、没怎么念过书,真是太过分了。他那边可能已经忘了,我可是连日子都记得一清二楚。那是阿关17岁的正月初七的早上,连门松也还没拿下来。那时候我们住在猿乐町[1]，阿关在家门口和邻居家的姑娘玩羽板球，那姑娘把白色的羽板球打出去，原田的车正好经过，球落进了车里。阿关过去讨回了球。他说他在那时一眼看中了阿关，找了中间人来说亲。我们回绝了好几次，说门不当户不对，而且我们阿关那会儿完全就是个孩子，什么琴棋书画都没学过，再说我家如今的情况也置办不了嫁妆。那边说，家里没有公婆让人劳神，是我本人想娶她，别提什么门当户对的事，至于那些个习艺，等过门后会让她好好学，用不着担心，总之只要能娶她，我会好好待她。他实在催得急，我们也没提要求，连嫁妆也是他那边备的，说起来你是对方爱你才结的婚，虽说我和你爸因为种种顾虑没怎么走动，那也不是因为忌惮阿勇的身份。你又不是嫁过去做妾，是他正正当当千百遍求我们才娶走的。我们作为你的爸妈，就算大摇大摆地出入他家也没问题。但他的工作那么好，我们是这样的小老百姓，害怕别人认为我们是靠着你的关系沾了女婿的光，所以才顾及着女儿，不去走动，尽管想见到女儿，平时也都忍着。这可不是逞强哪。可他倒好了，简直就像从哪儿捡了个没爹没娘的傻姑娘回去似的。居然说你不会做事。他怎么敢这么说！你越不吭声，他越来劲，那可是会讲成习惯的。首先，他说这话是在女佣的跟前，你作为太太的威严没了，到最后会没人听你使唤。而且你要养育太郎，他要是发现妈妈被当成是傻瓜，该怎么办？该说的话，你要说。如果他因此

---

[1] 现在的千代田区猿乐町。这一带居住的武士比较多，樋口家也曾在附近住过。

讲你,你就说,我也是个有家的人,然后回娘家,这样不就行了吗?我说你傻,是指你既然有这种事,怎么一直沉默到今天?就因为你太老实了,他才这么嚣张吧。我光是听着都生气。用不着对他低头。甭管什么身份,你有爸妈,还有亥之助这个弟弟,尽管他年龄还小。用不着一直待在水深火热中。哎,孩子他爸,你和阿勇见一次,彻底地质问他吧。"妈妈来了劲,不管不顾地道。

爸爸从刚才起抱着双臂,闭目沉思,这时沉静地问道:"孩子他妈,你别乱说。刚开始听的时候,我也犯琢磨呢,这到底怎么了?阿关不会随随便便就提出要离婚,可见她是很难熬的。不过,今晚女婿不在家是吗,还是有什么新的事,他终于开口和你提离婚了?"

"我丈夫从前天起就没回家。他五六天不在家是常有的事,我没觉得什么特别的。不过,在出门前,他说我给他拿的衣服搭配得不好,不管我怎么道歉他都不听,把衣服脱了一扔,换上西装,出去玩了。临走前扔下一句,'唉,没有谁像我这么不幸,怎么有个你这样的老婆'。这都是什么事啊?一年三百六十五天,他没有好好和我说过话,偶尔说一句,就是这样无情的词句。我难道还想要当原田的妻子吗?要以'太郎的妈妈'的名头,若无其事地待着吗?我都搞不懂自己在忍什么。我受够了。想到自己尚未出嫁的从前,没有丈夫也没有孩子的时候,我再也不想忍了。望着太郎无邪的睡脸,我决定抛下他回娘家,到了这一步,我再也没法待在阿勇的身边。俗话说,孩子没有父母也会长大。比起让我这么不幸的妈妈来抚养他,还不如让继母,让他爸喜欢的人将他养大,那样的话,他爸也会稍微疼爱他一些,对他的将来也好。从今晚起,我再也不要回去。"出于对亲生儿子斩不断的怜爱,她虽然说得坚决,语声却微颤。

"的确,你在他家待得难受,是吧?你们夫妻的关系不好办啊。"爸爸叹息道,朝阿关打量了一会儿。她梳了大圆髻,发髻的根部别着金环,随意地穿着黑色绉绸的外套。自家女儿不知何时俨然是个阔太太了。如果让她随便挽个发髻,穿件棉布外套,用揽袖带绑起袖子在水池边干活,那怎么舍得?她还有太郎,因为一时的气愤,就将百年难遇的运气抛却,被人耻笑;一旦重新做回从前的斋藤主计的女儿,那么不管她将来是悲是喜,都不会再被原田太郎喊作母亲。就算对丈夫毫无留恋,对亲生孩子的爱却难以断绝,分开之后,她会越发地想孩子,还会怀念如今的辛苦。生得如此美貌,是她的不幸,将她引到了高攀的姻缘,让她饱尝辛苦。

他虽然愈发同情女儿,却说:"阿关啊,我接下来的话,你可能会觉得爸爸狠心,但我绝不是责怪你。身份悬殊,想法自然有异,我们这边尽心尽力,因为角度不同,对方却会觉得没劲。阿勇那个人呢,他是个懂道理的聪明人,也是个有学问的人,应该不会故意使坏欺负你。总之,人人称赞的能干的人都有极其任性的一面。在外面装得特别镇定,处理事情,然后把工作中遇到的不愉快带回家。你成了他的出气筒,大概很难受。但他毕竟不是那些腰上挂着便当盒、在区政府工作的小人物。他的地位高,所以会有些不愉快,有些难打交道,妻子的角色就是要将事情都处理好,让丈夫心情愉快。虽然表面上看不出来,这世上的太太们可不是都过得开心又有意思的。

你要是以为只有自己难受，就会生恨。夫妻之间就是这样的，尤其你们本来身份悬殊，自然会有比别人多一倍的苦楚。你妈妈刚才张口就说离婚，其实，亥之能有现在的薪水，也是靠了原田帮忙。他对我们有大恩，尽管不是直接的恩惠，但也不能因此就说没有恩情。你不好受，但为了爸妈，为了弟弟，也为了太郎那孩子，你迄今为止都忍住了，难道今后就忍不了吗？你离开家和他离婚，真的好吗？太郎成了原田的，而你是斋藤家的女儿，一旦和那边断了关系，今后你将再也见不到太郎。一样是为自己的不幸而哭泣，你就作为原田的妻子大哭吧。阿关，你说是不是？你要是同意了，就把事情都装在心里，今晚装作什么事也没有，回那边去，和过去一样谨慎地过日子。就算你不说，我们做父母的还有弟弟，都会体察到你的难过，今后就各自流泪吧。"

劝完女儿，他抹了抹眼睛。阿关哇地哭了。

"说要离婚，是我太任性。确实，如果和太郎分开，再也看不到他，活着也没什么意思。我只想逃避眼前的痛苦，我这是怎么了？我就当自己死了罢，这样就不会有风波，那孩子也能在父母跟前长大。可我却琢磨这些无聊的事，还把不愉快讲给爸爸听。今晚过后，就没有阿关了，我就当我是一缕旧魂魄，守着那孩子。丈夫的一些恶言恶语，我能忍个一百年。您的话我都听进去了。把这些讲给你们听，真对不住，让你们担心了。"她的泪擦了又涌出来。

妈妈高声说："我家女儿真是命苦！"说罢也是泪如雨下。

月色明亮，此时也显得寂寥。家后面的河堤上有野生的芒草，弟弟之前折了来，插在瓶里。芒草的穗子仿佛在招手，在这一夜也显得忧伤。

娘家在上野的新坂下，往骏河台去，要经过茂密的树林[1]，夜路昏暗萧瑟。今晚月色皎洁，到了广小路上，便亮如白昼。娘家没有相熟的人力车店，爸爸隔着窗户叫了一辆经过的车。

"既然你想通了，总之先回去。丈夫不在家，你不打招呼就出门，要是他因此责怪你，都不好赔罪。虽然时间有些晚了，坐车回去的话很快。我们下次再去看你，今晚先回去。"

爸爸拉着她的手就要往外走，这是不愿生是非的爸妈的慈悲。阿关意识到，自己这辈子就这样了。她无奈地起身道："爸爸，妈妈，今晚的事就到此为止。我回去，继续当原田的妻子。说丈夫的坏话，是我不好，我不再说了。要是能让你们开心地觉得，阿关有个好丈夫，对弟弟来说也成了左膀右臂，那我就不多想了。我绝对绝对不会做出不稳妥[2]的事，对此，你们不用担心。从今晚起，我这个身子就是阿勇的，他想怎么做都行。我这就回去了，等亥之回来，帮我和他问好。爸爸，妈妈，你们保重。下次我会笑着来看二位。"

妈妈把家里仅剩的一点钱放进收口袋里提着，问门口的车夫，到骏河台要多少钱。

"呀，妈妈，我会付钱的。谢谢。"

---

1 新坂下位于现在的台东区根岸一丁目，原田家所在的骏河台是现在的千代田区神田。途中要经过上野的树林。下文的广小路也在上野。
2 这里指自杀。

阿关乖巧地打了招呼，穿过格子门，将脸埋在袖子里掩了泪，坐上车。她的模样可怜。爸爸在家里咳了一声，声音也含着泪。

下

风声伴随着皎洁的月色，虫声断断续续，有几分悲伤。进入上野，还没走出一町[1]地，不知怎么回事，车夫把人力车突然一停，顿在地上，然后说："真对不住，我就拉到这里。车费不要了，请您下车。"

事出意外，阿关的心头一震，用颤抖的声音恳求道："你说这样的话，不是让我为难吗？我赶时间，给你加钱，麻烦给送一下。这地方偏僻，也没有替换的车。你这样做让人为难，还是别磨蹭了，快走吧。"

"我不是为了加钱才说这话。我求您了，下车吧。我不想拉了。"

"莫非你身体不舒服？到底怎么了？为什么都拉到这里了，突然说不拉了，这可不行啊。"她加重语气，斥责车夫道。

"抱歉，我就是不想拉了。"他提着灯笼，忽然来到车的一侧。

"你可真是个任性的车夫。那就不用拉到说好的地方，你只要到能叫到车的地方就行。你找个地方停，我会付车费的，至少要到广小路吧。"她用温柔的声音讨好地说道。

---

1 约109米。

"也是，您年纪轻，在这么偏僻的地方下车，肯定觉得不便。是我不好。那您坐好吧，我陪您过去。刚才让您受惊了吧。"对方不像是个坏人，他把灯笼换了手，阿关终于放下一颗心，这才从容打量车夫。只见他是个瘦削的小个子男人，二十五六岁模样，皮肤黝黑。咦，他背着月光，那张脸是谁呢？像谁呢？一个名字来到喉咙口，她不觉说道："你难道是？"

男人"咦"了一声，讶异回头。

"呀，是你。你已经忘了我吗？"

她从车上滑下来，死死地盯着对方。

"你是斋藤家的阿关。真丢脸啊，我这个样子。背后没长眼睛，我一直没注意到是你。不过，我应该从声音认出来的，是我太迟钝了。"

男人窘迫地低着头，阿关从头到脚打量着他。

"哪里的话，我要是在路上遇到了，也认不出是你。直到刚才，我都以为你是个完全不认识的车夫，你认不出我是当然的。真是不好意思，但请你原谅，不知者不怪。你从什么时候开始做现在的工作？你身子弱，能吃得消吗？我从别处听说，你母亲去了乡下，你们家在小川町的店铺也关了。但我的情况毕竟与从前不同，有许多不便，当然没法去问人，也没法给你写信。你如今住在哪里，你太太好吗，有孩子了吗？我现在有时去小川町的劝工场¹玩，你家的店如今是一

---

1 劝工场是建筑物内设有多个摊位的特卖会。在当时，小川町的劝工场是位于表神保町一丁目的"恰集馆"。

家叫能登屋的,也是烟店,和从前的一个样儿。我每次经过都会看一下,想起,高坂家的录哥还是个孩子的时候,我常在上学和放学路上到店里,要一些卷烟的屑屑,学大人那样用烟斗吸。如今他在哪里做什么呢?他那样一个温和的人,在这艰难的世上过得怎样呢?这些事让我挂心,每次回娘家,我都问爸妈知不知道你的下落,但我们家五年前从猿乐町搬走了,完全没听到关于你的消息,真是让人怀念啊。"

阿关忘乎所以地询问其近况。男人用帕子擦了汗:"说来惭愧,我现在连家都没了。我睡在浅草町一家叫村田的便宜旅馆的二楼,兴致来了,就像今天这样,拉车拉到晚上;不想动弹了,就一整天躺着,浑浑噩噩地过日子。你还是那么美。自从听说你成了夫人,我就一直在做梦似的盼着,能否见上你一次,这辈子还能不能和你说上话。我一直觉得自己这条贱命无甚用处,过一天算一天,但亏得我还活着,能和你见面,你还记得我高坂录之助,不胜感激。"说罢,他低下了头。

阿关簌簌落泪道:"你别这么想,这世上不是只有你不如意。"

她又问他妻子的情况。他答:"你应该认识吧,斜对面的杉田家的姑娘。人们都夸她皮肤白,模样好。那时我生活放荡,整天不沾家。亲戚当中有人不明事理,多管闲事,来劝道,这都是该成亲的时候没成亲造成的。我妈选了她当媳妇,反复和我说,务必娶她吧,就娶她吧。真是烦不胜烦。我说,你们想怎样就怎样,随便吧。娶她进家门,正是听说你怀孕那会儿。结婚一年生了孩子,别人上门贺喜,家里摆上了纸糊小狗和风车。但我难道会为这点事就不再放荡吗?别人以为,我有个模样俊俏的老婆,就不出门冶游了,或是生了孩子,就没了玩心。但我下定了决心,就算小町和西施携手而来,衣通姬[1]跳舞给我看,我也不改放荡。见着乳臭未干的孩子的脸,我就能改变心意吗?我玩啊玩,喝啊喝,既不管家里也不管店铺,到了大前年,家里连一双筷子都不剩。嫁到乡下的姐姐接走了我妈,老婆带着孩子回了娘家,和我断了音信。孩子是个女娃娃,她被带走,我不觉得可惜,但我听说,那孩子也在去年年底患伤寒死了。女娃早熟,死的时候,她一定喊了爸爸,说了些什么吧。她如果活着,今年5岁了。我这般身世太无聊了,不值一提。"

男人有些寂寥的脸上浮起一丝笑。

"我之前不知道是你,太任性了。来,上车吧,我带你走。刚才突然不肯走,让你受惊了吧。我拉车也就是个名头,都不知道自己拉着车把有什么开心的,又是为了什么盼头才做这等牛马的营生。得了钱我就高兴吗?喝到酒我就愉快吗?一想之下,所有事都让人厌倦。不管拉着客人还是空车,一旦腻烦起来,我就烦透了。我任性得让人没辙,你会不会不想搭理我了?来,上车,我带你走。"他劝道。

"什么呀,我不知道是你,也就坐了,既然知道,哪里还能坐这车。不过,这么偏的地方,我一个人走会害怕,你陪我走到广小路吧。

---

[1] 衣通姬是日本古代的允恭天皇的妹妹,据说其美貌透过衣服散发光辉。

我们边走边聊。"阿关稍微撩起下摆走着。漆底木屐的脚步声，声声寂寥。

高坂录之助是阿关的旧友，而且此人与她有着难以忘怀的缘分。他是小川町高坂烟店老板的独生子，容貌俊俏。如今，他成了一个这样肤色黝黑、不中看的男人，但从前他家还昌盛的时候，他的衣服和外褂都是蓝底细条纹的唐栈棉，潇洒地围着围裙。他会聊天，又有股可爱劲儿，年纪虽小却显得沉稳，人们都称赞道，遇上他看店的时候，比他父亲在店里还要热闹。阿关想，从前他多么机灵。他如今的变化可真是太大了。自打我要嫁人的消息传开，就在那时，听说高坂家的儿子像彻底变了个人，又像是被什么附身了似的，变成了一个整日喝酒玩乐的人，总之事情非比寻常。今晚一见，果真如传闻所说，他彻底败落了。真没想到他会在便宜旅社里度日。从前他一直爱慕我。从我12岁到17岁，每天早晚见了，我总会想，将来我会坐在那间店里，边读报边做生意。没想到会和意想不到的人定下姻缘，既是父母之言，我能说什么呢？虽然想要嫁给烟店的录哥，但那只是我一个孩子家的想法，他也从来没说过任何承诺，我当然更没说过。我就只能把这梦一样的恋情狠狠心拗断，拗断，放弃掉。我下定了决心，嫁到了原田家，可直到出嫁前一刻，我都在哭，忘不了他。有可能，这个人也像我想着他那样想着我，他是因此才落魄的。而我梳着圆髻，这样一副若无其事的模样，他该有多难受啊？尽管，我就连做梦都不快乐。

想到这里，阿关回头看向录之助。他一脸茫然，若有所思，眼神偶尔飘向阿关,面上却不见喜色。

来到广小路,路上有了车。阿关从钱夹里取出几张纸币,小心地用小菊纸[1]包了递过去。

"录哥,这点钱不成敬意,你拿去随便买点什么吧。好久不见,我有很多话想说,可是说不出,请你谅解。在这里和你道别。你要保重身体,也要早些让伯母安心。我也会为你祈祷的。希望你重新做回从前的录哥,让我看见你重新气派地开店的模样。再见。"

听她道别,录之助接过纸包。"我本来应该推辞不受,既然是你给的,我就感激地作为回忆收下。我想要说声惜别,但这次见面本就是梦,梦总会醒。你走吧,我也回去了。夜深了,路上人少。"

说着,他拉起空车,掉头走了。他往东去了,阿关往南走。大路上的柳树在月色中摇摆,漆底木屐的脚步声仿佛无力地响着。在村田旅馆的二楼和原田家的深处,他们彼此追忆往昔,忧伤度日。

---

[1] 放在怀里的小尺寸和纸。

岔 路[1]

上

"阿京,你在吗?"有人来到窗户外头,笃笃地敲着木板墙。

"谁啊?我睡了,明儿个再来吧。"她撒谎道。那边稍微提高了嗓门叫道:"睡了也没事,起来开门吧。我是伞店的阿吉。"

"真是个麻烦的孩子。你这么晚来,有话要说吗?还是又来要年糕吃?"她笑道,"这就开门,你稍等一下。"

说着,她停了手头的针线活,把针别在衣料上,站起身。这是个二十出头的娟秀女子,头发丰盛,因为忙,没有梳髻,只随意挽起来,身前是略长的八丈绢围裙,套了件磨损得厉害的绉绸外套。她匆匆下到门口脱鞋处,打开格子门外的木板门。

"麻烦你啦。"说着话进屋的,是町里的顽皮鬼,外号叫作"一寸法师"的伞店的吉三,町里的人见了他都头疼。他今年16岁,不

---

[1] 刊载日期早于《青梅竹马》连载的最后部分,但其实这篇是在《青梅竹马》完稿后写的。

过午一看只有十一二岁,窄肩膀,小小的面孔,眉清目秀,看着很聪明相。只因个子太矮,人们给他取了这个讽刺的外号。

他嘴里说着"打扰啦",径自走到火盆边。

"烤年糕的话,火不够旺呢。你去厨房的炭盆那儿把灭掉的炭拿来,自己烤了吃吧。我今晚得把这个做完。是路口当铺掌柜过年的新衣服。"她拿起针,阿吉哼了一声道:"给那个秃子穿可惜了。做好了我先来套一下吧。"

"说什么傻话。俗话说,穿了别人的新衣服,就不会出人头地。你才这么大,就放弃前途了吗?在别人家也别这么做。"她叮嘱道。

"我又不要出人头地,别人的衣服什么的,我穿了就是赚了。你以前说过是吧,等到时来运转,就给我做一件绢衣裳。你真的做给我?"他一本正经地问。

"要能做就好啦,我会开开心心做给你。你看看我,我现在穿成这个样子,给别人缝衣服。哎,这个约定等于是做梦。"她笑道。

"没事。我又没说让你做不了也要做。要等你时来运转。既然约好了,我就很开心。不过,我这样的浑小子穿上一身绢衣裳,也不好看。"他露出一个寂寥的笑。

她微笑道:"既然这样,阿吉,我想和你约定,等你出人头地,也给我做衣服。"

"这可办不到。我肯定不会出人头地。"

"为什么?"

"没有为什么。不管谁来了,朝我吹什么风,我喜欢像现在这样待在这里。我最喜欢在伞店给伞刷油。反正我生来就是穿条纹窄袖系三尺带[1]的命。去买柿涩[2]的时候,昧下一点零钱,玩吹箭,能有一支箭赢到奖品,就已经是好运了。我听说你原来就是富裕人家的姑娘,今后会有上等的运气乘着马车来迎你。不过,我这话并不是说你会去做别人的小妾。你可别误会了然后生气。"他烤着火,悲叹自己的身世。

阿京把尺子往地上一杵,回头望向吉三的脸。"多半来的不是马车,而是穷车。我这儿尽是些烦心事。"

吉三像往常一样去厨房拿了炭过来,问她:"你吃吗?"

"不吃。"阿京摇头道。

"那我就自己吃啦。我家老板可吝啬了,只会唠叨,也不懂得怎么用人。过世的老奶奶可不是那样的。现在的老板一家,我没有一个聊得来的。阿京,你喜欢我们店的半次吗?他可是个讨厌鬼,而且自大得不得了。虽然他是老板的儿子,可我就是没法把他当主子。我一有机会就和他吵架,说得他哑口无言,可痛快了。"

说着,他把年糕搁在铁丝网上,吹着指尖说:"哦哦,好烫!"又说:"我总觉得你不是外人,为什么呢。阿京,你有弟弟吗?"

"我是独生女,既没有弟弟,也没有妹妹。"

"是吗,那我就不是你弟弟。要是有个像你这样的人来和我说,

---

1 典型的手艺人打扮。
2 将涩柿子碾碎,取其汁液发酵熟成。涂在纸伞面上,可让伞变得坚固和防水。《埋木》中的柿汁蒲扇用的也是这种涂料。

她是我的亲姐姐，我该有多高兴啊。我会一把抱住她的脖子。那一来，我就算死了也开心了。说起来，我难道是从木头里蹦出来的吗，一个亲戚也没见过。所以我翻来覆去地想过，要是这辈子我都遇不到一个亲人，索性现在死了更轻松。可奇怪的是，人还是会有念想。我有时会做奇怪的梦，梦见平时对我和颜悦色的某个人是我的妈妈、爸爸、姐姐或哥哥，于是想着再活一阵吧，再活一年，会不会有人把我的身世讲给我听？我就是怀着这样的期待，做着无趣的刷油的活儿。这世上有人像我这么古怪吗？阿京，我完全不知道自己的父母是谁。我一直纳闷来着，哪有孩子没有父母就能生下来的呢。"

他把烤好的年糕在两只手里倒腾，把平日里常诉说的不安又讲了一遍。

阿京说："你有没有什么凭据，譬如竹节纹织锦的护身符？得有样线索吧。"

他打断了阿京的话，"没那种高雅的东西。伙伴们说我的坏话时就讲，我生下来就被桥底下要饭的给带走了，假扮他的孩子。说不定真是那样。如果是那样，我就是乞丐的小孩。说不定爸爸妈妈都是要饭的。大街上破衣烂衫的家伙就是我的亲戚，每天早上过来乞讨的那个瘸腿独眼的老太婆也可能是我的家人。就算我不讲，你大概也知道，来伞店当伙计之前，我要过角兵卫的狮子[1]。"他没精打采道，"阿京，我如果真是乞丐的小孩，你还会像现在这样对我好吗？

---

[1] 顶着狮子头的儿童倒立表演曲艺。做这一类表演的多是孤儿和弃儿。

那样你就不理我了吧。"

"别开玩笑。我虽然不知道你是什么人的孩子，是怎样的身份，但我不会因为那些就喜欢或讨厌你。说这种可怜的话，一点都不像你。如果我是你，哪怕自己是非人[1]或者乞丐，我都不在意。不管有没有父母兄弟，靠自己出息不就行了吗？为什么要说这种没骨气的话？"阿京鼓励道。

他低下头，将脸藏起来。"我就是没用。我什么也不想做。"

中

伞店的上一任老板，如今已过世的被称作"大肚能容"的阿松，是个女相扑力士般的老太太，在她那一代积累了财富。六年前的冬天，她去寺院拜佛回来的路上捡了个耍角兵卫狮子的孩子。她说："没事，要是你们的班主来抱怨，到时候再说。怪可怜的。说是腿疼，走不动，就被伙伴们欺负，给扔下了。那样的戏班子，回去做什么！没事的，就待在我家。你们也别担心。像这样的孩子，哪怕有两三个，让他们在厨房坐了吃饭，你们谁有意见吗？签了合约的伙计，也有逃走的或者偷了钱跑掉的。做事全凭一份心。所谓'马好不好，骑了才知'，这孩子将来能不能用，要先留下才知道。你呢，要是不想回新

---

[1] 江户时代最底层的身份，下级艺人和乞丐等。

网[1],就把这个家当作一辈子的地方,学本事。好好干。"

她说了这番话,整天喊他"阿吉",教他本领。如今吉三成了刷油工。他一个人能干三个大人的活儿,而且技术好到能边刷油边哼歌,人们都夸去世的老太有识人的眼光。

他的恩人在他来到这里第二年就过世了。如今的老板、老板太太和少东家半次,他都不喜欢,但既然将此地当作一辈子的地方,就算讨厌他们,又能去哪里呢?不知是不是因为心情不佳影响了筋骨而长不高,人们都喊他"一寸法师",让他郁闷。一起干活的毛头小子因为工作上有些事不开心,就报复地对他说:"阿吉,你是在父母的忌日吃了荤腥,所以才长不高吧。你这个转圈的小佛[2]!"他倒是不怕和他们打一架,但他确实不知道父母何时过世,何时该为他们斋戒,不觉心头忐忑,便藏在晾着的伞底下,仰面躺在地上,悲伤地独自吞咽泪水。他一年四季穿件带着油渍的条纹窄袖和服,平时胳膊一抬就打人,町里的人都怕他,说他"是个炮仗"。其实他撒野就是因为无人安慰他,他心里苦。只要有人对他讲些温柔的只言片语,他就跟牢了那人,不肯离开。

裁缝阿京是今年春天搬到这后面来的,她很机灵,在长屋一带的交际广泛,对房东伞店的人,她格外和善。"各位伙计,衣服要是破了,就拿到我家来。你们店里人多,太太的针线活忙不过来。我

---

[1] 当时的贫民窟,位于现在的港区。
[2] 儿童嬉戏的儿歌。一人站中间,其他人手拉手围绕中间的人转圈,并唱:"转圈的转圈的小佛,为什么个子矮,爸妈忌日吃了赤饭,吃了鱼,所以长不高!"

的工作本来就要一直跟叠纸¹打交道，缝个一两针的，算不上事。我一个人住，也没个人说话，日日夜夜孤单过活，你们有空的时候就来玩吧。我这人外向，所以最喜欢阿吉这样暴躁的人。你要不高兴了，就来我家，用小锤敲拆洗的布料，给它上光吧，就当是在揍街上米店的那条白狗。这样的话，别人也不会讨厌你，又帮了我的大忙，真的是互利。"她半开玩笑地说道。吉三渐渐和她混熟了，整天喊着"阿京，阿京"，待在她家。伞店的其他人嘲笑他道："和腰带店掌柜的故事正好相反，到了桂川那一幕，你是不是要对着阿半的背影唱一句'长右卫门'，然后把自己挂在她的腰带上出场²？这倒是一出好滑稽戏。"

吉三不屑道："你们如果是男人，就学我。除了我，还有谁能到阿京的家里，连她家架子深处的点心钵里今天有什么，有几个，都一清二楚？当铺那个秃头总粘着她，托她做活儿，或者找其他由头去她家，还送她围裙、衬领和腰带面料，想要讨她的欢心，可她见了那人都不会给个笑脸儿寒暄一声。不止如此，每当我上门，不管是晚上还是半夜，只要说声伞店的阿吉来了，她穿着睡衣就来开门，和我说，'今天一天都没来玩呢，你怎么啦？我担心你来着。'然后牵着我的手进屋。你们能行吗？遗憾啊，土当归大而无用，山椒虽小却宝贵。"

---

1 用来包衣服的纸。
2 净琉璃《桂川连理栅》中，腰带店的长右卫门爱上比自己小14岁的阿半，与其一道赴死。

对方吼了声"你这混蛋"，用力捶一下他的背。他若无其事地走了，扔下一句"多谢"。他如果个子高一些，别人绝不会放过他。但如今人们只骂他"一寸法师逞什么强"。他们把他当个恰好的玩意儿，作为抽烟小休时的谈资。

下

十二月三十日的晚上，因为没能按时交货，吉三去客户坂上那儿道歉。归途中，他双手拢袖，脚步匆匆，草履木屐[1]的鞋尖碰到个什么，就一脚踢飞，待那东西滚远了，又跟着往左右两边追过去，一直将它踢到大沟里。他独自哈哈大笑，旁边没有人听见，只有天上月皎洁地照耀着。他不觉冷，只觉痛快，盘算着回去要敲阿京家的窗户，转过小巷的拐角时，忽然有人从后面追上来，用双手捂住他的眼睛，轻笑道："猜猜看是谁？"

他一摸那人的小拇指。"什么嘛，是阿京。你的小指头是弯的[2]，一下就知道了。想吓唬我也没用。"说着转过脑袋。

阿京笑了起来。"讨厌，让你猜中了。"

---

1 草履和木屐的区别是鞋底较为轻薄，木底、竹底或皮底，此外，鞋面用了草编材质。这里强调是草履木屐，指鞋底为木制。
2 日本人认为，指头第一指节弯曲的人，天生手巧。

她裹着高僧头巾[1]，一直遮到眉毛，套着双面绢外套，打扮得比平时漂亮。吉三把她从头到脚看了一遍，疑惑道："你去哪儿了？你不是说今天明天忙得不行，连吃饭的时间都没有吗？到哪儿做客去了？"

"我提前给人拜年呢。"她若无其事道。

"你撒谎。没有哪家三十号就让人上门拜年。你是去亲戚家了吗？"

"我有了了不得的亲戚呢。我明天就要从那后面的长屋搬走。太突然了，你肯定很意外吧。我也有点意外，到现在还不觉得是真的。总之，你要为我高兴，这不是坏事。"

"真的吗？真的吗？"吉三惊呆了。"你是撒谎吧？是开玩笑吧？你别说这种话吓唬我啊。你要是走了，我就没有一点开心的事了，你别开这么讨厌的玩笑。你这人，怎么说这种无聊的话呢。"他摇着头。

"不是撒谎。就像你有一回说的，上等的运气乘着马车来接我，所以我不再住在那后面了。阿吉，我以后给你弄一套绢衣服。"

"不要，我才不要衣服。你说的那什么好运，不会是去什么不好的地方吧？前天，我们店的半次说，'听说裁缝阿京在蔬菜店巷子做按摩师的伯父给她介绍的，让她去某户宅子干活。她的年纪没法当贴身丫鬟，也不是去当太太的用人或者裁缝，她肯定是做妾，梳起

---

[1] 明治中期流行的女性打扮，用带衬里的布料裹住头发，仅露出脸。

三圈髻,穿着带穗子的马甲裨子¹。她长得那么美,怎么能当裁缝呢?'我心想不会有这种事,就对他说,你搞错了吧,还和他干了一架。你难道是去那里吗?去那个宅子吗?"

被他一问,她说:"我也不想去,但不去不行。阿吉,我以后见不到你了。"说话间,她显得消沉。

"我不懂你这是怎样的出人头地,不过,你还是别去了吧。你一个女人家过日子,靠做针线活又不是维持不了生活。你的手艺那么厉害,为什么要做那种无聊的事?太难堪了,不是吗?"吉三想到自身的高洁,说道:"别去了,别去了,你推掉吧。"

"真让人为难。"阿京停住了脚步,"阿吉,我已经厌倦了把旧衣服拆开洗了重做,做妾或者做其他的什么都行,反正我就这个命,干脆穿着发臭的绫罗绸缎过日子吧!"她不知不觉地道出自己的决心,随即呵呵一笑,又说:"总之,先去我家吧。阿吉,快点。"

"我觉得这事彻头彻尾地没意思。你先往前走。"吉次跟在她身后,忐忑地踩着地上长长的影子前行。不知何时拐进了伞店的巷子,阿京站在窗下,叹息道:"以前你每晚来这里,从明晚开始,再也听不到你的声音了。这世间真没意思。"

"还不是因为你想要那样。"吉三的语气带着不满。

阿京进了屋,给洋灯点上火,又把火盆的火重新捣旺,对他说:"阿吉,来烤火吧。"

---

1 三圈髻和带穗子的马甲褂,都是小妾的打扮。

"我不要。"他站在门口的柱子那儿。

"你这样不冷吗?可别感冒了。"她提醒道。

他低下头。"感冒就感冒。你别管我。"

"你怎么了?你看起来怪怪的,是我的话让你不开心了吗?你如果不开心,就告诉我。你一声不吭,这副样子,我很担心。"

"用不着为我担心。我可是伞店的吉三,用不着女人管我。"他背靠柱子,往下出溜。"啊,真无聊,真没劲。我这人,该怎么说呢,只要有谁对我好一些,很快事情就变得没劲了。伞店的老太太是个好人,染坊那个卷毛的阿娟,从前也对我好,老太太中风死了,阿娟因为不肯嫁人投了井。你又无情地抛下了我。所有这一切都没意思。在伞店刷油,就算干了一百人份的活儿,也没人夸我一句,大家从早到晚都喊我一寸法师。虽然并不是被他们喊成这样的,可我这辈子都不会长高了。都说只要等待总会有好事,可我这儿一天天过下来尽是些讨厌的事。前天我和半次那家伙打了一架,我硬是说阿京才不是那种去给人做妾的堕落女人呢,现在还不到五天,我就输了。你撒谎,骗人,贪图荣华富贵。我以前还把你当作姐姐,真是的。阿京,我不会再见你了。无论如何都不会再见你了。一直以来承蒙关照,我在这里道个谢。我再也不倚仗任何人了。再见。"

说罢,他站起身,踩上草履木屐。

"阿吉!你误会了,我离开这里,并不是抛弃你。我真的把你当作弟弟一样,你这样就不理我了,太过分了!"她从身后一把抱住他,劝道:"你这孩子性子真急!"

"既然这样,你不去他家做妾啦?"他扭头问。

"没有谁是自己想去的,我已经下定决心,无论如何都要这样做。虽然你是为我好,我也没法听你的。"

听了这话,吉三用泪眼望着她,说道:"阿京,求你了,放开我的肩膀吧。"

青梅竹马[1]

　　从这里拐个弯兜到吉原大门，路很长，就像门口回头柳[2]的柳丝，也是长长的。不过，妓院三楼的灯火映照在齿黑沟[3]，彼处的喧嚣仿佛就在耳畔。人力车从早到晚来来去去，人们由此揣测吉原难以衡量的盛况，说到大音寺前这地方，名字听着有香火气，其实是一处红尘闹市。

　　转过三岛神社的拐角，没有什么大房子，唯有隔成十间二十间的近乎倾颓的长屋。这里的生意不旺，半数的屋子关着木板门窗。门外挂着纸串，用纸剪成的各种古怪形状，涂上贝壳粉做的白颜料，背后粘着竹签，跟彩色的烤串似的，看着有趣。挂纸串的不是一家两家，各家各户全家出动，早上挂出来晾晒，傍晚收回去，小心翼翼。有人问，这是什么？那边答，你不知道么？十一月的酉日，利欲熏

---

[1] 标题的原意是"比个子"，在此采用了国内常见的译名。
[2] 离吉原大门不到100米的柳树，因客人恋恋不舍回头而得名。
[3] 围绕吉原外围的水沟。彼时妇女有染黑牙齿的习俗，用剩的染料倒进沟里，故此得名。这条沟最初搭成时宽9米，为的是防止妓女逃跑。后因扩建，沟逐渐变窄。

心的人们都会去那间神社求个熊手[1]，这是熊手上的装饰。

有些人家从正月取下门松就开始做这项活计，一年忙到头，是真正的熊手商人。另一些人家把这当作补贴家用的零活，却也从夏天开始就沾了满手的颜料，大概是为了新年的衣服。做熊手的人们都说，"南无大鸟大明神，既然会给买熊手的人带来好运，我们制作熊手，更该有上万倍的运气"。不过，人生难以如愿，没听说这一带有什么有钱人。

居民大多在青楼工作。某家的丈夫在小格子[2]做龟公，拎着一串鞋子的寄存牌，当啷作响，听着怪忙的。傍晚，丈夫套上外套出门，妻子在身后用火石打火祝祷平安，他朝妻子望一眼，这也可能是最后一眼。曾发生过像戏里演的十人斩[3]那般殃及无辜的命案，还有一方逼着另一方殉情不成，将怨念转移到妓院一干人身上的。因此这份工作着实危险。只要听说"不好了出事了"，就可能性命攸关。尽管如此，去上班时看起来像去玩儿，也是洒脱。

姑娘要么在大篱[4]做服侍妓女的贴身丫鬟，要么在七间引客茶馆的某一间做迎客的，提着灯笼颠着碎步一路小跑，算是学徒。那么学成之后做什么呢？大概也只有在这地方，姑娘家会把当上花魁作

---

1 十一月的酉日每年有两至三次，逢酉日，人们去相应的神社参拜。吉原附近有浅草的鹫神社。熊手原本是农具的耙子，酉日在神社出售的熊手是缀满了装饰的扇形开运物，寓意"将财运刨进来"。
2 低级妓院。
3 歌舞伎《笼钓瓶花街醉醒》，佐野次郎左卫门将妓女八桥等十人斩杀。
4 高级妓院。

为奋斗目标。

打扮入时的30多岁的中年女人，穿着洒脱的细条纹和服与同色外套，藏青色分趾袜，脚步匆忙，雪驮[1]清脆作响。她侧抱着一个小包，那里面是什么，不用问，只见她用脚尖踢一下茶屋的栈桥，说道："绕过去太远了，我从这里递过去。"原来是此地做衣服的裁缝。

这一带的风俗与别处不同，很少有女子将腰带后面系整齐，她们不爱素色腰带，偏爱有花纹的宽幅腰带，像妓女那样在身上缠个几圈。也有人做出不忍看的神色道："中年女人也就算了，十五六岁含着酸浆果当哨子吹的姑娘也这副打扮，不成样子。"不过，这是一地的习俗，无可厚非。某人昨天还在河岸的一间低级妓馆用着叫什么紫的花名，今天就和当地的黑帮阿吉开了个笨手笨脚的烤串摊。等钱财耗尽，她便又回到从前的店里。这样的媳妇显得比良家妇女要出挑，孩子们纷纷有样学样。

到了九月的秋天，且看仁和贺[2]那时候的大街。七八岁的孩子们不知从哪儿学的，模仿露八的表演，荣喜的舞蹈[3]，其进步的速度，会让孟母惊得立即搬家。路上的看客们一夸，他们便来了劲，说"今晚再兜一圈"。那股劲头不断增长，到了15岁，只见他们往肩上搭块手绢，哼着青楼的流行歌。少年的成熟劲儿实在惊人。

---

1 雪驮和草履相似，区别是鞋面和鞋底之间加了一层皮，起到防水功能。此外，雪驮的鞋底钉了鞋掌，走起来有响声，是风雅的表现。
2 吉原特有的节庆，艺人在街头表演和行进。
3 露八和荣喜都是著名太鼓艺人。

在学校的唱歌课上,他们也按吉原的风格打着拍子,拖着"ki-chon-chon"的尾音。在运动会上,差点就唱起吉原流行的伐木歌。原本教育就是件难事,看到这些孩子,不由得更让人感到,老师们该多么煞费苦心。

在入谷[1]附近,有一所名为育英舍的私立学校。虽是私立,有近千名学生,将狭窄的校舍挤得分外逼仄,也表明了教师的人望之高。在这一带,只要说"学校",人们便知道是育英舍。

这所学校念书的孩子们,有的是消防队员、建筑工人的小孩。有个孩子说,"我爸是妓院吊桥那里守门的"。也没人告诉他,他就知道了,有股聪明劲儿。有的孩子模仿艺人站在梯子顶端耍把式,同学说,"呀,把墙头上防贼的木刺给弄折了"。那边说,别告诉老师。居中调停的,是被称作"三百"[2]的无照律师的儿子。有的孩子被人嘲笑,"你爸是给妓院收账的马头呀"。这名头难听,虽是个孩子,他也红了脸。他爸爸工作的妓院老板家的宝贝儿子,住在妓院的别馆,跟个华族似的,戴着学习院那种带檐的帽子,穿着轻浮华丽的西装。马头家的孩子追随着他,喊着"少爷,少爷",十分可笑。

在众多学生当中,有个龙华寺的信如。他一头丰盛的黑发,不知能留多久。总有一天他会剃度,衣袖终将染成僧袍的墨色。不知他是否出于自愿走上宗教的道路,不过,他学习成绩好,是遗传了

---

1 大音寺的南边。
2 明治时期,无照律师所收佣金低廉,三百是"三百文"的意思,含有贬低之意。

做方丈的父亲。他生来性格沉静,朋友们觉得他太闷,用了各种办法捉弄他。有一回,用绳子拴了猫的尸体,往他那边一扔,说:"你既然是个和尚,念经给它超度吧。"那是从前的事了。如今他是全校第一名,再没有一个人会侮辱他。他年方 15 岁,中等个子,毛栗子般的发型,不像个俗人。原本,他的名字读作藤本信如,却总让人觉得该念作释信如[1]。

二

八月二十日是千束神社的庙会,各町将山车和有人在上面跳舞的花车装饰起来,以示炫耀。拉山车的年轻人爬上吉原东面的日本堤,那气势,仿佛要连人带车冲进吉原。年轻人过节的劲头可想而知。也不可小觑在旁边听大人们筹划的孩子们。不用说,他们会穿起同样颜色的单衣,而他们私下商量着要怎么博个满堂彩,要是让大人们听了,会吓一跳。

有个顽皮的孩子王,给自己一伙人取了"胡同组"的名头。他是建筑工头[2]的儿子,今年 16 岁。他自从仁和贺的时候代替父亲扛

---

[1] 前面加"释",表示是释迦弟子。信如的名字,只有在"藤本信如"这里读作 nobuyuki,其他时候都读作 shinnyo,如同僧人的法号。
[2] 此文的建筑工人主要是"莺职人",负责高空作业,也常兼任区域消防员,地位较高。

了山车，便一发不可收拾地趾高气扬起来。他像大人那样低低地系了腰带，别人和他说话，他必定从鼻子哼一声作答。那模样让人生恨，建筑工人家的老婆在背后说："他要不是队长家的，能那么横！"

此人任性十足，做派骄人。他有个眼中钉，是大街上田中屋那家叫作正太郎的，年纪比他小3岁，家中富裕，为人娇憨，人人都喜欢那孩子。

"我上的是私立学校，那家伙是公立，就算唱歌，他都摆出一副我才是正统的模样。去年和前年的庙会，都有一群大人围着他，他过节的花样都比我这边精彩，而当时的情形下，我还不好动手打他。今年要是再输给他，我就喊一嗓子：'你知道我是谁吗，我可是胡同的长吉。'我平时为自己的力气而自豪，到他这儿就不被人当回事。在辩天渠那儿游泳的时候也同样，好些人跟了他，和我一伙的人不多。要说力气，是我这边强，但我们胡同组的太郎吉、三五郎他们，被田中屋的笑面虎给骗了，而且他们畏惧他学习好，悄悄地就成了他一伙的，让人郁闷。后天就是庙会，要是我这边看着赢不过他，我就大闹一场，给他脸上留道疤。我只要不怕失去一只眼睛一条腿，就不难做到。叫上人力车坊的丑松，家里给人做发绳的文次，还有玩具店的弥助，这就够旗鼓相当的了。哦，更重要的是得叫上那个人，让藤本给我出出主意。"

十八日的黄昏，长吉驱赶着飞舞在面前的蚊子，绕过龙华寺长满竹子的庭院，慢吞吞地来到信如的房间，探头道："阿信在吗？"

"——有人说我野蛮。我可能是野蛮，但不甘心的事就是不甘心。阿信,你听我说。去年,我最小的弟弟和正太郎那边的小矮子用长柄灯笼打了起来。接着,正太郎的伙伴们陆续来了,你猜怎么着,他们打坏了我弟弟的灯笼,还把他整个人往空中抛。其中一个说,看吧,你们胡同这些没用的!这时,那个又高又大的年糕团店的傻子骂道,你们有脑袋吗,那是尾巴,尾巴,猪尾巴!我那时刚抬着山车慢慢走进千束神社,后来一听说此事,便说我马上去报仇。结果被我爸劈头盖脸地骂了一顿,我当时哭着睡了。至于前年,你也知道的,大街的伙伴们聚集在文具店的门口,演滑稽戏什么的。我过去看,他们却放话说,胡同自己也要弄点什么看啊。他们就演给正太[1]一个人看,让人不快。就算他有几个钱吧,不过是以前开当铺现在放高利贷的,对这世上来说,少他一个才更好。这一次的庙会,我一定要闹一场,把以前丢的面子给找补回来。所以呢,阿信,拜托了。我们是朋友,对吧?我知道你不情愿,但请你站在我这边。为了给胡同组雪耻。正太郎那家伙炫耀什么他唱歌才是正统,你帮我把他干掉吧。他说我是私立学校的笨学生,你也是私立的,所以,求你了,就当是帮我,挥动长柄灯笼干一架吧。我真的是从心底感到懊丧,这次要是输了,我长吉将没有立足之地。"

他着实不甘心,耸动着宽肩膀说道。

"可我很弱的。"

"弱也没关系。"

---

[1] 正太郎的全名是田中正太。

"我可挥不动长柄灯笼。"

"那就不挥。"

"我加入你们,你们会输的,这样也行吗?"

"输了也没事。那是没办法的,算了。你什么都不用做,只要在名义上加入我们胡同组,做个样子,我们就会显得人多势众。我是个没学问的,你有学问,要是他们用汉文或其他什么嘲讽我们,你帮我们这边也照样回击。啊,真开心,痛快!你只要答应了,就等于一千个人的力量。阿信,谢了!"长吉说话比平时温和。

一个是工头的儿子,系着三尺带,趿拉着草履[1];一个是墨绿色细棉布外套、紫色兵儿带的少爷打扮。两人的想法迥异,话也经常说不到一块儿去。尽管如此,长吉出生在寺院旁边,住持夫妇也喜欢他。信如和他在一所学校念书,他整天被人嘲笑"私立",信如听了也不舒服。而且,长吉的性格不可爱,没有人发自内心地做他的同伴,让人怜悯。正太郎那边则是连町里的年轻小伙们都在帮他。信如想,不是自己偏袒长吉,他之前的失败应该怪田中屋。长吉这么看重自己,来拜托自己,按道理,也不好说不。

"那我就和你一组。我加入你们不假,但尽量不打架才是胜利。要是那边来挑衅,那是没办法。要真打起来,田中家的正太郎,很容易对付。"

---

[1] 用脚趾尖夹住鞋襻儿,将脚后跟露在外面,是当时的时尚。

信如忘了自己手无缚鸡之力,从书案抽屉拿出家人从京都买来的"小锻治"的小刀,给长吉看。

长吉凑过去看。"这刀好像很快呢。"

要挥舞这样的小刀吗?那可真危险啊。

三

她把一头解开来拖到脚边的长发在头顶紧紧扎了,让前面的头发膨起来,梳成沉重的发髻。这个发型叫作赫熊,听起来吓人,却是最近的流行,有很多家世良好的小姐也梳这种头。

她肤色白皙,鼻子笔直,嘴巴虽不小巧,抿得紧,并不难看。五官分开来一样样看,不算美人胚子,但声音清脆,望向人的眸子表情灵动,一举手一投足生气勃勃,让人愉悦。她穿着柿红底白色蝶鸟纹样的单衣,高高地系了黑缎子拼双色扎染布的昼夜带[1],脚上是连花街也少有人穿的漆底高木屐。她早上去了浴室回来,颈子雪白,拎着手绢站那儿的姿态,让逛完妓院早上回家的年轻人说道,真想看看她三年后的模样。

她叫作大黑屋的美登利,生在纪州[2],说话带些儿口音也很可爱。

---

1 腰带的表里是两种布料。
2 和歌山县。

首先，没人不喜欢在金钱上洒脱的人。她的钱包沉甸甸的，不像个孩子。这是自然，她姐姐是大黑屋的头牌，正值盛时，她沾了姐姐的光，楼里的嬷嬷和丫鬟们想要讨好她姐姐，便和她说，小美，你去买玩偶吧。这点钱给你买手球。人们给她钱却不做施恩状，她得了钱便也不知珍惜，花钱如流水。她送给同班的二十个女生一人一只橡胶球[1]，为了哄伙伴们高兴，还把相熟的文具店卖不动的玩具全部买走。以她的年纪和身份，按理不能没日没夜地花钱。她将来会成为怎样一个人呢？

她有父母，但他们宠着她，不曾说过一句重话。大黑屋的老板对她的疼爱也显得古怪。一问之下，她并非老板的养女，也不是什么亲戚。她姐姐卖身的时候，到家里查验的老板邀她们一家前往，于是父母带着她离开家，来东京找活计。其中不知有什么原委，总之，如今他们一家管着大黑屋的宿舍[2]，妈妈给妓女们当裁缝，爸爸在小格子做会计。美登利既学才艺和手工，也去上学，其他时间，她随心所欲，半天在姐姐的房间，半天在町里玩耍，日常听见的看见的，是三弦太鼓的声音，妓女们的姹紫嫣红的衣裳颜色与花纹。刚来的时候，她出门时把雪青色扎染的衬领搭在外衣上[3]，被町里的姑娘们笑话道，乡下人啊乡下人。她又气又急，哭了三天三夜。如今都是她嘲笑别人，就算她露骨地说人"土气"，也没人回嘴。

---

1 当时女孩玩的手球多是用线缠绕而成的，橡胶球价格昂贵。
2 妓女们日常居住的宿舍。
3 衬领是搭在贴身里衣上的。

二十日是庙会，朋友们来和她说，我们好好玩一场吧。她像往常一样，不计较金钱就答应下来。"我们各自研究一下，做每个人自己喜欢的事吧。不管多少钱，我来出。"

她作为孩子们之间的女王，有这般别无二家的好处，比大人吩咐还有效果，立即就有个孩子说："我们演滑稽戏吧。借一家店铺，让街上能看见。"

"那太傻了。不如做个神轿。像蒲田屋店里那个一样的真家伙。重也没关系。我们嘿哟嘿哟地扛就是了。"一个男孩模仿着大人头缠绑带的样子，将帕子扎在脑袋上。

"那样的话我们多无聊。光是看你们闹腾。美登利也不会觉得好玩的。还是做美登利喜欢的。"旁边的一群女生说道。有趣的是，听口吻，她们似乎不想玩庙会，只想去看常磐座的戏。

田中正太转了转他灵动的眼睛，说道："我们放幻灯吧？放幻灯。我家里也有几张片子，不够的让美登利买，到文具店去放，怎么样？我来放映，让胡同的三五郎做解说。美登利，好不好？"

"啊，这个似乎好玩呢。让阿三来解说的话，没有人不笑的。如果顺便把他那张脸放出来，就更好玩了。"

就这样谈妥了。正太负责买不够的幻灯片，他满头大汗地四处跑腿的模样也很好玩。马上，明天就是庙会的日子，他们将要放幻灯的消息也传到了胡同。

四

此地从不缺鼓点和三弦的音色，不过，庙会毕竟不比平日。除了酉市，千束神社的庙会便是一年一度的大热闹。三岛神社和小野照崎神社是邻居，氏子[1]们互相竞争不肯服输，十分热闹。胡同和大街的人们今年各穿了同款单衣，在真冈棉布上印染了草体字町名。也有人说，这衣服没有去年的好看。绑袖子的麻布揽袖带是用栀子黄的染料染的，选了尽可能宽的布条。不到十四五岁的孩子们往揽袖带上拴了各种各样的玩具，达摩、猫头鹰、纸糊小狗，越多越显得气派，有的孩子身上拴了七个九个乃至十一个。他们还在背上拴了大小铃铛，叮叮当当的，也不穿木屐，就穿着分趾袜在街上跑，那副勇猛的模样显得带劲。

和这群孩子隔开一些距离，田中正太穿着从肩膀到袖口有道红条的短外褂，领口和背后印着町名和田中屋的名号。他白皙的脖子上挂着藏青色肚兜，这打扮不常见。再看时，系得紧紧的青绿色腰带是经过多次染色的绉绸，衣领上的字样也染得格外鲜明。他头上的绑绳在脑后系了结，插了一支从山车上拔下来的假花。脚下是一双走起来有声响的皮革襻儿的雪驮。他没和喊号子的一伙人混在一起。

庙会前夜顺利地过完了，今天已到了黄昏时分，集合到文具店的共有十二个人，只缺一个美登利。她化妆化了好久，正太不断在

---

1 在同一所神社参拜的居民。

店里出出进进，念叨说："还没来吗，还没来吗？"

他又说："三五郎，你去喊她来。你还没去过大黑屋的宿舍。你从院子那头喊一声美登利，她能听见。快去，快去。"

"行，那我去。长柄灯笼搁这儿，蜡烛就不会被人偷走了。正太，你在这儿守着。"

"小气鬼，你有工夫说这些废话，早点去。"年纪比三五郎小的正太骂道。

"我来也，次郎左卫门[1]。"

三五郎拔脚一溜烟地跑了。"哟，他跑的样子真好笑。"目送他的一群女孩们笑了起来，并非没有道理。三五郎身材矮胖，前额和后脑勺突出，脑袋像个榔头，短脖子。当他扭头看过来，只见他是个突脑门，狮子鼻，而且是龅牙。可以想象，他有个外号叫"龅牙三五郎"。他皮肤黝黑，最让人印象深的是他的眼神，总有股戏谑劲儿。两颊的酒窝显得逗趣，眉毛长得一高一低，像人们蒙眼贴出来的福笑脸。总之，他是个长相滑稽的、没有坏心的孩子。

他家里大概是穷困的吧。今天他穿着阿波棉布[2]的筒袖，对不明原委的朋友解释道："我的单衣没来得及做好。"他是家中老大，家里一共六个孩子，爸爸靠拉车好不容易赚点钱。虽然有五十轩[3]的茶

---

1 见前注，歌舞伎《笼钓瓶花街醉醒》的主角。
2 德岛产的棉布，价廉。一般是白地，茶色、藏青色条纹或格纹。
3 在吉原大门外五十轩町的引客茶馆。要和吉原的高级妓女见面，得先去引客茶馆候着，在那里吃喝听曲，之后，妓女会带着仆人来迎接。

馆作为老客户，但生计并不顺利。前年，三五郎刚满 13 岁，想为家里分担生计，去并木的活字印刷所干活。可他为人懒怠，十天的辛苦都熬不下去，一份工作不曾坚持过一个月。从十一月到春天，他在家做羽板球的手工活，夏天去检查所[1] 那边的冰店帮忙。他的叫卖声有趣，善于揽客，所以冰店老板很中意他。去年他给仁和贺拉了花车，朋友们嘲笑他，到现在都还有人喊他"万年町"[2]。不过，说到三五郎，人人知道他是个滑稽的家伙，没有人讨厌他。这也算是他生来的好处吧。

对他来说，田中屋是自家的救命绳，全家蒙了那边不少的恩情，虽然问田中家借的钱是按天计息的，利息不便宜，但不借钱又活不下去。既是金主，当然不能将正太视作仇敌。每当正太喊他："三儿，来我们町玩吧。"他不好说不愿意。然而，自己生在胡同，长在胡同。住在龙华寺地界，房东是长吉的爸妈，表面上不能违逆长吉，背地里帮正太跑腿，一旦被哪边盯上了，日子不好过。

正太坐在文具店，等人的当口，小声哼起了"忍耐的恋爱路"[3]。

老板娘笑道："小小年纪就唱情歌，不得了啊。"

他莫名地耳根一红，掩饰地高声叫道："大家都来！"边喊边带人跑到大街上。恰在此时，迎面碰上了外婆。

---

[1] 妓女卫生检查所，位于仲之町的尽头。
[2] 万年町是台东区的贫民窟。拉花车的多是贫民苦力。
[3] 端歌。开头是："忍耐的恋爱路，最是无常。下次见你，拼上性命。眼泪污了粉，硬是用酒遮了脸。"

"正太，你怎么不吃晚饭？我从刚才就在喊你，你忙着玩，都没听见吧？哎，你们待会再和他玩吧。劳您照顾了。"外婆向文具店老板娘打了招呼。

外婆亲自来迎，正太不能说不，被带走了。之后，虽然人数没怎么变，周遭一下子变得寂寥。

"那孩子一走，连大人也变得冷清了。他既不闹腾，也不像阿三那样讲笑，可是人人都爱他的亲和，财主家的小孩倒是很少有那股劲儿。""你看见了吧？田中家的寡妇那个样儿。她都六十四了，倒是没搽粉，但那个圆髻大得跟个年轻姑娘家似的。她总是那副娇娇的嗓子，就算人死了，她也用那声音去讨债。估计她临终的时候，得和钱殉情。""话虽这么说，我们在她跟前抬不起头，全是那阿堵物的威力。钱谁不想要啊。我听说，就连那里头的大妓院都问她借了不少钱呢。"两三个媳妇站在大街上，算起了别人家的钱财。

五

端歌有这么一节："等人难耐，夜半的火盆。"凉风习习的夏日黄昏，美登利在澡盆里冲掉了暑热，为了梳妆打扮坐在镜前。妈妈亲手把她的一头乱发梳理整齐，觉得自家女儿真美，不断起身又坐下打量着她，说道："脖子上的粉薄了点儿。"她身上的单衣是天蓝色的友禅染，显得清凉。妈妈给她系上浅茶底金色纹样的窄幅丸带，又把木屐摆在庭院的石头上。此时已过了不少时候。

"还没好吗？"三五郎在围墙外头绕了七趟，哈欠也打了无数，虽然一直在赶蚊子，脖子和额角还是被狠狠叮了。他等到筋疲力尽的时候，美登利出来了，说"走吧"。他一声不吭，扯住她的袖子就往前跑。她怒道："这样跑我喘不上气，胸口痛。你如果这么急，我就不跟你一起了，你自己一个人去。"结果两人各自先后到了。他们来到文具店时，正太正在家里吃晚饭。

"啊，没劲，不好玩。那个人不来，我都不想放幻灯。婶子，你这里有卖七巧板吗？要是有十六武藏[1]或其他玩意儿也行，我闲得慌。"美登利表示无聊，其他女孩们立即借了剪子，开始用厚纸剪七巧板。三五郎打头，男孩们齐声欢快地唱起仁和贺的小调。

"见北廓[2]全盛，檐下悬灯，五丁町日日热闹。"

他们记忆力很好，接着唱了去年和前年的歌谣，连挥手和打拍子都和从前一样。这十来个人凑成的热闹使得店门口聚起了人墙，人们纷纷讶异是怎么回事。此时，人群中，做发绳那家的文次喊道："三五郎在吗？你来一下，有急事！"

三五郎没有防备，答道："好，我来了。"他刚轻快地迈过门槛，面颊上就吃了一拳。

"你这个墙头草，吃我一拳！你搞脏了胡同的面子，我不会放过

---

1 类似日本象棋的游戏。
2 指吉原的妓院。

你。你以为我是谁？我可是长吉。你吃里爬外，可别后悔！"

"啊！"三五郎一惊，正要逃走，领口被人抓住了，接着被拖了过去。那边是胡同的一群人。

"打死三五郎这家伙！"

"把正太给我拖出来！"

"胆小鬼，别跑！"

"也不能放过糕团店的傻子！"

一伙人沸腾如潮水。他们一下子打落了文具店屋檐下挂着的灯笼，连挂着的油灯也变得危险。

"别在店门口打架！"

老板娘喊道，然而没人听。他们共有十四五人，头系绑绳，将长柄大灯笼挥来舞去。随心所欲地乱打一气。有人旁若无人，穿着鞋踩进店里。他们没找到要找的敌人正太，嚷道："把他藏哪儿了？""他逃到哪里去了？""你不说是吧？你不说？让你不说！"一伙人围住三五郎，拳打脚踢。

坐那儿的美登利气坏了。旁人试图拦住她，她一边挣开来一边骂道："喂，你们在干吗？阿三他有什么错？你们想和正太打架，那就去找正太啊。他没有逃走，我们也没有把他藏起来，正太他不在这儿。这地方是我在玩儿，你们一个指头也别碰！啊，长吉，你真讨厌！你为什么打阿三？你又把他扯地上了。你要是没打够，就来打我啊！我来做你的对手。大婶，你别拦我！"

"你这个卖笑的，说什么大话！你将来反正要接你姐的班，做个讨饭的。对付你，这个就够了！"

长吉隔着一群人，抓起自己沾满泥的草履，扔了过去，正好砸在美登利的额角。美登利变了脸色，腾地站起来。老板娘怕她受伤，将她一把抱住。

"看着吧，龙华寺的藤本可是站在我们这边的。要报仇的话随时来。混蛋！胆小鬼！窝囊废！我们会在回去的路上埋伏，你们可要当心胡同的晚上！"

一伙人将三五郎往文具店的进门处一扔。此时传来了脚步声。有人去找了警察过来。长吉喊了一声："撤！"丑松文次等十余人朝各个方向四散着飞快逃去，也有人藏在通往后街的巷子里。

"讨厌讨厌讨厌讨厌！长吉！文次！丑松！你们为什么不杀了我！我三五郎难道会白死吗？就算变成鬼，我也要缠着你们。长吉，你给我记着！"

三五郎流下了大滴的热泪，最后"哇"的一声，大哭起来。他应该很疼吧。衣服到处绽开了口子，全身都是沙土。

文具店老板娘想要劝架但劝不住，被混乱的场面吓到，只能倒吸冷气。她跑过来扶起三五郎，抚摸他的背，帮他拍掉身上的沙。

"忍忍吧，忍忍吧。不管怎么说，他们人多势众，我们这边都很弱。就连大人也没法和他们斗，你打不过是正常的。你没受伤就好。要是他们在路上埋伏，可就危险了。好在巡警来了，让他送你回家，我们也就放心了。"

她将事情经过对巡警讲了。"职责所在，我送你回去。"巡警牵过三五郎的手,他瑟缩道:"不用了,不用您送,我自己回去。"

"不用害怕。不就是送你回家这点事吗?别担心。"巡警含笑摸摸他的脑袋,他却愈发瑟缩成一团,"要是和我爸说我打了架,他会骂我的。工头他们家是我们的房东。"

巡警安慰道:"那我把你送到门口。不会有人骂你的。"说着把他带走了。

邻居们松了口气,遥遥目送他们。然而刚走到胡同的拐角,三五郎甩开巡警的手,一溜烟地逃走了。

六

"呀,真稀奇,大夏天的莫非要下雪了不成?美登利居然不肯去上学,你是有多不开心呢。早饭也吃不下。待会儿我给你叫寿司来家里吃?要说是感冒吧,也没有发烧,大概是昨天玩累了。早上要去太郎稻荷神社参拜,妈妈代你去吧。今天就在家歇着吧。"美登利的妈妈说道。

"不啦,我许过愿,祝姐姐的生意昌盛,如果不去参拜,我心里不安。给我香火钱吧,我去去就来。"

美登利跑出了家门。到了中田圃的稻荷神社,她敲了锣,合掌祈愿。也不知她祝祷了些什么,一去一回的路上,她一直没精打采。正太瞧见了美登利沿着田埂走回来的身影,远远地唤了她一声,朝她跑过去，扯住她的袖袋，一上来便称歉。

"美登利，昨晚对不住了。"

"你没必要道歉。"

"可他们恨的人是我，打架的对象也是我。要不是外婆来喊我，我是不会回去的，那么三五郎也就不会被打得那么惨了。我今天早上去了三五郎那里，他哭了，很不甘心。我光是听了经过，也很不甘心。他说，长吉那家伙往你的脸上扔了鞋。那个混蛋，乱来也要有个限度！但是，美登利，请你原谅，我并不是知道他们要来而逃走的。我几口就吃完了饭，正要出门，外婆说她要去澡堂，我在家看家，正好那时候出的事。我是真的不知道。"他不断地道歉，仿佛是他的错，又抬头望向美登利的额角，问："还疼吗？"

美登利嫣然一笑。"没事，又没受伤。不过，阿正，不管谁来问你，你不许说长吉用鞋砸了我。万一让我妈听到了，我会挨骂的。我父母都没打过我的头，长吉那样的家伙的鞋上的泥沾在了我的额头上，那就和他用脚踩了我一样。"说着，她背过脸去，显得楚楚可怜。

"真的请你原谅，都是我不好。我道歉，你别不高兴。你要是生气，我会难过。"两人边说边走，不觉来到了正太家后门附近。"进来坐吗，美登利？家里没人。外婆出去收利息了，就我一个人在家，怪孤单的。我给你看上次说过的印画儿，来吧，我家有好多种呢。"他扯着她的袖子不放，美登利默默地点了头。两人推开陈旧的院门，进了院子。庭院不大，摆着种了花草的盆。屋檐下吊着盆蕨草，是正太在午日[1]买来的。不明原委的人会感到讶异，都说这家是町内最大的财主，可家里只有外婆和这孩子两个人。据说他家有成串的钥匙挂在身上，连肚子都发凉，然而这个家却是间一眼可望尽的长屋。就算没人在家，撬锁的贼也不会来打这屋子的主意。

正太先进了屋，找了处通风的所在。"来这里吧。"他还给美登利打着团扇，作为13岁的孩子，显得过于成熟了，有点逗。他拿出家里传下来的印画儿，美登利夸好看，他便高兴起来，不觉说起了他父母的事。

"美登利，我给你看以前的羽板。这是我妈去旗本的宅子那里干活的时候，东家赏赐的。板子这么大，很滑稽吧，上面画的人的脸也和现在的不一样。哎，妈妈要是活着就好了，她在我3岁的时候死了，我爸倒是活着，不过他回了乡下的老家。现在家里只有外婆。我很羡慕你。"

美登利说："画要打湿了。男子汉不哭鼻子。"

"我性子软弱，经常想起许多事。现在这季节还好，到了冬天有月亮的晚上，我去田町那边收利息的时候，走在田埂上，哭了好多回。才不是因为冷。我自己也不晓得是为什么，总之就是想到很多事。嗯，从前年开始，我也去收利息。外婆年纪大了，晚上尤其危险，而且她眼睛不好，盖章什么的不方便。以前我们家有好几个伙计，可外婆说，因为家里只有老的和小的，他们不把我们当回事，使唤

---

1 日本有十二支历法，午日是稻荷神社的庙会，这一天有各种摊子。

不动。她就盼着我再长大一些，开起当铺，就算达不到以前的规模，至少重新挂起田中屋的招牌。其他人都说我外婆小气，可她节约都是为了我，我觉得她很可怜。她去收钱的地方，譬如通新町等地，那可是穷得很，他们一定都在说我外婆的坏话。想到这些，我就掉泪。毕竟我性子软弱。今天早上，我也去阿三家收利息来着。他身上疼，可他不想让他爸知道，还在干活。看到他那副模样，我开不了口。男的哭鼻子，很可笑，是吧？所以胡同那群野蛮人总是嘲笑我。"

说到这里，他显出为自己的脆弱而羞愧的模样，不觉和美登利对望一眼。他的眼神十分可爱。

"你在庙会那天的打扮真适合你，我很羡慕呢。我如果是男的，也要那样扮起来。比谁都好看。"美登利赞道。

"我有什么好看的。你才美呢。大家都说，你比吉原里面的大卷还好看。你如果是我姐，我该有多自豪。那样的话，不管你到哪里，我都跟着你，在后面耀武扬威。没办法，我一个兄弟姐妹也没有。美登利，我们下回一起去拍照吧？我做庙会那天的打扮，你穿条纹透纱的衣服，打扮得漂漂亮亮的，到水道尻的加藤照相馆去照吧。让龙华寺那家伙羡慕一通。真的，他肯定会羡慕到生气，会气得脸色发白。他性子阴沉，生气也不会脸红。还是说他会笑我们？笑就笑吧，没关系。最好把照片放得大大的，搁在橱窗里。你不喜欢这样是吗？你的表情好像不喜欢。"

他的语气带了嗔意。美登利觉得好笑，扑哧笑了。"要是我照出奇怪的表情，你就不喜欢我了。"她的笑声清脆，看起来心情又变好了。

早上的凉意不觉间消逝，转为日照下的暑热。

"正太，晚上见。来我的住处玩吧。我们往水里放灯笼追鱼玩儿。池塘的桥修好了，不用怕。"

说完，美登利起身走了。正太开心地目送她，觉得她真美。

七

龙华寺的信如和大黑屋的美登利，两个人都在育英舍念书。去年四月末，樱花落尽，樱树挂上绿叶，树下的紫藤开了花。学校在水之谷的原野[1]上开了运动会。学生们兴致勃勃地参加了拔河、抛球、跳绳，漫长的一天结束，黄昏到来，他们玩得忘了时间。

就是那时的事。

不知怎的，信如没了平时的沉稳，在池畔的松树根上绊了一跤，双手撑在红土路上，外套下摆沾了泥，狼狈不堪。美登利正好在旁边，看不下去，便拿出红色的绢帕子，上前道："用这个擦吧。"伙伴们当中有爱嫉妒的，嚷嚷道："藤本，你这个当和尚的，却和姑娘说话，还开开心心地道谢，真好笑。美登利，你是要当藤本的老婆吧？要是嫁到寺院，你就是大黑[2]啦。"

---

[1] 如今的隅田川畔，朝日弁财天一带。
[2] 日本大多数佛教宗派可结婚，僧侣的妻子叫作大黑。此处正好与"大黑屋"相应。

信如原本就讨厌听人讲别人的八卦，每次听到就皱眉看向一边，现在他本人被人嘲笑，更是难忍。那之后，每当听见美登利的名字，他就害怕，怕人提起那次的事，胸中烦闷，有种无法言说的不快。但他也不好逢人提起她的名字就生气，便决心装不知道，故作镇定，一脸漠然地听过就算。然而，有时美登利当面来问他个什么，他不知所措，通常只说声"不知道"，同时因紧张而冷汗涔涔，十分不安。

美登利好像全不在意他的冷淡。起初，她总是亲切地喊他"藤本，藤本"。放学回家的路上，她走在他的前面，在路边看见了什么好看的花，便等着后面的信如与自己会合，对他说："你看，这里有这么好看的花。可是枝子高，我够不到。阿信，你个子高，手能伸到那里。求你了，帮我折一枝。"

他在一群学生当中是年长的，她既然来求自己，他也没法拂袖而去。可他越发地怕别人传闲话，便将近处的枝子拉过来，胡乱扯了一枝，往她那边一扔，然后大步走开。

美登利愕然地想，这人可真冷漠。经过几次这样的事，她终于意识到，他是在故意整自己。

他对别人不这样，唯独对我，总是冷冷淡淡的。每当我问他什么，他从来不好好答。我去到他旁边，他就逃走。我和他说话，他就生气。他真够阴沉的，让人郁闷。而且根本不知道怎么哄他开心。像他那样难搞的人，就让他自己在那儿闹别扭、生气和整人好了。我才不把他当朋友。也不要和他说话。

想到这里，美登利来了气，从此只要没事找他，即便和他擦肩而过，也不和他说话，在路上遇到了，也不跟他打招呼。不觉间，两人之间宛如隔了一条大河，无论是小船还是筏子都过不了这条河，他们各自沿着河岸走去。

庙会昨天过完了，从第二天起，美登利再也没去学校。不用说，她额头的泥虽然洗掉了，那份耻辱却并未消失，留在她的心上，让她十分不甘心。

无论是住在大街还是胡同，既然坐在一间教室里，就应该是朋友。奇怪的是，他们分作两边，整日逞强。我一个女孩子家，反正打不过他们，他们抓住我这个弱点，在庙会的夜里那样对我，真是卑鄙。

长吉是个不听劝的，谁都知道他动不动就抡拳头，可要没有信如在背后怂恿，他才不会那样在大街大闹一场。在人前装得懂事温顺，在背地里指手画脚，这一定是藤本干的好事。好，纵然你是高年级的，学习好，又是龙华寺的少爷，我大黑屋的美登利从来不曾受人半点恩惠，你有什么资格让人喊我讨饭的！我是不知道你们龙华寺有怎样气派的香客，我姐这三年的熟客当中，有银行的川先生，兜町的米先生[1]。那个矮个子议员先生说要给我姐赎身，娶她做太太，可姐姐说不喜欢他的性格，没答应。嬷嬷们说，那一位可是个非常有名的人。你要觉得我说谎，可以去打听。都说大黑屋如果没有我姐大卷在，那栋楼将风光不再。所以，就连店里的老板都不会随随

---

1 妓院称呼客人，只取姓的第一个字。

便便地对我爸妈和我，总是照顾着我们。有一次，我在客厅里和朋友打羽板球，玩疯了，弄倒了壁龛里的花瓶，旁边的大黑天[1]陶像也给搞坏了。老板在隔壁喝酒，只说了句，美登利，你太调皮了。他都没骂我。女佣们都说，要换了别人，老板还不得好一顿大发雷霆。毕竟有我姐的势头在那里。我们虽然住在宿舍，算是看家的，但我姐是大黑屋的大卷，我才不会输给区区一个长吉，也没想到我会被龙华寺的和尚欺负。

这样想着，她从此不愿去上学。她生来任性，被人欺负了气不过，索性折了石笔，扔了墨，丢开书本算盘，整天只和要好的朋友戏耍。

八

傍晚，客人催着人力车往吉原飞奔，到了黎明分别时，车载着昨夜的梦，走得寂寥。有人将帽子戴得低低的；也有人用手巾遮了脸，回想起女人临别时说着情话在自己背上重重一拍的疼痛，不禁面露讪笑。来到龙泉寺町西面的坂本大道，就得仔细些，当心脚下，不然容易撞上从千住进货回来的蔬果车。从吉原在扬屋町的边门到三岛神社拐角的一段，被称作"痴人路"。有人在街角说，你看那些

---

[1] 与上文的"大黑"不同，这里指的是大黑天。源自印度教的湿婆分身，佛教将其引入，到了日本，佛教与神道教融合，大黑天成了七福神之一，主掌财运，其形象是个背着袋子的老人。

坐车的客人，每一张面孔都神思恍惚，边忌惮别人的目光，边忍不住面露得意。管你是什么显赫人物，其实一个子儿都不值。

如今到处都珍重女孩儿。用不着以《长恨歌》为例，讲述杨家的女儿蒙受君恩的故事。这一带后街的屋子里，也出过不少辉夜姬[1]。有个舞蹈精妙的叫作阿雪的美女，如今搬到了筑地的某间艺坊，接待的都是贵客。她说话极其无知又可爱，例如不说稻谷而说"长米的树"。其实她原本是这个町的女阿飞，在家做花牌赚点钱。她从那时起就有美人的名声，不过去者日以疏[2]，一个名人就这样消失了。此地的第二枝花是染坊的二姑娘。如今她改名叫小吉，在千束町的一家店，店门口亮着"新莺屋"的御神灯[3]。她是浅草公园一带最出名的美女，其出生地和阿雪一样，都在此地。

从早到晚被人口口相传的闲话中，出人头地的都只有女人，男人就像那些刨垃圾的黑斑点狗的尾巴，被看成是无用之物。

在这一带，被称作"伙子"的市井家的儿子们，到了年轻气盛的十七八岁，就五个七个地组成一伙。他们虽然不像歌舞伎里的侠客那样腰挂尺八[4]，但个个都在某个名头响亮的师傅底下做学徒，用着一样的手巾，提着长灯笼。对他们来说，如果没学过赌博，都没法在吉原格子窗前调笑里面的姑娘们。他们只在白天认真干活，下

---

1 《竹取物语》的主人公。
2 此处引了《古诗十九首》的典故，按中文的原义，"去者"指的是死者，文中用来指离开的人。
3 艺伎所在的艺坊，门口挂御神灯。
4 中国传统木管乐器，唐朝传入日本。

班后泡个澡，天黑了，便趿拉着木屐，穿着混混们爱穿的窄身和服，脑子里琢磨着，某某屋新来的姑娘瞧见了吗，长得像金杉町针线店的姑娘，不过鼻子矮多了。如此想着，踱过一间间的格子，硬是讨个烟，要个擦鼻子纸，和格子那头的女人打情骂俏，把这当作是一生的荣耀。有的人本来是好人家的长子，要继承家业的，结果成了混混，还在吉原大门附近和人打架。

一年到头，五丁町热闹非凡。仿佛在说，看吧，这就是女人的势力。从引客茶馆把客人送到妓院的路上，以前引客的女人会在路上打着灯笼，如今灯笼不流行了，但女人的雪駄的脆响混合了歌声舞曲，回荡在路上。若问那些沉醉其间的人，究竟为什么来吉原，他答，红衣领，赭熊髻，打挂[1]的长下摆，她微微一笑的嘴角眉梢。若说到底哪里美，解释不清，总之花魁们是此地崇敬的目标。如果离开这里，就无从得知这份美。

在这样的氛围中度日，白衣难免也被染成红色。在美登利眼中，男人一点儿也不可怕，她也不觉得青楼女子是卑贱的职业。当初姐姐从老家走的时候，自己哭着送姐姐，如今想来恍如一梦。如今姐姐正值盛况，孝养父母，她对此感到羡慕。她并不懂得当头牌的姐姐的种种伤心与难过，女人们揽客学老鼠叫，在格子窗念咒[2]，送客时如何拍客人的肩背，这些秘密，她不过是听得有趣罢了。她在街

---

1 和服礼服正装，下摆曳地，现代一般只有新娘在婚礼上穿。从前的艺伎也穿。
2 学老鼠叫和念咒都是吉原的女人们为了揽客做的迷信举动。

上用青楼里的讲话方式¹，也不觉羞耻。这真悲哀。

她如今虚岁14岁，常用脸去蹭怀里的人偶，那颗心和华族家的小公主并无区别。不过，修身的讲课、家政学的内容，她都只在学校里学过，实际上每日耳朵里听的都是些女人们喜欢或讨厌的客人的风评，赏给下人的应季衣裳，堆叠的锦被²，送给茶屋的礼品。对她来说，华丽就是好的，无法任意而为就是可怜的，她尚不懂事，让她来判断事理还早。美登利幼小的心只看到眼前的色彩纷呈，生来不肯服输的性子又恣意地展开，让她做着不切实际的梦。

痴人街道，睡不醒的街。晨归的一拨男人们回去后，沉睡的街区醒来了，门口用扫帚扫出了青海波，路面也已经洒过水。

眺望大街，来了，来了，那些住在浅草一带万年町、山伏町、新谷町的身怀一技的艺人们来了。卖好好糖³的，玩杂耍的，操纵木偶的，表演大神乐的，跳住吉舞的，耍角兵卫狮子的。他们的打扮各式各样，有的做绉绸透纱的漂亮打扮，有的穿着洗旧了的藏青地碎白点萨摩棉布衣服，系着黑缎窄腰带。有好看的女人，也有男人。既有五人七人十人一组的大团体，也有单独一个瘦老头抱着破三弦踽踽独行。还有五六岁的女孩子用红绳绑了袖子，在跳"纪国"谣

---

1 吉原有许多外地来的妓女，为了避免口音，衍生出一套特殊的语言。在明治以后废止。
2 三月三、五月五……奇数月日相同的日子被称作五句节，在五句节和其他一些节日，吉原的妓女们将恩客赏赐的被子叠放在店里，以示生意兴隆。
3 卖糖人头顶圆台，敲着鼓唱着歌，"好呀好呀"。

曲¹的滑稽舞。这些艺人的客人是留在妓院里的客人和妓女们,来表演是为他们分忧解愁。据说只要在吉原工作,就能有一辈子都花不完的钱,所以来的一个个艺人都不把在附近街上赚到的小钱放在心上,就连衣服下摆褴褛如海草的叫花子也不在门口停留,忙着往前走。

一个美貌的女太夫²半掩着斗笠,露出一角风情万种的面颊,展现着嗓音和三弦技艺。文具店老板娘咂舌道:"哟,真是好嗓子,可惜我们这里请不动她。"

美登利刚从澡堂出来,坐在店里靠门的位置眺望街上,她用一只黄杨木发梳将轻盈垂下的前刘海刷地梳起来别住,说道:"婶子,我把那个太夫叫过来吧。"她啪嗒啪嗒地跑过去,拉住女太夫的袖袋,往里扔了钱。至于扔了多少,她笑嘻嘻地没对任何人讲,然后让那人唱了她喜欢的《明鸟梦泡雪》。女太夫娇声道:"请您下次再捧场。"她的这声谢可不容易买到。聚集的人群不禁叹道,这哪是孩子的做派。他们抛下女太夫,望向美登利。

她有时悄悄对正太说:"我真想做件别人没做过的事,把所有路过的艺人都聚在这里,三弦声、笛声、太鼓声,让他们唱啊跳啊的。"

正太惊愕道:"我不喜欢这样。"

---

1 歌词:"昏暗的海上漂着白帆,那是纪国的蜜柑船。"
2 弹三弦或胡弓并辅以说唱的女艺人。

九

如是我闻，佛说阿弥陀经。念经声和着吹过松树梢头的风，本该拂去心头的尘埃。烤鱼的烟从寺院厨房飘出，墓地里晾着婴儿的襁褓。虽然根据宗旨[1]，这些事都无妨，但落在把法师当泥塑木雕的人们的眼里，就显得有些太过世俗了。

龙华寺的住持越是发财，也就更加发福。他挺着个雄壮的大肚子，脸色红润，让人不知该用什么词称赞。既不是樱花的颜色，也不是深桃红，从他剃得光光的头顶到脸庞到脖子，全是泛光的正红色，不带一点阴翳。当他扬起花白的粗眉毛，肆意地大笑时，让人不禁担心正殿的如来会不会惊得从底座上摔下来。

住持太太四十出头，白皮肤，头发稀疏，梳个小小的丸髻，模样不坏，对来参拜的香客也和蔼。庙门口花店的女人没在背后说住持太太的坏话，看来是常收到她给的旧单衣和剩菜。她原本是寺院的信众，早早地死了丈夫，无人可依靠，便暂时来这里做针线活。她说只要给口吃的就行，从洗衣做菜到打扫墓地，乃至帮男人们干活，她样样都做。住持从经济上的考虑出发，对她产生了恻隐之心。他们年龄相差20岁，女人自己也知道这事不像样，但她无处可去，终究要为自己觅一个归宿，便也顾不得别人怎么看了。这两人的关系虽然并非光风霁月，但因为女人的心地不坏，信众们也就没有加以

---

1 日本的净土真宗从前就允许娶妻，明治五年以后，其他一些宗派也放开了婚姻。

苛责。等女人怀了第一个孩子阿花，信众当中以热心肠著称的油店的上一任老板坂本出面，给住持和她做了媒，总之，两人的关系就此成了公开的。

信如也是这位生的，和他姐姐是一母同胞。然而他有着典型的阴暗性格，整天待在房间里，耽于思考，阴沉沉的；姐姐则是个可爱的双下巴女孩，皮肤白皙细腻，虽然算不上美人，毕竟正值花样年华，常被人夸。在当地人看来，她做个良家妇女可惜了。不过，如果让寺院家的女儿做个撩起衣服左下摆走路的艺伎，若是在释迦弹三弦的末世倒也就罢了，如今还是得忌惮风评，于是住持将田町那边街上的茶叶店装修停当，让自家姑娘坐在账房的格子后招呼客人。有些年轻人别说是看秤的准星了，根本就不懂得节约，他们没事就去那间茶叶店耍。基本上，每天直到深夜十二点，店里的客人络绎不绝。

住持忙极了。收债，巡视店铺，给人做法事，此外，每个月的几号规定了是讲经日。他又要翻账本，又要念经。

这样身体可是吃不消的。如此一想，黄昏时分，住持叫人在屋檐下铺了带花纹的草席，脱掉半边衣服，露着膀子，扇着团扇，让太太给大杯子满满地斟上泡盛[1]，又让人去大街上"武藏屋"买蒲烧鳗鱼的大串。负责跑腿的是信如。他百般地不情愿，走在路上，连头也不抬，听见斜对面文具店有一群孩子的说话声，便以为是在议

---

[1] 冲绳产的烧酒，一般在 30 度左右。

论自己，窘迫极了。他做出若无其事的表情，先走过鳗鱼店的门口，看看四下没人注意自己，再折回去，奔进店里。那时他心里想，反正我自己是不吃荤腥的。

他父亲，寺里的住持，是个深谙世俗之道的人。虽然有些利欲熏心的名头在外，但他并未胆小到忌惮别人的议论。以他的性格，如果有空，就连制作熊手的手工，他也是要做上一做的。每到十一月的酉市，他必定在寺门前的空地上摆起卖簪子的摊位，让妻子顶了块帕子，在那儿叫卖，说他家的簪子是能带来好运的。最初，住持太太觉得这事很难为情，可她听说旁边也尽是些外行的摊子，都赚了大笔的钱，再说这么热闹的地方，谁也想不到住持的老婆会来摆摊。她想着日落后应该就不显眼了，于是白天让花店老板娘帮她守摊，到了晚上，便自己站那儿叫卖。被想赚钱的心驱使，不知何时，她忘了羞耻，不觉追在客人身后，高声说，给你便宜点，便宜点。买家被人潮推着走，乱了分寸，便也忘了这门口是自己前天刚来求过现世未来的果报的，当住持夫人说"三根簪子七毛五"，这边还价说，五根七毛三我就买。像这样的生意之外，这世上还有其他不为人知的暗地里的买卖。

母亲摆摊的事让信如十分难受，他想到，就算此事没传入信众的耳朵，附近的人总会知晓，万一孩子们之间开始传，龙华寺摆了个簪子摊，阿信他妈一脸豁出去地在那儿卖簪子，他真是太羞耻了。他曾经劝父母，这种事还是不做为好。住持不理会他，呵呵大笑道，闭嘴，你别管。那人早上念佛晚上算账，笑嘻嘻地拿着算盘拨来拨去，虽然是自己的父亲，信如却觉得他十分浅薄，甚至怨恨地想，你这样的人为什么要剃度。

原本是一母同胞的姐弟，一家四口并无外人，日子安稳，没什么理由会将信如这孩子养得如此阴沉。信如原本性格温和，说些意见，家人却不听，总之万事都显得无趣，父亲的做法，母亲的举动，姐姐的教育，在他看来都是错的。但他放弃了，知道自己说了他们也不会听，便总是带着些悲伤和沮丧。朋友们认为他是个怪人，性格不好。他知道，自己一颗消沉的心，其实是脆弱的。如果有人稍微说几句他的坏话，他也没有勇气站出去和人吵架，而是缩在房间里不见人。他是个胆小至极的人，却因为在学校的成绩好，加上身份不低，没人知道他的懦弱，倒是有人看他不顺眼，说是，龙华寺的藤本就像没煮透的年糕一样，内里硬邦邦的，真不好搞。

十

庙会那天晚上，信如被喊去田町的姐姐那儿办事，夜深了才回到家。他对文具店的骚动毫不知情，到了第二天，从丑松文次等人口中听说了事情的经过，他为长吉的胡闹感到震惊，但事情已经过去了，责备长吉也无济于事。长吉借了自己的名号，让他感到困扰，事情虽不是自己做下的，可他对被欺负的人感到歉意，打算独自背负这份罪责。

长吉大约是为自己的举动感到羞耻，怕见了信如挨骂，之后三四天不见踪影。等事情冷却了些，他很不好意思地来赔罪。

"阿信，你可能因为这事生气来着，但我当时是趁着那个劲儿，请你原谅。谁能想到正太不在呢？我也不想跟一个娘们儿作对，把三五郎给扔出去，可我们都举着长柄灯笼冲进去了，也不能就这样回去。真的只是为了炒一下气氛才那么做的。都是我不好。我没有听你的命令行事，是我的错。可你现在冲我发火也没用啊。就因为有你这个后盾，我才能那么安心，你要是扔下我不管，我怎么办？你就算不愿意，也继续当我们的首领吧。我不会每次都搞砸的。"

信如没法坚持拒绝，便只是说："没办法。要干就干到底吧。欺负弱者，会让我们没面子，别管三五郎和美登利了。如果正太那边有人追随他，再和他干。我们决不要主动出手。"他虽然没有训斥长吉，心里却祈祷着别再酿成打架。

胡同的三五郎是无辜的。庙会之夜，他被人任意地扔出去并施以拳打脚踢，其后两三天，站和坐都困难。每天傍晚，他把父亲的空车还到五十轩的茶馆那里，相熟的外卖店[1]的人问他，三儿，你怎么了？看着没精打采的。

三五郎的父亲阿铁，被人称作"鞠躬铁"，对于地位高的人，向来唯唯诺诺。对方是妓院的老板就不用说了，房东长吉家、地主寺院住持家哪怕提什么无理要求，他也都应承着。就算三五郎告诉他，

---

1 专为妓院提供外卖餐食的店。

自己和长吉打架，被这般那般地欺负了，他肯定会骂自己儿子，没办法啊，人家可是房东老爷的儿子。就算是你有理，他不对，也不能和他争执。你去谢罪！你这没用的家伙。

想到他肯定会让自己去长吉那里道歉，三五郎把满腔不忿嚼碎了咽下去。七天过去了，十天过去了，随着疼痛痊愈，他不知何时也忘了自己的仇恨。他帮长吉家照看新生儿，得了两分钱，高高兴兴地背着孩子，边走边念："乖乖，睡睡。"他正值年轻气盛的16岁，明明身材高大，却一点儿也不羞愧地背着小孩来到大街上，每回都被美登利和正太骂一顿。"你还有没有骨气？"即便如此，他们也还是继续和他玩儿。

春天从樱花的热闹开始，夏天有去世的玉菊的灯笼，接着是秋天的新仁和贺[1]。在大音寺前街上，十分钟就数出有七十五辆车经过。新仁和贺的第二场庆典也过去了，红蜻蜓在田间乱飞，鹌鹑在横沟里鸣叫的时节到来了。早晚的秋风微凉，在杂货店"上清"，蚊香让位给怀炉灰。在石桥的米饼店"田村屋"，磨米粉的石磨的声响变得冷清。青楼"角海老"的座钟的响声带了些哀愁。人们望见日暮里四季不断的火光，想到那是火葬场的烟，略觉悲凉。

三弦的音色落在茶馆背后田埂底下的小路上，经过的人抬头聆听，仲之町的艺伎以卓越的技巧弹唱道："君赠我一片情[2]……"她

---

1 吉原的三大活动，分别是仲之町的夜樱，盂兰盆节祭奠古时青楼女子玉菊的灯会，以及仁和贺。此处用了"新仁和贺"，可能是指每年有新的游街演出节目。
2 接续后句则是：君赠我一片情，铺衣在地板，终夜独自眠。

随意唱的这一节,也有着深重的悲哀。据一个从前当过妓女的女人说,在这个季节开始来吉原的客人,都不是浮光掠影的游客,而是实在的老实人。

最近的事,一笔难以写尽。要说大音寺前的新鲜事,有个做按摩的二十出头的盲人姑娘,因恋爱失败,恨自己身有残障,投进水之谷的池塘自杀了。此外,蔬菜店的吉五郎和木匠太吉彻底不见踪影,有人问,是怎么回事。回答的人指了指自己的鼻子[1],说,因为这个,被抓了。自此也就没什么人谈论此事。看大路那边,只见三五个无邪的孩子手拉着手成一圈,专心地玩耍,嘴里喊着"开了开了,什么花开了"。他们的嬉戏也自然而然显得安静,唯有前往青楼的车声和平时一样闹腾地传来。

秋雨刚沙沙落下,风呼呼地吹过,雨变急了。这样寂寥的夜晚,文具店本来也不靠路过的散客,老板娘便在刚入夜时封上沿街的门板。和往常一样聚集在店里的,有美登利和正太,另外还有两三个小一些的孩子,正在玩弹海螺这种幼稚的游戏。

美登利忽然侧耳倾听。"咦,有人来买东西吗?我听见脚步声踩过沟板。"

"有吗?我没听见动静。"正太也停了正"二、四、六"数海螺的手,"有谁来找我们玩吗?"他正高兴,只听脚步声来到门口,忽然消失了,此后便再无动静。

---

1 日语"鼻""花"同音,此处用谐音指"花牌赌博"。

十一

正太从侧边的小门穿出去,大喊一声"哇",探出脑袋。那人已到了两三间店开外的屋檐下,留下一个朦胧前行的背影。

"是谁?进来嘛。"

正太说着,趿拉着踩了美登利的木屐,也不怕下雨,正要追出去,忽然说:"哦,是他啊。"他回过头,在自己脑袋上做了个光头的手势,"美登利,就算叫他,他也不会来的,是那家伙。"

"是阿信吗?"她会意道,"真是个讨厌的和尚。他一定是来买毛笔什么的,发现我们在,偷听之后就回去了。真是个坏心肠、拧巴鬼、老气横秋、结巴、缺牙、讨厌鬼。他要敢进来,我一定让他好看,可惜他走了。你把鞋给我,让我去看一下。"

她挤过正太,探出脑袋,屋檐的落雨滴到她的刘海上,她便一缩脑袋。"啊,讨厌!"此时,只见四五间店开外的煤气灯下,一个人撑着竹骨纸伞,微微低着头,正慢慢地走去。她久久地、久久地、久久地望着信如的背影。

正太感到奇怪,戳了戳她的背。"美登利,怎么了?"

"没什么。"

她心不在焉地答道,回到屋里,一边数海螺,一边极力说信如的坏话。

"真是个讨厌的和尚。表面上不会耍威风和打架,总是一副老实的模样,心里不知在想些什么,真让人烦。我妈妈常说,磊落的人,心是善的，所以呢，蔫坏的阿信那家伙，他的心一定是坏的。对吧，正太，是这样的吧？"

正太做出一副大人的口吻道："不过，龙华寺那人还是明事理的。长吉那家伙才没治了。"

"别这样，正太。你明明是个孩子，学大人样儿，好怪。你可真逗。"美登利戳了一下正太的脸颊，然后笑得趴下了。"你那一脸的认真样儿！"

"我再过几年就变成大人了。到了那时候，我就像蒲田屋的老板那样，穿起四方袖外套，把外婆收着的金表拿来，再弄些个戒指，吸卷烟[1]。鞋子穿什么好呢，比起木屐，我更喜欢雪驮，那种三层里子、彩缎鞋襻儿的，很适合我吧。"

美登利吃吃笑着嘲讽道："矮个子穿四方袖外套和雪驮，多可笑啊。简直就像眼药水瓶在走路。"

"你说什么傻话。那时候我当然已经长高了，不会这么矮。"他得意道。

"那还不知道要到什么时候呢。你看，天花板上的老鼠都在笑呢。"
她用手一指，文具店老板娘和在座的人都笑翻了。

只有正太一个人没有笑。他滴溜溜地转着乌眼珠，说道："美登利，你在开玩笑吧。人人都会长大，为什么我刚才的话就可笑呢？我要娶一个漂亮的媳妇，和她一起走在街上。反正我什么都喜欢漂

---

[1] 当时的人用长烟斗吸旱烟，卷烟有种布尔乔亚感。

亮的。万一来的是像米饼店的阿福那样的痘印脸，或者是柴火店那样的突脑门儿，我立即就赶出去，不让她进家门。我最讨厌痘印和湿疹。"他最后一句加重了语气，老板娘笑起来道："阿正，你讨厌痘印，还来我这里做什么？你没看见婶子脸上的痘印吗？"

"你是老人。我说的是媳妇。老人无所谓。"

"你赢了。"文具店的老板娘觉得有趣，继续讨好正太，"町里模样好的，有花店的阿六，水果店的阿喜。比她们更美貌的，就坐在你旁边。正太，你打算娶谁呢？是眼睛漂亮的阿六，嗓子动听的阿喜，还是谁？"

被这么一问，正太红了脸。"什么嘛。阿六、阿喜她们哪里好了？"他往后退了退，避向墙边，让自己离开吊灯的底下。

"那你喜欢的是美登利，对吧？"

被说中心事，他转了个身。"我听不懂你说什么。搞什么嘛。"他用手指敲着贴了纸的墙腰，小声唱起"旋转的水车"[1]。

美登利收拢了众人的海螺，说："我们重来吧。"这一个倒是脸都不红。

---

1 小学音乐课的合唱。"流水不停地流，溜溜旋转的水车。"

十二

信如每次帮家里去田町办事，走不走近道都行。他总是选择抄近道。挨着田埂，有一处简易的格子木门。透过门朝里看，院子里有京都鞍马石做的石灯笼和胡枝子矮树篱，显得雅致。竹帘卷在屋檐下，也让人神往。让人恍惚以为，镶嵌玻璃的移门后有个做当代打扮的按察大纳言的寡妇在数念珠，童花头的若紫马上就要从屋里出来了[1]。这处院落就是大黑屋的宿舍。

昨天和今天都天色阴沉，小雨下下停停。信如在田町的姐姐让家里给置办的中衣做好了，妈妈想早些给女儿穿上，便吩咐信如："辛苦你了，上学之前跑一趟吧。阿花肯定也等着呢。"信如一向乖顺，从不违逆父母，当下二话不说地应了，抱着小包裹，踩上厚朴木兰齿、鼠灰色小仓棉布襻儿的木屐，撑着竹骨纸伞，踢踏踢踏地走了。木屐的鞋襻儿有些磨损。

他在齿黑沟的拐角转弯，像平时一样走了小道。不凑巧，刚来到大黑屋跟前，一阵风吹来，其势猛烈，仿佛有只手揪住了伞的顶端，往空中拔。为了不让伞被风吹走，信如用力踩住地面。正当这时，没想到木屐的鞋襻儿哧溜溜地断开了。比起伞，这事更严重。

信如没辙了，微啐一声，但事已至此无法可想，便把伞倚着大黑屋的门，借着门檐挡了雨，重新穿鞋襻儿。他是个少爷家，没做

---

[1] 这一段借用了《源氏物语》的情景。

过这个，心里光是着急该怎么弄，却怎么也弄不好，十分焦急。焦躁愈深，他从怀里一把抓出写了作文草稿的纸，唰唰撕开，搓成纸条。带着恶意的暴风又过来了，把他放在旁边的伞吹得滚落一旁。他怒道："真是的！"伸手去够伞，放在膝上的小包裹转眼间便掉了地。包袱皮沾了泥，连他的和服袖袋也搞脏了。

下雨时没有伞的人，走在路上木屐鞋襻儿断了的人，没有什么比这些看起来更让人可怜的了。移门内，美登利隔着玻璃远眺，"呀，有人的鞋襻儿断了。妈妈，我可以给他根布条吗？"她从抽屉里拿出一块友禅染绉绸的碎布头，匆忙地踩上院子里的木屐就往外跑，她从屋檐下拿了布面洋伞，没顾上撑，顺着庭院里的铺石，脚步急促地来到门前。

看清了门外的人，美登利的脸红了。她的心跳变得急促，就像出了一件大事。她希望没人注意到这样的自己，关注着身后，战战兢兢地挪到了门边。信如正好也扭过头来。他不说话，腋下流过冷汗，想要赤着脚逃走。

如果是平时的美登利，肯定会用手指着信如的窘状说："哟，你这个没用的。"她会笑啊笑，笑得直不起腰，还会把想说的抱怨都说出来："庙会的晚上，他们找正太算账，妨碍我们玩不说，还把没做错任何事的阿三扔出去。你躲在背后指挥了是吧？长吉还说我是卖笑的。卖笑又怎样了？连一粒沙都没从你这里拿。我有爸爸，妈妈，还有大黑屋的老板和姐姐，用不着承你这个酒肉和尚的情，你别再让人叫我卖笑的。你如果有什么想说，别在角落里嘀嘀咕咕，就在这儿说,我随时奉陪。你要说什么?"她本该揪住信如的袖袋,一口气道出这番话。那样的话,他一定不是自己的对手。

然而美登利一言不发,半藏在格子门的阴影里,却也没有走开。唯有心脏在胸腔里跳个不停,不像她平时的模样。

十三

发现自己正经过大黑屋,信如就心生畏惧,想要一个劲儿地往前奔。不巧的是这雨这风,加上鞋襻儿也坏了,没办法,他只能在人家门口搓纸捻子。正当他千愁万苦无法忍的时候,传来了踩过院子铺石的脚步声。他如同一盆冷水从背后浇下,就算不回头,他也听出了是那个人。他颤抖着,变了脸色,背过身躯,装作还在努力弄鞋襻儿。然而他完全心不在焉,鞋襻儿始终弄不好。

美登利从门内瞅见了他的这副模样,心想,真笨啊,那样怎么能弄好呢?纸捻子搞得那么乱七八糟的。不知从哪儿捡了根稻草绳穿在前面的孔里,可稻草哪能撑多久呢。还有,你的外套拖地了,都是泥,你知道吗?伞也滚一边去了。应该把伞收起来竖着放。这一件件都让她心烦,可她甚至没法招呼他:"我这儿有块碎布头,用这个穿鞋襻儿吧。"她久久地伫立着,也不管雨水将衣袖打湿了,显得狼狈,只是半藏在门后望着他。妈妈不知道这边的情形,远远地喊道:"熨斗的火好啦。美登利,你在玩什么呢?下雨就别出去了,不然又要像上回一样感冒。"

"好的，我这就去。"美登利大声回应。

想到信如会听见自己的声音，她一阵窘迫，心怦怦跳，脸颊发烫。她怎么也做不到打开门，却也无法看着信如的狼狈不管，思来想去，她一声不吭地把手中的碎布从格栅间往外一扔。

信如就像没看见她的举动似的，毫无反应。

这人还是这么冷酷。不甘心涌到眼角，带出少许眼泪，她一脸怨恨。你到底讨厌我什么，才会摆出这么无情的模样？明明是我这边有很多抱怨来着。你这人真过分。她满腔情绪，然而妈妈又在喊她，她只好忍着心里的难受，一步又一步地往后退。到底为什么，我这么放不下。惦记着信如，真羞愧。

想到这里，她转过身，啪嗒啪嗒地顺着铺石走了。信如这才落寞地回望，只见脚边落着一片掺了红色的友禅染，被雨淋湿了，那红色恰似一片红叶般艳丽。他觉得那红色惹人怜爱，却并不伸手去拿，光是呆呆地看着它，满心忧伤。

他深感自己手笨，于是解开外套的长系绳，绕了几圈，把脚和木屐捆在一处，用这个难看的法子凑合一下。他试着踩了踩，难走是不用说的，要靠这样的木屐到田町去，不容易，但又没办法。信如站起身，将小包裹抱在一侧，离开门走了两步，友禅的红叶留在视野一隅，让他难以就此扔下不管。他带着牵挂回过头，忽然有人叫道："阿信，怎么了，你的鞋襻儿断了吗？你那是什么样子啊，真狼狈。"

他吃了一惊，朝那人望去，原来是老打架的长吉。看起来是刚从妓院回来，他在单衣外面叠穿了一件藏青底竖条纹的棉布衣服，像往常一样将柿红色三尺带系得低低的横在腰下，新外套缀着黑色八丈绢的领口，撑着一把印着他家屋号的雨伞，高足木屐的前端罩着防雨的鞋尖儿，一看就是今天早上新弄上的，表面的漆色鲜明。他全身透着得意劲儿。

"我的鞋襻儿断了，正在琢磨怎么办呢。真是够受的。"信如沮丧地说。

"那是，你又不会弄鞋襻儿。得了，你穿我的去，我这双的鞋襻儿可结实着呢。"

"那你不是不好走了吗？"

"怎么会，我习惯了，像这样。"说着，他把衣服下摆往一侧拉起来，以帅气的三七开折法塞进后腰，脱了木屐。"与其像你那样捆起来，还是这样来得爽快。"

信如十分犯愁。"你要打赤脚吗？太不好意思了。"

"没事，我习惯了。你的脚底板软，赤脚走不了石子路。行了，穿上这个去吧。"

他把木屐并拢了放在信如跟前。人们讨厌他，将他视作瘟神，而此刻，他扬起粗重的浓眉，说着温柔的话，有些可笑。

"阿信，你的木屐我给你提回去，往你家厨房一扔就行吧。换上我的，去吧。"他很照顾人，一只手拎起鞋襻儿断了的木屐。"阿信，你去吧，稍后学校见。"

两人告别。信如往田町的姐姐那儿去，长吉则往龙华寺的方向去。带一抹红色的友禅染碎布寄托了情思，以楚楚可怜的姿态，无用地停留在格子门外。

十四

这一年有三个酉日，中间的第二个酉日因为下雨泡了汤，前后的一酉和三酉，天气晴好，鹫神社热闹非凡。

检查所通往青楼的门平时是关着的，以酉日参拜为借口，年轻人们从那道门涌进，他们的笑声和嘈杂声，让人以为天翻地覆了。中之町的大街挤得仿佛改了方位似的，仍不断有人从角町和京町等处的吊桥进来。有一群人学着隅田川上猪牙船的船夫喊号子的架势，嘴里嚷着"让一让"，分开人群而去。在河岸的小店，妓女们娇声招揽客人，高高耸立的大篱的楼上响着弦歌声，整个场面带劲得如同沸腾了一般，大多数人只要想起就再也难以忘怀了吧。

正太这天和外婆告了假，没去收利息，去看了看三五郎卖大芋头[1]的摊子，又去了糕团店的大个子那里，那摊子在卖赤豆元宵汤，显得冷清清的。

---

1 酉日具有节庆气息的吉祥物件，除了熊手，还有称作"大头"的大芋头，煮熟了穿在竹签子上。后者有出人头地之意。

正太问:"怎么样啊,生意好吗?"

那边说:"阿正,你来得正好。我这里煮好的赤豆用完了,接下来该卖什么呢?我已经开始煮新的赤豆汤了,但中间如果来了客人,我也不好推掉。怎么办?"

"你这个笨家伙,你的大锅边上不是沾着一圈多余的赤豆吗?你用热水滚一下锅,加点糖,让它甜一些,还能出个十到二十人的份。家家都是这么做的,不光是你一家。这么热闹的时候,还有人嫌这个那个的吗?来卖吧!"

说着,他先站过去,拿了装砂糖的罐子。大个子一只眼睛看不见的母亲一脸惊讶地夸奖他道:"你可真是个生意人,真够聪明的啊。"

"这点事就算聪明吗?我前面看到胡同的歪嘴那边说赤豆不够了,然后这么做来着。可不是我发明的。"他随口说道,又问:"你知道美登利在哪儿吗?我从今天早上就在找她。不知她去了哪里,文具店那边也说她没去店里。她在吉原里头吗?"

"哦,美登利啊,刚才她经过我家门口,从扬屋町的吊桥到里面去了。阿正啊,大事不好了。她今天把头发这样,梳了个这样的岛田髻[1]。"说着,大个子做了个奇怪的手势,又擦了擦鼻子说,"那姑娘可真好看啊。"

正太低头答道:"她比大卷还美。不过,她如果也当花魁,太可怜了。"

---

[1] 姑娘的正式发型,暗示美登利由孩子变成了大人。

"不是挺好的吗,她成为花魁。我明年要卖些应季的东西,筹点钱,然后去买她。"大个子做出一副傻子的痴相。

"别放这种大话。她一定不会搭理你的。"

"为什么?为什么呀?"

"不为什么,反正有原因。"正太的脸微微一红,笑着说:"我去转一圈再过来,回头再来。"他扔下这句话就走了,用刻意颤抖的嗓音唱起最近流行的小曲,"父母宠我爱我,视我为掌上明珠,直到十六七。"

"……如今尝透了青楼的日子。[1]"他翻来覆去地唱这一句。雪驮的脚步声响亮,他小小的身体混入沸腾的人群,很快消失了。

他从人群中被挤出来,到了吉原的拐角,只见和妓院的管事丫鬟阿妻一起说着话从对面过来的,正是大黑屋的美登利。正如傻子所言,她梳了个娇艳的岛田髻,发髻上系了红格子绢带,玳瑁发插和花簪一闪一闪的,比平时更美。正太仿佛看见了色彩纷呈的京都人偶,一个字也说不出来,站在当场。他也没有像平时一样上前抱住她。那边喊了声"是正太吗",跑到他跟前,又对管事丫鬟微微鞠躬。"阿妻姐,你要去买东西,我们在这里告别吧。我和这个人一起回去。"

"哟,小美,你可真现实,这人一来,马上就不要人送啦。那我去京町买东西。"

---

[1]《烦扰节》,讲述妓女生活的谣曲。以女性第一人称,从进入青楼,到"业务娴熟",乃至眼看客人耗尽钱财在门口乞讨。

阿妻迈着小碎步，跑进长屋之间的巷子。正太这才扯住美登利的袖子，嗔怪道："很合适你啊。什么时候梳的？今天早上，还是昨天？你怎么不早些给我看看？"

美登利没精打采，慢吞吞地说："今天早上在姐姐的房间给梳的头。我一点也不喜欢。"她低着头，仿佛经过的人们的视线让她难为情似的。

十五

美登利又是忧伤又是羞耻，她有事想要隐藏，别人的称赞听来如同嘲弄。人们被吸引着看向她的岛田髻，她觉得那都是蔑视自己的眼神。

她说："正太，我要回家了。"

"你今天不玩啦，为什么？有人骂你了吗？还是你和大卷姐吵架啦？"

正太的问话带着孩子气，美登利不知该如何作答，一味地红了脸。他们一道经过糕团店的摊子时，傻子从里面夸张地叫道："你俩真要好啊。"

美登利一脸泫然欲泣的神气："正太，你别跟来。"她扔下这句话，独自加快脚步。

起先她说了一起去鹫神社来着，结果她半路变道，匆匆往自己家走。

"你不和我一起吗？你为什么要回去啊？太过分了。"

正太像平时一样撒娇道。然而她像是表示拒绝似的，一声不吭地走去。不明原委的正太吃了一惊，追上前扯住她的袖子。他正在讶异，美登利红着脸说："不为什么。"不过看起来是有原因的。

他们穿过宿舍的大门。正太以前也经常来玩，出入这个家并不拘束，便跟着美登利从外廊进了屋。美登利的妈妈见了他，说道："正太，你来啦。美登利从今天早上就心情不好，大伙儿可犯愁呢。你陪她玩吧。"

正太像大人一样严肃地问："是身体不舒服吗？"

"不是。"美登利的妈妈露出一个古怪的笑容，回头看向美登利。"过个一阵就好了。她总是这么任性，常和朋友吵架吧？真是个让人没辙的大小姐。"

美登利不知什么时候把棉被拿到了小客厅，卸下腰带和外套，往地上一趴，一声不吭。

正太小心翼翼地来到她的枕边。"美登利,你怎么了？你生病了，还是心情不好？到底怎么了？"

他没敢离她太近，端坐着，将双手放在膝上，心里满是烦恼。美登利仍然不答，用袖子遮了脸，悄无声息地哭着，从发髻里散出的刘海被泪水打湿了。见到这般情景,正太知道，她肯定有什么原因。但他是个孩子，说不出什么安慰的话，只是一味地犯愁。

"你到底怎么啦？我又没做什么惹你发火的事，你为什么这么生气？"

他瞅着她的神色，一筹莫展。美登利擦拭眼睛，说道："正太，我没有生气。"

正太问她到底怎么了。她有许多烦恼，可这些都是说不出口的羞耻事，没办法告诉别人。她一声不吭，红了脸。并没有什么具体的理由，她却渐渐感到不安。到昨天为止，美登利都没有过这种感觉，窘迫让她无法开口，浮现老人一般的想法：要是有可能，我想在昏暗的房间里一个人自由自在地过活，不和任何人交谈，也没人盯着我的脸看。那样的话，即便有现在这样的伤心事，我不用担心别人看我，也就没有这些念头。我要是可以一直一直和人偶还有纸娃娃玩过家家，该多开心啊。啊，真烦，长大真是件烦心事。我为什么要长大？我想回到七个月、十个月前，回到一年以前。

她都忘了正太在这里。当他和她说话时，她跳起来，把东西全踢开。

"回去吧，正太，求你了，回去！你在这里我会死的。你一和我说话，我就头疼；我一说话，脑袋就晕。我不要任何人来我这里。你也请回吧！"

她冷淡得不似往常。正太不明白是为什么，如在云里雾里。"你好奇怪啊。你平时不是这样的，真是个怪人。"

他着实有些不甘心，虽然语气平静，眼里却软弱地浮起泪意。然而美登利毫不在意，厌恶地道："你走，你走。你要一直待在这里，我们就不再是朋友。正太，你好烦。"

"那我走了。打扰了。"

美登利的妈妈去看洗澡水烧好了没有,正太也没和她打招呼,刷地站起来,从院子跑了出去。

十六

正太往前跑,挤进又挤出人群,蹿进文具店。三五郎不知什么时候已经收摊来了店里。他把中衣小腹口袋里的几个钱拨弄得叮当作响,牵着弟妹,做出一副大哥的模样说,想要什么,我给你们买。正开心时,正太跑了过来,他说:"阿正,我正在找你呢。我今天赚了不少。我请你吃点什么吧。"

"说什么傻话呢,我要让你请?闭嘴,别说大话!"正太的言辞粗鲁,不同以往。接着他闷闷地道:"现在可没心情吃东西。"

"怎么了,有人和你干架吗?"三五郎把吃了一半的豆沙面包塞进怀里,叫嚷道:"是谁啊?是龙华寺,还是长吉?在哪儿起的事?吉原,还是鸟居前面?庙会那次是他们趁我们不备,今天可不会输给他们。我做好准备了。我来打头阵。阿正,你稳住了,我们上!"

"你性子真急。没干架。"正太毕竟不好开口,闭了嘴。

"可你刚才跑得跟出了大事似的,我当然以为是干架。可是,阿正,如果我们今晚不找他们,以后都没法干架了。长吉那家伙就要失去一条臂膀了。"

"怎么？失去臂膀是怎么回事？"

"你不知道是吧？我也是刚听到我爸和龙华寺的住持太太聊天来着。说是阿信最近就要去一所和尚学校念书。他穿上僧袍，就不好动手了吧。也不可能把那种长长的荡啊荡的袖子卷起来打架。这一来，到了明年，胡同和大街都是你的了。"三五郎怂恿道。

"得了吧，那边给你两分钱，你就会成为长吉的人吧？像你这样的就算有一百个跟着我，我一点都不高兴。你想跟哪边就跟哪边。我原本想着不靠别人，就凭我自己，和龙华寺斗上一回，既然他要去别处，也没办法。以前听说藤本要明年毕业后去和尚学校，怎么那么早就去呢？反正拿那家伙没辙。"正太啐了一声道。

信如的事，他听了全不在意。他回想着美登利的一举一动，也没有唱平时的小曲。尽管大街上人声鼎沸，但他的一颗心满是寂寥，便不觉得热闹，从掌灯时分他就进了文具店待着。

今天的酉市糟糕极了，这里那里都是些莫名其妙的事。

美登利从那天起就像变了个人似的。有事的时候，她会去吉原的姐姐那里，却绝不去街上玩耍。朋友们寂寞了，喊她一起玩，她光是口头答应说这就去，却不和他们一道。就连对正太，她也不再亲近,总是窘迫地红着个脸,再也见不到她在文具店跳舞的活泼劲儿。

人们感到奇怪，也有人担心道，这是生病了吗。她的母亲含着笑，别有深意地说，回头她就会现出顽皮的本性，这就是中场休息。不明原委的人也不觉得有什么，还有人称赞道，她现在像个女孩家，变温柔了。也有人埋怨道,本来多好玩的一个孩子,现在变得没劲了。

如同火熄灭了一般,大街倏然变得落寞。也很少听到正太唱歌的好嗓音。他每晚提着弓形手柄的灯笼,一看就是去收利息的。他走在田埂上的身影透着寒意,有时三五郎陪着他,唯有三五郎的声音和从前一样,听着滑稽。

有关龙华寺的信如要去其寺院宗派的学校念书的消息,美登利完全不曾听闻。她把以前对他的怨念就那样封在心里。由于最近这阵的古怪现象,她觉得自己不再是自己,每天尽为各种事感到羞耻。一个结霜的早上,有人把一枝人造水仙花从格子门外插在门上。虽然不知道是谁留下的,美登利不知怎的心生依恋。她把那枝花插在多宝格的细颈瓶里,欣赏它寂寥又秀丽的模样。后来她在无意中听说,就在她捡到花的第二天,信如穿上黑僧袍,去了某某学林。

破灭[1]

一

霜浓夜深的枕畔,微风从门缝里吹进来,把移门上的纸吹得簌簌作响,让人忧伤又寂寥。老爷不在家。不等到卧室的钟敲响十二点,太太是睡不着的,她翻了几次身,有点儿焦躁,从世间的种种,想到一件事。

去年的这个时候,老爷总是去红叶馆[2],他装作没事,可我从他出门衣服的袖袋里发现了刺绣花边的手绢,那时真让人着恼。我反复地和他闹,闹到后来,他赔罪道,我今后再也不去了。就算有一天,和我一个藩的泽木再也不把"伊"和"哎"的音念混,我都决不会打破这个誓言。你原谅我吧。听到他这样说,我真愉快,就像一直

---

1 萧萧译《樋口一叶选集》(1962年人民文学出版社)中,此篇译作《自焚》。篇名われから,写作"割壳",是俗称"骷髅虾"的甲壳类。因其壳脆弱,干了就会裂开,故有此名。和歌作者常用来比喻因自身原因导致破灭的恋情。如《伊势物语》和歌:海人取藻,虫住藻上,其名割壳。破灭由己,放声哭,不怨人世。
2 位于港区芝公园的高级餐厅。

以来梗在胸口的硬块消失了，心情为之一爽。还有他最近外宿的事。星期三协会的人，还有俱乐部的同伴，闹腾的人比较多，他被他们一挽留，就把持不住了。教我花道的老师常说，近朱者赤近墨者黑，这话真是没错。他以前不是个会说话的人。从前他会说，今天在某处，人家叫了艺伎，我看了这样一个不可思议的舞蹈。明明是让人捧腹的事，他却说得一本正经。最近他总是说些流利极了的巧妙话，编排人家的不是。他把我这样没有见识的人哄得可好了，让人无从挑剔。他今晚会在哪里留宿，明天回来又会撒些什么谎呢。傍晚我给俱乐部打电话的时候，他说三点左右回来。他是又去吉原找式部[1]了吧。他说和那位断了，已有五年。错处并不都在老爷身上，那边每逢寒暑就送些点心过来，故意做出这些讨厌的姿态，老爷的一颗心就不定了，主动往那边跑。那些卖笑的人真是讨厌。

她的心事越来越多，终于睡不着了，把绉绸面子的棉被一掀，从郡内绢的被褥上起身。

八叠的客厅里竖着六联屏风，枕边摆着桐木火盆和煎茶的茶器，放烟灰缸的木架是紫檀的，还有红漆烟杆，透着风情。从枕边小被子的华丽花纹到枕头的红穗子，都显出她的日常喜好。充满了兰麝香的房间里，细竹纸灯笼朦胧地亮着。

太太把火盆拖过来，试了下还有没有火。贴身丫鬟晚上埋下的佐仓炭半数成了灰，没有燃起来的部分仍是黑色的，已经冷却。她

---

[1] 式部，妓女的花名。

拿起烟杆，抽了一两口，吐出烟，竖起耳朵，只听得母猫叫春的声音从某处移到了此间房顶上。

那是阿球吗？在这样的霜夜待在屋顶上，会像上次那样着凉，连呼吸都费劲呢。它还真是一只怀春的猫儿。她放下烟杆，站起身。为了去唤那只母猫，她给灯笼点上火，随便披了件八丈绢长外袍，纤腰上系了青蓝色绉绸腰带，显得格外美。

地板踩上去冰凉。她拖着长长的衣服下摆，来到外廊，从边门探出脑袋，喊了两声："阿球，阿球。"

为恋爱发狂、心不在焉的猫儿，连主人的声音也不认得，发出悠远的媚叫声，边叫边往大屋顶的方向去了。

"呀，不听话的家伙，真任性。不管你了。"她扔下这句话，无意中看向院子。黑暗中连事物的黑白也看不分明，透过茶梅盛开的树篱的缝隙，只见书生房间的门缝透出一丝微光。

哦，原来千叶还没睡。

她关上边门，回到卧室，然后重新起身，从点心柜拿了饼干罐，拿了几片放在纸上，包起来，用一只手举着灯笼，来到外廊。天花板上的老鼠们一阵喀嗒喀嗒的闹腾，不知是不是来了黄鼠狼，只听"吱"的一声惨叫。照路的烛火摇曳，走廊的黑暗显得可怕。因是住惯了的自己家，她并不在意。婢女们正在做梦的当口，太太来到书生的房间，从移门外问："你还没睡吗？"

她径自进屋，房里的男人全副头脑沉浸于书本，此时一惊，露出愕然的神色。太太见他一副傻相，站那儿笑了起来。

二

　　桌子是没有刷漆的原木，铺着白棉布。那上面，劝工场的笔筒里放着小楷笔、松鼠毛笔、钢笔和小刀。脑袋掉了的小乌龟笔洗旁边是红墨水瓶，装牙粉牙刷的盒子也挤在杂物众多的桌上。刚才在看外文书的那位，年纪不到23岁，留着略长的寸头，一张脸既不长也不方，浓眉毛、黑眼珠，容貌端正，然而十分的乡气，他穿着粗条纹棉衣，不用说，配的是白棉布腰带，跪坐的膝盖底下垫了一方蓝毯子，往前弯着腰，用双手托着脑袋。

　　太太一言不发，把饼干放在桌上，这才说道："你熬夜就熬夜吧，得做好御寒的准备。壶里的水都凉了，只剩萤火虫那么点大的火，你这样不冷吗？我就多管闲事地给你生个火吧。把炭篓子拿过来。"

　　书生惶恐道："我太懒了，不好意思。"太太的好意似乎让他困扰，他拿出炭篓子，显得十分拘谨。

　　"我喜欢做这个。"太太说着，往火盆加炭。

　　亲切中带着点儿显本事的心，她把剩的那点火小心地夹起来，搁在堆好的炭上面，然后把旁边的报纸折了三四折，从边上开始轻轻地扇。不觉间，火从此移到彼，发出啪啪的声响，蓝色的火苗忽忽悠悠地烧了起来，火盆边开始有些暖意。太太像完成了一件大事似的。"千叶，你也过来烤火。"她催促道，"今晚特别冷呢。"戒指闪耀的白皙指尖悬在藤编的火盆边上。

　　书生千叶愈发惶恐，不断鞠躬道："太谢谢了！真是感谢！"他在老家的时候，姐姐代替妈妈疼爱他，此时，太太让他想起了那个时候。太太打扮华丽，和乡下的姐姐没有半点相似。中学的升学考试前，他连着熬夜，当时姐姐也说了和太太类似的话，帮自己生火，还给自己做了荞麦面糊糊，说吃了暖暖身子。让人怀念的是从前，让人感激的是太太此刻的情谊，再加上自己平时就蒙她照顾，他惶恐得收起肩膀，整个人缩起来。太太见了，以为他冷。

"你的外套还没做好吗？我让阿仲尽快给你做来着。可不能大冷的晚上就靠一件棉衣熬着。要是感冒了怎么办，真的要注意身体呢！之前在我们家的原田，是个用功的人，也和你一样，从早到晚做个书虫，都不去玩儿，一场曲艺也没听过，让人佩服，甚至觉得可怕。可惜的是，他在顺顺利利就要得到特批提前毕业的当口，得了神经衰弱。从老家把他母亲喊来，在这里照顾了两个月，终归他整个人彻底糊涂了，现在想起来也觉得可怜。他是所谓的疯狂而死。我因为目睹了他的情形，对勤学的人有些担心。我不能接受懒人，但你要注意，不要弄出病来。尤其你是个独苗，你不是说你没有父母也没有兄弟吗？作为千叶家的顶梁柱，你要有个什么，可没法重来，对吧？"太太将心比心地说道。

他连声说是，没有其他话。

太太站起身，"我真是打扰你了，你早点休息吧！我回去就睡了，到房间的路上就算冷也无碍，没关系的，这个你穿吧。你要是和我客气，我可就不高兴了。我比你年长，你要乖乖地听话。"说着，她刷地脱了外套，给千叶从身后披上。他的背上传来衣服上留存的体温，感觉怪怪的，麝香的香气袭满全身。他不知该如何道谢的当口，她笑道："很合适。"她举着灯笼出了门，灯里的蜡烛不知何时只剩下三分之一，北风高高地吹过屋檐。

三

不知是不是在烧落叶，每天早上，一阵烟掠过冬日院子里凋零的树木，朝着后街的商铺兼住家的方向飘去。"那是金村太太醒来了。"人们有这么一句嘲讽。习惯是可怕的，太太每天早饭前要泡个澡，没泡的话，饭也无心吃，一整天都没精打采的，心情不愉悦，仿佛差了点什么。要让别人听到了，会觉得那是爱美的人的折腾，但对她自己来说却是个麻烦的癖性。到如今，她有时也嫌烦，不过用人们了解她的心思，不等吩咐便堆起柴火，到她的枕边说，水烧好了。她原本几次想过要改掉这个习惯，结果用人们这么一通殷勤，她依旧保留了这一项奢侈。她用装了米粉的袋子擦洗一番，出了浴室，又厚厚地敷上一层"白菊"香粉。她的皮肤也已经改不了这套做法。

她26岁。纵是晚开的花也已在梢头萎谢的年纪[1]，可她因为会打扮，加上天生丽质，看起来比实际年龄年轻个5岁。梳头的阿留说，那是因为没有孩子。要是有孩子的话，会更加沉稳些吧。她到现在

---

[1] 当时，女子在二十二三岁算是大龄，过了三十就算半老徐娘。

也还有小姑娘的心性,虽然装了金牙的嘴[1]这个那个巨细无遗地使唤着众多的奴婢,但她和丈夫说要去十轩店[2]买人偶时,真不像一家的女主人。她戴着防寒头巾围着披肩,和丈夫一起去川崎参拜弘法大师的路上,在新桥站,一群人耳语道,那人是新桥艺伎吗,是哪家的?明明是被称作"太太"的身份,她却为此十分欣喜。从此她的品味便和艺伎相似。她变成这样,一方面是她的容貌造成的。

她从五官到头发,到整齐的牙齿,都和她的母亲不只是相像,简直是一模一样。说到她父亲,人称"赤鬼与四郎",在十年前,他还是个眼神骇人的人物,啖着人们的鲜血。大概是报应,他在不到50岁时急性脑溢血,在发作的早上撒手人寰。葬礼的假花华丽又盛大,然而站在路口看热闹的人都在说他的不是,这让人推想他大概无法往生极乐。

此人原先在大藏省拿着八元的月薪,穿着起毛的西装,打着便宜的混纺面洋伞,下大雨的时候也坐不起人力车。有一天他决心奋发,扔了帽子,脱了皮鞋,在今川桥畔通宵摆摊卖起了荞麦面糊糊。那气势犹如提着千钧的重担跳过大海,知道个中究竟的人,有的啧啧惊叹,有的在背后说,这是蛮干,终归会赔个精光,惨到没边。

须弥山一般的财富不是一天堆成的,若是讲一下山脚的旧事,

---

[1] 从明治十年开始,流行把并没有坏掉的牙改成金牙。
[2] 位于中央区日本桥室町,该处有许多人偶店。

与四郎也曾有过恋爱，就像荆棘上挂着的露珠。他有个青梅竹马的妻子，名叫美尾。她美得有气质，当时刚过17岁。与四郎把她当作天地独一份的珍宝，从政府下班回来就去买菜，拎着装菜的竹壳，滴滴答答往下滴着水，也不管别人在背后嘲笑他惯着妻子。他一路听着黄昏的乌鸦叫声，想道，它的妻子也在家等着它。早上出门的时候，他把水缸底部擦干净，打好水，让妻子一整天不用摸水桶。只要妻子说，老公，你煮一下午饭，他立即应声"哎"，开始量米倒进淘米桶。他就是这么宠爱妻子。要是两人就这样过下去，活个一千岁也都在美梦中吧。

　　两人像这样相伴到第五年的春天，梅花开时，人们都去赏花漫步。一个星期六的下午，他和两三个同事在葛饰的梅庄转悠了一圈。回程去了广小路一带的小餐馆，他不太能喝酒，喝一会儿就说要走，特意让餐馆装了一盒菜，听着朋友们对他的嘲笑，独自先告别，拖着疲惫的步子走回他位于本乡附木店的家。家里的格子门没关，进屋一看，别说灯火，连火钵里的火也熄了，煤灰洒了一地，显得狼狈。阴历二月，夜晚起了风，从厨房敞开的天窗吹进来，透骨的寒，让人难以忍受。他不明白家里出了什么状况，拿出洋油灯，想了半天，这时，住在隔壁的小学教员的妻子听到动静，匆忙地从马路那边的屋门绕过来。

　　"你回来了。三点多的时候，你媳妇的娘家来了辆气派的人力车，接她走。她说让我帮着看会儿家，直接出门了。要是火没了，来我家取吧。我那儿还有烧好的水。"

邻居太太麻利地照顾着他，而他满心疑云，想问，美尾走的时候做什么打扮，说了什么。可又怕对方觉得自己是个爱嫉妒的男人，便干脆地说："麻烦你了。我已经回来了，不用担心，去休息吧。"他让邻居太太回去，自己寂寥地就着洋油灯吸烟。买回来的菜显得碍眼，想着索性给老鼠吃吧，也不解开绳子，就往厨房一扔。当晚，他钻进被窝，然而满心怨愤无处排遣，心想，不管有什么事，我不在的时候不说一声就出门，而且房门大开的，这是为人妻子做的事吗？他胸中如沸，觉得这事太过分了。

第二天是星期天，他一直躺着，也没人数落他。他趴在枕头上像个毛毛虫似的，临街的格子门依旧上着锁，有人来找，他也不出声，就这样一直到了下午四点，有辆人力车停在门口。听见柔和的木屐声，他知道自然是妻子回来了，却佯装不知，继续睡。

美尾一推格子门，自言自语道："怎么锁上了呢。"她沿着邻居家的松树围篱，往厨房门那边绕进来。

"昨天下午，我在谷中的妈妈生了急病，说是肝气。她说胸口疼得难受，中间有一会儿感觉要死了。医生给她做了叫作皮下注射的，情况总算稳定下来，今天她可以自己去厕所了。因为这样才耽搁了时间，昨天我从家里出去的时候心慌意乱，什么也顾不上，过后一想，连门也没锁，院子那边的门也是开着的。我可着急了，想着你一定生气了，可我没法扔下病人回来，今天也在那边待到这么晚。都是我不对，我和你道歉，请原谅。像平时一样和颜悦色地，好不好？你别不高兴了。"她道了歉。他便消解了几分怒气，训斥道："原来是这样啊。既然如此,你怎么不写个明信片过来[1]?你真傻。"又说:"我一直以为你母亲是个健壮的不生病的人,她是第一次发作吗?"两人和和气气地聊了起来,与四郎完全不知道妻子有什么秘密。

四

世上如果没有镜子这东西,女人就不知道自己是美还是丑,也就会安于自己的身份。逼仄的长屋里藏着杨贵妃、小町般的美女,美人围着围裙,过着俭朴的生活。有人说了许多话夸奖她,想要打动原本淡泊的女儿心,她听了不觉脸色潮红,将直到昨天都不曾打理的头发挽起美艳的发髻,拿起折叠镜照了照,觉得眉毛生得太密了,从邻居家借了剃刀修眉。她变得心思浮动,想让人欣赏自己。她想要里衣的袖子,外袍的领子是混纺的缎子面料,已经磨破了,让她不开心。说起来,与四郎的妻子改变的原因之一,也是受了人们吹捧。

丈夫的身份虽然不高,但待她有情有义,她是高兴的。六叠加四叠的两个房间的家,她当成是金楼玉宇。有一次丈夫在四丁目的药师堂那儿买给她的白铜戒指,她珍重地戴在白鱼般的手指上。马蹄做的插发梳,她高兴得仿佛那是玳瑁做的。然而人人见了都夸赞她的美貌。也有些蠢货嘴上轻巧,凭着一己的兴趣评价别人家的妻

---

[1] 当时,在东京市区,平信也是当日送达。

子,说道,以你这般的容貌真是埋没了,可惜啊。你要是去做艺伎,恐怕会成为岛原第一的美人,无人可比。她拎着小桶去街上买豆腐,和她擦肩而过的一伙年轻人回头哄笑道,可惜这么个美人,穿得太寒碜。她那件棉布仿绢面料的衣服磨损得厉害,系着一根褪色的紫色毛料窄腰带。拿八元月薪的政府底层办事员的妻子也不该做比这更好的打扮,然而她一颗年轻的心感到窘迫,豆腐的水从桶箍松了的小木桶滴下,她的袖子不觉间湿了,却是因为眼泪。

总之,别人尽盯着她的领口袖口,让她心情动荡。再加上去年,春雨停歇后的一个晴天,想着今天樱花正盛,过时不候,夫妻俩一道去上野然后去隅田川赏樱。两人尽可能地打扮起来,丈夫穿了唯一的一件有家纹的黑绸外套,妻子系了仅有的一根博多腰带,又穿上昨天和丈夫撒娇让他买的黑漆木屐,尽管木屐的鞋面是冒充的南部草,但只要不和真的比就是开心的。她兴高采烈,出了门。

东睿山[1]的春四月,树木间的樱花如同云蒸霞蔚。今天已是十七日,花期就在这一两天。因此,从广小路看去,上下台阶的人如同蚂蚁聚成的塔,绫罗绸缎的衣服和樱花争奇斗艳,若不带心事眺望,十分悦目。两人爬上樱丘,来到如今的樱云台[2]附近时,从对面来了五六辆人力车,大声让人避让,众人停住脚步,互道诧异。只见车

---

[1] 如今的上野公园。
[2] 位于上野公园的借席,经营者是下文提到的料亭八百善。客人付租金便可租借包间,食物饮料从旁边的八百善叫来。此店今已不存。八百善不再拥有实体店铺,在一些百货商场设有高级熟菜柜台。

上大概是哪家的华族，老少皆有，打扮华丽的穿着红色渐变的振袖，搭配朱红色里衣，年纪大的穿着樱花树之间的松树的绿色，搭配怎么都看不腻的黑衣服，插了玳瑁簪子，这要是追赶流行的人，肯定会从领口露出一截金表的链子。车在八百善门口停了，那伙人进到里面。有人目送着，说些难听的话。也有人随口说一句好气派啊，便往前走。美尾究竟怎么想呢？她茫然地站着，久久地凝视，显得有些寂寥和心事重重。与四郎转头对她说："应该是华族吧，妆很浓。"她仿佛没听见似的，回顾他俩和她自己，一味地消沉下来。

与四郎有些不安，关心道："你怎么了？"

"我忽然有些不舒服。我不去向岛[1]了，想从这里直接回去。你慢慢看。我先叫个车回去。"她没精打采地说道。与四郎开始担心她，便说："一个人看也没意思。下次再来，今天就算了。"

美尾说什么，他就乖乖同意，平时她会为此开心，此时毫无所感。他说，回去的路上去吃烤鸡肉串吧。他越是哄着她，她越难过，像逃跑似的急急忙忙地回了家。两人的好兴致彻底没了。与四郎则只是担心美尾是不是病了。

一颗心为了虚无的梦而发狂，美尾从此变了个人。她在没人看到的地方泪湿衣袖，并不是爱上了别的什么人，只是神游天外。她知道这样不对，但她对与四郎的态度不比从前，觉得烦的时候就随便应一声，他如果生气了，她也就发起火来，高高在上地叫道，你

---

1 隅田川的赏樱地。

要是不开心就和我离婚吧。我又没求你让我待在这里。我也是有娘家的！男人受不了了，挥起扫帚赶她，对她说，你走。两人之间的问题眼看就要变得严重了。她毕竟是个女子，不觉悲从中来，哭道，你这是欺负我吗？我这个身子原本是给了你的，你要是恨我，就打我，就杀了我。我死也要死在这个家。你就是杀了我，我也不走。随便你。她这样拽住他的袖子挣扎着，与四郎原本就不是真的恨妻子，说让她走也只是一时的威吓，趁着她抱住自己哭，便原谅了她，觉得那不过是她任性起来说的气话，是使性子。他对她的爱与日俱增。

五

与四郎对妻子不曾变心，把日子过得百年如一日，然而从那个时候起，美尾的状态变得古怪。她时常放空了望天，也不做家务事，让人感到可疑。与四郎仔细观察她，觉得她就像一个被恋爱夺走了心魂而变成空壳的人。他喊她，美尾，美尾，她无力地答，什么。怎么看她都只是义务地过着日子，身在此处，心却不知在哪里徘徊。他虽然感到介怀，可又不想被别人戳着脊梁骨说，老婆跟了别人你还不知道，都是因为你太宠她。他甚至想过，如果真有这样的事，他就要采取可怕的行动。从此，他形影不离地守着美尾。

然而并没有发现偷情的痕迹。只是美尾一直在神游，有时哀哀地哭泣。"你打算一直就拿这么点工资吗？对面那户大宅的老爷，原先是在大名的宅邸当下人的,他决心奋发,从此出人头地。他虽然胡子拉碴,坐马车的模样看着也很气派呢。你也是个男人。别再像这样穿旧西装提溜着便当过日子了,请你尽早成为让马路上的行人回头看的厉害人物。你既然有空帮我买菜回家,还不如在下班后去上个夜校什么的。求你了,做个出色的、不输给别人的人。为此我会做点零活,赚点小菜钱。请你学习吧。拜托了。"她发自内心地哭着,一样样列举他的没用。与四郎如同挨了骂,很生气。而且想到她让自己上夜校只是为了装门面,其实是想趁自己不在家做什么,就更加气恨,故意说了无聊的话:"反正我就是这样没用。坐马车就不用想了,以后说不定要在街上拉人力车呢。你要是趁现在为你自己打算,最好找一个聪明能干的、有学问的英俊男人,而且是年轻的。我听说,对面那家的男主人也夸过你的样貌呢。"他说了这番讨人嫌的话,睡成一个大字,心想,懒汉啊懒汉,我就是个没用的懒汉。

别说是夜校了,第二天,他连班也不愿去上,寸步不肯离开美尾的身边。

美尾惊诧道:"你怎么这样听不进劝啊。"

两人想不到一块儿去,说点什么就会引发争端。一个哭,一个恨,不断争执。不过,他俩原本有感情,吵完了又想起彼此从前的好,一个说,你做这个、做那个,另一个恨不得把对方含在嘴里怕化了,整天叫着"美尾美尾",于是隔壁邻居们没人在他俩吵架时劝架。

那次赏梅的事件后,自从那辆说是美尾家里来的、涂有金漆家纹的车来过后,美尾总是静静地想着什么,也不再热心地劝诫丈夫。

她闷闷不乐地过着日子，常往娘家跑，回来后就垂着头缓缓叹气。当丈夫感到怀疑，她就说，我胸闷。她连饭也不怎么吃，常常午睡，整个人没精神，面色渐渐变得苍白。与四郎以为她病了，十分痛心，和她说，看医生了吗，吃药了吗。他忘了自己的嫉妒，一心一意地照顾她。

其实，美尾的病是有了身孕。三四月的时候，事情确定了，到了梅子落下的五月雨的时节，近邻们都来贺喜。天气渐热，她为身形变化而害羞，仍穿着短外褂。与四郎难得高兴起来，简直疑心是梦。虽然不好对外人讲，他掰起手指数了数，今年十月便是产期。他想要个男孩，还为这等说不准的事去求神问卜。他虽然表面上装得若无其事，其实按别人说的，去求了安产的护身符。别人说什么他就做什么。他一个大男人不会照顾人，尽出错，美尾凡事都倚仗她妈妈。丈母娘说，生孩子这事我多少比你懂一些。他便连声说"的确"，闭了口。

六

"月薪八元，暂时没有升职的消息。而且生了小孩，要买的东西多了，也需要人手，你打算怎么办？美尾如今身子弱，也不可能为了帮丈夫补贴家用而接手工活儿，三个人就这么待着，像叫花子一样过活，也不是个事。你还是找份工作吧。从现在起开始留心，换一份稍微赚钱的职业,这不光是为了你的将来,首先,你现在养不起孩子。美尾是我的独生女,既然把她嫁给你,我将来是想让你给我养老送终的。我不说别的,原先讲好了,我去庙里烧香的钱由你出,你也答应了,这才把她嫁到你家。那之后可是一分钱也没给过。你也不是故意不给,实在是你没用,给不起,所以就算了。我为了给自己赚这点饭钱,这把年纪给人做中介和女佣,老了老了还出来丢人现眼,但也没办法。

"不过,人没有目标,是吃不了苦的。看你们夫妻俩的情形,将来我要是干不动了,需要仰仗你们的时候,八元月薪又能做什么呢?想到这里,应该现在就下定决心,虽然对你们彼此来说有些难过,眼下你们就暂且分开,美尾和孩子由我带走,你一个人,也不一定要做什么官,就算穿上草鞋到别处去,好好地工作,努力过上像样的日子,怎么样?美尾是我的女儿,不会不听我的话。就看你的决定了。"丈母娘说道。

美尾生孩子前,丈母娘说要照顾女儿,住进了这个家。她动辄责备与四郎,他气得不行,压住怒气想道,这个老太婆,我一下就能把她打倒,可美尾怀着身孕,不能让她心痛,那样会波及孩子。他伶俐地说:"我也是个男子汉,不会不让老婆孩子过不下去。一辈子长着呢,我不会一直到死都拿八元月薪。您别担心。"

丈母娘一笑,露出以前染黑、如今颜色剥落大半的牙。"原来如此,听起来好气派。你要不这样说,我是不会高兴的。好个男子汉,你应该有你的打算吧。原来如此啊。"她不满地点着头,让人生气。

美尾为难地劝道:"妈妈,别说这种话。你让他不开心了,我很难做。"

与四郎怀着自信,高姿态地想道,你这个蠢婆子,不管你怎么设法把我们分开,美尾都是我的,就算你这个当妈的指手画脚,她也不是个会离开我的薄情人。而且我们很快就要有可爱的孩子了。我们的关系好得很。哪怕踩响天原的雷神到来[1]!他不把丈母娘放在眼里,认定美尾不会离开。

十月十五日,与四郎就要下班的时候,美尾顺利地生下一个女孩。他原本希望是个男孩,虽是女孩,对他来说是一样的可爱。"你回来啦。"丈母娘迎出来。头孙的喜悦让她的脸颊浮现清晰的笑纹,她把孩子举到他跟前。"你看,真是个好孩子。红彤彤的。"与四郎欢喜得快要化了,他有些害羞,不敢伸手抱,让丈母娘抱着孩子,探头张望。这是像谁呢。他顾不上分辨,只觉得孩子莫名的可爱,连她的哭声也不同于此前邻家传来的婴儿啼哭。之前他担心美尾第一次生孩子会有危险,如今顺利结束,感觉如释重负。他去看产妇的情况,只见她枕着高枕、额上绑绳[2]、头发蓬乱,她疲倦极了,让人心疼,却有种神圣的美。

宝宝七日。产妇出月子。带初生儿去神社参拜。日子过得忙碌。与四郎用纸写了好些个孩子的名字,放在产土神前,像抽签一样抽

---

1 《古今和歌集》中的一首:踩响天原的雷神,也无法将我们分开。
2 高枕和绑绳是当时的病人和产妇的装束。

了。常绿的松、竹，蓬莱的鹤、龟，这些都没抽到，倒是抽了一个他觉得不错便随手写着玩的"町"字。一家人高高兴兴地说，女人只有容貌好，才能获得众人的爱，没有比这更好的果报了。虽然我们家孩子不是小野小町，阿町是个好名字。他们一个个把她接过去抱，喊着，阿町，阿町。

七

阿町学会了大笑，时值新春。美尾显得越发心神不定，有时还掉眼泪。她说是妇女病的缘故，与四郎便不加怀疑，只和她聊些孩子长大以后的事。他仍穿着旧西装，做着落魄的工作，天天拎着便当去上班。

丈母娘在东京住得不愉快，也过腻了穷困的日子，便说："一来是为了让你们少操点心，再者说，有一个我从前就给他家干过活的从三位[1]的军人，他这回调任京都，要在那边盖宅邸，让我去当女佣的领班。我打算这辈子就这样了。那边答应给我养老，我不再待在你们这儿了。下次如果有事来，让我住个一晚。此外就不麻烦你们了。"

尽管丈母娘是那样的人，对与四郎来说，她毕竟还是妈妈。想到美尾会因此感觉无依无靠，他说："您年纪也大了，不管是多好的

---

[1] 相当于子爵。

工作,毕竟是在别人家干活,我们做子女的十分过意不去。请别去了。"

"这种话,等你有朝一日出头了再说吧。我现在是不听的。"丈母娘打了一个包袱,给她位于谷中的家贴上出租的纸条,一路坐船[1]前往那边。

过了一个月,一个云黑月晦的黄昏,与四郎加班查一些东西,在太阳落山后的八点才到家。如果在平时,家里的洋灯下,他会看到一幅美好的图景:风车和纸糊小狗散落一地,还不大像个母亲的美尾敞着怀,给孩子喂奶。他从格子门外往里看,只见灯火朦胧,纸门上不见人影。

"美尾,美尾。"他呼唤着进屋,从隔壁传来了应答声。"我这就过去。"话是平时的话,声音却不是美尾的。

只见进来的是邻居家的妻子,怀里抱着阿町。与四郎胸中一阵骚动,问道:"美尾去哪儿了?这么晚了,点着灯,她是去买东西了吗?"

邻居的妻子皱眉道:"是啊。"她怀里的阿町睡醒了,开始哼哼唧唧地哭了起来。她便不再答,哄道:"乖孩子,乖孩子。"过了一会儿又说:"灯是我刚点上的。其实我直到刚才都在你们家,我家孩子调皮捣蛋,我过去训他,才走开了。你老婆今天上午说要去街上买点东西,让我看一下这孩子。我想着也就是一会儿的事,结果到了两点然后三点,她没个音信,也不见人。她是去哪里买东西了呢?

---

[1] 要到明治二十二年(1889年),才实现东海道线新桥—神户全线贯通。

让人看家,天都黑了,她也不担心。到底怎么回事呢?"

被她这么一问,与四郎想,我还想问你呢。

"她穿的是日常的衣服吗?"

"对,好像就换了件外套出的门。"

"她带了什么?"

"我记得好像没带。"

他抱着胳膊,疑惑不解,不安地想道,这么晚了,去了哪里呢。邻居的妻子看不下去了:"你不会弄,也带不了这孩子。我先给孩子喂奶,等她回来吧。"她抱着孩子走了。与四郎嘴里说着"麻烦你了",心思都在美尾的行踪上,顾不上阿町。

万一呢,万一呢。他这样想着,无法抹去的不安化作疑云。家里就一个抽屉柜,他拉开抽屉,又将藤编行李箱搜了个底朝天。他想,说不定会看到她离家出走的证据,然而家里连一颗灰尘的位置都没变。从前美尾当作宝贝似的、衣物当中她最喜欢的白地彩条腰带还原封不动地在那儿。镜台的抽屉是她平时放零钱的,他拉开来看,天哪,里面有一叠崭新得仿佛要划破手的纸币,大概有二十张,上面搁了一封信。见此情景,与四郎大吃一惊,胸中波澜起伏,几欲发狂地想,果然有缘故!他打开那封信,上面只有一句话。

——就当美尾死了。不要打听下落。这钱给阿町买奶粉。

瞬间,与四郎的脸变得忽青忽红,他颤抖着嘴唇叫道:"死老婆子！"他的心头涌起了怒意，如一道黑烟从身上窜出去。他把纸币和信都撕得粉碎，笔直地站了起来。要是有人见了他这副模样，不知会吓成什么样。

八

与四郎从此一心赚钱，经过十五年的奋斗，被人取了个"赤鬼"的名号，如同死灰一般过完不到50岁的生涯。他留下上万的资产，如今的金村恭助是与四郎的女婿。也有人在背后说，以那个人的身份，用不着冠别人的姓[1]。不过，金村恭助之所以能安心从政，没有后顾之忧，全靠岳父资助。做太太的町子自然深受丈夫的宠爱。她虽然不会轻视丈夫，但她没有公婆，不是那种需要看人脸色的媳妇。只要想看戏，每上演新戏，她就去看，也没人会抱怨。她喊上老爷去赏樱、赏月，享受同行之乐。每当他回家晚了，她就四处打电话找他[2]，夜深了也不睡。她是这样的眷恋和依赖丈夫，让她自己也有些羞愧。她也不知道是为什么，只要他不在，她就会感到不安。她将他视作兄弟父母一般，认为他是个可靠的人。

有时他去地方上演说，三个月半年不在家。和他去温泉还不一

---

[1] 日本的上门女婿在继承对方家业的同时也承袭姓。
[2] 当时拥有电话的基本是公共单位，私人有电话的都是富豪。

样，这时也没法和他撒娇说要同去，只能写信，两人的信里，有许多不能为外人见的句子。

然而夫妻之间没有孩子。相伴十余年，毫无动静，她好多次向清水堂的木偶[1]空许愿。老爷想要孩子，提过要不要收养一个，但因为太太过于挑剔，此事也就没成。

落叶上的霜一天天地变厚了，寒风刺骨。一个细雨绵绵的晚上，太太把下人们聚集在有暖桌的房间，聊闲话，聊小说，让开朗的婢女说笑话。听高兴了就赏点东西，这是町子自小的爱好。她父亲特别不喜欢她这一点，说白了，就是她对人全凭一时的心情。只要有一句话打动了她，她就毫不考虑地对那人好。新春的时候，她把老爷淘汰下来的斜格缎面外套给了车夫茂助的独生子与太郎，也没有什么特殊的理由。茂助也就是发了句牢骚，说孩子过年没有新衣服穿，她心生怜悯，就赏给了他们。茂助磕头感谢了一番，只是别人都注意到，他儿子穿了金村家鹰羽家纹的外套。太太对此完全不在意。她想到书生千叶该觉得冷了，便命令缝衣服的阿仲给他做衣服。既是太太的命令，阿仲不能违抗，有些敷衍地赶出一件碎白点夹棉外套，在太太去看过千叶的第二个晚上，就穿在千叶身上了。这份恩情让千叶感到温暖，他托了中女佣[2]阿福，说想要和太太道谢。阿福在许多人家工作过，口齿伶俐。她这般那般地讲了一遍，又说，千叶为

---

1 上野公园清水观音堂的木偶，据说求来可以保佑得子。
2 介于贴身丫鬟和厨房女佣之间的用人。

你哭了呢。太太想,这人真可爱。她对千叶愈发好了,给他的零花钱也多了不少。

十一月二十八日是老爷的生日。每年这天都招待朋友们来家里,叫一些美丽的艺伎在席间照料,珍馐美味间,宾主尽欢。留着大胡子的鸟居唱起不庄重的歌词,"初见就可爱"[1]。泽木也扮演起流落在外的梅川[2],以一口乡音唱道,"你父亲孙伊(右)卫门"。大家都开始演自己的拿手戏。爱打扮的太太在这天格外隆重地扮起来,叠穿了三件新做的小袖,展现出今年的流行。虽是冬天,却有种阳春三月的劲儿,红叶已落尽,庭院寂寥,茶梅树篱开着熏人的香花,松树浓绿,人人皆醉。

今年的客人格外多,下午三点起,送过请帖的都来了,天黑以后更是热闹。有客人出了客厅,逃进茶室。穿洋装的阿轻[3]倚在二楼的栏杆上,人们笑她道,眼镜掉下来了,荡在半空呢。町子被众人奉承烦了,人们像下雨似的与她碰杯,嘴里喊着"太太,太太"。她扔下一句"你们玩吧,我喝不下了",把酒倒进洗杯的钵子,但这样还是逃不过,喝了一两杯,不觉间耳根发热,心跳变急。虽然做主人的离开不大好,她趁人不注意,出屋来到庭院,走过池上的石桥,来到假山背后,往稻荷神社前的功德箱上一坐。

---

1 清元节《明乌花濡衣》的歌词:与那人是怎样的缘,初见就可爱,十分钟情。
2 歌舞伎《冥途的飞脚》。梅川是与鬼屋忠兵卫一道逃走的妓女,在后者的老家遇见忠兵卫的生父孙右卫门。
3 歌舞伎《假名手本忠臣藏》中,叫阿轻的妓女从二楼的镜子里偷看由良之助的信。

九

这个家是町子 12 岁的时候，父亲与四郎从别人那里拿来的抵押的宅子。虽然后来经过修缮，水流、假山、吹过松树间的北风的尖锐响声，都和从前一样。町子在醉意朦胧中扭头看背后，月亮在云间微微亮着，神社前的铃铛用红白双色的绳子系着，长长地垂落，古镜的光显得神圣。晚风嗖地吹过神社建筑的木格栅，铃铛无人触碰却叮当轻响，供神的币束[1]的纸簌簌摇晃，显得寂寥。

町子忽然有些害怕，起身往主屋那边走。刚走了两三步，她又停住脚步。这一次，她倚着狛犬[2]底座的石头，遥遥听着越过树丛传来的客厅的喧嚣。呀，那嗓子是老爷。三弦是小梅吧。老爷什么时候成了那样潇洒风流的人物，真让人不能大意！想到这里，她十分不安，胸中涌起一种紧迫的苦楚。

过了许久，太太的酒醒了大半，她收拾起纷乱的心绪，回到客厅。屋内杯盘狼藉，接人的车如闪耀的星一般排在门口。"某某先生慢走！"仆人们的送客声热热闹闹。宴会散场，下起了小雨。

恭助太累了，连礼服也不脱就躺下了。

"哎呀，你至少换身衣服。这样可不行。"太太亲自给他脱了外套，解开腰带，给他换上穿旧了的绵软绢衣，罩一件法兰绒，然后是睡

---

[1] 日本神道的祭祀用品之一，一根木棍两边是连续之字形的纸垂。
[2] 一种想象的生物，长得像狗。常成对放置在神社的入口。

觉穿的小袖。"睡吧。"她拉住他的手,想要扶他,他说:"没事,我没那么醉。"

他踉跄着进了卧室。太太吩咐说:"小心火烛。"然后说:"大家都睡吧。"她也进了卧室。但不知怎的,她的心静不下来,虽然嘴上没说什么,面色不豫。老爷睁开惺忪的睡眼看她,问道:"你怎么不睡,在想什么?"

太太没有回答,只说:"我就是感觉心里怪怪的。到底怎么了呢?我也不明白。"

老爷笑了。"是因为太操心了吧。你放松下来,一会儿就好了。"

"可我还是有种说不出的孤单。前面他们劝酒太烦了,我一个人逃到院子里,在稻荷神社那儿醒酒。当时我有种特别奇怪的念头。你别笑,我当时的感觉真的是无法形容。我要是说了,你会笑我,骂我。"她低着头。只见她的泪水像露珠一样坠在膝上,让人感到讶异。

太太显出平时没有的消沉,"我想着以后会不会被你抛弃,所以才觉得这么孤单。"

老爷不在意地一笑。"你又来了。是谁说了什么,还是你一个人瞎琢磨的?绝不会有这种事。别人可不像你这样,觉得我好。你放心吧。"他说得漫不经心。

"并不是我爱嫉妒。今天的宴会那么热闹,来的各种各样的人,个个都是有名的。想到这些人都是你的朋友,我开心得不得了,还觉得感激,简直想在角落里朝你拜一拜。然后想到了我自己。你今后会越发地出人头地,交游更加广阔,人也越来越气派。今晚,你和着小梅的三弦唱了长歌《劝进帐》，不是我吃醋，我都不知道你唱得那么好了，还一直以为你是从前的你。等你发现我其实浅薄，可能会因此厌倦我。你在外面无边的大世界里，各方面的品味自然就上去了。而我在这个小小的家里从早到晚不知烦恼，稀里糊涂过着日子，你总有一天会腻烦我。想到未来的悲伤，我此刻心里难过。除了你，我没有父母手足可以依赖。我父亲与四郎在世的时候，你是知道的，因我长得像母亲，他只要见到我就心烦，与我并不亲近，我每天都孤孤单单的。好在与你结缘，你由着我像如今这样任性。我现在是无忧无虑的，简直超出我的福分，要是有一天，你觉得我不配这样——想到这里，我今晚不由得感觉孤单，难受得坐立不安。我知道不该说这些话，还是对你讲了。可能是我在这儿一个劲儿地杞人忧天。但我就是这样想的，怎么办呢？我心里十分不安。"

老爷觉得她的抱怨和闹别扭毫无章法，又觉得她是出于嫉妒，有些好笑。

十

太太困于自身的情绪，不觉间陷入了迷惑。这几日的天色，纵然晴时也像多云，惨淡的阳光影响到心情，感觉不安。下着细雨的夜晚，风声就像有人来敲门。寂寞中，她取出琴，独自奏起喜欢的曲子，自身的哀愁渗入曲调，让她没法再弹下去，垂泪把琴推到一边。

有时,她让女佣们给她捶酸痛的肩,让她们讲些听了愉快的恋爱故事。讲到好笑处,别人说,简直让人笑得下巴都快掉了,她们笑得捧腹忘形,她却只感到悲哀,仿佛自己也染了相思。

一天夜里,中女佣阿福清了清嗓子说:"此事如果我不说,就没有人知道。说了我也没什么好处。没法不讲,是因为我生来爱传话,诸位听了请装作不知道。我来讲一个有趣的故事。"

她说得起劲,声音变高了。

"是什么事?"

"请听着,要讲的是,书生千叶初恋的忧伤。他在老家的时候,有个悄悄一见钟情的人。既是乡下人,诸位或许以为,那人腰上插着镰刀,脚穿草鞋,发髻不上油也不插簪子,就用帕子随便一裹。但并非如此。据说那人是村长的妹妹,而且是个美女。千叶从上小学的时候就非常喜欢她。"

"你从哪儿听来的?"贴身丫鬟阿米插嘴道。

"你别说话,听着。我当然是从千叶那儿听来的。"

"那个榆木疙瘩居然会有这种事?"有人笑了起来。

太太苦笑道:"真可怜,你是把他失败的过去给打听出来了吗?"

"并不是那么遥远的过去。让我继续说。"阿福理了理衣服,咳嗽一声。阿米的脸微微红了。她想到自己和千叶年岁相当,用眼角瞅着阿福想,不知这个坏嘴巴又要说些什么。阿福不理会她的视线,舔了舔嘴唇。

"请听我讲。千叶自从对那女孩一见钟情,早上去学校时,必定要从那家的窗下过,他想了许多。屋里有她的声音吗?她已经走了吗?想见她。想听她的声音。想和她说话。在学校能和她说话,能见到她,但他还是不满足,心里躁动不安。据说到了星期天,他必定去那家门前的河边钓鱼。那些鲫鱼、鲤鱼可因此倒了霉。他钓啊钓,太阳往西边落下,他也不想回家。他想着,出来吧,我把鱼全给她,想看到她高兴的模样。别看千叶是那个样子,为了恋爱可吃了不少苦。"

"他的恋爱过了多久成了?"太太问。

"您猜猜看。对方是村长的妹妹,而他是穷得叮当响的老百姓。就像猴子捞月,没法有个好结果。简单地说,就是什么锅配什么盖,他们之间存在隔阂。不过,俗话说'恋爱没有上下之分',那两人到底成了吗?阿米,你看呢?"

阿福出了个题。阿米做了不好的揣测,她这是想让自己说错话然后嘲笑自己吧,便看向旁边说:"我不知道。"

太太微微笑了笑。

"就是因为没成,才有现在的他吧。如果他有那样的对象,就不会头发蓬乱,不加修饰。他那么用功,也是因为破罐子破摔吧。"

"您错了。您觉得,他是个破罐子破摔的人,是吗?那是领悟了无常呀。"

"那女孩去世了吗?真可怜。"太太怜悯道。

阿福得意道:"像这样的感情没什么成不成的。毕竟是个孩子,他心里一直想着那个人,表面上装得跟没事似的。就这样过了不知多少时日。看千叶如今的模样，大概也能猜到吧，他还是个孩子的时候是怎样的。对方生了一场病，就此走了，那之后，他无论怎么想，回答他的只有松树梢头的风。真是无可奈何。然后，接下来才是重点。"说着，她一笑。

太太刁难她道："阿福，你就编吧。编得还挺像。"

"我为什么要撒谎啊？您要是告诉他我讲过这些话，其实我是难做的。因为我是从他本人口中听到的。"

"你说谎。他为什么要和你讲这些？就算他有过这样的事，他应该只会苦着脸不吱声。越说越假了。"

"真是的。您就这么不相信我。昨天早上，千叶把我叫去，显得特别担心地问我，太太这几天看着精神不好，怎么了？我说，太太是妇女病，有时会变得忧郁，她一直这样，严重的时候会在暗处哭呢。他听了大吃一惊，说道，糟糕，这是严重的神经质，如果厉害了，会有无法挽回的后果。那时他又说，我老家那边，小时候的朋友当中，有个这样的姑娘，有些神经质，又很活泼，长得和这里的太太很像。她妈妈是继母，平时她有诸多忍让，郁闷淤积，结果病死了。是个可怜的姑娘。总之是他经历过的，他一脸认真地把事情原原本本讲了一遍。我把他讲的细节一拼凑，就成了我刚才说的情形。他说那女孩像太太，并不是撒谎。不过我今天的话如果让他知道了，他会骂我的。请当作不知道。"

她像打鼓般一口气说道，言辞间充满奉承之意，听起来很是热闹。

十一

今天已是十二月十五日。临近年关，人们在街上匆忙来去。不断有出入的町人[1]和带年礼来的人，厨房热热闹闹的。有些着急准备过年的人家甚至传来了捣年糕的声音。在这栋宅子里，用来掸天花板灰尘的竹叶落在客厅里，粗草鞋东一双西一双散落在走廊上[2]。仆人们有的用抹布擦拭，有的掸榻榻米，有的重新放置家具，也有的喝了主人家犒劳的酒，醉倒在一边。平时靠这家赚钱的人都上门说要帮忙，嘈杂得很，太太推掉了一半的人，将剩下的一群人召集在一起，把淡蓝染的手巾剪开发给他们。众人得了手巾，以各式各样的包法裹了脑袋，干起活来。有缠在头上的，有在下巴打结的，有在脑后打结的。老爷从早上就出门了，只见指挥众人的太太一边吩咐着，用一只手拉起和服的下摆，露出友禅染的长里衣，底下是红鞋襻儿的麻面草鞋。一阵忙完，到了下午，用人们端出摆成小山的茶点，还有装在大盘子里的海苔卷，众人争抢。太太去二楼的小房间歇息。她的妇女病严重，此时胸闷难忍，枕了枕头，盖了小被子，打算小睡一会儿，只有贴身丫鬟阿米知道她在此休息。

太太迷迷糊糊地醒了，枕边的外廊传来男女的说话声，他们像

---

[1] 日式房屋在厨房一侧也有门，这些人没有进客厅的待遇。此外，这里的"町人"指的是商人，表现出金村家的士族意识。
[2] 将竹叶绑在长竹竿顶端掸天花板的灰，作业时穿粗草鞋，都是过年的风俗。

在人力车坊的二楼[1]聊天似的，肆无忌惮地用"男的""女的"谈论这家的男女主人。他们应该做梦也没想到太太在这里。

一个声音是中女佣阿福的。

"说让我们仔细点儿，可就一天的活儿，让人怎么仔细？要把角角落落都擦到，哪里做得动？把显眼的地方大概弄弄，其他就随便吧。做到这样，也累得差不多了。谁要那么老实地干活？"她嘲笑地说道。

"说得没错。"另一个声音是跟着茂助拉车的安五郎。他又问："说到老实，这家的男的，他那个小妾，饭田町的阿波，你知道吗？"

阿福一副"我早一百年就知道"的口吻。"不知道这事的，只有这里的太太一个人。都说'不知道老婆偷情的只有丈夫'，他家是反过来。我倒是还没见过那个阿波，说是个皮肤有点黑的长脸蛋，气质很好。你给你师傅代班的时候，老爷去过那边，你见过她吗？"

"何止是见过。格子门的铃一响，少爷就先跑出来了。接着出来的是那个女的。头发梳成发梳髻，好显出她头发多，薄薄地搽了粉，看着清爽，黑缎子衬领，系着围裙[2]，嘴里说着，哎，你来了。于是这家的男的就跟吃了蜜似的，往进门那儿一坐，说，好久不见了，原谅我。女的就奔过来，帮他脱鞋，所谓如胶似漆得让人看不下去，

---

[1] 人力车夫们多住在车坊的二楼。
[2] 发梳髻是用梳子卷起来的简易发髻，早先在艺伎间流行，因为省事，职业妇女也常梳此发髻。阿波的打扮是爽利的家庭妇女形象。

就是他们那样的。老爷进了屋,她又折回来对我说,你一道过来辛苦了,这点钱拿去买烟吧。那是封口费。你要知道,她可不是风尘女子,所以真是厉害。"

那一个说:"不光不是风尘女子。她原本是个姑娘家。和老爷好了十几年了,少爷今年都10岁还是11岁了。偏偏这边家里没有孩子,那边是个男孩,想到将来,这边的太太可怜哟。孩子毕竟是老天爷给的。"

"没办法,上一代老爷从别人身上榨取了那么多的钱,这些钱今后成了别人的,也没法抱怨。不过呢,你看,不老实的,是这里的老爷吧?"

阿福笑道:"男人都是那样的,多情。"

"你这样冷嘲热讽的,耳朵不疼吗?别看我这样,我可不会做无情的事。哄骗老婆,把钱花在小妾身上,这种没有道义的事,我可是做不出来。他算是胆子大吧,仔细想想,也是个坏人。这家连着两代作恶,一代比一代凶。"

他以为没人听见,声音很大,毫不顾虑。阿福照例接话道:"再去干会儿吧。小安,院子拜托你了。我把这边再擦一遍,然后去仓库。"

说着,她开始窸窸窣窣地擦外廊的地板。太太把拉门当作唯一的希望,想道,别开门,走吧。要让她看见我,可就糟了。

十二

十六日的早上，昨天扫除过后，家里清爽。在一间收纳衣服财物的六叠的房间里，老爷和太太隔着暖桌坐着。老爷打开今天的报纸，和太太讲报上的政界文坛的事，他讲一句，她答一句，若让旁人看了，当真羡慕，显得颇有趣味。老爷见时机合适，说道："我们家一直什么都不缺，唯独没有孩子，让人可惜。要能有，那当然是再开心不过了，若是最终还是没有，最好现在就收养一个，好好教育起来。我一直为此操心，不过到现在也没遇到合适的。过了年，我也就四十了，说句像老头子的话，家业无人继承，我还是感到不安，将来说不定会像你之前一样，不停地说孤单什么的。幸好在海军的鸟居说起，他有个熟人的孩子，是个男孩，门第不错，生得聪明。你如果没意见，我想收养那孩子，认真培养他。手续都由鸟居去办，让他们家当名义上的养父母。那孩子11岁，据说长相端正。"

太太抬起头，打量老爷的表情。

"这样啊，主意不错，我没什么意见。你要觉得好，就定下吧。这个家是你的家，你随便就好。"

她虽然说得平静，但想到万一真是那个孩子，老爷当真是无情，她的心情自然呈现在脸色上。

他哄着她道："又不急的。你好好想一想，觉得合适了再说。我看你一直郁郁寡欢的，怕你闷出病来，觉得这样能稍微安慰到你，是我太轻率了。又不是人偶或者女儿节的娃娃，不能把一个大活人当玩具。要是不成,也不能把他往垃圾堆一扔。既然要让他继承家业,眼下先去打听,做一下调查,然后再决定。不过,你要是像这样一直忧郁,对身体不好。这事不急,先去寄席¹玩吧?竹本播磨太夫在附近演出。今晚怎么样,去不去?"

"你为什么要说这么温柔的话呢?我并不是想听你安慰我。郁闷的时候就让我郁闷吧。想笑的时候我会笑的,请你让我自己待着吧。"她说不出露骨的抱怨,满腔愁绪都藏在心里。老爷十分关心地道:"你为什么要讲这么自暴自弃的话?你从前一阵说话就总是含含糊糊的,每次都让我在意。人有时会有误解,你是不是藏着什么想法?还是因为上次小梅的事吧?你要是以为我和小梅有什么,那真是大错特错。我对她毫无想法,不用担心。小梅是八木田长久以来的情人,他才不会让别人碰小梅一个指头。而且小梅那么瘦,就算她曾是一枝梅花,那花也早就落光了,完全成了梅干,我要多闲得没事才会去沾她?你怀疑我也要有个限度。在那件事上,我是清清白白的。"

他含着微笑,拈着小胡子。他以为妻子从未听过饭田町那户格子门人家的传言,所以不加防备,也没有采取守势。

---

1 曲艺演出场所。

十三

太太怀着许多心思，从此生了个毛病，不时胸口疼。严重的时候只能仰躺着，难受得仿佛马上要气绝。一开始还等着医生来打针，后来每日每夜发作，便让力气大的人按着她，暂时缓解疼痛。这事得是男人才行，所以每当她发作，不管是晚上还是大半夜，便喊千叶过去，按住她疼得往后仰的背。质朴的千叶忘了男女之防，悉心照料她。此举在旁人眼里显得可疑，女佣们交头接耳，最后传得没了谱。人们把那个角落的六叠房间叫作"太太的病房"，仿佛里面真的发生了不贞的行为。或许是先入为主让人起疑。再加上太太曾在霜夜探望他，还让人给他做外套，事情就越发夸大了。这世上原本就是无风也起浪，原野的虫声隐忍不发，却因为露珠般的小事显现出来，太太的处境愈发艰难。

中女佣阿福从前就想好了，太太淘汰下来的本结城绢[1]的衣服，会是她的。结果太太说，自己给千叶添了许多麻烦，让人把那衣服给他改成了新年的衣裳。她因此恨入骨髓，从此，看太太的眼神也不对了。她揪住梳头的阿留，露出一副刚发生了大事的嘴脸，像平时一样滔滔不绝地编排了太太和千叶。这消息像电报一样不断往外传，每过一町，就更加夸张，不知何时进了恭助的耳朵。听闻此事，他心中不安。如果那个家不是太太的，他可以和她离婚，考虑到传

---

1 特别高级的绢面料。

出去不好听，索性和她分居，让她住到别处，但又于心不忍。可如果像这样放任不管，后院起火会成为别人攻击自己的借口，自己原本就有很多问题，这该如何是好。妻子总是那么任性，那么随心所欲，他一向不加申斥，是因为她作为金村夫人是体面的，而今此事闹得沸沸扬扬，朋友们也纷纷来劝他。他听了朋友们的劝，每天都想着今天要处理，但一直没有付诸实施。

过完年的第二天，老爷想着，等过完松之内[1]。等扔掉松枝，他想，那就等正月十五吧。很快二十日也过了，一月就这样过去了。二月梅花开，他想着不急在这时。下个月有小学的考试，饭田町的那位笑眯眯地盼着考试的日子，忙着做准备，他见了心里也不愉悦。他一直在想房子的事，町子的事，到底该怎么办。他在谷中买了一处熟人的房子，把家具都备齐了，准备让町子住在那里。想到町子无法用语言形容的悲惨将来，他暗中垂泪，知道事情都怪自己无德。他终于横下心，在四月初的时候，樱花在春雨中摇颤的一个夜晚，他告诉町子，让她住到别处。

在那之前，千叶已经被赶走了。又不是沉入汨罗江的屈原，千叶的恨意该往何处消解？他背负着不清白的名声离开了。有人说亲眼所见，他从永代桥坐上汽船，回了老家。

---

[1] 过年装饰在门口的门松一般在正月初七或十五扔掉，具体日期有地区差异。这段时间叫松之内。文中是指正月初七。

那一晚的情形是凄凉的。丈夫吩咐备车，然后对她说："我有事对你说，来这里。"她直到这时才感到可怕，来到书房门外。只听他说："从今晚起，你就搬到谷中去住。别再把这里当作你的家，也别想着回来。你应该知道你犯了什么错。赶紧去吧。"

"你这话太过分了。我如果做错了什么，你骂我好了。让我走，我可不答应。"她哭道。恭助扭头不看她，"当然是有理由的。是因为你做了出格的事。我如果一一举出你的罪状，你会难过的。车备好了，你上车就是。"他起身出房间，她追过去，扯住他的袖子。他挣开她。"你放手，你这个没规矩的！"

"你一定要这样吗？是打算抛弃我吗？我孤单一人，这世上没人帮我。你怎么能抛弃这么弱小的我！你是想甩了我，霸占这个家吗？你霸占吧，你倒是抛弃我试试看。我不会放过你的！"

说着，她死死瞪视着他。他推开她，看也不看地说道："阿町，我不会再见你了。"

日　记

蓬生 本乡菊坂町时代[1]

嫩叶下[2]

(明治二十四年四月十一日—六月二十四日)

恋花因月喜,间或生风流。文章里说,"有话不讲,腹中窒闷",于是我记下自己满溢的悲欣交集的思绪。不过,写下这些,本不是给外人看的,我的文笔不秀丽,文章也不华美。仅仅如实写下每一刻的所思所想,有时过于自我,简直羞愧,还有些时候内容粗俗,会成为笑柄。虽然夸张地取了个《嫩叶下》的标题,但这绝不是在祈愿自己将来的发展,仅仅指的是我栖身于嫩叶之下。

悄栖嫩叶下 四月花开之浮世忧伤[3]

---

[1] 樋口一叶存世五十余册日记及残篇。在这里按日本研究者的惯例,根据其居住时期分为三个部分,具体篇章选取了与其创作生涯密切相关的部分。
[2] 日记册封面有标题时,按原样译出。括号的内容是为了便于读者理解日记的撰写时期,由译者所加。本册封面写有"廿四年四月",署名"夏子"。
[3] 原文的"卯花"中文名为"冰生溲疏",名字的由来是此花开在阴历四月(日本旧称卯月)。

四月十五日

下了点雨。今天是第一次见到野野宫起久¹从前介绍给我的半井先生²的日子。午后离家。先生住在靠近海边的芝南佐久间町。以前因为有事去找过住在他家的姓鹤田³的，所以认得路。在爱宕下路的一家某某寄席的后面，走到巷子的尽头，左手边就是。

我穿过大门打了声招呼，出来应门的是先生的妹妹。她说"这边请"，我便从左手边的走廊进了客厅。

"哥哥还没回来，请稍等一会儿。"她说道。

果然，先生是东京《朝日新闻》的记者，要写小说还有报道，所以很忙啊。正当我这么想的时候，门外传来停车声，先生回来了。稍后，他换了家常衣服出来，殷切地为初次见面做了问候。我不太习惯见人，耳朵发烫，嘴唇发干，完全不知该说什么，只是不停地鞠躬。在外人看来该傻透了吧。这样想着，羞愧得不行。

先生大约30来岁，特地记下其容貌与形象很是失礼，不过还是按我的印象写下来。他肤色白皙，举止稳重，面带微笑，感觉就是3岁孩童都会亲近他。个子比一般人高，加上壮实，显得伟岸。他以沉静的语气讲了当代小说的现状。

"我以为，小说应该做到不讨好人。不被人喜爱的小说，也就不

---

1 一叶的妹妹邦子的朋友，与半井桃水的妹妹幸子是同学。
2 半井桃水（1860—1926），《朝日新闻》的小说记者，此时31岁。
3 鹤田民子，半井桃水的妹妹幸子的同学，在半井家借宿。一叶曾为她缝补衣物。

会畅销。日本读者的品味幼稚，报纸上的小说如果不写那些到处都是的奸臣贼子传，或是荡妇淫女的故事，人们就不爱看。我现在写的一堆小说，没有一篇是怀着痛快的心情写的。然后那些个所谓的学者，有着评论家之名的人们，都来批判和攻击我的小说，可我根本没法对他们进行反击。因为，我不是为了自己的名誉写小说，是为了赡养父母弟妹而写。为了扶养家人受的批评，那就只能接受了。如果有朝一日，我能随心所欲地写小说，我是绝对不会接受他们的批评的。"

说完，他大笑起来。我心想，诚如所言。

先生接着说："你想写小说一事，我听野野宫君详细说明了。我知道你的生活很辛苦，不过暂时还请忍耐。我虽然不具备当老师的才能，但如果想和我聊，随时都可以。不用客气。"

这话说得亲切，我高兴极了，落下泪来。

聊了一会儿之后，先生说"吃晚饭吧"，上了许多的吃食。我想着自己和对方并不熟，推辞不吃，先生却连说了好几遍："我家呢，按乡下的规矩，不讲究新朋旧友，虽然没什么好菜，来了就请人吃个饭。如果你吃得高兴，我才开心。我也一块儿吃。"我没法拒绝，留下吃饭。这期间，雨越来越大，天色越来越暗。我向先生告辞，他说："我预先叫了车，你坐车回吧。"临别时，我把写了带来的小说[1]原稿的第一章交过去，又借了先生写的四五本小说。回家的车上，我一路感激着他的细致关照。八点左右到了家。

---

1 据说是一叶在这一年年初写的小说处女作《枯芒花》，实情不详。

二十五日

雨。一早去萩之舍[1]上课。中午，天空放晴了，阳光华丽地照进来。我今天莫名地无法集中精神，自己也不知道是为什么。黄昏归家。夜里，桃水老师的信来了。信中说，"想再聊一下小说的事，而且日前答应介绍那位即真居士[2]给你，如若方便，请明天上午到神田的表神保町，一家叫'俵屋'的宿舍[3]。"我和妈妈商量，她说"去吧"。今晚情绪满怀，看来无法成眠。

二十六日[4]

一早起来，发现天空不知何时乌云密布。我沮丧地说："要下雨了。"妈妈说，"要下雨就别去了。"但我想，今天是为了我的事，却让先生空等，那太对不住了。如果雨太大，那是没办法，只要不是

---

1 每周六是萩之舍的课程日。一叶在明治十六年也就是她11岁那年，以第一名的成绩从私立青海学校高等科第四级毕业，因母亲认为女子无需高学历，未能升学。明治十九年，一叶的父亲樋口则义托人介绍，让一叶进入中岛歌子（1845—1903）主持的私塾萩之舍，该私塾的学习内容是和歌、古典与书法，学员主要是上流阶层的女性。
2 之前的二十二日午后，一叶再度拜访半井桃水的家，将小说的后续章节交付对方。桃水提出，可将她引荐给《朝日新闻》的主笔小宫山桂介（小宫山即真居士）。
3 旅馆的一种，为停留一个月以上的住客提供食宿。
4 原文无日期，此处系译者添加。

大雨，我一定得去。准备出门期间，妈妈说："云开始散开了。"我愉快地出了门。走到叫田町的地方，黑云又密集起来，随即下起倾盆大雨。我想现在回去是不行的，反正也淋湿了，于是在此地雇了车前往。那处宿舍位于小川町物产陈列馆洽集馆南边的新开地。

我长这么大，还是第一次到宿舍拜访人，所以心怯怯地不敢进，但又不能不进，最后下了决心走进去问："半井先生在吗？"女佣一脸疑色，问："您哪位？"我报了名字，她说"在这边"，带我过去。经过了好多间小小的房间，先生的房间是二楼底下的榻榻米房间。两间连在一起，摆着衣柜等家具。我心想，挺像样的。坐下的时候，先生正在写信，他说"请稍等"，很快便写完了。今天他穿的是西装。

接着，他以一贯的沉稳态度开了口。

"昨天天气好极了，所以我没想到今天会下雨，给你写信让你来，真对不住。其实呢，小宫山君那边突然有点事，他为了养病，今早去了镰仓。"他的口吻相当的惋惜。然后又诚恳地就小说做了指点。

"下次你写一篇这一类主题的小说吧。我从前就一直想要写来着，但一直没时间。如果这样构思，一定会很有趣。"

先生又说："其实，我今天有事和你说。"

我心想，会是什么事呢。询问之下，他显得很困扰地说道："哦，其实也不是什么大事。只是，我虽然不是个糟老头子，而你却是个妙龄女性，所以我与你往来，很不合适。"

这事我早就感到介怀，被他一说，不由得面颊如火烧一般，手也没地儿放，羞愧得无地自容。

他继而说道:"所以我想了个法子。是这样,我把你看作从前就认识的青年好友,敞开来说话,而你,也不要把我看作是青年男子,就当我是你的女性朋友,说话不用有什么顾虑。"说完,他微微一笑。

他也知道我的家境,便说:"如果有什么困难,请尽管说。只要是我能做到的,都会帮你。"

先生又把他迄今为止的贫困历程[1]毫无保留地讲了,我听了有诸多感慨。

然后又由先生请了午饭,吃完回家。听先生所言,不由得感到,我家的贫穷,还算不上穷,先生所经历的贫困,比我家眼下的情形更为窘迫。

六月二十四日

我听说,究竟等同于理即[2]。迷茫的从前,与如今已开眼醒悟的状态,大概是基本相近的吧。我此刻写下的这册日记《嫩叶下》,究竟是迷茫的开端,还是通往领悟的路标呢?想到如果在嫩叶变成枯木之后有人读到这本日记,我将自己此刻的心情试咏成句。

---

1 桃水常出入花柳界,花钱大手大脚,负债累累。
2 引用了《徒然草》217段。天台宗的六即分别是理即、名字即、观行即、相似即、分真即、究竟即。理即是指一切众生具备佛性,然而未明佛法,是一种心智混沌状态。究竟即是指达到了完全的领悟。

愈加茂盛 纵然天色晦暗 一丛树

日记 一[1]
（明治二十五年一月一日—二月九日）

二月四日

　　一早便天色阴沉，大家都说"要下雪了"。十点左右，下起了夹着湿雪片的雨。忽晴忽下，到了中午。要下雪便下吧，不足为苦。我这样想着出了门。到了真砂町一带，大大小小的雪片犹如扯碎的棉絮般落个不停。我在壹岐殿坂雇了人力车。车帘子放下来嫌烦，便没放，雪夹着风迎面吹来，颇难熬，我把伞举在身前，一路辛苦。车上九段坂的时候，附近的堀端通等道路全白了。到平川町的时候，刚过十二点。[2] 我在门外打招呼，却无人应。我觉得奇怪，又叫了好

---

1 《嫩叶下》与本册之间有几册日记及残篇。前一册日记卷首标题为《蓬生》，到了本册，故意去掉了标题，体现了一叶的意识转变。封面有"二十五年一月一日起 夏子"。
2 明治二十四年九月，一叶的妹妹邦子从朋友处听说，桃水与鹤田民子有染。实际上，与民子交往的是桃水的大弟龙田浩，此后民子育有一女。一叶自始至终认为桃水是民子的恋人，并因此一度与其疏远。后因桃水主动邀约，一叶这边则是为了小说事宜，数次造访半井家。桃水为躲债，在平川町的租屋附近另租了一处隐居屋，有时两人在那边见面。明治二十五年一月，一叶上门拜年，听说桃水去旅行，疑是躲起来，便到隐居屋查看，不见人，遂悄悄进屋，留下礼物离去。二月四日的这次拜访，从前后文看，去的应是桃水正式的家。

几声,仍然没有动静,心想:难道是出门了?我在进门台阶¹坐下来等,雪越下越大,如同砸下来一般,风也从格子门的缝隙灌进来,冷极了。我扛不住冻,将移门开了条缝,进屋来到二叠大小的玄关。这里堆着两种送来的报纸(《东京朝日新闻》和《国会新闻》),还有封从朝鲜釜山来的信。隔着一道纸门,那边就是先生的房间,只要开了门就能知道他到底在不在家,但我生来拘谨,不敢进屋,只把耳朵贴在门边。先生或是还在睡,传来了轻微的鼾声。我正在烦恼如何是好,一个年轻女佣送邮件来,说是"从小田家来的"²。这是因为先生隐于世,不愿将地址告诉他人,住在外地的亲戚之类的来信都送到小田君处。用人只是送信过来,并不唤醒先生,说了声"拜托了"就回去了。

钟敲了一点。我开始感到忐忑,干咳了好几次,那边像是醒了,传来起身的动静,纸拉门终于开了。先生为他穿着睡衣不修边幅的模样感到惭愧,说了声"失礼了",慌忙换上宽袖长衬领的罩袍。

"昨晚受人邀约去了歌舞伎座,半夜一点多回的家。然后写了今天连载的小说³才睡的,不小心就睡过了。我以为才十二点呢,居然已经快两点了。你怎么不喊我起来呢,太多虑啦。"他大笑着边说边打开挡雨板。

"呀,下雪了。你之前很为难吧。"说着,他去了厨房那边,大

---

1 日式房屋进门后是没铺地板供人脱鞋的"土间",上了台阶便是地板。
2 桃水的隐居屋是其弟子小田久太郎的房子。
3 在《东京朝日新闻》连载的《风吹胡砂》。

概是在洗漱。

一个人住虽然惬意，不过一起来就要从井里打水什么的，也不好过啊。我正这样想着，先生拿了个长柄炭盒子过来，里面放了少许炭灰，上面是细木屑。他给火盆点起火，又用水壶装了水过来。我看不下去，说道："我来帮忙吧。不知道该做什么，请告诉我。我先来叠被子。"

正要帮忙叠被子，先生急忙制止道："不用不用，不用你做什么。被子就那样搁那儿。"他看起来很困扰，我也不好再主动做什么。枕边散落着歌舞伎宣传册和钱包等，壁龛的钉子上挂着带家纹的外套以及绢织小袖等衣物，显得十分凌乱。

"昨天给你写信，这次是要让年轻人们——这样说好像在摆前辈的架子——总之也为了让尚未习惯写小说的年轻人研究写作，我们打算发行一部杂志。杂志上不刊登任何一位所谓的大家的作品，我们打算竭尽全力去做，这份决心是纯粹的。就算没有稿费也无妨，期待的是获得名誉。前天夜里为此举行了座谈会，看情形，此事必将成行。所以也想请你加入。能不能在十五号前给我一篇短稿？不过，请你有心理准备，最初的一两次是没有稿费的。只要等杂志为人所知、传布开来，到那时，就算不给别人，也会先向你支付稿酬。"先生详细地讲道。

我推辞道："可是，像我这样没有文采的人在创刊号上发稿子，对杂志有害无益吧。"

"怎么会！没这回事。到了现在你却说这样的话，我夹在中间不好办哪。那边已经打算让你上刊了。"先生殷切地说。

"那就拜托您了。其实我今天带了最近开始写的草稿,想请您过目来着。只是还没写完。"我将带来的小说请他看。

"可以啊,就登这篇吧。我这边打算把上次说的写成一封信的形式。"[1]

闲谈间,先生去邻居家借锅。隔着一道篱笆的那边,年轻太太的声音听来格外清晰。"半井先生,这是有客人吗?好开心啊。羡慕你们。"

先生说:"还好了,也没有多开心。"

"是上回说的那一位吗?"那边又问。

"是。"他匆匆答道,跑了回来。

"如果不下雪,就能请你吃点好吃的了。雪这么大,实现不了。"说着,他煮了赤豆年糕汤。"请见谅,虽然有个托盘,可是收在里面了,不好拿。筷子也只有这副,失礼了。"给我的是刚才烤年糕的筷子。我们又聊了各种话题。先生给我看了他自己得意的照片。

我提出告辞,他恳切地说:"雪下得这么大,今晚你就发个电报回家,住这里吧。"

"那可不行。我母亲严厉声明过,决不能不得到她的允许就外宿。"

我一脸认真地说道。先生大笑起来。"你在怕什么啊。我会去小田家,不住这儿。你一个人住这里,有何不妥?就住下吧。"

---

[1] 这里说的是《紫痕》,桃水打算仿照井原西鹤的《万文弃稿》,用书信体来写。

尽管他这么说，我仍然摇头拒绝。先生无奈道："那好吧。"他喊了重太君[1]，让他叫车。

我离开半井家，是在下午四点左右。在白皑皑的雪中，冒着凛冽的寒气回家，别有趣味。车到了堀端通、九段一带，吹来的雪花让人抬不起头来，我在头巾上又严严实实地裹了披肩，偶尔从缝隙间张望，这也有趣。胸中堆积着各种情绪，名为《雪日》的小说的腹稿大致浮现。到家五点。和妈妈、妹妹聊了许多，在此不做记述。

日记 二[2]
（明治二十五年二月十日—三月十一日）

二月十五日

雨虽然停了，风很冷。上午离开家，先去了老师那边。正好遇到伊东君[3]的母亲告辞离开。老师接下来要去佐佐木医生那里，让我暂时留下看家，便走了。时近两点，老师仍未回来。我急着要去麹町[4]，让女佣帮忙接着看家，告辞离开。从九段坂上叫了车。

---

1 此处是笔误，应为"茂太"，桃水的二弟。
2 封面有"二十五年二月起 夏子"。"日记 二"表示是"一"的接续。
3 伊东夏子，萩之舍的同学，与一叶同岁。她的母亲也是萩之舍的学生。
4 桃水的住处。之前与桃水约好十五日交稿。为此在十三、十四日伏案赶完了《暗樱》的后三分之二。

半井先生家似有来客。我在檐下站了会，他从窗户探出脑袋说："请进吧。你不用介意。这人等于是我兄弟。"

进去一看，是个不认识的，肤色黧黑的年轻人[1]。我将小说给半井先生看。他很是夸赞了一番。那一位也讲了很多话。杂志的名字取好了，叫《武藏野》。先生说："预计最晚下个月一号出刊。"还说："打算让男作者每两个月供稿，只有你的稿子希望每个月都有。"他把新作[2]的草稿给我看。文中有个人名，小笠原艳子。我说，这个得当心，请改掉[3]。待了一会儿，我回了家。

虎之助[4]哥哥那边说是生了病，很是困窘，我用挂号信送了点儿钱过去。又来了明信片说，"再送一些来吧"。和家人商量说，那我明天亲自去一趟吧。久保木姐夫来了。我和邦子去买假发髻。妈妈在家肚子痛。到家后我立即照顾她。她整夜难受。

这一天是总选举[5]的投票日，街上各处的氛围总有些骚动不安。

---

1 应是笔名"桃蹊"的畑岛一郎。
2 《紫痕》。
3 荻之舍正好有同学叫这个名字。
4 一叶7岁，姐姐藤第二次结婚，对象是久保木长十郎。9岁那年二哥虎之助分家独立。15岁那年大哥泉太郎病故。一叶成了户籍上的"户主"。17岁，父亲病故，从此她是真正意义上的一家之主。
5 此时女子尚未有投票权。

三月一日

田中君[1]来信。前几天我曾就小说事宜托她和报社打招呼,她说找到了一位,那位说,要先看个一两章我的小说,再做商议。信中写道:"请尽快给我稿子。"我立即开始写《独木舟》。这一晚只写了第一章[2]。邦子说:"这个月一定会有好运气的。一号就早早地收到了好消息。"

日记[3]

(明治二十五年三月十二日—四月六日)

三月十八日

多云。十点左右,下起雨来。姐姐来了。下午,关场悦子[4]和中岛老师都来了信。为老师信中事宜,去了老师以前的女佣、如今住在我家附近的今野玉的家。我正在写回信的明信片,没想到半井先

---

1 田中美浓子,荻之舍的同学,比一叶年长15岁。美浓子和伊东夏子与一叶关系最好。
2 《独木舟》最终只写了两章,未完。
3 封面有"三月 樋口夏子"。
4 邦子的朋友,经常借书给一叶。此时悦子试图通过一叶,让自己的妹妹进入荻之舍。

生来了家里。赶紧收拾屋子，一通忙乱。

其实他是第一次来我们家。他向妈妈、妹妹致以初次见面的问候，颇耽搁了一阵。他说他搬到本乡西片町来了，并说："我来告知搬家，顺便讲一下《武藏野》的事。《武藏野》因为各种原因多有延宕，总算后天二十日就要出刊了。校对用的稿子来了我这里，正好是我搬家的那天，没时间转给你看，所以我就代校了一遍，如果有错漏字，还请见谅。"

我们只有茶和点心作为招待，他却聊了两个小时左右。请他多留一会儿，他说有事忙，告辞回去了。妈妈和邦子讲起了闲话。妈妈说："真是个气派人。也有点儿像过世的泉太郎君，看着是个温厚的人。不管谁怎么说他，他也不像是个坏人。就是个年轻老爷的样子。"邦子则说："那是妈妈看错人了。表面显得温柔，可那笑嘻嘻的嘴角的憨厚劲儿，就藏着个阴谋家。他可不是个好相与的人。"妈妈说："不管他好不好吧，半井先生说，'现在住得这么近，我也没什么去处，以后晚上散步就顺便过来。'这可实在有些麻烦。要让人看到了，名声不好。"她说着开始杞人忧天。邦子又说："总之我家太小了，不方便。哎，要是比现在多个一间，就没这么让人为难了。旁边的房子比我们宽敞些，要能搬过去的话……"

我说："那是没有意义的事。和我交朋友的人，不会在意家的宽窄，衣服的贵贱，是用诚恳的话语和心来交往。如果对方觉得'那家人房子小、衣服破'，因此不和我做朋友，我也不会为失去那样的人感到惋惜。"

邦子笑道："说的是，可是一旦有人来，就觉得逼仄。"

今天半井先生的打扮是八丈绢里衣叠穿茶色和深蓝条纹的小袖，松松地系了一条白绸腰带，外面一件黑八丈绢褂子。其模样让普通人看了会惊诧：新闻记者的名声不好，没想到竟也有这般风采的人。

秀太郎[1]来了。聊了一会儿他就回去了。太阳下山后，我教邦子诵读《日本外史》，又念了《圣学自在》[2]的一章《愚者之辩》给她听。帮妈妈揉了肩膀。一点入睡。

三月二十七日

下午去了半井君的家。他说："小说杂志《武藏野》出刊了[3]。"给了我一册。又说："昨天和你说有件好事，其实我打算把你的另一篇小说[4]发在《改进新闻》。"我说："请不要吧，那篇写得不好，太羞耻了。"他说："那可不好办啊。我已经请人画插图了。"

"那就没办法了。请多关照。"我答应下来。我说想要再改一遍

---

1 一叶的姐姐藤的儿子。
2 新井白蛾的随笔集。
3 版权页标明"明治二十五年三月十三日出版"，又订正为"二十三日"，事实上发行日期还要晚几天。此事对樋口家有些影响。一月，一叶的母亲多喜向亡夫前上司森照次借款。森原本答应从一月起每个月援助八元，共半年，到了三月后半，仍未见《武藏野》出刊，他认为一叶自立无望，便停止了经济援助。无助之下，一叶去找桃水商量，桃水应该就是为了帮其改善家境，找了《改进新闻》。
4《晚霜》的草稿，此作讲述男女殉情，有浓厚的戏剧色彩。

稿子，把稿子拿回来。心里想着要重写。他把稿子给了我，说道："我托对方连载四十回，那边说三十五回就好。总之你加油！"又说："今晚给我两回的稿子吧，要赶上二十九日的连载。"[1] 我答应了，回了家。听说这些，妈妈和哥哥高兴极了。藤田屋的掌柜来了家里。向他借了一元钱，借给哥哥两元。日落，哥哥回了自己家。当夜十点，校对完两回的稿子，和妈妈一起去了半井君的家。这一晚没做别的事。

日记 忍草[2]

（明治二十五年六月一日—六月二十二日）

六月七日

妈妈说："把别的事先放一放，去半井先生家吧。"[3] 我在中午刚过一会儿的时候去了。那个表妹[4]也在。我没有梳平时的银杏髻，而

---

1 一叶在二十九日买了报纸看，并未见刊登。开始连载大约是在三月底四月初。她的连载笔名为"浅香沼子"。
2 封面有"二十五年六月 樋口夏子"。
3 六月一日，歌子老师的母亲中岛几子病危，一叶赶往老师家，此后住在那边。三日，几子亡故。六日下葬后，一叶回到自己家，桃水有信来，说有事相商。
4 桃水这时住的是表妹夫河村重固的房子。表妹河村千贺子与河村重固育有一女，名叫河村菊枝。菊枝成年后当了电影演员，自述走上演艺道路是因为桃水的影响。日本的一些研究表明，河村千贺子与桃水并无血缘关系，而是恋人。

是梳了岛田髻¹，大家都觉得稀奇，并说："以后就梳这个发髻吧，很适合你。"我十分窘迫。

然后半井先生说："你最近这么忙，过来一趟不容易吧。其实今天是要谈一下你的小说。我想来想去，你的小说不适合那些带插画的娱乐型小报。我总算找到了一条路子，打算把你引荐给尾崎红叶²。如果能通过他给《读卖新闻》等报纸写稿，收入就会多些。你每个月要是没有固定收入，毕竟会担心经济，关于这个我也仔细考虑过了。不过我毕竟是隐居之身，不好出面。具体事务我委托给畑岛³了，让他通过熟人去说项。就在这几天，你能和红叶见一面吗？如果到了见面的时候你又说什么不想见陌生人，就麻烦了，所以我预先和你讲一声。"

我说："我怎么会拒绝呢？太感谢了。"

又聊了会儿闲话，我告辞了。直接去了小石川。在这边，人人都显得茫然。

像做梦一样，到了十二日。这天要举行十日祭⁴。邀请了比较亲近的十四五人，举行了小规模的酒宴。伊东夏子忽然离席，对我说："我有事要谈，来这边。"她把我叫到旁边一间四叠房间的角落。我问是

---

1 为葬礼改了发型。
2 尾崎红叶（1868 — 1903），日本小说家，砚友社的创立者。明治二十二年（1888 年），以《二人比丘尼：色忏悔》红极一时。其代表作还有《金色夜叉》。
3 见明治二十五年二月十五日的日记。
4 中岛几子亡故十日。

什么事,她压低了嗓音说:"你更重视世间的情义,还是更珍惜家庭的声誉?我想先问你这个。"我说:"世间的情义,我当然是特别重视的。为此我可是吃了不少的苦。不过家庭的声誉,我也不是不珍惜。如果二者必选其一,我的心还是更偏向家庭。毕竟这不仅关系我一个人,还有母亲和兄弟姐妹。"

"那我就讲了。你和半井先生的交往,必须得断了。你觉得如何?"说着,她死死地盯着我的脸。

我恨恨地说:"你这话就怪了。我以前也说过,那个人年轻又仪表堂堂,我与他往来,也并非不忌惮世人怎么看我。好多次我都想过要和他断绝交往,然而他对我有大恩,没法那么干脆。我向神明发誓,我的心里没有杂念,我的行为没有不端。这些,你不是不知道。为什么你却要说这种话?"

"你说得对。可我说这番话,并非没有缘故。今天不方便讲。改日把道理讲给你听。如果你听了之后仍然说没法和他断绝来往,就连我也要怀疑你了。"她重重地叹息着说道。

真是好生古怪。这时,人多了起来,四下嘈杂,我俩就分开了。不知怎的,我感到胸中仿佛堵了什么,心下不安。人们回去后,我还一直在想着这件事。

六月十四日

和仓子小姐[1]聊了一整天。她好像也对我存着什么疑心，不时说些让人不安的话。很古怪。今天她也回去了。

入夜，只剩下西村鹤、加藤家的寡妇，此外除了家里的用人们、老师和我，再无他人[2]。我们聚在火盆边谈天。世间本浊，听到的尽是些肮脏事。某处的某人有哪些丑恶行径，这附近的谁又有哪些污秽故事，她们聊得兴起，其口吻仿佛连日常接触的朋友们也没有哪个是清白的。听着听着，感觉不光是别人，我自己在其他人口中的形象也很不堪。原本我跪坐在角落里竖着耳朵倾听，忽然就膝行到老师跟前。当时，老师准备结束聊天去睡，刚站起身。

"老师，请等一下。我有事想问，有事想谈。我应该今晚问还是到明天再说呢？"

老师重新坐下说："要问什么，今晚我听你讲。"

"有关半井先生一事，过去我也和老师讲过，您在充分了解他的人格和品行之后，并未要求我不要与他往来，所以，我并没有什么可畏惧的。最近，人们与我说了这么些话，虽然不知道具体指什么，但或许是因为半井先生的缘故。您早就知道，我不是自己想要

---

1 中岛歌子的妹妹。
2 中岛歌子的母亲去世后，一叶常陪伴左右。西村是歌子的亲戚。加藤利右卫门曾经营专供水户藩藩主住宿的旅馆池田屋，寡妇是加藤的妻子，歌子在法律上的监护人。荻之舍的西村与后来常在日记中出现的文具店西村家无关。

与他往来的，是为了我家，为了生计，打算靠笔头吃饭，就只为这些。尽管如此，人们的谣言发展到这般地步，让我很难过。老师您到底怎么想的？如果您觉得还是不与其交往的好，就请明白地告诉我。我相信自己的心，既不考虑男女之别，也不管世人怎么想，一直与半井先生走动，可是回望之下，心里不安。还请您告诉我，我到底该怎么做？"

老师面露疑色，盯着我说道："这么说来，你和那个叫半井的，尚未约定终身喽？"

"这从何说起！别说什么约定，我连半点那方面的心思都没有。连老师您也说些无中生有的事。"我恼火地抱怨道。

老师又问："果真？是真的吗？你真的和他既无约定也无牵扯吗？"

这让我伤心。七年的岁月，我在老师身边，她本该知道，我虽然蠢笨却正直，可她仍然怀疑我，让人恼恨，如果不是怕别人看见，我几乎要放声大哭。

此时，老师说："其实，那个叫半井的，对外公开声称，你是他的妻子，我也从某人那里有所听闻。如果你和那位有缘且默认此事，就不用管别人的闲话。如果完全没有那回事，最好别再往来了。"

我惊呆了。惊呆了的同时，恨极了那个人。他给我的清白之身染上莫须有的污名，自己还得意洋洋，太可恨了。我甚至想到，如果可能，想要在人前把这具受到怀疑的身子的骨肉切开，将心肝剖出来，以证我心清白。再听老师所言，原来，田边龙子[1]和田中美浓子等人也时常谈到此事，并为我惋惜。她们聊到，对方是那样一个名声不好才能也不怎么高的人，樋口夏子将来会十分可怜。老师家的用人们听到这话，便也说，此事早就传开了，在附近已无人不知。没想到我已经出名了。实在是太卑鄙了。

我便又对老师说："我打算明天一早就去，和半井断交。"

进了被窝，但怎么也睡不着。

六月十五日

我在下午到了半井君的住处。正值梅雨不停的时节，十分寂寥。千贺子和伯母[2]二位在先生那里，先生在旁边一间像是书房的房间里躺着。可能怕雨进来，挡雨板全都放了下来，屋里很暗。千贺子对伯母说："您看，樋口小姐的发型多好。岛田髻真适合她。"伯母也说："确实合适。转过来让我们看看。像以前皇宫里侍女的模样，这发型真叫雅致。我可不喜欢现在那种发髻垂在后脑勺底下的。"

半井君忽然起身说："要欣赏这么美的姿态，家里关得过于严实

---

1 田边龙子（又名三宅花圃）（1868—1943），小说家，和歌歌人。她20岁那年出版的《树丛莺》是明治时代第一本由女性撰写的原创小说。某种意义上，这本书给了一叶走上文学道路以改变家庭困境的启示。
2 河村重固的母亲，千贺子的婆婆。

啦。"说着,他开了两三扇挡雨板。她们笑起来说:"真是个嘴巴不留情的男人。"我也微笑起来,随即想到,就是那张嘴在向世人搬弄是非,心生气恨,不觉瞪视着他。

我按老师教的,找了些别的理由来说。

"我老师那边没人管家,我如果不去,老师诸事不便,说请我务必过去。这事没法回绝。长久以来老师对我的好,那份情义,用快刀也砍不断。我打算去帮她管一段时间的家。如此一来,您上次说的尾崎红叶先生的事,也要留待很久以后了。要是好不容易和他见上一面,我却没时间写稿,那就太浪费了,而且也对不住您。就是为了先把这件事说清楚,我今天才抽空来的。"

他说:"那可就麻烦了。尾崎那边已经都说妥了,他说随时可以见一见。我正打算明天写信通知你这件事呢,现在再回绝人家也不好做。怎么样,写不写稿先放置一边,你先和他见一面吧。"

我说:"如果我去见他,却说没工夫写,那是没有意义的。我心里也有很多事,一言难尽,最近到处有些针对我的传言呢。"

"那就先和你的老师讲清楚吧。一直隐瞒着写稿的事也不是个办法。讲清楚然后想办法,如何?光是注重情义,可你家有你家的难处,你这样劳心,旁人也不会察觉到。"

他又说了些别的。这些言语若是在平时,我听了会多高兴啊。今天一片恍惚。聊着聊着,他为了安慰我,又说起高岛煤矿[1]的事,

---

1 实业家高岛嘉右卫门以擅长易经占卦著称,经营北海道煤矿铁道公司。四月起,有许多关于他的负面传闻。

想要逗我一笑。我什么都听不进去，告辞起身。家里有点事，我先回了菊坂，不久又回到小石川。我把今天的情况讲了一遍，按老师的指点，给半井君那边写了信。

六月十六日

田边君来，聊了许多。我讲了半井君的事。和她商量，与半井先生断交后，能否在《都花》[1]上写东西。她玩了很久才回去。

六月十七日

田中君来。我也对她讲了半井君一事。她微笑着倾听，明显半信半疑。聊了一天，她回去了。我写了封信给伊东君，托她帮我寄。

六月十八日

伊东君来了。她是我此生的知己，没什么可隐瞒的，我尽情地

---

1 金港堂发行的文学杂志。田边龙子（三宅花圃）的《树丛莺》由金港堂出版。

对她倾诉，尽情地讲了我有多冤枉，她都相信了，让我欢喜。

有很多事要写，但心里慌慌的，写不下来。

六月二十二日

回了家。和家人也商量了很多，把该还给半井先生的书带着出了门。到那边还没过午，半井君在蚊帐里睡得正香。毕竟不好叫醒他，不知所措间，便到了中午。他忽然睁开眼："是夏子小姐吗？让你看到我这么狼狈的样子。怎么不叫我起来呢？"说着，他赶忙起来了。

我们在火盆的左右落座，静静地说着话。在感情方面，我一向脆弱，想到从今往后不能再来了，不觉悲从中来。伊东夏子、妈妈和妹妹都说，用书信绝交反倒显得可疑，最好把原委对他讲清楚，在理解的基础上绝交。我也觉得这样比较好，正好今天没有旁人，适合谈正事。我沉默了一会儿，低着头，可实在是不说不行，便咬牙开了口。

"我不是不知道您的作息习惯，却还是一早过来惊扰好梦，真是罪过，但我来，是因为有事相谈。"

他问："什么事呢？"

"这事不仅关系我自己，也有损您的名誉。其实，我常来这里的事，已经传了出去。不光是我的好友们，不知什么时候还进了老师的耳朵，她们都在怀疑我，人人都相信您和我之间存在特别的关系。我试图解释，却越搅越浑，这凭空的污名是摆脱不掉了。我想着只要自己行得正，不用管世人怎么说，可是就算不管旁的人，如果老师因此疏远我，会成为我一生的污点。那太让人难受了。左思右想之下，只要我继续来您这里，就很难堵住众人的口。所以今后一段时间，我不能来见您，也不能再听您讲话了。就是来说这件事。尽管这样，我是个老实性子，一定一定不会忘了您的恩情。您要明白，说这番话，我很难过。"

先生静静地抬起头说道："原来如此，原来如此啊。我又误会了。你一直说'不想见其他男子'，我还对河村婶子说，'是因为要见红叶觉得烦，所以才不肯来吗？如若不是，大概是最近由中岛老师做媒，给她定下了一门好亲事吧。'总之，真是件麻烦事啊。我是个男的所以无所谓，可我知道，你一定很困扰。不过呢，到如今我并不为此感到惊讶，从以前我就有心理准备，可能会被人这么讲。先让我以第三者的立场来谈一下。樋口小姐最近常去叫半井的人的家里，那个男的又不老，而且还是一个人住。听到这些，当然会怀疑年轻女子上门有什么缘故，我俩之间没什么，反倒是不正常的。"

他若无其事地笑了。

"不过，到底是谁说出去的呢。虽然我的朋友当中没人谈论你，不过，隐藏的事会呈现，是世间的常理。人们总是知道些连我自己也不知道的事啊。仔细一想，可能还是我的错。之前和野野宫小姐聊天时，有些话不该讲，而我却不吐不快，翻来覆去地夸了你。其实我还对她说了，以你的身份不能出嫁对吧，那就帮你找个好新郎。我若不是不能离开这个家，那只要你不嫌弃，我怎么也要去你家做上门女婿¹。大概有人把我说的话拼凑起来，变成各种谣言。你不要再谈什么恩情或情义啦。只要是为你好，我愿意尽一份力。你那边一切顺利，正是我的愿望。今后也像从前一样来我家吧。你要是彻底不来了，人们反而会觉得异常，所以请不时来走动下。总之坏就坏在你是单身。就像我常说的那样，你还是结婚为好。就算现在的这场风波消散了，我和你这辈子都是单身的话，说不定又会被人套上莫须有的罪名，说什么'那俩人只是说得好听，实际还不知怎样呢'。你如果嫁了人，我就算是一个人，也不会有人说'哎呀好可怜，女的打破了誓言，男的却守诺一辈子单身'。"

说罢，他哈哈笑了。我们聊了许多，我说得回去了。"再待一会儿吧。今天是饯别会。还不知到哪天才能像这样一起喝着粗茶呢。再少坐会儿吧。"说着，他又继续聊下去。

此人的心，我从前就是知道的。可他造了这些谣，怎么恨他都不够。另一方面，我的朋友们将谣言散布于世，她们的心又是怎样的呢？她们是些不讲信义的人，难以分辨她们说的到底是真是假，也很难相信那些话。把她们和半井放在一起，两边撒的谎不分高下，但我的心仍然被眼前的情景牵动，为他说的话感到难过，甚至落下泪来。我的心太脆弱了。不久，邦子来接我了。家人大概也有点怀疑我吧。我和邦子一同回了家。

---

1 一叶是户主，只能找人入赘。桃水则是长子，且是隐居躲债之身。

忍草[1]

(明治二十五年六月二十四日—八月二十三日)

七月十一日

亡父月忌日的前夜,喊了菊池夫人[2]和上野叔叔[3],还有姐姐,招待了茶饭[4]。虎之助哥哥没来。日落后,众人返家。

八月二十二日

晴天。菊池家老太太来玩。聊了一整天。久保木姐夫和藤田屋的儿子来了。入夜,涩谷君[5]突然来了。说是"利用夏天的休假回家"。我们聊了许多。他从三枝[6]君那里听说了我在写小说,也谈到要不要写。

---

1 封面有"六月 樋口夏子"。
2 菊池隆直的妻子。樋口则义曾为旗本菊池大吉工作,隆直是大吉的后代,在本乡开了一家纸店"武藏屋"。
3 樋口则义的熟人上野兵藏。
4 用泡好的茶煮饭,加盐调味。樋口家习惯在月忌日(每个月与亲人去世的日期相同的一天)前夜或当天煮茶饭作为供养。
5 阪本三郎(1867—1931),检察官、法官、内务省官员。旧姓涩谷。樋口则义上京后多承同乡真下专之丞的帮助,涩谷三郎是专之丞侧室一脉的孙子,曾与一叶有婚约,在则义去世后向多喜索求资助,导致多喜怒而毁约。他后来娶了子爵的女儿。此次来访时,他尚未结婚,任新潟县三条区裁判所检事。
6 三枝信三郎,真下专之丞的外甥。在樋口则义去世后,经常借钱给樋口母女。

"你加油写。无瑕正直，是人间的至宝。只要你守住这个秉性，总会有好的机遇。我以前不知道你家的境况这么差，以为你们很富裕，所以才提了无理的要求。¹ 现在想来觉得你们很可怜，心里十分难受。如果你有什么想和我商量的，请不要有顾虑，直说就好。若是小说的出版需要费用，我来垫。如果你想要被引荐给坪内逍遥²或是高田早苗³，我明天就去奔走。"

我也把半井先生的事如此这般讲了一番。他说："那得尽量回避。总之他于你有恩，又有情义，但这样下去，将来很难说。如果你们要正式结婚，我不会阻拦你，可是谣言对你没好处。无瑕之身沾上了谣言，那就无法挽回了。总之你身为户主，处世会比较难，邦子小姐将来是要嫁出去的，别让她虚度少女时光。我从前是个学生，见识少，想法多，总在追寻小说里所谓的虚像，不过现在总算和现实有了接触，想法也变得像个老头子。"

又说："这张贺年卡是你写的吧？字真好！我感到骄傲，到现在都老给人看。你有什么写好的字就给我当作纪念吧。我想带在身上显摆呢。"

我知道他一向嘴上说得好听，但也不好强硬地回绝，就给了他

---

1 指悔婚一事。
2 坪内逍遥（1859—1935），小说家、评论家、翻译家、剧作家。代表作有《小说神髓》等，译有莎士比亚全集。
3 高田早苗（1860—1938），政治家、评论家、教育家。曾任《读卖新闻》主笔，1923年（大正十二年）起，连续八年任早稻田大学校长。

一页,并说:"我眼睛近视,连涩谷先生的脸都看不清。"[1]

"那很不方便啊。我想帮你治好。我后天回去,明天再来。一起去看医生吧,如何?还有,你如果在《都花》上写稿,送我一本吧。"

他一直聊到深夜。

"下次不知道什么时候才能来。你如果有照片,能给我吗?我也给你。总之你要做个无瑕的人。将来肯定会成就好事。只有这件事,我可以保证。"

我便也说道:"我不管世人怎么说,总之我不会愧对天地神明。如果世人不承认我,那么我宁可沉入汨罗江,绝不会让自己背负污名。涩谷先生,你下次来的时候,说不定我在卖毛豆或是送报纸了。那样你也还会来吗?"

"一定来。你如果取了不义之财,得意洋洋,我肯定不会上门。哎,如果则义叔在世,一定不会变成现在这样,真是可怜。你父亲爱用的小物件之类,都怎样了呢?就算日子窘迫,也别卖了。遇到那种情况,就来和我说。唯有那些东西别脱手。衣服什么的无所谓,只要重做就随时会有。传家的东西可是要紧的。"他像家人一样说道。

等他起身说要回去,已经十一点了。他又折回来,关心地问:"夏子小姐的眼睛很麻烦吧?是怎么一回事?"

我笑道:"是我自己使用太过,成了近视。"

"那还好。你到海岸之类视野开阔的地方休养一阵,很快就会好

---

[1] 一叶的确是高度近视,这里提起,是在嘲讽涩谷三郎。

的。"说着,他走了。之前他让人力车候在外面。他的衣着不怎么样,却戴了金表,还蓄了胡须。他说,去年他当上判事候补,不到一年半就升任检事,月薪五十元。

我14岁时,这人19岁。在松永[1]家初见时,我既无见识,学识也浅薄。想来真是世事无常。当时的我与如今的我,别说什么进步了,反倒是退步。而这个人却这样出息了。让我有复杂的情绪。今晚什么也没做就睡了。

风波起落皆无用
一叶舟于浮世[2]

日记[3]

（明治二十五年九月四日——十月二十五日）

九月十五日

小说《埋木》写好了。带去给田边君。途中下起了雨,便坐人

---

1 则义的熟人松永政爱。一叶曾向其妻子学习缝纫。
2 八月二十三日的日记,三郎再次来访。这本日记的最后就是这首和歌,第一次以小舟的形象出现了后来作为笔名的"一叶"。
3 封面有"二十五年九月 樋口夏子"。

力车抵达。她有了婚约[1]，说是"今后很难再写东西了"。对我的小说，她说："从长久计，比起登在杂志上，还是做成小开本的书比较好。"

我说："我一个人的话心里没底，你也写点什么吧，那样我就可以做个骥尾青蝇[2]，多轻松。"

"哪里哪里，不该我写。或许反而会变成画蛇添足呢，我就写个四五页吧。"她答应下来，又说："做成半纸对折的小开本[3]，装帧漂漂亮亮的。总之我明天马上拿到金港堂去。不过要等个十天左右才能有回音。"之后我便告辞离开了。

九月二十三日

雨仍未停。早上，野尻君[4]来了信，信中写道，《甲阳新报》上需要刊载小说，给我一篇吧。（后略）

---

1 三宅雪岭（1860—1945），本名雄二郎。哲学家，评论家。此时任《国会》客座记者。
2 这句的用典来自《后汉书·隗嚣传》："数蒙伯乐一顾之价，而苍蝇之飞，不过数步，即托骥尾，得以绝群。"
3 和纸的标准纸称为"半纸"，这里所说的开本横长24厘米，竖宽16厘米。一叶的日记本经常是半纸对折再装订。
4 野尻理作（1867—1945），就读于帝国大学时，曾寄宿樋口家，与一叶姐妹青梅竹马。是《行云》野泽桂次的原型。其兄出资，在山梨县办了《甲阳新报》，理作任主编。

十月二日

晴。田边君来了明信片。金港堂那边说,《埋木》可以先刊在《都花》上。稿费一页两毛五[1],可以吗。我立即回信说"同意"。妈妈拿了这张明信片去三枝君那边借这个月的花费。那边一口应允了,借来六元。说好等《埋木》稿费来了还,稿费估计能有十元。这天夜里,我和邦子一起从下谷站散步到不忍池附近。

十月十九日

天气转好。西村君[2]来访。妈妈去拜访小林[3]和菊池家。要刊在《都花》上的小说给了金港堂,已经一个月了,到现在也没收到稿酬。然而也不好催促,只能每天伸长脖子盼着信来。妈妈总在诉说手头紧。那是当然的。我心想,这个月一定要找到进项。《甲阳新报》那边也给了六回的稿子[4],可是也没有动静,这两三天就连每天送的报纸也没来。许多事让人烦心,入夜也睡不着,看书看到两点多。

---

1 明治二十五年的物价,10公斤大米八毛钱,普通大学毕业生的月薪十八元。
2 西村钏之助,文具店老板。多喜曾在旗本稻叶大膳家当乳母,钏之助的母亲也曾在那里工作,两家因此熟识。
3 小林好爱,樋口则义的前上司。
4 《经案》在刚创刊一个月的《甲阳新闻》分七回连载,第六回被编辑分作两回。

十月二十日

天气晴好。昨晚熬夜，所以早上多睡了一会儿，枕边已然摆着一份《甲阳新报》。邦子最先翻开来，嚷道："哎，从今天早上开始登《经案》啦！"我也赶忙起来看，的确上报了。是这个月六日前后发过去的。我放下了心，想道，照这样看，再送稿子过去也不会被退了。

细想之下，我是羞愧的。我深知自己既无知识也无学历，却想要靠撰写文学当中最难的小说来获取一家三口的衣食，该说是大胆呢还是不自量力呢？夜半醒来，冷汗在脊，这份战战兢兢无人知。可如果不写，既无法让妈妈安心，也无法振作我家的名誉……[1]

十月二十一日

去图书馆。我不在家的时候，金港堂编辑藤本藤荫来了。他送来了《埋没》的稿费十一元七角五[2]。听说他还有事相商，我打算明天一早去拜访他。

---

1 原文未完即搁笔。
2 按一页两角五计算，共 47 页。

十月二十二日

今天小石川上课，不过因为约了藤本老师，一早雇了车去猿乐町。第一次见面，聊了许多。他说，明年第一期《都花》的副刊，想请三位女作者以松竹梅为题撰稿，分别是田边君、我和另一人。这事也已拜托花圃女史，那边说"我回头想一想"。请两位商量之后，一人定一个题目，剩下一篇找佐佐木竹柏园[1]或坪井秋香[2]。

不久后我回了家，马上又去小石川。下了大雨，在我要回家时停了。

十月二十四日

大雨。下午，我去番町找田边君。她不在家，我和她母亲聊了会儿。回家的路上，遇到半井君的女佣。问了他的近况。有万般感慨，夜不能寐。

---

1 佐佐木弘纲的夫人光子，号竹柏园。这个名号后来由其子信纲继承。
2 不详，曾在《都花》第七十四期发表《松之叹息》。《都花》的松竹梅计划后来未能实施，副刊只收录了江见水荫的《初霞》。

十一月十一日

云形不定。我说，可能会下雨。但龙子有信来，想着该去一次她家，过了今天，后面没有合适的日子。其实，我想去向三崎町那位[1]讲一下我的近况，还想把现在的一些事逐一告诉他。要是直接去呢？那样让别人看了不好，该找个理由。妈妈和妹妹也不会同意吧。偷偷去看他又让人难过。但我还是想征求家人的同意。正这么琢磨呢，正好这个月的二十日，我的名字会刊在《都花》[2]上。

妈妈先提出："《武藏野》的时候承蒙半井先生照顾，该和他说一声吧。"妹妹也说："那你去龙子那里的时候，可以顺路去。"龙子的信上写道，十一日或十三日可以去她家。十三日是星期天。那天先生那里会有许多朋友，比较嘈杂，要去龙子家，就在今天。我带了结婚贺礼，路上给三崎町那边寄了信。

（中略）两点，我从番町坐上车，急忙赶往三崎町。北风急，感觉刺骨。

许久不见，我这边心思如狂，可你大概不这么想吧。分开不是我的本意。那时候，人们说了各种各样的话，让人难受，我都没法仔细思量，到如今，我想挽回，却已无用。

---

1 桃水于七月搬到三崎町，开了家茶叶店"松涛轩"。
2《都花》第九十五期，刊载《埋木》。

我从一开始就对那人有好感，而且那人是个有情义的为人着想的人，想起这些，不禁怨道，为什么会变成这样。明明对我来说，即便被这世上的许多人排斥，只要能与他常常聊天，活着便有意义。思绪缭绕，不禁开始怨恨他，恨自己，恨世间。

见了面，一开始我该说什么呢。也不知道他怎么想，也不好直白地诉说久别的忧伤。可如果直接说《都花》要刊载我的作品，也不太合适。左思右想间，车子来到先生的店铺。到了现在我才感到心怯，一时间踌躇着不知该不该拜访。

这里是新开发的町，显得气派，而这间店也显得很有样子。出入店铺的人和街上的人的视线让我有些窘迫。我的信先到了，可能是先生预先交代过，有个伶俐的伙计奔上前来招呼道，这边请。站在隔开店铺和里间的帘子跟前的是面熟的女佣。我拘谨地进了里面，六叠房间摆着桌案，先生闲适地倚在上面。他忽地抬起头，不说话，冲我微笑。我自然很是喜悦，心跳不已。心里想着要说这个说那个，然而话语不知藏到了哪里，一句话也说不出来。好不容易才说："时间真快啊。我心里不曾有半刻忘怀，可是不曾想，有这么久没见了。您上次生病，我以为已经好了，可最近见到您家的女佣，说您身子有些虚弱，现在怎样了？"我含糊地说着，查看他的状态。他只是微笑，不怎么说话，像是藏着些情绪，让人难受。

我和他说起《都花》的事，他说："那太好了。不管你在哪儿写，都让人高兴。我的朋友们也都为你不再创作而感到惋惜。先前有个明治女学校的教师，叫什么来着[1]，为了你的事来我们《武藏野》，说想要请你在《女学杂志》上写东西。虽然有所僭越，我帮你回绝了，说你近来有些事，所以暂不执笔。如果你想在他们那里写，随时都行，你说一声，我把你介绍给他。此事完全不会有损你的名誉。"

我有很多话想说，然而有旁人在，说不出口。先生也像是有话要说，抿着嘴。他说："畑岛的母亲前天忽然去世了，这两天我经常去他那边帮忙。"我想，那就是我的信来了，他才回到店里。我做了不好的事。

生意很忙，他没一刻消停，站在店里工作，看着让人有些难过。病后的他十分消瘦，原来那么健壮的人变得瘦伶伶的。对进出店里的，即便是女佣模样的人，来的是客，他都点头哈腰的，让人心痛。这是生意，他自己大概不觉得难受。我在旁边看不下去。

"今天生意真多，不同寻常，应该是因为你来了。有你这样的福神在，我得款待一下。"说着，他喊女佣去买点心。他像这样亲切地说话，不知怎的，我却感到与从前是两样的，心中一味忐忑。

"新开地这里，不管卖什么的，都没什么好店铺。点心也只有这样的，请见谅。因为是这种情况，人们便以为我的店也和别家一样，不当回事。只要有人来买过一次，就会吓一跳，惊叹说原来三崎町也有这样的店家。之后就常来买。我们店的生意可好了。"他笑着像平时一样开玩笑道。

"那是自然。不光是店，店主人也是鹤立鸡群。"我简短地说道。

---

[1] 应该是星野天知，当时他在明治女学校教东洋哲学和武道。

他大笑道："过奖了。"

我趁着周遭无人，到他跟前说："总之，长时间见不到您，我很难过。这世上我无人可以交谈，忐忑极了。"

他低声说："有什么我能帮你的吗？如果你有什么想对我说的，这间店后面的路很清静，平时没什么人经过，你从那边走，就不会有人瞧见。"

我想说，不是的，我就是因为讨厌私底下见面，才这么痛苦。但我没有说。我留了很多想说的话，告别了。

蓬生日记[1]

（明治二十五年十二月二十六日——明治二十六年二月十一日）

虽不想放在心上，不过确实，"贫穷是一切道路的障碍"。现在已经到了十二月二十四日。为了准备过年，我家也很忙碌，然而这个月初从三枝君那儿借的钱已经只剩少许，如果把奥田那边的利息[2]还掉，手头就没钱了。过年怎么也得置办些年糕，房租怎么办，年底的礼品怎么办。《晓月夜》[3]的稿费依旧没来，此外就分毫没有进项

---

1 封面有"十二月 夏子"。
2 将分期返还的欠债延期，先还延期部分的利息。《大年夜》中也出现了这种做法。
3 十二月十日前后完稿，刊于《都花》第一百零一期（明治二十六年二月十九日）。

的指望了。而今天是小石川的学期结束,有抽奖会[1],我愈发难过。从早上就一直站着帮忙,抽到了一盒"窗之月"点心。

回到家,邦子候在那儿说:"你看,龙子小姐刚来的信。高兴吧!"她给我看的是一张明信片。上面写道:"来年年初,有部叫作《文学界》[2]的杂志将要发行。该社来拜托我,说务必邀请你写短篇小说。"末尾还写道:"有许多话要讲,如有片刻闲暇,请来。"

我立即回信说,明后天登门。家里人很高兴,说是既然有杂志社来约稿,那就等于一份事业有了基础。我想起最近的《早稻田文学》[3]上有篇叫作《文学与糊口》的专栏,不觉红了脸。

十二月二十六日

提早吃过午饭,去了番町。家里人说,头一回去三宅君的家,得带点什么,我笑道,不用搞这些虚礼。我带礼物她如果不批评我,就不是哲学家的妻子了。

---

1 抽奖会的奖品由参会者带去。
2 明治时期的《文学界》由星野天知和其他同人一道创刊,从明治二十六年一月到三十一年一月(1893 — 1898),共发行五十八期。日本现行的《文学界》杂志则是 1933 年由小林秀雄等人创刊,后由文艺春秋出版社运营。
3 文艺杂志。明治二十四年(1891年)由东京专门学校文学科(如今的早稻田大学文学学术院)的坪内逍遥创刊。其后经历多次停刊与复刊,现今仍不定期刊出。

新家比田边君的娘家要近一町[1]，在女学杂志社所在的街道往里一点，是栋木格栅门窗的屋子。对面有一两家邻居。虽是后巷的房子，里面却有十个左右的房间，屋里看着也不寒素，和我想的不一样。

志贺重昂[2]是在我之前到的，他隔着一道纸门在那边和三宅先生谈话，声音听得一清二楚。此地也在不断地讲钱的事，我听到一句"五百元"。

"宫崎现在可是拼了命。你出一些，其余的我来想办法。我手头当然是没钱的，所以才要设法筹措。"说话的是志贺君。三宅的嗓门不轻，但他有口吃，说话断断续续的听不清。穷神真是到处光顾，让人觉得可笑。

龙子平时穿的是绢衣，这会儿第一次穿着棉布衣服，脸上并无忧色，对这桩婚姻，她心里想必是自豪的。

志贺君走后，三宅先生也来了我们这边的榻榻米上。他无话可说，我也寂然无语。初次见面，彼此都窘迫，最后他不知该怎么办，索性进了旁边的房间。

"杂志是由女学杂志社的北村透谷[3]和星野天知[4]这二位创立的，最初想要叫《葛衣》，后来改为《文学界》，命名有些缘故。"龙子

---

1 町通常代表区块，这里是距离单位，约109米。田边龙子嫁给三宅雪岭后改为夫姓，文中两个姓均有出现。
2 志贺重昂（1863—1927），札幌农学校毕业的地理学家。与三宅雪岭一同创刊《日本人》《亚细亚》。
3 北村透谷（1868—1894），评论家，诗人。给岛崎藤村等人带来影响。
4 星野天知（1862—1950），作家，教育家，武道家，书法家。

讲了她关于取名的意见被采纳的事。"他们来找我说,开设一个和歌的专栏吧。我原本就没这样的实力,而且没有闲暇,烦恼之后便说,我一个人的话不好做,要再找一个人才行。抱歉呢,没有预先商量就把你的情况对他们讲了。星野君回信说,'想和谁一起作和歌请随意,有关一叶女史,我在《女学生》上发表过评论[1]。正如评论中所写的,对其巧妙的构思,我由衷佩服,还请她一定为我们写小说,你帮忙拜托一下吧。"说罢又问道,"他在《女学生》写的评论,你读过吗?"

我说:"没读过,我不知道这事。"龙子说她也还没看过,想读一下。又说:"总之务必给他们写吧。一方面是为了你的名誉,而且也是为今后做打算。"

约好最晚三十一日交稿,我告辞出来,觉得自己答应了一件没谱的事。回到家,立即到桌边研墨,久久无头绪,这一天就过完了。

十二月二十七日

亡兄的忌日。煮了茶饭,喊了姐姐来。虎之助哥哥本来也要来的,不知为何没有到。上野家的藤林房藏[2]和奥田老人等人来了家里,招待他们吃了茶饭。金港堂依旧没有消息。想着明天就是二十八日了,

---

1 星野天知在《女学生》三十期的书评《明治二十五年文界》。
2 藤林房藏是上野兵藏的妻子与前任丈夫的孩子。

得置办年糕，于是订了两元的。这是打算将还给奥田的利息先挪去买年糕，可今晚老人来了，也不好说让人再等，便把手头的凑了一下，给了他两元。这样还需要还他两元五角，那不是利息，是本金，所以是先还了利息，请他再宽限一些时日。

明天冈野那边送年糕来的时候，该怎么说呢。向榛原[1]订的酱油和酒，明天也会来吧。那笔钱要怎么付呢？一家人面面相觑忍着不叹气，也很难受。

奥田老人正要回去的时候，门口说来了一封信。慌忙一看，是藤本藤荫写来的。

"《晓月夜》的稿费，打算明天二十八日在两替町的编辑部交付。请您上午来。"

天道自会这般圆滑行事啊。

十二月二十八日

昨晚野野宫住我们家[2]，今天早上还没走。妈妈说，为了庆祝有年糕，要做红豆年糕汤。她在厨房里忙着。我便也说，冈野送年糕过来之前，我先去金港堂把钱取来。十点，我出了家门。野野宫说，

---

1 位于神田的酱油酒店，一叶一家明治二十二年住在淡路町时便与其熟识。
2 野野宫起久在明治二十五年赴盛冈女校当老师，此时休假来京。

那我和你一起吧。她陪我走到了真砂町。

向伊东夏子也借了钱。虽然没约定何时偿还，但全无声息也不好，我便顺路去了骏河台，和她解释了原委。她说有好多话要讲。我也有话要谈，不过还是说"下次再聊"，与她告别。从这里雇了车前往位于本两替町的出版社。很快见到了藤本老师，拿到《晓月夜》三十八页共十一元四角的稿费。

那是我 16 岁的时候，有事去九十五银行，经过这家出版社跟前，看到一名穿西服的年轻男子，坐着气派的人力车进了大门。我当时想，真棒，他多半是年轻的小说家，为了著作的事出入这里。用三寸笔尖写尽人间的况味，受人尊敬，衣着华丽，这真是份上等的职业。曾经的想法真蠢。我坐的不是包车而是路边叫的车，却也披着漂亮的毛皮[1]，车夫的背上缝着行会的名号。若是让不认识我的人见了，说不定还以为那是我家的姓呢。我的衣服虽旧，却是绢的，手里还拿着头巾。这头巾是家里仅有的，去请染坊重新染，对方说没法弄，硬是托他们染了。他们不肯用绷子绷布去掉褶皱，刚出门时，妈妈用家里的熨斗给我熨烫过，还说，"就算不戴，这么大冷天的没有头巾，看着寒碜。"妈妈的这份苦心，外人是不知道的，而过去的我也想不到如今的辛苦。我这个寒酸的文字工作者呀。到家的时候，年糕也一道来了，酒来了，还来了一坛酱油。钱也付了。一阵和煦的风吹进家中，却是缥缈。

---

1 上等的人力车备有毛皮，给客人挡风用。

我说要出去一下，下午去老师那边送年礼。中村礼子[1]送了我一条和服腰带的绸衬带在老师家作为年礼，我收下了。老师拜托我去给小出先生[2]送年礼。我在回去的路上想到，《晓月夜》原本预计有十元的稿费，现今多了些。稻叶家[3]彻底衰败了，很是可怜。过去也算是我们亲近的人，我们不会有求于他们家，但也不是什么仇人[4]。按理虽不是近亲，却也是同一个妈妈奶大的，说起来她该算是我的姐姐。我想着那就该喜悦与共，于是去柳町后巷看望那个贫苦之家，给他们点儿钱作为年礼。

阿矿从前被称作"三千石的公主"，雪白的肌肤总是裹着绫罗绸缎，如今她的头发犹如干枯的芒草，发髻不知是哪天梳的，半点油光也无，可怜巴巴地套了件无袖的罩衫。她为自身的窘境而羞愧，低头致歉道，我们家太寒碜了，也没法倒杯茶，着实抱歉。这话催人泪下。

六叠的榻榻米到处都破了，像碎稻草似的，纸门上没有一处完整的纸，看起来这个家已不剩半分往日荣华的遗物。大概既没有被子，也没有日常杂物。一只破旧火盆上吊着水壶，也不见从前用小锅炖着吃食的光景。当家的[5]正要出门去工作，套了件对襟褂子，显得很冷，

---

[1] 荻之舍的前辈。
[2] 小出粲（1833—1908），御歌所歌人。中岛歌子的荻之舍受到小出和伊藤祐命等人资助。
[3] 从前的旗本，多喜曾给稻叶家的养女稻叶矿当奶妈。
[4] 三月间，稻叶矿入赘的丈夫稻叶宽生意失败，被牵连到的人们纷纷到樋口家查问其下落。
[5] 稻叶宽此时在当人力车夫。

他抱了个手炉，对着晚饭坐着，模样凄凉。正朔君[1]为我带去的礼品而欢喜，用红叶般的小手抓着一直不肯放。来佛坛前看看吧。他母亲说着，带我到了像是佛龛的所在。

我安慰道："凡事都是时势所造，你们家一定也会重新有好日子的。只要正朔君好好的，你一定不要放弃梦想，失了干劲。你身子弱，要是因为思虑过重生了什么病，那才是无可挽回的。"

"你不知道，这孩子经常雄赳赳地说，等我长大了要当陆军的元帅，从银行拿来好多的钱，让爸爸妈妈过上好日子。"她坚强地笑着说道。我说下次再来，出了这个家。晚风拂襟，街上已经黑了下来。

十二月二十九、三十日

这两天拼命写作[2]。只在凌晨小睡片刻，一心想要在三十一日交稿，写得很苦。三十日，上野叔叔送年礼过来，一整天都没能写。当晚在灯下写到十一点，邦子不断劝道："要得到名声或者荣誉，那都得先有性命在。你这样耗脑费神的，恐怕不好。我在旁边看着都煎熬。你还是回断这个稿约，今晚就歇下吧。"她翻来覆去地说。我想着也有道理，停了笔，身心疲倦，很快便睡着了。

---

1 稻叶宽夫妻的儿子，时年7岁。
2《雪日》。明治二十六年（1893年）三月发表于《文学界》。

蓬生日记[1]

(明治二十六年二月十三日—三月十六日)

二月二十二日

晴。日暮时分,《都花》来了。我曾听说出到第一百期就会暂时停刊,但因为形式变更,倒出了一百零一期。封面是淡紫色的纸上画着桃花和樱花,相当好看。我的《晓月夜》就登在这期,富冈永洗[2]的插画极为华丽,而且藤荫君在宣传页上把我说得过于好了,让人脸红。

蓬生日记[3]

(明治二十六年三月十七日—四月六日)

三月二十一日

下午,《文学界》有个叫平田[4]的人来访。邦子出去接待他,我

---

1 封面有"二月 樋口夏子"。
2 富冈永洗(1864—1905),浮世绘师,画家。以美人画著称。
3 封面有"廿六年三月 樋口夏子"。
4 平田秃木(1873—1943),英国文学学者,翻译家,随笔家。

喊住邦子问道："是老人家吗？""不，是个挺年轻的人。"我不太想见，但还是见了。

他自称是高等中学的学生，名叫平田喜一，是伊势町一家画材商的儿子，今年21岁。我不好问他来做什么，便聊了一会儿。他的话不多，人显得沉静，却又柔和，有讨人喜欢的一面，让人有好感。

他说，我的小说《雪日》本该刊在《文学界》第二期上，因为来稿众多，放到第三期。今天特来告知。原来他负责编辑。他恳求说，等到樱花开的时候，能否赐新稿？[1] 我说，如果能写成的话。我问他，花圃在第二期有没有登稿子？他说，登了，有篇《戏笔》，谈论和歌。你这里还没收到杂志？我告诉他还没有，只看了第一期。他便说，那我马上给你送。花圃君最近常在《女学杂志》上写稿。多数是翻译作品，不过她的文笔和以前大不一样了。

接着他的谈锋健了些，讲起了当下的文人，以及文学的现状。他特别爱幸田露伴[2]，讲述《对骷髅》《风流佛》有多打动人，几乎热泪盈眶。看起来，他追求的是幽玄微妙的境界。他说，西行、吉田兼好与松尾芭蕉等人其实有着同样的心灵，并举了《徒然草》[3]的一节和《山家集》[4]的和歌。我对此也有同感，不觉间话多了起来，完全不觉得和他是初次见面。

---

1 为四月二十日截稿的第四期约稿。
2 幸田露伴（1867—1947），小说家。拟古典主义代表作家，与尾崎红叶被称作"文坛双璧"。
3 镰仓时代末期到南北朝时代的吉田兼好法师的随笔集。
4 平安末期的歌僧西行法师的歌集。

他说:"你也喜欢露伴吧?我自从读到你的《埋木》,就猜到了。"

我笑着说:"在男子的眼里,我写的东西很可笑吧?我不知道露伴怎么想,我是用自己的心去读他的作品,虽然所见只是其中的一部分,觉得合乎我心,才格外被打动。当今的作家当中,我最喜欢幸田先生。你认识他吗?"

"我还没见过他。他弟弟名叫成友,是我们学校的学生,和我很熟。"

我微笑着问:"说起高等中学,那是进入各所大学的桥梁。优秀的人很多吧,和你玩得好的都有些什么人?你们平时聊天也很有意思吧?我真羡慕。"

他叹道:"我在学校里没有一个可以称作朋友的人。学问和才能只要按照教导学习就能习得,所以学习好的人很多。大部分人都像是一个模子印出来的,要想找拥有气概的人,却找不到。我早年丧父,尝过人世艰辛,和那种爱嘲笑人的浅薄贵公子很难做朋友。请你明白。"

"原来你父亲过世了。我也送走了父亲和兄长,彷徨在尘世的角落。你现在高中几年级?"

"第三年。但因为我有一年数学不及格,现在上二年级。我不喜欢老师,和同学一起也不开心,总觉得世事无常,日夜与《徒然草》为友,于是愈发讨厌学校,明知不该荒废学业,还是留了级。之前我住在宿舍,又被家里叫了回去,整日做些俗务[1],烦恼极了。我听说你也失去了父亲,我们都过着苦日子,应该有很多共同点。"

说着,他和我都掉了泪。

第一期《文学界》上,应该是岩本善治[2],用了"秃木"这个笔名,写了一篇《兼好》[3]。其脉络和文笔都让人共鸣,我和邦子深受打动。如今这个人又说了这些话。与他的年轻不相符,他读懂了兼好文章里的悲哀。我为他感到忧伤。

我有些任性地说:"关于怎么避世,我有些想法。正邪本一体,善恶本不分。若能开悟,极乐之路也去此不远。若是只要披上袈裟剃光脑袋就能脱俗,那就不用烦恼了。苦恼是悟道的标志,烦恼即菩提。你所说的兼好法师,也曾是个凡夫。你就算现在从高等中学退学,也没法立即悟道吧?你应该继续努力。"

"星野君也和你说了同样的话,劝我别退学。确实,兼好直到42岁,都未能彻底斩断与俗世的牵连。"

他断续地说着,显得低回。他攒了一腔热泪,心中该有许多煎熬。

我们聊到了现在的女子教育,他说:"现在倒是有那么两三个女文学家,遗憾的是大多是在模仿西洋。我们《文学界》打算发扬女作者的日本思想,这做法就像雨夜的星星一样稀少。一开始就有志

---

1 帮家里看店。
2 岩本善治(1863—1942),女性教育家,评论家,事业家。曾任明治女学校校长,先后参与创办《女学新志》《女学杂志》《女学生》。星野天知等人创立《文学界》,是因为与岩本在文学方面有分歧。
3 一叶误会了,其实秃木就是平田。

于靠文学扬名的人,真正能在文坛开花的少之又少。唯有那些实在忍不住将满腔情绪付诸笔端的人,才会打动人心。明治女学校那边总算开始培养文学思想,不过近期内很难有人提笔成物。"

他又讲了星野天知、北村透谷和岩本善治他们的一些事。还有以宇宙为客栈的古藤庵[1]、户川秋骨[2]、矶贝云峰[3]。又谈到韵文的变迁,和歌的情况,如今的歌人们的人品等。以及有一次去松之门三艸子[4]那里玩所受到的震惊。话题绵绵不绝。

他问:"之后在《都花》上有什么著作吗?"我说:"在一百零一期登了一篇[5],谈不上好。"他又说:"下次来我家吧。也请到星野君那儿去。"

我从前就决定不和异性来往,当下也不好回绝,只笑道:"我才学浅薄、见识也少,混在诸位当中只显出自己的愚蠢,没什么意义。"

"没这回事,请一定来。我以后会经常来的,叨扰了。"

这时已到日落时分。菊池夫人等人正好来了,我们匆忙间又说了几句,好多话没谈够。

平田是个高个儿,穿着中学制服,透出几分落魄,果然如他所说的,没法做那些贵公子的朋友,对他来说活着很寂寞吧。他说"下

---

[1] 岛崎藤村(1872—1943),诗人、自然主义作家。代表作为《破戒》。此时他以"古藤庵无声"为笔名。
[2] 户川秋骨(1871—1939),评论家、翻译家、随笔家。
[3] 矶贝云峰(1865—1891),诗人。写和歌,也写新体诗。
[4] 松之门三艸子(1832—1914),歌人,艺伎。
[5] 指《晓月夜》。

回见"，告辞离开。

三月三十日

晴。一早，和邦子聊了会儿天。我家的贫困日渐紧迫，现在已经无处可借钱。妈妈催着我快点儿写稿，她经常对我说，不管怎么努力写，如果没有买家就毫无办法。现在到处都在问你要稿子，你却总是推三阻四的，不肯发表，这样太奇怪了。没有谁一开始就能写出名作。就算你对自己写的东西有些不满意，也该忍着。哪怕十年后你能成名，可是那期间总需要衣食。比起像眼下这样苦熬，哪怕是当个月薪十元的小官或是绑起袖子忙个不停的小商贩，只要能安定过日子，就没有烦恼。

我每天都想着不要当个不孝的孩子，却总是没法让妈妈满意，她老是忧心忡忡地说这些话。真是愧疚。（后略）

四月三日

天空晴朗极了，心情十分舒畅。妈妈去了安达[1]家。久保木姐夫

---

1 安达盛贞，樋口则义的熟人。

来了家里。这天夜里去了趟伊势屋[1]。(后略)

日记[2]

(明治二十六年六月十一日—六月三十日)

六月二十九日

晴,微云。福岛中校[3]归京,举行了盛大的欢迎会,我想让妈妈也看个热闹,中午全家一起去了上野。一笔难以写尽。三点左右到家。上野叔叔和清次来了。他们是去了上野回来的。

我马上出门去问前天拜托的钱款一事。没能借到钱……[4]从伊东家回来已经是日落之后。当晚,全家人热烈讨论,决定做买卖。此事我之前并非没有考虑过,等于是一直在琢磨的事,但妈妈不断叹息道:"你的志向不坚定,意志不够坚强,所以才变成这样。"纵然变卖家产做起买卖,我的心志也不会因此发生变化,不过老年人总是只看事物的表象来决定事情的好坏。日子难过,选择这个或选择那个,都是一样的难。今后的路又会有多难走呢?反正我们姐妹不

---

1 日记中首次出现去当铺的记录。
2 封面有"六月 夏子"。
3 福岛安正(1852—1919),陆军军人。曾在日本驻柏林使馆工作,明治二十五年回国时,单骑从波兰横穿西伯利亚,沿途做了各种实地调查。
4 此处用点线涂改了有关借钱的具体记录。

会在意人们的褒贬，只是一味地走我们认为对的路。唯有等到霜化时重新振作。

日记[1]

（明治二十六年七月一日—七月十四日）

人无恒产，便无恒心。就算揣着手憧憬风花雪月，没了油盐酱醋，便无法颐养天年，而且文学不该是糊口的工具。神思所至，心念所及，才为之提笔。今后我将不再走糊口文学之路，而是开始做起买卖，让算盘珠都沾上汗水。就像忘了去年春天的梦，我得忘掉从前那种簪花玩耍的宫廷人的日子[2]。虽然达不到志贺古都的规模[3]，至少赚点零碎波钱[4]，追求毫厘之利。既不求达到三井、三菱那样的豪奢，也不要做个愤世嫉俗之人。只要能让一家三口糊口便足矣。若有余暇便观月、赏花，兴之所至便咏歌、撰文、写小说。

书店[5]追随读者的喜好，不加思考地逼迫作者：这次请写殉情小说，要写出和歌歌人的优雅，太催泪的读者不爱看，太过精巧的如

---

1 封面有"明治廿六年七月 夏子"。
2 "宫廷人，倘有余暇，簪花度日。"《新古今和歌集》，山部赤人作。这里指荻之舍的生活。
3 "志贺古都荒芜久，长等山樱一如昨。"《平家物语》中的和歌。
4 四角钱币，背面有波浪纹。
5 明治时期的书店同时也是出版商。

今不流行，太过幽玄的不符合时下的风气，历史小说好，有政治倾向的好，最好是侦探小说，从这些当中选一个写吧。

我在这方面的经验还少，但此后不再有此烦恼。我逃到了这一界限之外，至少在文字上，我不想承担种种义务。

不过，从出生到现在二十余年，和左邻右舍两三户人家的交往我都应付不来，在澡堂隔着个小桶问候的时候，我也经常装着不认识就略过了，今后得和人嘘寒问暖，讨价还价，上批发商那儿进货，看顾客脸色，想想就难。而且我做买卖的本钱就跟蜡烛芯一般细，可真叫人发愁。这人世间就好比搁在架子上的达摩像，是睡是起，全不由人。造化之神啊，请保佑我吧。

且试着渡过 人世间梦之浮桥

七月四日

微云。广濑伊三郎[1]一早去了浅草。妈妈要去小林家商量借钱的事，说是既然要做生意，手头总得有点本钱，至少借五十元。不过以前问他家借的尚未还清，没法直接开口，便打算把家里所藏的十

---

[1] 一叶的舅舅卯助曾入赘广濑家，其子为广濑伊三郎。后入赘芦泽家，其子为芦泽广太郎、芦泽芳太郎。

余幅书画送过去做抵押。那些书画是爸爸珍爱的,不过若是变卖,卖不到二十元。妈妈和妹妹都说,有什么其他的可以一起交过去吗。

然而我们又不是指着东西的价格去借钱。如果信任我们,就算一张白纸也能借来一百,要是不信任,那就是一角钱也难。虽说"蔽芾甘棠,勿翦勿伐",时候不对,也都只能放手。在别人眼里,我大概是个不孝女吧。

"先顺其自然吧。把我们这边关于做买卖的想法讲清楚,如果这样还是借不到,就算了。"我让妈妈把东西带上。临近中午,她回来了,说那边也不宽裕,还不知道能不能借上,不过好像有点盼头[1]。

之后,妈妈去浅草找伊三郎。他定下了租住在田原町。这天夜里,我和邦子一起在附近散步。回家后下了雷阵雨。

七月七日

妈妈去了田部井家,托那边帮我们变卖衣服。即便卖了书画也拿不到几个钱。那些东西在爱书画的人手里才有价值,对于不喜好此道的人来说,形同废纸。而且那都是爸爸亲自选的。他或许在冥冥中也感到痛惜吧。没人买是好事。现在不卖。但必须筹到钱。虽然大部分的衣物早就变卖了,还剩下一两件绫罗绸缎,是我以前为

---

[1] 第二天,小林那边回信拒绝了借钱一事。

了参加中岛老师的宴会备下的，现在顾不上这些了。之前我一直想着，不管怎么穷，总要留下一两样，以备各种场合。但情况已经变了。见识过和歌界的衰败，让人懂得了人世间的浅薄和缥缈，如今我也不再有心思在华丽的宴席上得意洋洋地讲些什么。我已经决心抛下一切的烦忧，遁入市井的尘埃里，便不再需要点缀着春花秋叶的华服。这些衣料若能换个十块十五块的，就能作为本金。唯有先放弃这些，才能就着那头。

七月九日

妈妈又去了田部井那边。说是有人出十五元买我们的衣服。双面缎丸带一根，深红博多绢单面腰带一幅，闪缎单面腰带一幅，绉绸夹袍两件，绸夹袍一件。我说"那就卖"。傍晚，西村君来了。是我们让他来的，把事情经过对他讲了，让他帮我们置办物品。

七月十日

晴。从田部井那里拿到了钱。晚上又去了趟伊势屋，把当在他家的东西赎回来，打算卖掉。忙极了。给哥哥寄了明信片。

七月十一日

明天是爸爸的忌日，今晚算是忌日的前夜，煮了茶饭，做了汤。谈不上招待，喊了上野叔叔来。他从上午待到下午五点。晚上，藤村家的太太来找荻野[1]。哥哥来了。把做生意的计划对他讲了，他没说行不行，只说："你们原本就和我想法不一致，所以不管你们打算做什么，都与我无关。不过且看吧，最后不会成功的。等你们知道了过日子的艰难，要强的劲头也折了的时候，我也不会只是在旁边干看着。如果你们来求我，妈和你们姐妹的事，我会照顾的。在那之前，你们随意。"

他这人着实冷淡。我们没怎么深谈便歇下了。天太热，直到夜深都睡不着。下午去过老师那边，送中元礼。

七月十二日

早起。兄妹三人去筑地的西本愿寺上坟。回家后十分疲倦。下午做了缝纫。芳太郎来了，带话说，伊三郎打算做日息放贷的买卖。简直无语。报纸的号外来了，据芝加哥博览会特派员十一日上午九时发出的电文，昨天会场有大火，人员密集，死者十七人。电文太短了，不清楚具体的情形，不过写着日本人都没事，先放了心。妈

---

[1] 大概是樋口则义的友人荻野重省（竹洲），书法家。

妈又去了田部井那儿。

我 18 岁那年没了父亲，如同岸边的小船从此随波逐流，惶然在人世间走了四年。我思虑不足，没法像常人一样处世，终究变得像个边缘人。我原本就愧于自己的无才和浅薄，但我从来不曾违逆父母和兄长之言，也不会为了坚持己见与人争执，然而随着家里情况日渐窘迫，四处起了责备，我被说成是"一意孤行"，变成是我让妈妈妹妹难受，是我不资助哥哥。我笑笑不接这些话，说一句"世事不过如此"，于是，我每天照料着的妈妈从早到晚都在说："啊真遭罪，要是我五年前就走了，在你们爸爸之前走了，就不用像现在这样忧心了。为什么就留下我一个，想起来就难受。做子女的不听我的话，外人只会看我们的笑话。倘若邦子和夏子肯好好的按我或者虎之助的安排过日子，就什么事都没有了。不管怎么费心使劲，没用的女孩子家又能做些什么。啊太烦了，真不想继续过这样的日子啊。"

妈妈不知道子女的心思，子女也难猜妈妈的念头。想法无法付诸实现，外界和时机都没有站在我这边，想要尽孝，反倒成了不孝。我直到最近才懂了，这，就是人世。这世上没有是非的标尺，唯有独自漂泊。打过来的浪头高，而我是纤弱之身。时时可能被浪头席卷，让人难过。福岛中校穿过的群山高峻，西伯利亚的旷野辽阔。若觉得黑暗中耸立的难关显得烦闷、痛苦、悲伤，那都是人生的旅途。越过难关之后，便是覆盖棺椁的黎明。那时善恶之论方定。此时此刻的旅途中，无须听那些褒贬。按想好的去做便是。

尘中　下谷龙泉寺町时代

尘之中[1]

（明治二十六年七月十五日—八月十日）

七月十五日

这天开始找房子。太阳还没升起来，就从和泉町、二长町，到浅草的鸟越，然后一直走到了柳原、藏前一带。我的想法是，不求店铺气派，位置好。想好了要找租金便宜不引人注目的所在，所以尽看些小而破旧的房子。

我们家早早地就败落了，一直都住些窄街陋巷，但屋子总还是有格子门，院子里有树，屋里有地板。而这回看的房子，所谓的天花板乌黑一片，望之不快，柱子歪斜，地板低矮[2]，屋檐顶着屋檐，

---

1 封面有"明治廿六年七月　夏子"。
2 日式房屋的地板是在地面上架高的。

这家的厨房门和那家的厨房门连成一片。不仅如此,大部分都没有榻榻米,也没有纸门,也就徒有个房子的名头。

一开始,我被这情形吓到了,只在门外张望一下,无心进去问。想着这样走下去也没个头,还是该停下来问问,便去空屋的隔壁询问。有人热心地讲了一堆,也有人凶巴巴地说,去问管事的吧。管事的男的40多岁,秃顶,待在小屏风后的账房格子里,正在打算盘。他的身后摆着的大概是商家送的中元礼,小包的砂糖和面条等排成一溜。他说话的时候显得架子十足,很讨厌。

在美仓桥与和泉桥之间的小路上有座房子,两个房间分别是四叠半和两叠大,还有三叠店面,铺了地板。这房子有榻榻米,纸门也是好的。虽是长屋,但不太脏。说是押金三元,房租一元八角。一切都不错,只是完全没有院子,屋后直接抵着后巷长屋的屋顶,树什么的根本就是做梦了。我因为这一点有些介怀,便说,我还要让我妈看看,她说好才行。

邦子累坏了,走不动,很可怜,我说今天就看到这里吧,往回走。还不到中午。到家后又商量了许多。我说,虽然反复想过,但真的住到下町,还是不开心。下午再去西面高地找一找。

我想要院子。驹达、巢鸭、小石川一带,都是安静又好的地儿,但多是这位那位的别墅,我们这种小生意的店,不会有买家。那就没办法了。牛达那边的神乐坂不错,但因为有熟人[1]住在附近,不合适。

---

[1] 田中美浓子住在那边。

走了一圈定不下来，往回走。

从饭田桥来到御茶水大街这边，今天正逢开河[1]，河上漂着小船，在拉客。有人乘着马车驰过，走路的人打扮得漂漂亮亮的，显得有股得意劲儿。我回头望去，只见邦子拖着疲惫的双腿，挥汗如雨地跟了过来。哎，她真是可怜。幼年便失去了父兄，连小姑娘该有的玩耍都没尝过，每天过着凄凉的日子，最终成了个背离寻常人的模样，就连看见春花灿烂也不会感到快乐。我一想到今后的日子会有多难，想到她和妈妈，难过得不行。我不知道前行的方向，但已无退路。这种时候，才叫忐忑。

七月十七日

晴。去下谷附近找房子。邦子最近很累，没有同行，我和妈妈两人一道。在坂本通看了两家，都不中意。走到了名叫龙泉寺町的地方，有栋面宽两间进深六间[2]的屋子。左边挨着卖酒的铺子，去那里打听了一番。虽然屋里没有纸门[3]，店面六叠，另有五叠和三叠的榻榻米房间。是南北朝向的，看着不错。说是三元的押金，月租一

---

1 神田川开河，是每年庆祝纳凉季节开始的活动。
2 面宽 3.6 米，进深 10.8 米。
3 明治时期租房，有时房子不带纸门和榻榻米。

元五。而且有个小院子。后面一片虽然不是这个房子的院子[1]，有很多树，这也很好。我说，那就回去问问邦子，如果三个人都说好，就这么定了。拜托了卖酒的店家，回了家。邦子说没意见，我在黄昏又去了龙泉寺町。出了些岔子，房子差点落到别人手里，我做了许多打点。

七月十八日

晴。龙泉寺町离伊三郎住的地方近，所以租房的事全托给他了，可是到了下午也没有回音。我说那就去一趟，和妈妈一道出了门。正好错过了，他不在家。不过听说都办妥了，于是开始准备搬家。

七月十九日

晴。一早去猿轻町拜访藤本藤荫，聊了两个多小时。然后去找伊东夏子。对两边都讲了搬家的事。在藤荫君那里，小说的事谈得比较多。这天傍晚，把一些家具拿到了西村那边，打算请他帮忙卖了作为本金。顺路去了老师家。她病了，卧床休息。聊了一会儿，

---

1 后面是吉原的青楼万年楼的宿舍。

仓子来了。我让她陪着老师,立即回了家。家里有久保木姐夫帮忙,收拾得差不多了。今晚胸中骚动,睡不着。这就是抛却旧生活朝向新生活的不舍。

七月二十日

微云。十点从家里搬走。最近的种种,难以写尽。

新家在下谷通往吉原的唯一的一条道上,从傍晚开始便车声隆隆,灯火来去,难以形容。去吉原的人力车到凌晨一点都不停息,回程的车从三点开始喧嚣[1]。从不挨着马路、安安静静的本乡的家搬到此地,在这儿睡的第一晚的心境,是生来头一遭。

家是长屋的格局,隔壁住了一伙人力车夫。我心想,等做起生意会怎样呢。他们也会成为客户,不能得罪。人们都说,花街附近的风气不好。我们家没个男人,被轻贱、让人不快的事情会不少。有什么事,我一个人忍了便是。妈妈年纪大了,邦子又是不谙世事的,若是看她们发愁,我心里难受。那么要怎么开始做买卖呢,我费尽心思地琢磨着。

这里蚊虫多,傍晚便有叫作"伊蚊"的大蚊子出没,看着吓人。

---

1 作为官方认可的妓馆聚集地,吉原的店铺在凌晨两点打烊。

有人说,这个蚊子要到穿棉袍的时候才会消停[1]。那就是要到入冬才没蚊子,愁人。

井水的水质好,可是井很深。凡事只要习惯了,就不会像现在这样忐忑。以后会有熟人,做买卖也会变得熟练。现在这些不过是一时的烦忧。只是,如果我这样没落之后没有反转,就此一路衰败下去,恐怕这辈子再也见不到那个人,会被他忘记。被遗忘之后,我的恋情如同行云,消散在空中。那个人去过我直到昨天还住着的家。偶尔地,极其偶尔地,他会不经意地想起我在那个家里的模样,若是他因此怀念起我这个人,那便是我活着的意义。而我悄然离去,堕入这般寥落的尘世中,纵然他再因什么契机想起我,那也不会是对我的怜悯,而是轻蔑。"她终究无法清白度日,将此身付诸污浊。"他不会再对我有回顾之念。想到这里,我胸中窒闷,无法入眠,清晨的鸟鸣仿佛格外早。

这一晚雷声巨大,闪电亮得吓人。

七月二十三日

晴。早上,伊势利[2]来了。他用一上午给店铺装了架子等物件。

---

[1] 樋口一叶专家和田芳惠(1906—1977)提出,此处的"有人"指的是桃水,十九日访问的对象也不是藤荫,而是桃水。
[2] 石井利兵卫,樋口则义的熟人。

下午要回去时,他说会帮忙去批发商那里问一下,又问,谁和他一道去。我说那就我去吧,和他一道走了。在浅草东本愿寺门迹前有个叫中村屋忠七[1]的,伊势利和他是老熟人,便带着我到了那边。我托对方批五元的货物。付了一元订金。约好了明天送货过来。伊势利说,后天早上我来帮你摆放。都办完了,我回了家。

眼下手头并没有五元钱。伊三郎以前说过,一定帮忙筹钱。有他这句话,妈妈直接去了浅草三间町。不过这世上的事总是难以如愿。伊三郎的妻子[2]昨晚突然病了,他来东京是出门在外,带的钱不多,放在别人那里的钱还没拿回来,正是左右为难之际,留在老家山梨县的妻子也发了急病,家里乱作一团。他说,现在是把秋蚕的蚁蚕弄到蚕床的关键时候,没个男人在家怕弄不完,等这边阿若的病稍微见好,就要先回老家一趟。

妈妈说,他那边也够发愁的。

这就没办法了。我说,既然如此,去问问西村。

今天,上野叔叔来了。

---

1 杂货批发商"荣寿轩"。
2 东京的妾室阿若。

七月二十四日

一早微云。妈妈去了小石川[1]。到中午都没回来。和批发商约好今天到货,我心里焦急,想着借钱的事到底怎样了。十二点,妈妈回来了。西村说筹不到钱。我们以前把家什放在他那里寄卖,东西值二十元,妈妈催他尽快给钱。可他推脱道,要到下个月了。如今情况紧急,也没有其他路可走。妈妈又去和他说,哪怕五元也好,今天给吧。他拒绝道,现在快月底了,哪来的钱。妈妈便把事情的原委讲了,说有多少是多少,先拿上。可他仍然说无论如何给不了。不仅如此,他妹妹阿常还说了失礼的话。

妈妈说:"回来的时候我又去找了你姐夫,他那边也没钱。怎么办?"

我说,那就没办法了,先去跟批发商讲一声。我立即出了门。从田中町叫了车过去。他们正在装货,我编了个理由,求对方延个一两天。这边倒是顺利讲通了。我又马上从这里去找伊势利,让他不用来。

日落前不久,妈妈去了三间町。伊三郎已经回乡下了。晚上给他写了信,托他筹钱。我和邦子去吉原玩了。无法一一写下。这一天,妈妈还去找了三枝。

---

1 表町的西村铷之助家。

七月二十五日

晴。妈妈去中之町的"伊势久"茶馆找了千代[1]。托她找活计。她爽快地答应了，让妈妈拿了一件单衣回来。说是就按这个做样子，以后会不断托我们做衣服。邦子立即开始缝纫。这天夜里，我和邦子一起去三间町看了病人的情况，回程从花川户经过待乳山下，沿着山谷堀，从日本堤回来。直到天黑，我和邦子都在研究店铺该如何经营。

俗话说，"穷困潦倒泪沾袖，方知人心"。从前我家衣食丰足，我便以为这世上人人都情深义重，从不改变。人世的行路难，要到人情反复无常之际方显现。父兄还在世的从前，和我们落魄至此地的今天，人们看上去像是没变，但若是窥其内心，正如世事变迁，他们的心彻底变了。正因为如此，方有正人君子少而贞女孝子稀的道理。人们仅仅是被一时一地的感情所支配着度过一生。这无常的人世。又是多么悲哀的人世。

那个钏之助，以前他对我们家十分诚恳，如今却这般冷淡，正是他内心的映照。倘若我现在对他说，把邦子许给他，他的态度一定又完全不同了。人世间的种种真是可笑。也有像他这样的恋情：从前，我家门户高，他家门户低，他出于贪念，想要得到我妹妹。

---

[1] 木村千代。吉原的茶馆是狎妓的客人喝茶等妓女前来的场所。千代在茶馆担任女招待领班。在吉原很难光靠一间店铺维持生活，故此樋口一家需要做缝纫补贴家用。吉原的缝纫活的客户多是妓女。

经过时事变迁，他家富裕，我家贫困，他想要让我们领他的恩情。可我们完全不理会他的想法，于是他恨起了我们，怀着怨念，多半是想要趁这一次的机会来折堕我们，好如他的愿。也可能是我想多了，事情并非如此，但像他那般的人家，不可能没个五元十元的。就算他家没有，他也有朋友和熟人，一个男人家总能想到办法。尤其我妈妈还去低头求他了。左思右想，觉得他就是找我们报没能结亲的仇。想报仇就报吧。让他看看，樋口家就剩下两个姑娘，是不是毫无胆色。面对道理，我们像羊一样温驯。但面对仇人，我们决不会露怯。在这虚无的人世，倘有个埋骨之所，就足够了。才不要在那个钏之助面前低头。我家上有老母，所以凡事力求稳妥，我写一封信去，看他怎么回再说。

八月三日

多云。一早离开家。到根津片町找卖酸浆的店，穿过上野，去邮局取汇款[1]。七元。之后绕过门迹前，去批发商那里请他们发货。回家后，立即给伊势利寄了明信片。妈妈从伊三郎寄来的钱当中拿了两元，去了他在东京的家，是为了给阿若。早上，芳太郎来了。过午后不时下雨。

---

1 八月二日收到了伊三郎的汇款单。

天黑以后，和邦子一起去看灯笼。想看看换成人偶灯笼[1]的情景。回家路上下起了雨。人偶由安本龟八及其弟子们制作。此地成了东京的名胜。

每天晚上，青楼一带，有个弹三弦唱殉情故事的女人。年纪在三十朝上。她穿着淡蓝底鱼鳞纹的单衣，系着黑缎腰带，头上包着帕子，领口插着长柄提灯，打扮俊俏，脊背挺直。让人不禁猜测她从前是做什么的。想必是个曾引得黄莺鸣叫[2]的美人，如今也还留着几分颜色，却做这抛却容貌的营生，让人觉得她像个大彻大悟的比丘尼，又或者纯粹是为了自傲，为炫耀那把嗓子，想让人记住她而卖唱。男人们在言语撩拨的格子门前，女人扯袖子说"抽支烟吧"，两边说着"上去吧""上"的问答之间，无人理会她的哀歌[3]。

追逐风流败家财，忽闻轻嗽赴私会，外衣缠绕格子门，松之太夫低语声，听得四声钟响时，鸳鸯瓦冷霜华重，此身不待到明日[4]。女人们听了她的曲子，一定感同身受，心下不安。她扯开又细又薄的嗓音，三弦的音色悠扬，她慢慢走在大街小巷的背影，不知是她可怜，还是楼上听歌的人可怜？

---

1 中之町的彩绘灯笼在八月一日到十五日期间改换为人偶灯笼。
2 引自都都逸："我从前如花，引得黄莺鸣叫"。这句歌词后来在一叶的小说《浊江》中出现。
3 旧时的妓院常有妓女站在格子门后，经过的男人们用言语撩拨。妓女也会主动点烟递给客人以揽客。
4 这一段每句均是"五七"节拍，应是说唱艺人的歌词，试译为七言。其中，第一句来自都都逸，第二句引自长歌，"四声钟响"指的是凌晨两点吉原关门时分，"鸳鸯瓦冷"一句是《长恨歌》中的句子，后半句为"翡翠衾寒谁与共"。

前天夜里，我数了一下经过门口的车的数目。十分钟过去了七十五辆。按此计算，一个小时就有五百辆。吉原就是这么繁华。然而听说大多是带着女眷的游客，茶馆和青楼的实际收入很少。就连"伊势久"那样的店，也说有些晚上一个客人都没有。或许是那样。我今晚逛到九点，没看见一个由茶馆举牌相送的客人。不过，唯有"角海老"生意兴隆。

今晚在江户町帮了一个迷路的孩子。是个4岁左右的男孩，他什么也不知道，让人头疼。之后才发现，除了他爸妈，还有两三个人是一道来的。这边人不算多，做父母的居然丢了孩子，是一路看得有多入迷啊，真可笑。当他们终于回来找了自己的孩子时，也不向我们道谢，马上又往对面的巷子去了。真是几个怪人。

八月五日

晴。早上到根津的酸浆店聊了一下。然后绕到下谷区政府，打算拿点心零售执照。户籍还没办好，所以拿不了。今天批发商到下午都没来。伊势利说要来帮忙，一点左右就来了，于是我去中村屋那边催促。他们说马上就送货。等到两点还没来，三点也没来，过了四点，一直到将近五点才来了。太阳落山前把货上了架。店铺面宽两间,却只进了五元的货,可知有多冷清[1]。好在从田部井那儿买了玻璃货柜,才显得稍微热闹些。给伊势利上了酒。喝酒聊天到将近十点。

八月六日

晴。开店。对面的人家立即来买东西,我觉得很有意思。妈妈出了门,说要去付奥田那边的月息,顺便去田部井买盒子。老师来了信。她这两天要出门去伊香保温泉疗养,她不在的时候,想让我主持歌会。我写信推掉了。写信的时候想起来,前天给伊庭寄了明信片。

傍晚,拿了三件衣服去本乡的伊势屋,当了四元五角。在菊池君的店铺进了一些纸。两元不到。今晚第一次背货物。很沉。到家快十点了。带回来的纸明天早上要摆到店里,先趁夜理了一下。十一点就寝。

---

1 根据进货账簿,货物包含浆糊、发绳、扫帚、牙签、牙粉和火柴等。

八月九日

晴。早上有两名顾客。还不习惯做买卖，客人给了五分，却卖出去一角的东西，对着付了一角钱的客人，却只给了八分的货。之后一对账，都是些让人愕然的错。我们议论说，这样下去的话很难赚到钱。不过，到时候说不定就有了新的办法。

"伊势久"的千代来买东西。今天做了两角钱的买卖。下午，上野叔叔来了。留他吃了晚饭。天黑之后，西村来了，带了十元钱。听说上野房藏在征兵抽签顺利落选。

八月十日

晴。一早和妈妈去森下町买点心盒。回家的路上，妈妈去了三间町。得知伊三郎的妻子昨天早上逃走了。我感到愕然，立即给山梨的伊三郎写了信。又给北川秀子[1]写了明信片，说我明天过去买点心。

我从7岁就爱看草双纸[2]，把绣球和羽板球扔在一边，一心读书。

---

1 邦子的好友，点心和玩具批发商。
2 带插图的大众小说。

其中最爱看的是英雄豪杰的传记、侠客善人的故事,读来感同身受,为他们豪勇又多彩的经历感到愉悦。这样到了9岁的时候,我为自己将庸庸碌碌度过一生而慨叹,日夜盼着自己将来能有哪怕一件比别人强的。当时的我看不到人世间的真实情况,仅仅是想要成为天纵之才。那时候人们见了我,都夸我是"乖孩子""聪明孩子"。爸爸为此自豪。老师[1]对我格外高看一眼,给我开小课。我还是个孩子,当然无法正确地看待自己,一心以为天下无难事,自己必将有一番成就。虽然心里完全不知道自己要凭什么立身,不过在我眼里,那些追逐利欲的人是多么的浅薄和讨厌,想到人们像疯了一样逐利,我便视金钱如尘芥。

12岁,我离开了学校。那是由于妈妈的意见。她说,女孩子不需要有多大的学问,对将来并无益处。还是该学点针线,以及学着做家务。爸爸争论说,这样不好,再多学一阵吧。他还来问我,你觉得如何。我生来心性软弱,没法明确地表示我赞成哪一方。不上学让我难受得像死了一样,但终于还是停学了。那之后,一直到15岁,我一边帮着做家务,一边学习缝纫。

尽管如此,每天晚上我还是坐在书桌前。爸爸又给我买了和歌集等书籍[2],最终决定排除万难,让我重新上学。那时,远田澄庵和爸爸相熟,常来我家。爸爸问他找哪位老师比较好,他说,我女儿

---

[1] 青海学校时期的老师。
[2] 樋口则义传下来的藏书有《万叶集》《古今集》《新古今集》等。

有个老师叫歌子，和我很熟，这个人合适。爸爸就打算去找那位歌子。因为不知道姓什么，也不知道住址，便去问了荻野重省。荻野说，那应该是指下田[1]。如今的女学问家，除了她就没什么人了。他又去下田那边帮我们说项。然而下田女士当时担任华族女学校的学监，没有余暇，回复说，我不收住家的学生，来学校念书吧。

像我这样的穷人没法去念贵族学校。这样想着，便放弃了。过了一段时日，爸爸又和远田谈起这件事，对方说："我说的歌子不是下田歌子，姓中岛，家在小石川。她的和歌走的是香川景树的路子，书法则是加藤千荫的流派。虽然都叫歌子，下田如同小河，中岛则是泉眼。上学的事我来办，你们别犹豫了。"远田性急地这般催促道。

我首次进入荻之舍，是在明治十九年八月二十日。

尘中日记[2]

（明治二十六年八月十一日—九月二十四日）

八月十一日

晴。早上天没亮就出门了。到北川家的时候刚五点半。她父亲藤兵卫带我去进点心和玩具。我从出生到现在，从未见识过这种地

---

1 下田歌子（1856—1936），实践女子大学的创办人。
2 封面有"叶月 樋口夏"。叶月是日本的旧历写法，意为八月。

方的光景，太热闹了，简直可怕。快到中午的时候回了家。上架还没弄完就有孩子来买。各方面都还不习惯，总出错。

八月十九日

晴。大风。上午，西村的母亲来了。照例谈及她家钏之助和邦子的亲事。傍晚离开。

明天是镇守这一方的千束神社的夏日庙会。人们闹哄哄地说，今年格外热闹，还会有山车游行。隔壁卖酒的店将在这两天搞特卖，正在把装饰的酒坛子不断垒起来，那情景很有活力。想想看，我们家也是做买卖的，却这般寂寥，在这时节显得不大好。可又做不到为此投下本钱增加货物。就算能做到，也不一定能卖掉，不该为此花本钱。我打算去趟中村屋，稍微买点陈列盒回来[1]。晚上，我出了家门。那边说今晚来不及，明天早上送来。我又买了五角钱的火柴。这东西便宜，而且能撑场面。今晚一直忙到夜深。

---

1 根据进货账簿，第二天进了四十五个盒子。

八月二十一日

山车和神轿游街,热闹极了。可是生意并不好。那是因为孩子们都被货郎给吸引过去了。

八月二十五日

(前略)这四五天格外忙碌,不仅如此,头痛愈剧[1],有几天躺着。日记也记不动。

尘中日记 今是集(乙种)[2]
(明治二十六年十月九日——十一月十四日)

最近一直怠惰,这本日记到今天有多少天没写了呢。家里的事,外面的事,没片刻清静。眼中所见,耳中所闻,有许多感想,要让我此刻一一写下的话,实在烦不胜烦。总之,我为昨日之我感到羞愧,但并不后悔,同时写下今天的我觉得是正确的事。

---

1 根据邦子的《杂记》,一叶从明治二十五年秋开始头痛发作,二十六年入夏后愈加严重,以至于无法写作,这也是她决心做买卖的原因。
2 封面有"廿六年十月 樋口夏"。另有一本"甲种",两本的内容略有出入。

十月九日

晴。这两天无论晴雨，每天都在图书馆待一整天。今天没去，在里屋读书。店里从前几天起销售额很高，邦子忙得都没时间坐下。听说，因为我们店铺的影响，附近原有的两家店都关门了。好像是因此我们的生意才更忙了。我这边无心竞争，仅仅是顺其自然地做买卖，所以大概是看店的邦子自带了运气吧。

我把店里的事都交给她，除了四处进货，我既不懂收钱也不懂揽客，只会缩在后面作为住家的两个房间里看书写东西。那些买两三分钱货物的客人围在店里，要这个要那个的声音犹如蝉鸣一般。一道纸门相隔，我的房间聚集了中国和日本的圣贤与文人墨客们，宛如仙境，在尘世中掀起清风，这清风又穿尘世而过。我的浮草之舍也算是一奇。[1]

十月二十五日

晴。上午，去神田进货。下午，平田秃木来访。他来约稿，说是务必给下个月的《文学界》写一篇。七月以来，头一回和文学圈的人见面，我高兴极了。他住在日暮里那边，花见寺的隔壁，好像

---

[1] 这一段是"甲种"的内容。因有关写作，特此补上。

是叫妙隆寺¹。

这天夜里,巡警田边来了。来谈救济贫民的事,又提了亲²。

尘中日记³

(明治二十六年十一月十五日——十一月二十六日)

十一月十五日

到小石川去看老师。七月十九日一别之后,今天是第一次见面。有很多话要讲。情绪激动,忍不住热泪盈眶,有时连话也说不出了。这半年,荻之舍有许多的变迁。

水野铨子嫁给了会津藩主⁴。

龙子生了孩子。听说是个女孩,健康,个头大。

中村礼子结婚又离婚了。老师找了个养子。大野定子离世。加藤家的寡妇苦于足疾。

另外,荻之舍多了些新弟子,还有些其他事。在所有这些变化当中,沿袭不变的是星期六上课。不论寒暑,每人咏两个题目,四

---

1 平田住在青云寺。
2 关于田边的记述仅此一处,据和田芳惠的研究,提亲对象是一叶。
3 封面有"十一月 夏子"。
4 铨子的父亲水野忠敬是旧沼津藩主。不过这里记载有误,铨子的丈夫是南部利克,旧八户藩南部家十二代家主。

首和歌，吟花、赏月，不论俗世有什么风波，只管用枕词[1]怡情养性。用名山大川填补文学的不足，日子悠长，如在仙界。还有田中美浓子和小出粲的绯闻也是一如从前。

老师的家原本就宽敞，去年和今年又加盖了房间，数一数差不多添了十间。院子由园丁打理，家里的陈设也不惜金钱，这个家可谓应有尽有。老师被称作当世女杰[2]，屋外的旧门牌仿佛都闪着光，她出入坐的是带家纹的黑漆包车，不知什么是疲惫，库房里堆满了绫罗绸缎。今天老师要去式部长官锅岛侯[3]那里赴宴，她穿上适合冬月夜的外出服，由用人帮着调整腰身和下摆，整个人显得庄严。老师在荻之舍和社会上都受人敬仰，而且她也定下了继承家业的养子。

我以为老师不会再有任何烦恼。她却叹道："哎，我真想去哪处荒原或深山，挖一颗一尺见方的钻石。我如果能有这辈子都用不完的钱，就能远离世人的褒贬，悠悠哉哉地过日子。为人在世，就不得不说些违心的谄媚话，做一些不由自主的举动。我如果比现在年轻个20岁，就会用尽全力，想尽各种办法，为老年的享乐做好准备，但到了我现在这把年纪，就算想靠自己的力量安稳度日，也是做不到了。哎，不是我贪心，我就是想要一尺见方的钻石。"

她常说别人的坏话，却又最恨别人讲自己的坏话。为什么要抛

---

1 和歌的前置修饰语，根据主题和季节等，有许多固定用例。
2 指《读卖新闻》所刊《明治闺秀美谈》，其中有中岛歌子传。
3 锅岛直大（1846—1921），佐贺藩第十一代藩主，中岛歌子定期上门去给其夫人和女儿讲课。

弃内心的钻石，反而去深山寻求？如果将内心的钻石加以打磨，穷人也可以富有，污浊之身也能变得清澈。即便尘世就像双臭鞋，个中取舍全在我一心。与钱财没有半分关系。让人依旧无法舍弃的，是这世间的种种，如此人便有了恋情，有了迷惘，为情义所牵绊，被人说成是不知满足，在苦乐之间徜徉五十载。如此想来，尘世间倒也有趣。

我到屋檐下一看，黄色和白色的菊花散发幽香，沾着露珠，那景象让人怀念。我从前在这里生活，也曾被称作这家的女儿，这院子也好篱笆也好，那时都可以说是我的[1]。如今我住在挤满了小房子的穷街陋巷，和长屋居民以及叫花子为伍，每天计较着几分几角的，过着看不到头的日子。在自己家不怎么想这些，重新接触老师家的氛围，不知怎的就落下泪来。这眼泪是为了什么呢？若是想要过锦绣富贵的日子，就不该去吃苦；如今是我自己选择流落到这般地步，便应该满足地一笑置之。啊，真傻。是我有两颗心，还是我的心有真有伪？是一颗心对着另一颗心在说谎吗？不，心不会说谎。以及，心不会变动。变动的是情。这泪，这笑，都不是从心底涌出，而是为情所动，是情的表现。

老师因为我来高兴极了，一时间顾不上要出门，聊个不停，舍不得时间过去。我也忘了该告辞，不断地说，再聊一会儿。我们之

---

[1] 明治二十三年五月到九月，一叶作为住家弟子在歌子家，被当作女儿养。歌子曾暗示过想让一叶当她的养女。

间毫无隔阂,一边是慈爱的老师,一边是温良的弟子。从前我骂她"轻薄",在背后说她"伪善",那个老师到哪里去了呢?从前老师骂我"不领师德的不肖弟子,只想着自己扬名",那个被她骂的弟子又去哪儿了呢?我如鱼得水,不觉就过了愉快的半天。此番心境,一如从前去半井家的情形。

正所谓,"未见得花看盛开月看圆"[1]。两情相悦才是恋爱吗?恋情或藏在深谷的河水之下,或如那折不到的高岭之花,让人辗转反侧而不得,才愈加炽烈。譬如去看戏的日子,看过之后,想要看戏的心会比看之前更盛吗?古人说"有苦才有乐",并非如此,苦到深处便是乐。

我对人世间的一切加以斥责,是错的,我以为自己被整个人世排斥,也是错的。仔细想来,我不懂得恋情的本质。尘世间必然有善人,也必然有恶人。我不知道别人怎么想,但就我所见到的,任何地方总有至善至美之人。人为了满足自己而做事,但其实不用做到十全十美。因为人不会因为满足而满足。就如十五的夜晚,月亮有时也会被云遮蔽。

---

1 引自《徒然草》。

十一月二十三日

星野写信来催《文学界》的稿子。还没写好[1]，今晚通宵。

十一月二十四日

写了一整个白天也没写完，晚上继续。女子的头脑太弱了。我整整两天两夜没睡了，却愈发地清醒，脑子也愈发地明晰，然而当我拿起笔想要写什么，思绪就像行在云中，古怪的是老在同一个地方打转。我心想，怎么才能在明天写完呢？如果写不完，就算死我也不放弃。想来想去，就这样，传来了二更的钟声。脑子更加清楚了。月光像烟一样落在霜上，景色一片朦胧。看着这般深夜的景致，更是睡意全无。然而词句到不了笔尖，接着传来了早晨的第一声鸡叫。然后开始有行过大街的车声。我心里愈发急躁，念头转来转去，无法下笔。就这样，天亮了，对面和隔壁的人家传来开门声、去打水的声响，我如同被拽入云中，不觉间睡着了。

---

[1] 此时在写《琴音》。

十一月二十五日

晴。早上霜重，乍一看仿佛下了初雪。中间只睡了片刻。早上又去金杉进点心。冷得要命。可能因为心神稍微得到了休憩，今天写得很顺，上午把稿子也誊完了[1]。寄给星野是在一点左右。下午，给秃木写了明信片。菊池隆直来了。明天是他家隆一君的一周年忌，所以送了蒸的吃食过来。他请妈妈二十六日过去。

尘中日记[2]
（明治二十六年十一月二十七日—明治二十七年二月二十三日）

二月二日

今天第一次出门拜年。衣服都送去当铺了，家里没有一件可穿的。邦子好不容易做了件小袖，背后、前袖和领口都用另外的布拼接的，套件外袍，就看不出拼接。穿这件衣服出门，每当吹风都怕袖口翻起来。寒风拂面，并不觉得寒冷难耐，光是出了一身冷汗。

这个月的钱还不知从哪里筹措，想着今天去朋友家借钱，出了

---

1 赶稿是为了赶上十一月三十日刊的《文学界》第十一期，结果《琴音》刊在第十二期。
2 封面有"十一月 夏子"。

门。我心想，虽是这般打算，但伊东夏子那边从前借的还欠着不少，而对那些不了解我的人，又不适合开口提这种要求。该怎么办呢？又想道，那个西村有的是钱，问他借个五块十块的，应该任何时候都不成问题。我原本也不是想要去讨好他，受他的恩惠。他要不愿意就算了。我就竹筒倒豆子一般跟他说一声就是了。

我在坂本叫了车，先去汤岛见了安达盛贞。到久保木姐夫家，就在门口问候了一声。然后直接去了小石川。我想着待会再去西村家，于是过门不入。在老师家门口让车走了，进了屋。正好新媳妇[1]在。一起聊了许多。老师说，三宅龙子要开课了[2]。龙子的夫君收入窘迫，家用不足，龙子作为才女，又是体谅人的，故此有了这样的想法。

老师不停地劝我开课，反复说："一定不要放过这个机会，你要扬名于世。你也不用为发起歌会当天的费用和其他琐碎担心，总会有办法的。最后你还会有收入呢。"

我彻底回绝了。老师又说："我还有话对你说，下次再来。今天要去末松君那边讲课。"她出了门。

我也立即告辞了，去了西村家，在那边吃了午饭。和西村聊了许多。他说，钱的事明天再回复。

我又叫了车去神田，结果藤荫君搬到根岸去了，没见着。我去找伊东夏子，她家的房子卖了，说是明后天搬到某处去。正是乱糟

---

1 中岛仓子，已经确定她要嫁给歌子的养子廉吉，故有此称呼。
2 作为专业的歌人收取弟子。事实上，龙子为家附近华族女校的学生们讲授《紫式部日记》，歌子得知后，逼龙子正式开课，以向她收取"门派费"。

糟的时候，我们不顾忙乱，聊了起来。我在她家待到晚上，她给我叫了车回家。

二月二十三日

去根岸见了藤荫君。他讲了他家女儿另立门户的事，又讲了许多文学圈的事。我今天打算去本乡找一个叫久佐贺义孝[1]的人，所以在这里没有久留。

久佐贺住在真砂町，他创立了名叫天启显真术的占卜法，很有名。我已被抛到了尘世中，那么，我该投身到哪一道潮流呢？想要倚靠一个有学问、有实力、有财力的人，有趣、从容又勇猛地渡过世间的惊涛骇浪，可是对方和我素未谋面，也没人来为我们做介绍，那就只有我自己去找他了。

---

1 久佐贺义孝（1864 — 1928），投资人、实业家、易学师。年轻时修习禅学和汉学，后来赴朝鲜、中国、朝鲜、美国等地，回国后创办"显真术会"。

日记 尘之中[1]

（明治二十七年二月二十三日—明治二十七年三月十四日）

（接上）刚过午。听到耳熟的卖豆腐的叫卖声，想起来，这是我们住在菊坂的时候常买的那家。路人告诉我，镫坂上安静的所在就是久佐贺的家，在真砂町三十二番地。转过某间寄宿舍的拐角，原来那地方就在我家旧居再往上的位置。在大路稍微拐进去一点，涂成黑色的围墙后耸立着栎树，通往那边的小道竖着指示牌，上面的字经过风吹雨打显得淡了，仍能看出是"天启显真术会总部"。就是这里。我的心跳加快了。

走进去刚到玄关，有人粗声叫道："喂！"应该是个书生。十七八岁的男子将两间宽的拉门开了五寸许，站那儿说话。

我说："我是从下谷那边来的，有事与老师相谈，想等人少的时候再求见，麻烦问一下，我几点过来合适。"

他问："是来占卜吗？"

"不，不是占卜。"

他又说："那是出了什么事来求问的吧。您的姓名？"

我答："我第一次来，就算通报了名字也没意义。就说我叫'秋月'吧。"

男人进去了，不一会儿就出来说："要谈什么？老师马上就有

---

[1] 封面有"廿七年二月 夏子"。和《日记 忍草》一样，最初只写了"日记"二字，后来补写了标题。

空。"这家没有架子，我开心地请他带路。

隔着一道纸门，便是占卜处。地上的地毯看着很不错，房间约十叠大，里面有书架、多宝阁、黑色三层架等，大概都是哪家富豪送的，华丽得让人目眩。有两个匾额。一个写着"静心馆"，另一个不知是什么。壁龛里挂了两幅一对的绢本画。有个人背对壁龛坐在大桌前，正在用火筷拨弄暖手火盆里的灰，他就是久佐贺吧。年纪在四十[1]左右，小个子，嗓音沉静却有力。桌前有个大火盆，那前面放着坐垫。

"坐那儿吧。"他劝我坐。我和他彼此沉默了一会儿，那边开口问："那就听一下你要说什么吧。你是出了什么事吗？"

《徒然草》的兼好法师写过，听了名字就会想象对方的容貌，然而见了面就会发现，没什么人一如预想。诚如所言。因此，我之前想好了要说这个说那个，眼下却说不出来；另一方面，有些话原本不打算说的，却又打开了心扉。

"我在这里要先说一句，突然来叨扰，多有得罪。而且我作为一介女子，有种种不守社会规矩的举动，您待会儿听了可能会觉得我是个疯子。我之所以这样，是有原委，有究竟的。您心胸宽广，能容下天地，那就请不要在意我的傻话和不够高尚的言语。我虽然置身于充斥着爱憎好恶的尘世间，但仍留有一道赤诚。如果您能聆听

---

[1] 实际是30岁。

并给予教诲，我将不胜欣喜。我就像那没了去处的穷鸟[1]，迷失在宇宙间。您宽广的胸怀可否成为我的栖木呢？请先听我说。"

他往前凑了凑，说道："哦，有意思，你说来听听。"

"我没了父亲，至今六年。漂泊在浮世的凶猛浪潮间，东一天西一日，有时与云上的风花雪月为伍，有时又与地上的尘埃为伴。我有一位老母亲，一个不谙世事的妹妹，到去年为止，我还过着像个年轻姑娘的日子。请听我说，老师。这世上的人不讲情义。我全靠着心里信赖的一些个人，把这浑浊的世间当作是清澈的，诚实地过到现在。可我其实被骗了。一旦我清醒过来，便头一回意识到，自己是在宇宙里迷失着，背负着人们不知道的苦楚。从此我认为人世间是无聊又虚无浅薄的，如今我在下谷的巷子里开了家小店，太小了，都谈不上是做生意。我打算就此安定下来，可是人世间的艰辛不是那么容易逃脱的。如今我连老母亲的三餐都无力满足，我和妹妹的苦恼就只有这一件事。我看不到希望，不知道自己可以做什么，珍惜这条性命，也只是为了母亲。我想那就索性牺牲自己，冒个大风险，来试试看做投机买卖。可我作为穷人，没有一分钱的结余，没法靠自己的力量来办这件事，于是我想到了老师您。都说'穷鸟入怀无人捕'。老师您穷尽天地之理，又有着慈善心，救万人于苦楚，您如果有什么见解，请指教。老师，拜托您了。我这场病急乱投医的始末，您应该也了解了吧？"

---

[1] 日本谚语，穷鸟入怀，猎人不杀。意思是对走投无路的人要给予帮助。

久佐贺盯着我瞅了一会儿,叹了口气,问道:"你几岁?哪年生的?"

"申年生的,23岁。三月二十五日生。[1]"

"你的生辰很好啊。倘若举一下关于你的优点,你有才,有智,处事机巧,且有缘悟道。可惜的是,你的期望过大,有破败相。你的福禄十足,但并非金钱之福,而是靠天赋获得的一种福气,你得靠天赋成事。而且不管是任何一种买卖,只要是做买卖,于你都不合适。更不要说在投机市场搏价格多少了,我是一定要劝阻你的。你要舍弃所有的杂念,这辈子就以安心立命[2]为本。这是上天给你的天然品性。"

"这就怪了,我现在也是安心立命呢。说我期望过大有破败相,是指什么?五蕴皆空之后,人人都是四大破灭[3]。期望也好念想也好,都到那时为止。我这辈子的愿望,无非是自己一路零落,最后变成街边的乞丐。我苦苦煎熬,无非是为了把变成乞丐之前的每一天过下去。我想着反正这辈子是完了,才要化作月亮,或是化作樱花飘落。既然我已经期望破灭,那还有什么可破败的?总之,我想要一个埋骨之处。老师,久佐贺先生,请指点我,埋骨之处在何方?我不想听那些为人处世的道理。如果有什么有趣、体面又顺当的事业,

---

1 按新历,一叶是五月二日生。她即将满22岁,这里是虚岁。
2 儒家"尽人事,听天命"的思想。
3 五蕴,佛教用语,将人的肉体与精神分为色、受、想、行、识。四大,是指构成万物的地、水、火、风。

请您指点。"我终于挤出一个笑容说道。

"就是这个，就是这个。"久佐贺拍了好几下手。"期望圆满，是人之常情。而达成圆满，正是我的使命。破败这事儿一时说不清。你最喜欢的是什么呢，我想听一下。"

"锦衣玉食，我觉不出乐趣。倒是面向自然，和不说话的月啊花啊交谈，才让我忘记人世的烦恼，仿佛进到造化的深处。我还是面对景色的时候最愉快。"

"请把自然景色和人映照着看。这样一来你就会发现，所谓人的本性，并非偶然。鸢尾花或是瞿麦花，有各自的本性，散发各自的香气，这便是世间的姿态。人人都知道草木有种植的时机，却不知道人的事业也有合适起步的时机，真是愚蠢。远因、近因、来处，情况不一。人们只知道现在的痛苦，却不懂得其根源，只是无力地挣扎，而没有治本。人的机运大盛的时候，老天也拿他没办法。所以当人强势的时候，我做不了什么。我所做的，是成为人们的精神病院，痛苦的慰问者，人世的垃圾桶。我做的事就好比收集碎布头、白纸、练字的粗纸，进行甄别，各尽其用。就算是被当作碎布头扔掉的小袖的碎片，只要用正确的法子重新制浆，就能变成崭新可用的纸，呈到贵人的跟前。以旧作新，修破如整，是我的工作。我赞成你所说的，你的品性也是我喜爱的，合乎我的本愿。你如果打算以爱自然的真心作为倚仗，那么其他事不就是些琐事吗？把这种琐碎的牵挂变成负担，是因为你不懂得怎么把道理运用在日常中。我这里有运用的法门，而且很简单。只要你彻底理解了精神的本原，运用到日常没什么大不了的。不过呢，知人容易，知己难，就算了解本原，有时还是会在细节上迷惘，这也是没办法的。我们的会员在日本有三万多。每个会员情况都不一样。有些人比我更优秀，也有些人，我把他当老师来尊敬。但是，纵观其三世，占卜这一世的情况，又是另一回事了……"

久佐贺的话渐渐多了起来。他聊了许多，关于会员、来占卜的人，真是谈笑风生。我也和他一见如故。一直聊到了四点。这中间有个会员来求问，又有人打电话来报告大阪米市场的价格，他忙个不停。

太阳快落山了。我该思考的一些事也问到了，我今天就此告辞，离开了他家。听说后藤大臣及其夫人都很敬仰他。还谈了些高岛嘉右卫门和井上圆了[1]的哲学方面的话。

二月二十五日

西村君来访，聊到午后。平田君来了，西村君便回去了。在我们家逼仄的房间里聊了许多，玩到五点。《女学杂志》上刊出，"田边龙子 鸟尾弘子 合开歌塾"。我百感交集，今晚难以入睡。

---

1 井上圆了（1858—1919），佛教哲学家，教育家。

二月二十六日

星野君来了，带来了《文学界》十四期的稿酬。他们杂志社本月搬到三轮那边去了。他让车等在外面，直接回去了。

二月二十七日

去牛込找田中君。我原本不知道她从新小川町搬到了牛込的筑土八幡前，找了好久。结果她去柴又[1]参拜，不在家。可我有事找她，不想就这么回去，便对她家人说，我去神田买点东西，待会儿来。我在多町进了些玩具，回到她家。等她回来，开始聊天。正好伊东信子[2]也来了。

我们聊到了中岛老师。听说，她的品行日渐败坏，吝啬也愈发严重，看不到半点专注于歌道的样子。她只想着多招生，在我离开后，来了二十多个新弟子。我问新人们的和歌作得怎样，田中君说，去年十二月期末的时候一起作歌，她们当中十之八九作得很不工整，语格混乱，缺乏和歌的风情。还好没有其他和歌界的大人物在。总之荻之舍衰败的情形让人叹息。

---

1 南葛饰区柴又村题经寺，又称柴又帝释天。
2 伊东夏子的母亲。

田中君还说，交上去的和歌过一个月乃至十个月，老师都没有改了返还。这话应该不假。以前我还在的时候也遇到过。

她又说："这些情形龙子是清楚的，她之所以开设歌塾，一定有她的一套想法。她一定以为，老师就像红叶，不过是一时之盛，如今趁势便可以迎来属于自己的春天。至于鸟尾，并不足道。龙子是被老师的一番好话给哄骗了，也不想想我们的才学有多少，就做下这样的举动，将成为世人的笑柄。这世上真是人人都会变成敌人。"

我彻底无语。也不愿多想。我原本就在这浮世随波逐流，有什么可叹的呢。田中则不然。她好不容易在歌坛初展头角，就被做师妹的坏了名誉，就像早晨的霜一样马上要化掉，那自然是很遗憾的。

我说："纵然老师无情，朋友无信，你也不要难过。最重要的只有一样，就是你的和歌的实力。都说'三日不见樱花开'。我不清楚你是不是已不复从前，在歌道上有大进展。不过就我原来知道的，且不说当代吧，能流传到后世的和歌，你是做不出的。你得排除万难，专注歌道。我今后也会为了你尽一份力。多咏、品评、讨论和辩论，我们一起来磨炼吧。我最近当个小商人，没作和歌，可你一定在不懈怠地努力。都说'他山之石可以攻玉'。有什么一个人做不了的，就一起吧。"

田中喜悦道："你有这份心，我比什么都高兴。"

我知道，这个人没有洁身自好的想法，可是像龙子那样，外表装作清白，内里肮脏，着实可憎。田中脏就脏吧，她被很多人厌弃，可我至少想帮她在歌道上前行。左右都是污浊。老师，龙子，还有这一位。我为什么会在污浊当中取此舍彼呢，是因为她是个被潮流抛下的弱者，我看不下去。主动承担别人没有要求的义务，为此一个人辛苦，我真是不知轻重，让人发愁。我们聊了很多，直到天黑。她雇了车送我回家。

二月二十八日

早上，久佐贺来了信。信中说，我感到你有着不凡的精神，我希望我们以后可以密切地交往。近来卧龙梅[1]开得正盛，我们什么时候一起去吧，同时欣赏一下天地的花期与人世的花期，会很有意思。你哪天有空就告诉我。另一张纸上写道，盼着你下次再来。又有一首和歌——

客访心期盼，微喜秋之暮。

和歌作得糟糕[2]，字也不能算好，但他是个有才学并且想要风靡一世的人吧。邀我去赏梅，他大概是有什么盘算。我笑着想，我才不会上当，然后写了回复。

1 南葛饰郡龟户村龟户天神社东面的梅园。对当时的人来说路途颇远。
2 明明是春天，却作了秋天的和歌。

"我是个穷人,没有闲暇去闲雅的天地探索自然之妙,感谢您的邀约,不过请见谅,我不能同去。虽然无缘见到香入衣襟的梅花,但我会将您的好意当作月和花欣赏。改日拜访,愿聆听教诲。"

算不上回歌,我写道——

世人多摘忘忧草,古松可有真诚意。

尘中日记[1]

(明治二十七年三月—明治二十七年五月二日)

心有所思,作和歌。

无人复耕耘,敷岛歌田荒。

荒芜的不仅是和歌的歌坛,如今道德败坏,人情薄如纸,朝野人士追逐私利,不顾国家大事,这世界究竟会变成怎样呢?我知道,自己一介女子忧心也无用,但我不是只考虑自己一日安稳而不为后世忧心的人。只要稍微有人性的人,投入自己的全部热情,不畏生死,顺乎天地法则来努力,那么无论是圣人还是蠢人,无论是男是女,又有何区别?若觉得我这样想可笑,那就笑吧,若想要嘲笑我,

---

[1] 封面有"廿七年三月 夏子"。

就嘲笑吧。我的心与天地一体。我的志向在于国家的根本。有一天我力所不逮，尸骸曝于荒野，成为瘦犬的食粮，纵如此也是我所愿。如果一个人费尽艰辛，并不是为了得到奖赏，辛苦也不是为了得到回报，其道路自然宽阔。所以不该像现在这样过着锱铢必较的日子。往事已如前尘，没什么可烦忧的，我打算关掉这间店。

邦子是个没耐心的人。最近她对小买卖彻底厌倦了，什么也不考虑，不停地说"别做了"。妈妈也说："与其这样在尘世间打滚，我还是希望能住在小小的但是独栋的房子里，身上能有柔软的衣服。"

不论她俩是否知道我心中所想，总之她们一心想要关店。可这几年间，家里能卖的都卖了，能借钱的地方也都借过了，等关了店，就彻底没了进账，对此不得不做打算。我们想了个对策。打算向锻冶町的石川银次郎[1]借五十元。爸爸在世的时候，经常借两三百元给他家。而且他的买卖做得很大，在当地说话有分量。我们以前只去要过欠款，还是第一次问他借钱，想来没有被拒绝的道理，所以打算问他借。这笔金额虽然不大，但对于前途未定的人来说，一时也下不了决心。我说，等到下个月樱花时节，看买卖的情形再说。

---

[1] 石川银次郎开了家制作和售卖鱼糕的"远州屋"，樋口则义曾贷款给他的父亲。根据日记，明治二十五年九月也曾向银次郎借十五元。

三月二十六日

去见了半井先生。妈妈也说，以后要更投入地写小说，通过他那边，能有些起色吧[1]。

一直遮蔽我头顶的浮云，如今只有我家这片放晴了，能在光天化日下去他家，让我高兴极了。我先写了信，问他在不在家。他回信说，我生病卧床，若不介意就来吧。

这天的天色不太晴朗，我的心如同射出去的箭，不肯停在原地。下午出了门。先生脸色苍白，变得消瘦，完全看不出旧时的模样。他说，一别之后，没有一个月是好端端的，一直在生病。

真可怜。他说话也很费劲，我们没聊多久，我就回去了。

三月二十八日

妈妈去音羽町找佐藤梅吉[2]借钱。没借到，她在归途中去了西村家，讲了我又开始去荻之舍的事，向他们借钱。对方说没法立刻筹到钱。可是妈妈刚到家，钏之助就雇了车来了，问我们金额。他应该是不想让他父母知道。

---

1 后来桃水把博文馆的大桥乙羽介绍给了一叶。
2 曾是真下丞之助家的仆人，和樋口则义相熟。

进入四月，通过钏之助借到了五十元。借方是个名叫清水竹的女人。每二十元附加两毛五的利息，期限未定。这多半是钏之助的钱。这时中岛老师那边也有了进展，说是以后按月给我些报酬[1]，让我帮她。

她说："我凡事都把你当作我的孩子，你也该把我当作你的母亲，为将来打算。我这个荻之舍，就等于是你的。"

我说："我没有才能担此大任，这对我来说是过重的任务，不过，我愿为歌道尽一份绵薄之力，您若能指点我后面该怎么走，我就很感激了。"

事情姑且谈妥了。我从这个月初开始去给学生们上课。

樱花开得早，落得也早。一直都是风雨交加的日子。这段日子，锻冶町的石川银次郎那边也不顺利，好不容易才借了十五元。终于确定要搬家了。新家在本乡的丸山福山町，挨着福山藩阿部家的旧宅邸所在的高台，临着一处小小的池塘。以前是叫"守喜"的鳗鱼店的别栋，外观不太旧。房租每月三元。虽然贵，还是定下了。

变卖店铺和搬家，说来话长，我连回忆起来都嫌烦，忧心的事太多，就不写了。

---

[1] 每月两元。

水上　本乡丸山福山町时代

水之上日记[1]

（明治二十七年六月四日—七月二十三日）

六月四日

晴。下午去小石川给歌子老师的亡母扫墓。在天王寺。昨天是三周年忌，我有事没能去，今天和邦子一道。在墓前供奉了花，静静地抬头张望四周，只见有两只不知从哪里来的小蝴蝶吸了花蜜，又飞到墓石上停了会儿，不肯离去。那光景忧伤又寂寥。我和邦子在墓前聊了一会儿，然后在寺里散步。看了云井龙雄[2]等人的碑文。夕阳西下天色转暗的时候，起了雨云，天空的颜色晦暗，我们说着"要

---

[1] 封面有"二十七年六月　樋口夏子"。这本日记之前的一个月空白，应该是有一册日记散佚。
[2] 云井龙雄（1845—1870），米泽藩士，以汉诗著称，因谋逆罪被杀。

下雨了",往回赶。从团子町经过薮下,来到根津神社的斜坡。在上坡处的左手边,有一道竹编的小门,那后面黑木台阶通往一座古旧的小庵。标牌写着"二十二宫人丸"[1],看起来是个有渊源的地方。但邦子一向看不起这种地方,认为是装神弄鬼,这时她也笑个不停。

六月五日

那个"人丸"的居所好生古怪,让我有些惦记。想着那样的地方也许会住着有趣的人,便去拜访。他讲了很多不寻常的话,有趣。他看不出年龄,长发,白胡子,穿件破破烂烂的小袖。房子虽然有三个房间,没有天花板,也没看到厨房。一扇挡雨板也没有,不知该怎么抵御风雨。他说之前经过了七八年的游历,从前年开始待在这所庵堂。门上贴了条:"有客来访,我不喜欢的就不见。"我心想办不到吧,不过挺有趣。待了一会儿,有人来了,我便告辞。

世间会变成怎样呢。上层的人当中,没有一个我觉得好的,都是些浅薄至极的人。想着是不是在被埋没的普通人当中有可以交谈的,在穷街陋巷中寻找,结果都是些一心利己的蠢人。有些人一开始听起来满口道理,可是其理论听到第二次,就讨厌极了,很多人让我恨不得吐他一脸唾沫。以前我去天启显真术会总部长久佐贺那

---

[1] 莲门教的官司。

里，与他倾谈。先不管他的善恶，我以为他是个有大抱负并舍身投入事业的人物，见过聊过几回之后，发现他的志向浅薄，一心只沉迷眼前的蝇头小利。和这种人谈人生大事，就好比和小孩讲述天道，是白费功夫。想来我也没有看人的眼光，简直要嘲笑我自己。

九日，久佐贺来了信。那是封讨厌的信。

"你热心于歌道，因此日子困窘，这让我想到自己，深感同情。在你有所成之前，我愿意为你做些事。但我们不过是见面之交，无论是我主动开口还是你主动开口，对你来说想必都很难做。所以，请你将自己托付给我吧。"

我心想，这个家伙，到底是怎么看待我这个人呢。我既然哀叹世间的沉沦，有心照亮人间，又怎么会为了摆脱眼前的困苦，而轻易打破女子最该尊崇的操守？真是太可笑了。不过，他毕竟是独领一派的投机师，也不是听不懂话的人。

我回信道："以自己的信念处世，在这一点上，你我一致。根据我迄今为止的言行，如果你认为我将能成就大事，那就请援助我。如果你把我看作女人，想动歪脑筋，那我只能一句话拒绝。请斟酌。"我把决心阐明了，等他的回信。

寄信的那天夜里来了回信。他还是围绕同一个主题，写了些烦人的话。我想着先不回，搁置不理。

"人丸"也来了我家。与其避世风格不符，他不停地夸我是个优秀的人，还说想要长久地交往。都是些讨厌的人。

六月二十日

下午两点,忽然大地震。(中略)

樋口幸作[1]兄妹从四月半来了东京,住在樱木医院。二十六日夜里,阿仓来了,讲了当时的病情。

七月一日

芳太郎来访。不久后,野野宫从横须贺来了。她讲了许多事,悲伤的、让人惊愕的、可怜的、羞耻的。可以说是一份失败的女学生标本。十点左右,樱木町来了人,告之幸作的死讯。妈妈十分愕然,立即赶去了。遗骸当日送去寺庙,在日暮[2]化烟升空。目睹身边人如此悲惨的终结,想到我的一生,不知怎的很难受。

---

[1] 樋口则义的弟弟樋口喜作的儿女,也就是一叶的堂兄妹。阿仓和一叶同年生。
[2] 北丰岛郡日暮里村的火葬场。死后当日火化并不多见,和田芳惠认为幸作死于麻风病,且此事对一叶的文学创作影响巨大。

七月二日

一早和妈妈还有阿仓去日暮里拿骨灰。远隔山川的叔侄,却在同一个地方化作飞烟,这大概是无法逃脱的前世缘吧。唯独今天,我为爸爸已不在人世而高兴。您要是在,该多难过。

七月十二日

因为有别人送的盂兰盆节礼品,带去看望半井君。难得他心情愉悦,笑眯眯地聊天。不过因为有客人来,没聊多久我就走了。他说:"我近日会去拜访。十五或者十六日,只要没有雷雨,我就去。"他看着刚强,语气却仿佛害怕打雷似的,有些好笑。

静静数来,开始和他疏远,就是前年的这个时候。变得生疏的日子里,我的想法变来变去。一次,我想过把他埋在心里,走悟道之路。又有一次,我心生放弃,对自己说,不要再想这个人了。越想越煎熬。诸事如梦,对他的眷恋也不会一直持续,像这样一味沉入迷茫的深渊是没有意义的。说到底,想要放弃,正是因为我在迷惘,其实也没必要特意放弃。若是冥冥中有前世的缘,最终不分离,那也是无可奈何的。我见到他就迷惘,听到他的声音就难舍,顺其自然,终究我会有所达成吧。对他如此眷恋和怀念,而在他跟前,我并不道出所思，也不表露忧伤，越是压抑着一颗心，心思越是萌动，就如同想要堵住大河，河水却漫出来一般。我想，从此就像兄妹一样，维持着世人不懂的清白洁净过完这一生吧。

水之上日记[1]

（明治二十八年四月十六日—五月三日）

五月三日

早上起了大风。上午去田中家赴月度的歌会。她搬到饭田町以后，这是第一次举行歌会。地方很难找。日落前到家。我不在的时候，马场[2]君来了。我心里怜惜，想着他一定是失望而归。

之前有一天，孤蝶君和秋骨君[3]一起来了。秋骨微笑着说："孤蝶君有东西要送给你。请收下。"

我问："是什么？"

孤蝶否认道："没什么。"

---

1 封面有"四月"，署名"一叶"。
2 马场孤蝶（1869—1940），本名马场胜弥。翻译家，诗人，评论家，庆应大学教授。《文学界》创刊时期的骨干，明治二十七年三月开始出入樋口家。一叶过世后，在马场多年的努力下，一叶日记终于在明治四十五年（1912年）出版。
3 户川秋骨，见明治二十六年三月二十一日注。

聊了一会儿之后，我说："听说你们编辑部前几天一起合了影，给我看看吧。"

秋骨说："没事的，拿出来吧。"

孤蝶笑着在怀里摸索。拿出来的是半身照。他的打扮与平时不一样，套了件人家背孩子穿的粗条纹罩衫[1]，挺着胸，看起来像个做活计的师傅，很可笑。

我说："照得很好。"

秋骨看着他说："孤蝶，这下你该满意了。"

闲谈间，评论起了《源氏物语》。秋骨笑道："我有件事怎么也搞不懂。光源氏是个风流人物，四处和许多女子交往，他还哀叹着'尘世忙碌，没有余暇'，真奇怪。他又不忙着做翻译，也不用查阅艰深的外文书。"

我说："那你们就错了。将精神耗在不为人知的恋爱上，在秋天的长夜难以合眼，徘徊在长廊上，或是独坐写信，那确实没有得闲的心。正因为恋爱本身有无法对人言的苦楚，才会觉得尘世忙碌。恋爱太耗心费神了。"

"如今可开明了。如果有人对朋友说，'我如此这般恋慕某人，这事如何是好？'那边说，'有意思，应该能成吧。''那就请你牵线搭桥。''乐意效劳。'真的有傻瓜这样应承下来呢。"秋骨看向孤蝶，笑着说。孤蝶则回以苦笑。

---

1 一种格外宽大的罩衫，可在衣内背负孩子，让其露出脑袋。

听说孤蝶的父亲今年 73 岁了,他为我刻了一只笔筒,上面有芦苇和螃蟹。孤蝶拿来送给我,并说,作为回礼,请作和歌。

秋骨似乎想要说什么,突然开口道:"孤蝶对你的情义,并非一朝一夕。他的热情无法计量。"

我微笑道:"那真是感激。"他接不下去,闭了口。

总被问这问那,毕竟寂寥。这些事尤其让人难受。那之后,孤蝶来得愈加频繁。我为他感到悲哀,自己也不好受。他去了外地,每天都给我写信,还摘了野外的花送来,让我又高兴又寂寥。对别人隐藏的事,他毫无遮掩地讲给我听,更让人感到无常。他说,我把你当姐姐看待[1]。然而他每次隔不到五天就来我家。我心想,这份感情会持续多久呢?夏末秋初的时候还会继续么?想来情感正像随着流水的落花[2]。

何处漂樱来,暂浮墙垣下。

---

1 马场孤蝶比一叶大 3 岁,可能因为一叶的才气,他采取了仰望的姿态。
2 日本并无"落花有意流水无情"的说法,这里仅仅是用了流逝的意象。

水之上日记

(明治二十八年五月四日—五月十五日)

五月七日

妈妈因为例假,身子不适。上午,邻居浦岛的太太过来,求我帮她写明信片。我写了。下午,西村礼助[1]过来玩。他待到黄昏时分。此时,马场、平田二位带了上田柳村[2]君来,礼助便回家了。

我们围坐的席间,虽然无酒,却是微醺。三位客人围着一盘寿司,各抒评论,说说笑笑。平田君说,这下彻底忘了连日的苦楚。孤蝶和秃木即将为考试[3]做准备,今晚算是为他们出征践行。几个人意气昂扬地说,一切等胜利归来。

上田君的名字是敏。他是帝国大学的文科生,同时是《帝国文学》[4]的编辑,是个温和沉稳的人,人品很好。听说他的表姐是我以前在中岛老师那里的师姐乙骨牧子。他让我感觉亲近,仿佛不是第一次见。

马场君一撩袖子,拍着大腿说:"我只是说一下我想说的,请别

---

1 西村钏之助最小的弟弟。
2 上田敏(1874—1916),评论家,诗人,翻译家。23岁从东京帝国大学英文系毕业,之后在东京高等师范学校任教。34岁赴欧洲留学,回国后任京都帝国大学教授。
3 马场孤蝶要考中学英语教员资格,平田秃木即将应考东京高等师范学校。
4 东京帝国大学学生组成的"帝国文学会"的杂志,明治二十八年(1895年)创刊,1920年停刊。

误会，我绝不是在吹捧一叶女史。好就说'好'，不好就说'不好'，这是我的想法。我读了登在《太阳》第五期的那篇《行云》，觉得真好，这就是我的想法。绝不是吹捧。"

他说得兴起。平田君的话很少，显得羞涩，模样有趣。马场君开始谈他的恋爱论，平田君扭头不看他，仿佛困窘地说："别再讲了。"这样子也和他平时不同，让人不禁微笑。马场君他们评论别人时，他并不插话，像是怕传出去让人听到。他的头发新剪短了，看起来是今天早上刚去过理发店。衣服也穿得齐整。

马场君乘着兴头说："前几天夜里在你家，平田说了不妥的话，被你狠狠驳斥了，他一难受就吓跑了。他在回去的路上忐忑极了，不停地对我说，'今天不该那样走掉。一叶真的很生气吧。她如果真的生气了，该怎么办？'他今天又到我那里，再三鞠躬说，'我现在要去找一叶，可我不敢一个人去。你和我一道去谢罪吧。'那样子真好笑啊。"

平田君说："你胡说，你胡说。我不记得自己说过这种话。"

孤蝶嚷道："是吗，你不记得吗？你们看他的表情。这个谎话精！"他不再盘坐，换了个随意的姿势说道："我是一叶君任性的儿子，在这个家里，我不用顾虑。"他故作磊落的样子很好玩，而平田君的神色不比平日。

---

1 1895—1928年由博文馆发行的综合杂志，初期发行册数为十万册。桃水介绍一叶通过大桥乙羽在《太阳》第五期刊登了《行云》。

他们在晚上十点左右走了。马场君当场作了俳句："夏将临，主人沐秀发。"

这天夜里，西村钏之助也来了。夜深后有火灾，听说是在九段坂那边。

五月十日

姐姐来了，秀太郎也跟着来了，在家玩了好久。日落后，马场君和平田君联袂而至。今天是第一高等中学的同学会，平田君去参加了。他说："喝了点酒，不想一个人睡，就喊了孤蝶一起来你这里。"和上次的晚上不同，他今天话很多。孤蝶一如既往地言谈风趣。他们从哲学聊到文学，言辞锋利。不知不觉间夜深了，晚上十点，马场君说，走吧。秃木把手肘搁在窗框上，遥望着山那边[1]说："我反正不想回去。"

孤蝶君大笑道："这太不合适了。你老实一点。"

他又望着钟说："让我再待会儿。"

月亮即将离开树梢爬上半空。云层在空中迅速掠过，含着水气的风清凉地抚过醉客的面颊。平田君四下张望，叹道："啊，今晚真好。"我催孤蝶吟一首俳句。

---

[1] 阿部宅邸所在的高台。

"明月前，嫩叶轻拂夜。"

景色吞没了俳句，淹没了情绪，我们一时间沉默下来。孤蝶像平时一样笑了。"只会感叹夜晚好，也是有趣。秃木啊，你可不能这样。我们每次来一叶这里，想着稍微聊一会儿，聊着聊着就放松下来，总是聊过了白天又聊到夜深才回去。我也常常觉得不好意思，可是很奇怪，在这里会忘怀一切，不想离开。不光是我一个人这样。你呢？"

平田说："没错。我今天原本想待一个小时来着。"

他俩一齐道歉，很好笑。

"马上要考试了。像这样不专心学习跑出来玩，秋骨是很不赞成的，我可不想夜深了回去。今晚我住在孤蝶你那里吧。我真受不了秋骨的严厉。"平田不太有劲地说[1]。

不知不觉，夜更深了。十一点的钟声响了。两人告辞离开。我开了一枚古怪的饼签[2]。孤蝶说，给我吧。他把饼签装进袖子里。是个多情的人。

五月十日的夜晚，月亮淡淡地挂在山梢，池塘蛙声频频，灯影在风中摇曳，坐在那里的是红颜美少年马场孤蝶。他的哥哥马场辰猪[3]早就是高知的名人，他继承了家兄的气魄，又开辟出诗文的新天地，为人优美又高洁，缺点是思虑不深，心眼小，感觉无法成就大事。

---

1 平田秃木此时住在户川秋骨位于下谷区的寄宿舍。
2 配茶的点心里的签纸，内容多与恋情有关。
3 马场辰猪（1850 — 1888），武士，思想家，政论家。

不过他只有27岁,一旦奋起,便能有新的变化。

平田秃木是日本桥伊势町的商家之子。家中数代皆为富商,到如今日渐衰败。他是个心思重的人,同时也是《文学界》出色的文人。他是众人当中最年轻的,听说今年23岁。今后等他念完高中和大学,学士的称号就在眼前。

静静地浮想将来,观望现在,今后还会有这样的聚会吗?伸长脖子喝一碗粗茶,又喝一碗,咂舌道,醉醒如甘露之味。拆开饼签,为这一枚笑,为那一枚生气。在他们二人之间毫无顾虑地谈笑,有时为他们的争论当裁判,没有比这更愉快的了。我无才又无学,家无恒产,亲戚当中没有名人。作为一名弱女子,纵然想要以这副身心来做些什么事,在心力和智慧上也有种种限制。他们不过是望着流水上的落花、想要暂时留住春天的人,怎么会是永远的朋友呢?"亲密",这个词究竟指什么呢?我与平田从前年春天成为朋友,和马场刚认识一年。我们的友谊炽烈,几天不见便难以忍受,一个月见七次也不觉多。而且在这样频频见面的情形下,仍然有太多话要讲,再三地书信往来。"就算我有一天幸运地飞黄腾达,也一定会去你的家。才不会在意屋子的简陋。要在水深火热中,愈发见我的心性。"

若世上无谎言,他们的这些话该多让人高兴啊[1]。人们在虚妄的世间讲些虚妄的话,许下诺言,如同梦中的游戏。他们与我,原本是在"一时的朋友"这一名义下交往。在尘世的契约之中,朋友关

1《古今和歌集》中的句子:"若世上无谎,人言喜悦。"

系是多么的轻巧。可就是这轻巧的誓约,又会不会长久呢?更不用说那些沉湎于情沉醉于爱的人,将会因为对方变心而痛苦吧。

夜深,风冷。云游走于空中,飘忽不定,我仿佛是这才注意到月亮忽隐忽现,在灯火的阴影里谈话的孤蝶,以及倚窗沉默的平田,还有在他们之间添茶加点心的我,都像在梦中。正如秃木所说,我们也许是其他世界某个人手里的玩具。

我们昨天还是陌生人,今天是好友,明天又会是什么呢?明知花总会凋落,却仍怀有暮春的惋惜。且记下今天的欢会,作为将来垂泪的材料。

水之上[1]

(明治二十八年五月十四日—五月二十二日)

十四日,星野君来信拜托道:"请务必给《文学界》稿子。[2]"我到现在一个字也写不出。今天已经十七日了,所剩没几天,着急也没办法。

---

1 封面没有日期,署名"樋口夏"。
2 《青梅竹马》第一到第八章在这一年初分三次连载于《文学界》第25-27期,第九、十章刊载于八月的《文学界》32期,星野催稿,是为第29期,但结果一叶没交稿。

五月十四日

家人说，等今天吃过晚饭，就一粒米也不剩了。妈妈不断地唉声叹气，邦子也在不停地抱怨。我安慰说，有我在，总能想到办法的，别太操心了。

我其实毫无办法。早上说过那句话，心想，那就去小石川试试吧，便出了门。风很大，头也抬不起来。到了老师那里，先代博文馆道谢[1]。我毕竟说不出借钱的话，聊了一会儿，老师起身拿了月薪二元[2]过来。我高兴坏了。告辞回到家，宫塚家的妡子[3]来了。招待她吃了午饭。

下午，伊东夏子来了。我们聊了一会儿，她说要去斋藤竹子[4]那里。太阳快下山时，宫塚家的妡子回去了。她前脚刚走，后脚西村君就来了。斋藤竹子派人送来她做的寿司。等到客人都走了的晚上，邦子再三地催促道，若竹[5]那里，竹本越子[6]她演到明晚就走了，后面要去别处演，我们去听吧。我说去吧，我们出了家门。上午还在为家里只有今天的粮食而心力交瘁，晚上却出门玩耍。世间如梦。

---

1 之前博文馆为了百科全书，请中村歌子找名人题字，歌子找了前田侯爵夫妻。
2 在荻之舍代课的月薪。
3 宫塚国，樋口则义的熟人宫塚正义之妻。宫塚家的女儿阿藤与一叶自幼相熟。
4 荻之舍的友人。
5 寄席。
6 当时有名的女义太夫。

今天的节目是越子的《三胜酒屋》，越六的《太阁记》[1]，还有其他一些节目。越子二十四五岁。人们评论说，越子比竹本绫之助高三级，比竹本小清低三级。

越子的表演热切，催动了听者的情绪，在这位年轻的艺人面前，有许多留胡子的男人都哭了。无人高声喝彩，场面极静。

五月十七日

下了一天的雨。头痛困倦，躺了一天。傍晚才起身。老师寄来了明信片，写道，明天是兴风会[2]的例会，课改到星期日。关场君来信，写了她妹妹藤子的病情。星野君催促说"请务必给《文学界》稿子"，是在十四日，但我仍然没有心情动笔，到现在一章也没写。想到要在二十日左右交稿，脑袋愈发疼了。

正是初夏时分。得换成夏装。单衣大多在伊势屋的库房里。昨晚蚊子也出来了，蚊帐倒是留着，唯有这个让人安心。可是，下个月初就有歌会，得穿单衣去。妈妈的薄外褂也得尽快置办。还有一些日常的用品，要怎么弄齐呢？手头只剩不到一元。如果有客人来，就得买鱼，我不知道那之后又该怎么办，妈妈和邦子因此责怪我，

---

1 《艳容女舞衣》讲述三胜和半七的殉情故事，《三胜酒屋》是其著名选段。《绘本太阁记》则是讲述丰臣秀吉的生平。
2 御歌所派的歌会。

是当然的。静静地前思后想，让人头痛的事不止一桩，但这都是去年的夏子的烦恼。如今的一叶，已经不再把世间的苦恼当作苦恼。身无恒产过日子，就会这样，我对此有心理准备。窗外下着雨，今天没有访客，我把心里盘旋的各种思绪诉述笔端，试图忘记家境贫穷之苦。

旧屋梅雨漏，水滴湿衣襟。

邻居[1]说要搬家，把养在他家池里的锦鲤、金鱼拿来我家寄养。大鱼摇鳍摆尾的姿态很有意思，来客每每称赞，不知何时就觉得那些鱼都是我家的，彼此愉快地议论道，没想到院子多了这片奇景。不久，他家太太过来说，新家的池子挖好了，要把鱼拿回去。她还带了网叉过来。我说请自便，她把网子放进池中，追着鱼转圈，从他家拿来的小鱼不好抓，便只抓了原本就在我家池里的大鱼，待数目对上了就走了。如果和她说抓错了，也怪麻烦的，我就任凭她抓，妈妈她们气坏了。像这样，世间真是无常。如果昨天不曾觉得有趣，今天也就不会觉得遗憾。意外地得了景致，又意外地失去那景致。我深有感触，荣华富贵不过是梦一场。

---

1 "浦岛"，挂着酒馆的招牌，其实是私娼馆。

水之上[1]

(明治二十八年五月二十三日—六月十六日)

五月二十四日

一早去大桥君[2]的家。第一次见到他太太。乙羽出门后,我和她聊了很久。她说,有什么旧稿也可以给《文艺俱乐部》。我到家讲了这事,家人便催促道,那太好了,把以前刊在《甲阳新报》的《经案》拿去吧,如此月底便有着落了。我说好,将稿子稍作润色。这时西村君来了。把事情的原委讲给他,他说,别担心,月底的用度有我。走的时候,他留了五元给我们。

五月二十六日

(前略)这时,马场君和平田君带着川上眉山[3]君来了。我第一

---

[1] 封面有"五月 夏"。
[2] 大桥乙羽(1869—1901),小说家,编辑。旧姓渡边,早先在砚友社担任编辑,以入赘形式与博文馆创办人大桥佐平之女大桥时子结婚,之后在博文馆负责编辑《文艺俱乐部》《太阳》。经半井桃水介绍与一叶相识。明治二十九年(1896年),《文艺俱乐部》全文刊登《青梅竹马》,成就了樋口一叶的文名。
[3] 川上眉山(1869—1908),小说家。曾参与创办砚友社。和尾崎红叶一样,为了专注文学,明治二十一年(1888年)从帝国大学文科大学退学。代表作为《墨染樱》。

次见到他。他今年27岁[1]。高个子，白皮肤，就算在女子当中也很少有这么美貌的人。他说话时微微笑，两颊飞红，作为男子不合适，却有种优雅和稳重。他看起来不像早就成名的作家，有亲和力，还显得稚气，容易亲近。如果把孤蝶的美比作秋月，眉山君就是春花。毫不强硬，透着艳丽，就像面对京都的舞姬。而孤蝶可以比作东京柳桥一带的歌姬，俩人的气质正相反。

他随和地说："自从听到你的名字，已经有四年，不，五年了。一直无缘拜见，虽然住得很近，不曾到访。今后和我说话不用客气。"又说："要不要下个月在春阳堂和我一起合作出书？"

他谈起小说中的人物、社会上的事、我们这份职业的艰难、早上起不来、自身的堕落、内心的真实想法、吃过的亏等。聊起来就没个完。然后马场君开始聊政治，眉山君一拍巴掌道，对，有意思。还聊到平田君的考试通过了。平田君今天的话很少，偶尔批评孤蝶几句，有些古怪。

他们是三点左右来的，五点的时候下起了雨。因为一直下雨，都看不出天黑了。我叫了烤鳗鱼的外卖，招待他们吃了。他们回去大概是九点。雨不停，天空晦暗。

---

1 虚岁。应为26岁。

五月二十八日

午后，大桥君的太太来了我家，说想要学和歌。我们聊了一会儿。她前脚刚走，野野宫和安井君便来了。说是后天星期四天皇陛下返东京，要去迎接，那天没法上课，所以今天来咏和歌。她们待到日落时分，交了本月的讲课费[1]。

这天傍晚，眉山君来还前天借走的伞。他今天格外姿容秀丽。我请他进屋坐，他说，现在要去澡堂，门口有人在等。我这才注意到他拿着毛巾。他戴着金丝眼镜和金戒指，在别人眼里是个正当时的小说家，可没人知道，他在各家书店欠了债，刚写完这本又要写下一本，可苦了。这就是我们这一行的模样。我看到他，反观自身，不由悲从中来。

这天夜里，马场来了。关于《文学界》的事[2]，他愤愤不平，嘴里说"我想退出"。"这番话不好对人讲，就连平日亲近的秋骨和藤村他们，我也没法讲。我把你当姐姐一般，所以把心里话都告诉你。"他愤然的面孔显得寂寥又杀气腾腾。

我说："过于独善其身，就会与人起冲突。当然我也不是让你学别人，做那种表里不一的勾当，只是让你不要把事情放在心上，处

---

1 野野官来学习，主要是为了支援一叶的家境。
2 星野天知打算引入其他作者，让杂志大众化。秋骨、孤蝶、秃木等人则希望维持纯文学的路线。

事稳当些。你有老父亲在身边,你自己身体也不好,要是积郁成疾可怎么办?别把这些事放在心上啦。"

"我懂了。"他说着,像是落了泪,不断地擦拭眼镜。

他有时像发高烧似的吵嚷,有时则仿佛心冷到极点般消沉。这都是神经过于敏感所致。一方面是马场家固有的高洁心性,导致他和世间不合拍,为此挣扎,而作为年轻人他又有着一腔热血。关于《文学界》内部的纷争,我不清楚事情的始末,不过,马场君在我家格外随意的言谈举止,或许让秃木他们感觉不快。我游离于世外,本该对一切纷争都只作旁观,但没法对近在眼前的可怜人置之不理,忍不住想,到底怎么办好呢。

今天孤蝶也到夜里十一点才走。大概因为考试前过度用功,加上考完后松了一口气,还有其他一些事叠加在一起,他双腿无力,抬不起头,半天才穿上鞋。他那无力地走远的背影莫名伤感。

这天,芦泽芳太郎有信来。说是被派任跟随台湾总督,即将前往台湾。已经做好心理准备,面对疾病和战争。还写道,根据野战邮件的规则,一个月只能写一回信,请把此信转给佐久间、广濑两家,以及老家的父亲那边。我按他说的转了。

六月二日

一早,石黑虎子来上课。下午,西村君来了。聊了一会儿后,家人说,川上眉山君来了。我让他进了里屋,拿出茶和点心招待他。他今天不是上次那般戴金戒指穿绢小袖的华丽打扮,而是穿了件素色结城绢单衣,系了角带,没有外套,可能又要去澡堂,带了条毛巾。

他说:"我努力思考人世间的事,一筹莫展,对事物也失去了判断,头痛昏沉,如在梦中。今天也难受得很,想要睡会儿,躺下却睡不着。想着至少来你家听你讲些新鲜事,就来了。"

我高兴地说:"这是你的文章将要迎来变化的时机。你一直在写人心的怀旧与温柔,既然这样认真地烦恼,今后将会写出人世间的痛苦烦忧、人的无情与有情,所以眼下一定是更进一步的时候。"

我们聊了许多。我讲了自己的身世。他说:"你真是个老实又温柔的人,而且有着出人意料的直率。你的心性这么柔软,却能度过这么艰难的日子,一定是因为你心里有某种强韧。就算是不服输的男子,被浮世的波涛吞没的人也不少[1],而你这样一个弱女子却能屹立至今,真是少见。你应该写一篇自传。光是我刚听你讲的,就的确有感动人的价值。虽然对你来说是苦日子,但你的境界是诗人的,是有意思的。你迄今为止的经历都成了诗,而且已经是人生的大学问。你应该振作起来。如果你有志于女性文学,将会为今后的日本文学添一道光,必将开辟出另一个新天地。请一定以文立身。"

我笑道:"你可别唆使我。女人是最容易飘飘然的。"

他也笑道:"你真是个谨慎的人。这样吧,我之后会去联系书店,

---

1 眉山后来在他39岁那年自杀。

然后来催你的稿子。你如果没人催，是不会写的。"

不觉天色渐晚，他告辞说下次再来。感觉仿佛和他相识了三年。

这天夜里，我和邦子一道去本乡买东西。回家后得知，马场和另外两三人来过，听说我不在，就走了。和他一起的大概是秃木和秋骨。

六月三日

今天有田中美浓子的歌会，去不了。下午去三崎町[1]找半井先生，说是"回了饭田町的宅子，请去那边找"，我便去了四丁目二十番地，和田中美浓子家只隔一条小路。那个家很大，有黑色的围墙和柳树，显得风雅。时隔五年，见到了幸子。我对她去世的丈夫表示了哀悼，她听了难过，眼中带泪。鹤田生的孩子叫千代[2]，今年5岁，和我特别亲，黏着我不肯走。她是把我当成了真正的妈妈吧，真忧伤。

我问："千代忘了我了吧？"

她摇着蓬蓬的童花头，说道："不，没忘。"

往二楼的楼梯有些难爬，她紧紧地抓着我的手上楼，很可爱。她要端茶和点心，我说"危险"，她却说："谁都别动，我来给客人。"

---

1 此时"松涛轩"转让给了河村千贺子。
2 一叶一直以为千代是桃水与鹤田民子所生。

她细致地张罗着。不久,户田的孩子¹也醒了,幸子过来抱她。生下来才十个月,胖乎乎的,眼睛圆溜溜的像人偶一样,可爱得很。眼睛和鼻子都小小的,据说她很少哭,真好。我抱起她,摇拨浪鼓,又把纸糊小狗在她跟前转,她和我熟起来,一味地趴在我的膝上。

幸子说:"这可怪了。她平时很乖,但如果是不熟的人,都不给碰。上次野野宫和大久保她们哄着她,她哭得厉害,让人不知该怎么办。今天她居然这么听话和高兴。"

半井先生微笑着说:"这是有缘。"

他们叫了寿司,又端出水果款待我。时隔四年又见到半井先生真正的笑容,我很高兴,阴翳的心也晴朗起来。他从前的俊美不知去了哪里,曾经如雪的肤色变得暗沉,只有高挺的鼻子依然显眼。宽肩膀和厚实的膝盖都瘦削下来,乍一看像个40多岁的男的。他怀念地边说边笑的模样,倒是和年轻时一个样儿。我觉得他像我的亲哥哥或者叔叔。

他说:"你现在几岁? 24,是吧? 和五年前见面那会儿没有一点变化。"他和我说话时很随意。

因为这个人,我尝尽了人世的辛苦,吞下许多热泪,可他只把我当作普通朋友吧。如今我已脱去诸欲,一点儿也不想和此人共度普通又有趣的生活。重新想起过去的苦恨,那时觉得这个人即便死在我眼前,我也不会流泪——这份决心也基本消散了,我只想把他

---

1 已故的户田和半井幸子的孩子。

当作让人怀念的好朋友。怀着这样的想法看他，只见他既是菩萨又是恶魔，而我的心境真如拜佛一般，说不出的高兴。临近日暮，我告别时，他说："再会，下次再来吧。我等哪天不打雷就去你家。一起去寄席玩吧。"我到楼下的客厅时，他父亲出来说："樋口小姐要回了吗？我一直想见你来着。下次来吧，多聊一会儿。"他家里的人都依依不舍，我心里高兴。告辞出来，如在梦中。回家立即入浴。路上下了雨。这一晚大雨。

六月十日

从事小说写作。打算写一篇十五章一共七十五页[1]的稿子。迄今写得不顺，光是在挨妈妈的训。下午，西村君来访。聊了一会儿他就走了。

---

1 日本的稿费计算是按四百字稿纸一页为单位。根据和田芳惠的考证，一叶在六月八日向博文馆预支了三十元稿费，按每页四角换算，是七十五页。此时一叶试图把曾刊在《改进新闻》的六十页的《别霜》做增改，给大桥乙羽。另一种说法则是，此时一叶在写的是《浊江》的前身。

水上日记[1]

(明治二十八年十月七日——十一月七日)

我的名字终于开始为人所知[2],人们怀着新鲜劲儿吹捧我,我可以为此高兴吗?这也不过是眼前的云烟,此时的我和昨天的我又有什么区别呢。写小说,做文章。我不过是把自己从 7 岁开始想做的事实现了一部分。为什么会有这么大的反应呢?我今天一下子出名了,等到秋风起的时候,又会立即被抛弃在荒野吧。想到这样的命运,不觉忐忑。我写下此刻的心境,供将来梦醒时消遣。

(十月)七日的晚上,妈妈和妹妹去本乡通买东西,我一个人守着灯火读书。这时,关如来[3]上门了。他和从前一样,我出来寒暄,他问,一叶君在家吗。我说"请进",来到灯火下,他总算认出了我,却显得毫不惊讶,开始聊天。是个趣人。上次来的时候,是个秋风寒冷的早上,他叠穿了白色和黑地碎白点的单衣。今天倒是穿了新做好的双线织夹衣,却没穿里衣,且郑重其事地穿了裙裤,那样子怪可笑的。加上他还穿了草履,就更好笑了。妈妈和妹妹到家后我们还在聊,一直聊到夜深。当他讲到他小时候的事,只听得在隔壁的妈

---

[1] 封面有"十月",无署名。
[2] 九月,《文艺俱乐部》刊载《浊江》。此后有几本刊物刊载了针对这篇小说的评论。
[3] 关如来(1866—1938),原名关严二郎,《读卖新闻》记者,后来成为美术评论家。

妈和妹妹都忍不住"哈哈"笑起来。

"我想娶妻，你如果有合适的人，请帮忙牵线。我就像你看到的这样，没有什么多余的想法，也没有什么复杂的条件。"他讲了家里的情形，又说："我待会儿要去找上田敏，让他评论《桐一叶》[1]。《瀑口入道》是某大学生[2]的作品，坪内逍遥打算以《历史小说》为题，对其进行批评[3]。大学那边则打算请上田出马，对抗坪内。至于从侧面出击，打算叫上依田学海[4]。不管上田答不答应，我今晚一定要说服他。"

他意气昂扬的模样也有趣。大概是打算在《读卖新闻》上引发一番争论吧。

过了九点，他告辞离开。下起了雨，我让他带上伞，笑着说："新坂那边，晚上会有狸猫出没。"他说："那是我的同类。"

他这次来，就像大风过境。夜深后，雨变大了。

---

1 坪内逍遥在《早稻田文学》连载的小说，以《麦克白》为蓝本，书写武将片桐且元的生平。
2 高山樗牛（1871—1902），文艺评论家，思想家。明治二十六年（1893年）《读卖新闻》举办历史小说奖，就读东京帝国大学哲学系的高山以《瀑口入道》参赛并获奖。这是他生平唯一的小说，讲述了后来成为高野圣的斋藤时赖与横笛的爱情故事。
3 坪内逍遥在十月七日和二十八日发表了两篇评论，并未提及高山樗牛的小说。
4 依田学海（1834—1909），汉学家，文艺评论家，小说家。

十月八日

这一天也从早上就开始下雨。想着明天是荻之舍的例会，虽然路途泥泞，日暮时还是去了澡堂。回到家，车夫送来了伞，说是"如来先生让送的"，和伞一道还有封信。

"昨天去得太晚，上田不在家，扑了个空。今晚再去找他，顺道来还伞，本想叨扰片刻，不过上田那边的事情弄完，还要去谷中找大野洒竹[1]办事。所以仅留书一封。今天早上，我遇到了依田学海，他夸你的《浊江》是上佳之作，还说务必想要见一见你。你方便的时候去找他吧。他是个淡泊的、非常有意思的老人。"除了这些，还写了《读卖新闻·星期一副刊》向我约稿的事。信的最后写道："关于娶妻一事，千万拜托。我衷心鞠躬致谢。"信里一本正经的，和他平时很不一样，我们全家都笑了。

从十五日到三十一日之间，如来君四次到我家。有时是有事过来，没事他也来。他说各杂志上登了许多关于《浊江》的评论，把我没看过的都寄了来。他曾拜托我找对象，我说让他给张照片，他很快照好了寄来。看起来是个刚毅的男子，但相熟之后，发现他有些孩子气，很可爱。

川上眉山最近也频频来访。这个月来了四五回。一天夜里，他和关君一道来。第二天夜里，他们两个又在我家不期而遇。我心中

---

1 大野洒竹（1872—1913），俳人，医生。与尾崎红叶等人结成秋声会。

没有男女之情，也就没多想，不过他俩神色间的不自然，谈话时的磕磕绊绊，那种意外遇见时的窘迫模样，让我发现男人们还是会互相保密，很有趣。

关于孤蝶君的信[1]，在这里稍微记一笔。他这个月来了三封信。最长的有六页，厚厚一封信，贴了两张邮票。其中一次，他寄来两张名胜古迹的明信片，石山寺据说是"紫式部写《源氏物语》的房间"。他的信写得细致，语气随意，有意思的是，就像把我当作恋人似的。他是个真诚的人，所以也写来了鼓励的话语。是个有美好心灵的人。

这个月没和平田君见面。他写了许多信来，字里行间像在怀疑我和孤蝶君，显出嫉妒，我觉得烦，就没有回信。他两次上门，我都让邦子打发了。虽然是个才子，遗憾的是有些不讨人喜欢。

秋骨也来了好几回。一般都在星期六晚上来。他每次来，从来不会在夜里十一点之前走。妈妈和邦子都讨厌他，可是没办法。有一天夜里，他和川上君一道来了。谈话间，他开始发抖，样子可吓人了。他扭着身子说："我真是没办法，怎么也离不开这个家。怎么办？怎么办？"他前后左右地看着，抖着身子说"奇怪啊"，川上君显得一筹莫展，好不容易才把他拖走了。第二天一早天还没亮，他的信就来了，说是前夜哭着睡着了。信上写了许多，又说："我还是希望能和你亲近些。你对我不冷不热的，让人郁闷。"真是个讨厌的

---

[1] 马场孤蝶通过中等教员检定考试后，于九月二日到彦根公立中学担任英语教师。

哲学家[1]。

还是上田君好。他最近也来得频繁。不过,此人与其他人有些不同,凡事都在学问上。虽然他不注重外形,但因为是个青年学生,这样就很好。他不愿意给《桐一叶》写评论[2],找了一堆借口,但不显得自大,反而让人感到亲近。不过,他心里究竟怎样想呢?虽然他是那样说,又是那样表现,但说不定他是个想要成名的人。得警惕。

从此我将漂泊在人世间可怖的波浪之上。想想都悲哀,我终于不再是个孩子,来到这充满争端的世间。"昨天某某杂志上登了什么。""今天这位大家如此评价你。"表面上看,我得到了犹如春花盛开的名声,但背后其实藏着许多的辛苦。有人评论说:"虽有若松[3]、小金井[4]、花圃三位女史在先,可以说,后来的这位才是女性文学家的第一人。她的才华怎么称赞都无法说尽。"还有人写道:"紫式部、清少纳言之后数百年,唯有此人将取而代之。"有人将我比作外国女文豪的年轻时代,或是与当下的著名文人做比较。想想看,前年的这个时候,我还在大音寺前摆开廉价点心糖果售卖,每天和叫花子们为伍。谁教我学问?我又该从谁那里学作文?我不过是草丛里的

---

1 卢川秋骨并非哲学家,一叶这么称呼他,可能是因为他在《文学界》的文章《变调论》。
2 见十月七日的日记。上田敏的评论《读〈桐一叶〉》发表于十一月四日的《读卖新闻》。
3 若松贱子(1864—1896),教育家,翻译家,作家。译有《小公子》。
4 小金井喜美子(1871—1956),歌人,译者。森鸥外之妹。星新一的外祖母。合作译有《于母影》,是影响日本近代诗形成的诗歌集。

萤火虫，就算绽放一时的光芒，那也是空名虚声。想到才华远胜我的嵯峨屋[1]后来的惨状，山田美妙[2]的跌宕遭遇，不觉叹一声"唉"，我将要响应世人廉价的爱好，投身文坛的争端，是多么浅薄啊。可是不论如何，小舟已在水流上。只要还没被暗礁打碎，就无法退却。

小舟泛波浪，茫茫海原行。

十一月二日

晚上平田君来了，邦子撒谎把他打发走了。他刚走，川上君就来了。多半他们是一道来的，川上对他说，你先去。等他说"不在家"，川上说，那么换我试试，我去的话，她就一定在家。然后他便得意地来了。这事一清二楚，真好笑。我让邦子一样把他打发了。他蔫蔫地回去的模样显得傻，让人不禁微笑。

---

1 嵯峨屋御室（1863—1947），本名矢崎镇四郎，作为小说家，一时与尾崎红叶齐名。谣传他在明治二十五年（1892年）发狂。
2 山田美妙（1868—1910），小说家，诗人，评论家。言文一致体小说与新体诗的倡导者，曾主持《都花》。这里指的是山田美妙与田泽稻舟的绯闻。田泽比一叶小2岁，也是颇有文名的才女。年底，听闻两人结婚，一叶作和歌表示羡慕。文坛对田泽的期待是"樋口一叶第二"，然而她在明治二十九年（1896年）九月去世，比一叶早两个月。

十一月三日

今天是天长节[1],早上下起了大雨。神户的小林爱[2]寄来一篮松茸,煮了松茸饭,一起吃了。稻叶矿来了,也用松茸饭款待她。下午,平田和户川两人又来了。邦子告诉他们"姐姐不在",他们恳求道,让我们在客厅坐会儿,将衣服晾干一些吧。他们进了屋,邦子还有妈妈招呼着。那两人怀疑我在家,声称去方便,在走廊上走了一遭。真可笑。待了半个小时左右,他们走了。

夜深了,正打算关门,平田和户川一道来了。多半是他们在川上君那里玩到现在,正是回去的路上。总是不见也有些可怜,我便让妹妹说我在家,和他们见了。平田还买了点心带来,很好笑。聊了许多,他们很晚才回。平田说,想在《读卖新闻》写关于我的评论。

十一月五日

夜里,关君来访。他说:"我正要去落合直文[3]家,路过这里,顺道来一下。"

---

1 天皇的生日。
2 神户刀剑商的女儿,与人私奔,去年在东京期间沦落为一叶隔壁店家的妓女或陪酒女。彼时一叶想为其找容身之处,求田中美浓子帮忙,被拒。
3 落合直文(1861—1903),歌人,文学家。明治二十二(1899)年,与森鸥外等人结成新声社,共同翻译和出版《于母影》。

我们的谈话开枝散叶,一个小时过去了,两个小时过去了。"现在得走了。我得走了。"他一边说,一边继续聊。车夫等累了,在玄关躺下了,鼾声如雷,很好笑。

我说:"现在晚了。你今晚没法去落合家了吧?"

他说:"那就改日再去,今晚你来我家玩吧。"

"你都待到现在了,现在回去,也不过是五十步和一百步。你再待会儿吧。"我坐着不动,继续聊。

他又说:"自从领了薪水,我天天在妓院二楼玩,今天已经把钱用光了。现在口袋里只有一枚五厘[1]钱。连烟也买不了。"

我给他买了包卷烟。聊了四个小时。他告辞回去的时候,阴历十九的月亮高挂着,将景色映得分明。他给我看了别人的稿子,说:"有个叫平田的来信说,要写你的《浊江》的评论。"

水上[2]

(明治二十八年十二月三十日—二十九年一月末)

十二月三十日,马场从近江回来了[3]。他这次是休过年的假。听说他刚回到自己家就直接来了我家。他给邦子带了大津绘的折扇,

---

1 五厘即半分。当时的香烟价格是一包五分钱到七分钱。
2 封面有"二十九年一月起",无署名。
3 马场孤蝶于十二月二十四日离开彦根,在神奈川县小田原待了一周,然后回到东京。

画的是藤娘。给我们全家的是小田原的鱼糕。四个月没见了，彼此聊了很多。他待到夜深才走，说是之后要去川上君那里。

这之后，一直到七日早上回彦根，他没有一天不到我家来。有时呼朋引伴三五成群地来，有时就他一个人。日子过得有趣又热闹。

一月六日

《文学界》办了一场新年宴会。星野君来信说，给我和三宅另设了一席，让我务必出席。我不好意思去那种场合，就回绝了没去。听说龙子也没去。最近马场君和星野君之间有些不愉快，一开始也说不去，最后推不掉，还是去了。现场的情形如何呢。

去年秋天，并未多想就写了《浊江》，好评如潮，在世间引起了骚动，同时也收到了许多评论，让人冒冷汗。《十三夜》也难得引发了热评，还有人就作者做了古怪的评论。"女性作家无出其右者"[1]，我听了真是忐忑。细想之下，有几晚忍不住胆战心惊。这就是尘世吧。众声喧哗，又有多少是真正的称赞呢。就好像有些无聊的狂热人士，连三弦的音色好坏都听不懂，只因为唱的人是女义太夫，便为了一时消遣而众口称赞。而在这样的声音大量聚集之后，源源不断地出

---

[1] 明治二十九年一月五日《每日新闻》刊登的内田不知庵的《评"闺秀小说"》。

现了朋友的嫉妒,老师的愤怒、厌恶和憎恨[1]。可叹又可怜。虚名只在一时,终将消失。然而人心里有过的怨恨,果真会像流水般逝去吗?我更加看清了浮世的风浪。但既已乘风破浪,就无法退却。我打算把这些可叹之事记一笔。

每天都有些如花似蝶的漂亮人物来找我。大岛文学士[2]的夫人身材纤细;大桥乙羽的夫人时子穿外裆的模样显得年轻;关场悦子如今改姓江木,成了摄影师的妻子,她的衣服下摆有美丽的花纹;她妹妹关藤子[3]穿着紫灰色绢中振袖[4];衣着更华丽的是江间好子,染了秋日七草花纹的振袖里面是红衣,显得可爱;安井哲子和木村锦子是女子高等师范学校的老师,她们二位分别叠穿了鼠灰与明黄的三件衣服;以上诸位各有千秋。前年春天,我还在大音寺前卖廉价点心,亲戚不来走动,旧识也不来看我,上门的都是品行恶劣之人。即便在社会的底层,像我这样的人也不多吧。当时的我被世间抛弃,无可依凭,今天的我忽然出了名,如同浮云无根,飘在半空。今天聚集在我身边的尽是当世著名的上流社会人士,绅士、商人、学士们。夜深人静时静心想来,我还是过去的我,我家也和从前一个样,

---

[1] 中岛歌子在《绿荫茗话》对《浊江》做了苛刻的批判。
[2] 大岛义脩(1871—1935),教育家。这一年,大岛从帝国大学哲学系毕业,进了陆军。他是上门女婿,随妻家姓。妻子大岛绿子是荻之舍的学员,其父亲是东京地方裁判所长。
[3] 悦子、藤子姐妹的父亲是政治家关新平。悦子14岁嫁给医生关场不二彦,所以曾改姓关场,后离婚。
[4] 中振袖的袖长在大振袖和小振袖之间,约一米。

当我如浮萍般起起落落，人们究竟是根据什么改变态度呢？这个人世既容易，又不容小觑。就好比人若发声，声音大时可以响彻千里，声音低时连邻居也无从听见。

为《国民之友》春季增刊¹写稿的是江见水荫²、星野天知、后藤宙外³、泉镜花和我。这期刊物早在刊发前就引人瞩目，仿佛是今年最早的樱花一般，刚面世便引来了沸沸扬扬的评论。无论是报纸还是杂志，只要和文学沾点边的，都争先发评。到了一月底，评论差不多尘埃落定。奇怪的是，到最后变成了我的胜利。甚至有人说，震穿了整个读书界。就连人们认作是评论界泰斗的内田不知庵⁴都极力称赞。讽刺家正太夫⁵在《觉醒草》⁶创刊号上用歌舞伎《道成寺》做比喻写道："白拍子一叶⁷，同来投宿的水荫和尚，天知和尚，某某，某某。"赞扬我的人口称万万岁，讨厌我的人扭过头去，把我当作仇

---

1 明治二十九年一月四日，刊载了樋口一叶的《岔路》。
2 江见水荫（1869—1934），小说家，翻译家，编辑，冒险家。著有言文一致体小说《杀妻》。
3 后藤宙外（1867—1938），小说家，评论家。与尾崎红叶、泉镜花交好。
4 内田鲁庵（1868—1929），别号不知庵。评论家，翻译家，小说家。鲁庵并未对《国民之友》副刊做评价，倒是写过《浊江》的评，这里可能是一叶弄混了。
5 斋藤绿雨（1868—1904），小说家，评论家。曾用笔名"正直正太夫"等。这一年开始与一叶通信，在一叶过世后，主动承担了《一叶全集》的校订工作，将一叶的日记留在身边，直到临终前交给马场孤蝶。
6 森鸥外主办的杂志。发行期间为明治二十九年到明治三十五年（1896—1902）。
7 白拍子指歌舞的一种或跳舞的舞妓。《道成寺》的主角花子就是白拍子舞女。

敌一般。

继《浊江》之后,《十三夜》《岔路》这些本来没什么的作品引发了这样大的骚动,我太吃惊了,无言以对。人们或写文章,或口头上说,就像一下子吹来了春风,让这二十四五年来一直沉睡的文坛开出了妖艳的花,化作全盛的舞台,这都是你的功劳。有许多人表示,一叶到底是个怎样的人呢,想见一下,于是托人上门求见。也有人托人送来东西。杂志编辑们络绎不绝地来约稿。也有人趁夜偷走我写的门牌。

据说在杂志社,我的原稿一页都不剩。很多学生结伴到杂志社去要我的手写稿。《文艺俱乐部》增刊《闺秀小说》[1]的销量达到前所未有,很快就卖了三万册,甚至再版。一开始批了七百册到大阪,一天就卖完了,又批了五百册,然后三天不到又卖完了。

最近有个叫上野仁一郎的人从大阪来找我,声称是我的热心读者。他讲了大阪那边关于我的传闻,邀请说:"我们这些崇拜老师您的人打算聚在一起,为您办一场欢迎会,您今年春天到大阪一游,可好?我有套别墅,尽管不大,可以招待您。请务必前来。"他还打算把尾崎红叶、川上眉山、江见水荫和我的文字做在一扇对开的银屏风上,恳求道:"背面贴上大和锦,取名为'文学屏风',将作为我家的传家宝。请给我一页手稿吧。"又说:"您如果需要什么费用,

---

1 明治二十八年十二月,《文艺俱乐部》第十二期临时增刊《闺秀小说》刊载了《十三夜》。

随时和我说一声就行。我一定会设法筹措。"我觉得有趣，心想，这就像观众把外套抛给台上自己喜欢的相扑选手。

正太夫第一次来信，是在一月八日。信上说："我与你萍水相逢，但是为了文坛，我有几句话同你讲。你来我家，或是我给你写信。我这人有个毛病。我不愿意去你那里。如果你还愿意听我一席话，那就请发誓，不让任何人知道此事。"

不知道他要说什么，但他这个讽刺家的话一定很有趣。我回信道："我不告诉别人。请讲。我不是男儿身，不好上门拜访。您来信便好。"

他在九日夜里写的信，十日到了我家。一共四页纸，像写稿子似的密密麻麻。其中关于《浊江》《岔路》谈了不少，又说，现在的评论家没有眼光，文人无品，无需介意这些人的褒贬，只管径直走自己的路就好。以及，世间有许多的传闻。据说我和某作家结婚了。又据说，我带着稿子去了村上浪六[1]那里。"某作家"似乎是指川上君。他的原话是："才能不如你的某人。"信中还写道："看过之后，请把信还给我。你写来的信我也会还给你。毕竟人言可畏。"

我立即把信封好了寄回去。这是《觉醒草》出刊前二十多天的事。后来看到杂志，他写的关于我的评论和来信的论调一致，不过没有信里写的这么细[2]。

---

1 村上浪六（1865—1944），小说家。主要写侠客小说，风靡一时。一叶曾向其借钱。
2 斋藤绿雨高度评价了《浊江》《十三夜》，并认为《岔路》在题材上更优，但写得有些仓促。

关于正太夫,从前就有所耳闻,是个怪人。如今他拥有文豪之名,是明治文坛屈指可数的人物,然而其做派举止有许多古怪。且先记下,静观其变。

最近,我听到一些古怪的传闻,说是川上眉山和我有婚约。世人爱妒忌,据说文士之间这个传闻已经是无人不晓。有人甚至说是尾崎红叶给我们做的介绍人。有人将这话告诉红叶,他大笑道,如果真有婚约,那我一定要做这个媒。还听说,在《读卖新闻》新年宴会的宴席上,高田早苗拍着眉山的肩膀说道,让我做媒人吧。这个传言到处都是,终于传到了我的耳朵里,诡异的是,川上装作不知道。让我对他起疑心的是本月八日的晚上,他来要我的照片,硬是拿了一张去。妈妈和邦子都不肯给,他说:"就暂时借我一下吧。男人既然提了要求,被拒绝的话,咽不下这口气。"我说那就借五天左右,他拿了照片,再没有归还。

听说,有人问他,你和一叶君有婚约一事是真的吗。他笑着答道,传言真让我困扰啊。

八日那天夜里,他发狂似的睁大了眼睛,涨红了脸,叫道:"为什么不肯给我?你是把我当作仇人吗?我本来可以问博文馆要你的照片,怕影响不好,才来找你,可你这是讨厌我吗?男子汉既然说出了口,可没法就这么算了!"

他喘着粗气说了这番话,妈妈在里屋听了,心口一寒。

另外他还央求说:"给我介绍个结婚对象吧。以这个月十五日为期限,给个信儿。务必拜托了。"

把这些细节放在一道,越发感觉诡异。文坛表面上最近总有些风起云涌,背后到底有什么事呢?听闻排斥眉山的呼声越发高了。

正太夫写道:"你不清楚文坛的内情,可能以为是些琐事,但在我看来,是无法置之不理的大事。请赶走去你家的不良文人吧。他们是围着你的蚜虫。若不驱逐,害处会一天比一天多。"

来我家的人一天比一天多。比如《每日新闻》的冈野正味[1]、天涯茫茫生[2]等人,都是些不可思议的人。茫茫生是个没有朋友的人,我感到,他在世人眼里是个非人类。他来了我家,说要介绍二叶亭四迷[3]和我认识。我们聊了半日。

野野宫起久和关如来相亲失败[4],一时间恨起了我。过了一段时间,她不再怀疑我,却又嫉妒男子来我家,散布了一些谣言。我听说,教育界的人们要么劝我封笔,要么劝我写跟教育有关的东西。最近诸事烦扰,如同黑云覆顶。

还有件怪事。东京府下有个姓松木[5]的富商提出,每个月钱不够

---

[1] 冈野知十(1860—1932),别号正味。俳人。《横滨每日新闻》(不是现在的《每日新闻》)的社员。
[2] 横山源之助(1871—1915),号天涯茫茫生。《横滨每日新闻》记者,对底层怀有关心,著有《日本之下层社会》等。
[3] 二叶亭四迷(1864—1909),小说家,俄国文学翻译家。代表作《浮云》是日本言文一致体小说的开山作。
[4] 二人的相亲持续到十二月,关如来一直态度含糊,作为介绍人的一叶觉得不合适,做了了断。
[5] 西村钏之助的弟弟入赘穴泽家,改名为穴泽小三郎。他在东京机械制造公司工作,社长便是松木直己。

用的话，由他匿名资助我。牵线的是西村钏之助和他弟弟小三郎，说是他俩想要为樋口家尽一份力。据说松本身家十万。虽然如此，我就这样白白地受了这没有名分的钱吗？对方问，每个月给多少合适。我回复说："我写东西的时候，靠我自己赚生活费。如果有哪个月写不出，就请你帮忙。这样的话，我就能每天向老母亲尽孝了。"一月末，向对方要了二十元。

既已决定舍身，世上再无可畏之事。无论是松木的做法，或是正太夫的举动，等上半年，就都能看清了。既然对方提出借给我钱，我就借。对方提出让我小心，我就听其忠告。我的心又不是石子，一封信、一百元就能拨动它吗？

水上日记[1]

（明治二十九年五月二日—六月十一日）

五月二日晚上，秃木和秋骨二位来了。聊了一会儿，他俩笑道："我们今天来，是让你请客。你打算请我们吃什么？可别拿寻常吃食糊弄我们。"我问他们怎么了，户川从怀里拿出一册杂志，扭头问平田："我来朗读一下？"

---

[1] 封面有"二十九年"，署名"夏"。五月，博文馆出版一叶撰写的《通俗书简文》。赶写这份书稿的四月间，一叶已有肺结核症状。

这是《觉醒草》第四期[1]。前天上市。我想起来，在报纸广告上瞧见过，《觉醒草》刊登了《文艺俱乐部》所刊《青梅竹马》[2]的详评，就是这一期吧。我没有急着追问，只是笑笑。

"一定要请我们吃饭。其实呢，今天上田敏把这本杂志拿到大学的教室，说让我看一下，翻开放到我面前。我当时还想是什么呀。结果你看，这里，鸥外和露伴写了这样的评论，就此确定了《青梅竹马》是当代的名作。我高兴坏了，来不及发表感想，就在教室里大声朗读起来。这份高兴劲儿没处使，一放学我就立即去了发行这本杂志的盛春堂的书店，买了一册，然后立即跑去了秃木的宿舍，把杂志往他手里一扔，说，你看这个！他刚拿起来看了一眼，就哭得头都抬不起来。我们想着，那就赶紧给你看看，把我们的欢喜和嫉妒都讲给你听。就这样，我们一起来了。怎么读好？我来读，或是让平田来读？"户川一脸欣喜，语气急促，然后又羡慕地说："鸥外如今被称作'文坛之神'，用他的话说，'就算世人因为我崇拜一叶而嘲笑我，我也不惜将"真正的诗人"这一名号赠予她。'还有，'我想让当今的评论家和作家们每人吞下一叶作品的五六个字，当作技巧进步的灵符。'[3]对我们文人来说，有过一次这样的夸奖，就是死

---

1 《觉醒草》上的评论"三人冗语"是森鸥外、幸田露伴和斋藤绿雨的座谈记录，堪称第一流的评论阵容。
2 《青梅竹马》经过修订，全文重刊于明治二十九年四月十日《文艺俱乐部》第二卷第五编。
3 幸田露伴的评论。三人各用了不止一个笔名，所以读者不知道具体是谁做的评论。

也值了。你该有多高兴啊。"

他俩欣喜若狂地走了。

各种报纸和杂志都评论了这篇小说,反响极大。邦子从别处听说,《日本》报上写道:"读第一行,且惊且叹。读第二行,深深叹息。"[1] 她说,评论真是多到吓人。她显得既高兴,又悲伤。是在感慨槿花一日之荣[2]吧。在人们都偏重文学的现在,偶然写就的小说也会传到遥远之地,产生各种各样的谣传和名声,到最后甚至会有些负面的评价。就在刊登《青梅竹马》的同一期刊物上,有一篇文章[3]暧昧地提到了我与川上的事。是从千叶那边来的投稿。人们很快拿此作为材料,嫉妒我或是恨我。我本身没有过错,所以没什么可说的。不过从一开始,我就不想在外面有坏名声,同时又不想做个普通人。出现了像这样的恶评,虽然我没什么好内疚的,忍不住感慨和悲伤地想道,还是自己无德所致吧。

上门来看我的人,十个当中有九个,仅仅因为我是女子而感到欣喜和好奇,才聚集到此。所以,我写了这些不像样的稿子,他们就众口赞道,是当代的清少纳言,当代的紫式部。这些人根本没有诚意,也根本不知道我心里有什么想法,他们起哄不过因为看到我是女子。他们的评论毫无章法,对我的小说的瑕疵视而不见,也不

---

[1]《日本》是一份日报,发行时间为1889—1914年。邦子听说的文章出自正冈子规的专栏"松萝玉液"。
[2] 白居易《放言五首·其五》:松树千年终是朽,槿花一日自为荣。
[3]《文学俱乐部》第二卷第五篇有篇投稿,名为《当下文学家的口吻》。

提及其中的优点，仅仅写道："一叶的小说真好""有文采""其技巧别说是其他女作者，就连大多数男作者也只能低头。好极了，有才华……"此外他们就没词了，或是找不到该批评的瑕疵。总之古怪得很。

五月二十四日

正太夫第一次来我家。有许多话聊。

五月二十九日

横山源之助[1]来访，聊了很长时间。其间，正太夫来了。我让他悄悄地进了屋，到隔壁房间。之后不久，源之助回去了。

正太夫谈到，关于我的近作《破灭》的评论，在《觉醒草》"三人冗语"专栏，各人的见解十分不同。就此，他打算明确自己的责任，写一篇文论发表。"到底是我说的对，还是露伴的想法正确，总之要先听一下你的想法，反正我打算写篇文章。所以我昨天两次来了你家，第一次看到有客人，就回去了。第二次也同样，没见上。我先要问

---

1 天涯茫茫生。见明治二十九年一月六日的日记。

问你这个。"说着,他开始问我的创作意图。

"有两种看法。一种是,在稻荷神社前有这么一幕,太太町子陷入了沉思。她经常思索上一代的事,之前她就怀着一个想法,自己会不会也和母亲有同样的命运。另一种看法是,以町子的性格,平时不会思考这些。此处描写的是偶然发生的事。关于这两种看法,作者当时的心境是怎样的?这将决定我的评论成立与否。"

我说:"这当然是偶然。然而,人的内心也会在不自觉的某处潜藏着情绪,常有忐忑,这是肯定的。同时,这件事又是偶然发生的。"

"那可就不好办了。你在两种论调的中间。前一种说法是露伴的,后一种是我的观点。这下难办了。"正太夫微笑道,又说:"第二个问题,是町子与书生之间有没有发生过实质性的事。有一种论调说,既然文中写道,'这世上原本就是无风也起浪,原野的虫声隐忍不发,却因为露珠般的小事显现出来,太太的处境愈发艰难',那就是发生过什么。然而也有评论家[1]争辩道,这是作者为了迷惑读者玩的文字游戏,那两人之间尚未发生什么。还有一个走得更远一些的观点[2]则认为,如果再给他们两个月,就一定会有不伦的关系发生。认为"两人有关系"的评论家,有的比较过头,譬如他们声称,即便真有过关系,作者是女性,为了避免写到具体的,故意采取了暧昧的态度[3]。你怎么想呢?"

---

1 大桥乙羽。
2 正太夫(斋藤绿雨)的观点。
3 大町桂月和上田敏在《明治评论》的文章。

"如果读者注意到隐藏的原野的虫声,那就是我的想法。"

他笑道:"那我又输给露伴了。那两人有过关系,可以看作是天下人的观点。而只有我一个人认为他们没有过关系。并且我的观点并非全盘否定,而是说,给他们两个月的时间吧,那就一定会发生什么。在这期《觉醒草》,我引用了近松门左卫门的《枪之权三》[1],该故事也是自古以来不确定是否有私情。有人说没有,有人说有,但很难辩论出个结果。让我说的话,权三和阿西离家流浪了两个月,阿西盼着丈夫给自己一个了断,所以在这两个月间,她一定背叛了丈夫。不把这一节写明,是作者的精明,可以说正是作品的巧妙之处。人人都可以有不同的看法,而这些看法都对。本来,这种事不该问作者,该以自己的观点做评,才叫作真正的评论。但我担心自己力量不足、看法有误,所以才来作者这里。你应该回答,怎样都好。那才对。

"关于你的《破灭》的评论,以我们的《觉醒草》为首,《明治评论》《青年文》《国民之友》《太阳》《帝国文学》等,都会有文章刊出。我打算最近以町子为论点写篇文章发表。打算把你的作品从最初的都看一遍,再把作者和作品的关系也写一下。这种评论倒也不是我的发明。"

他说着又笑了。雨下大了,到了黄昏。

---

[1] 全名《枪之权三重帷子》。讲述笹野权三和茶道名家浅香市之进的妻子阿西被人诬陷通奸,两人仓促逃离故乡,辗转多地,最后在伏见京桥被市之进杀死。

我笑着说："我没什么可款待毒舌正太夫的，或者我叫柳町的店家送寿司来吧，虽然可能又会成为让你嘲笑的材料。"

他推辞道："不用招待我吃什么。我昨晚肠胃不太好。"

我说，那就不吃。我们又继续谈话。

"前天夜里，我和露伴从十一点半开始讨论你的作品，一直聊到凌晨四点都没聊完。每次关于你的作品，我们之间都会起争论。"他说道，"我听说你最近给博文馆写了叫作《书简文》或是《信稿》[1]的稿子，是真的吗？"

"我的确给《日用百科全书》的第十二部写了《书简文》，但我没写过叫作《信稿》的小说。"

"所以你确实写了。一定有意思，我回去马上拜读。乙羽说，虽然题目是《通俗书简文》，但结尾部分完全就是小说。他评论别人的眼光，我一向是不放在心上的，但既是你的作品，我肯定得读。会很有趣吧。"他笑着说。

我恳求道："别看，不希望你看。请别为难我了。"

他诧异地看着我，"可是，那本书已经付印并且面世，没办法。既然在书店出售，就没法不让人看。"说着，他又笑了。

正太夫，年二十九。身材瘦削，面容冷峻，唯独嘴角有一抹说不清的可爱。他穿着条纹铭仙棉布夹衣，罩件黑底碎白点棉布外褂，

---

[1] 井原西鹤（1642—1693）著有《万信稿》，是书信体短篇小说集。

衬里多半是甲斐绢。他声音低沉，却有着穿透力。他用又细又清凉的嗓音把事理讲得明白。以前浪六评论道，"他不光是笔头毒，还包藏了一颗毒心。"此话确实说中了。有件事没什么人知道，花井梅[1]一事，他从某人那里敲了五百元。他的双眼闪着异常的光，说起话来，句句都像讽刺，虽然他语气温和，总有些人畏惧他。"我这人有个毛病。我不愿意去你那里。"他写来这封信，是今年一月的事。他对文学相当热心，认为我是当今的作家当中值得一提的，于是放下一切来找我，不过，有什么必要格外地避人耳目，悄悄地前来呢？《觉醒草》的事是真的吧。他和露伴的争论也不是假的吧。不过，他也许有别的事瞒着我。想到这里，觉得这世界越来越有趣了。此人作为敌手也会很有趣，他作为盟友就更加有意思了。眉山、秃木都缺少风骨，更显他的出色。

我们虽然才见过两回，却像是千年至交。他痛骂如今的评论界，嘲笑新学士的无知，哀叹江户趣味的消亡，还讲了他自己的一些糗事，就这样聊了四个小时。他说天色晚了，回了家。他之前让车一直候在马路转角。

---

[1] 明治二十年六月九日，妓馆醉月的女经理花井梅杀害了雇员八杉峰太郎。当时花井仍在狱中。

六月一日

平田秃木带了《觉醒草》来。说是有我的小说的评论,借给我看。他想不到正太夫来过我这里,一无所知地讲着话,我觉得有趣。

评论写道——

这位作者的作品当中,这一篇格外差。不及《青梅竹马》,不及《浊江》,也不及《岔路》《十三夜》。《岔路》刊出来的时候,正太夫曾说:"该作者的作品变得有些凌乱了。"此话如今成真了,不禁为作者感到悲哀。[1]

古怪的是,文中有个自称"捧场客"的人为我做了辩护。某位论者说:"作者是女的,所以我一直没指出,用字用词该再用点心。""捧场客"反驳道:"这话让人不能置之不理。我们一叶虽然是女子,但其笔力可比那些不投入自我、只会写些傲慢之辞的男作家们强多了。如果你觉得她哪里写得不好,请直说。不用客气。就是不要光计较她是女子。"诸多评论一共有六页,到最后不分胜负就结束了。

我今天头痛剧烈,只能躺着说话,对方也不开心吧。平田放下杂志就走了。

---

1 这段评论是由"小说通"在《三人冗语》的开头讲的。"小说通"和下文的"捧场客"都是斋藤绿雨(正太夫)。

六月二日

早上,前田曙山[1]君来了。他来是给春阳堂办事。说是如果小说的梗概出来了,要去约插画。我说还需要一些时日,让他回去了。

上个月初的时候,春阳堂书店来了个人,传话说务必请我写稿。"如果能签订合同,以后专为我们写,将不胜感激。就算不是只为我们写,也请您一定赐稿。"又说,"关于费用,订金要多少都行。若有需要,写一张明信片就行。会立即如数奉上。"这也难怪。这是书肆打算用我一时的虚名赚取利润,想要让我有所欲求。浪六就是已有的例子。许多作家苦熬苦挣,让自己不满意的作品面世,就是贪图一时荣华而负了债的结果。我决心不让这样的事发生,一篇作品的框架没搭好之前,就不提插画和钱的事。家里如今十分困窘,已经落到将棉衣和夹衣都送到伊势屋去换来一两件单衣的地步,但为了将来不要吃苦,妈妈和邦子也和我一条心过日子。真是难熬。

下午,三木竹二[2]来访。他给的名片上写着"医学士森笃次郎",我心想,是做什么的人呢?原来他是森鸥外君的弟弟,小金井喜美子的哥哥。他说话很随便,感觉是个不刻板的人。他上门是代表《觉醒草》杂志社来欢迎我,想要我参与他们的工作。"迄今为止,我们

---

[1] 前田曙山(1872—1941),小说家。本名前田次郎。此时在春阳堂任编辑。
[2] 三木竹二(1867—1908),森笃次郎。森鸥外的弟弟。戏剧评论家,医生。

在'三人冗语'栏目,由鸥外、露伴和正太夫三个人评论新作品,现在想要请你加入,栏目名为'四手织',各自署名进行评论。请务必加入。"

他还说:"对你的《青梅竹马》,我们都惊叹不已,简直说不出话。露伴他们说,'只恨生下来到现在,自己都没有过这样的作品。'于是,在之后的'三人冗语',大家极力称赞。而《早稻田文学》却做了冷嘲热讽[1]。露伴曾写道,'我想让当今的评论家和作家们每人吞下一叶作品的五六个字,当作技巧进步的灵符。'早稻田那边插科打诨道,'干脆烧成灰,撒在饭上如何?'总之你要小心。好些个学士和博士,一讲到你,长胡子的脸上就堆起了笑,说什么'她写那样的文章,应该是个那样的人''不对不对,看她此处的用词,她该是这样的'。他们一字一句地解读你的小说,闹个不停。

"我听说正太夫来过你家。可千万别相信他。我们兄弟还有幸田露伴,表面上和他是朋友,其实和他交谈时还是保持了距离。不知他会对你说什么,一定不要上当。等集体评论的日期确定了,我再告诉你。请一定来。"他自顾自地说完就回去了。

入夜,正太夫来了。"我在某处听说今天三木会来你家,虽然没有什么要问你的,还是想说几句话,所以来了。"他说,"关于来过你这里的事,我没有对谁讲过。只告诉了森鸥外。然后他对笃次

---

[1] 六月一日的《早稻田文学》第一期第二次第十一号刊有《原稿的灰》,署名"炉舍主人"。

郎讲了。笃次郎让我写封给你的介绍信。我也没有任何人帮我介绍，是自己来的，所以和他说用不着，没帮他写。但我猜到他应该会在今天来。他带了名片来吗？讲了些什么？"

"说是让我参加诸位的评论会。"

"这就怪了。我们没有讨论过此事。"他诧异道，"讲了之后，你同意了，他就回去了？"

"谈不上同不同意，我只说了谢谢，至于其他……"我微笑道。

"这样啊，果然如此。既然是帮那个人跑腿来的，"他微微冷笑道，"让你来听我们做评论，这个邀请本身就很奇怪。简直就像无罪的起诉书。我之前听到的是，他们要请你写几首和歌，登在杂志上。可我很不理解这件事。我们对一叶君的认识，并不是将你作为歌人，而仅仅是作为作家，却偏偏要拿你的和歌，太奇怪了。既然要约稿，一开始就该向你约小说。有些人想着和歌只有三十一个字，你容易答应，登出来也不容易受到批评，以此作为开端，你应该会点头，由轻巧处着手，然后再向你约稿，整个做法就像在掂量对方，一点也没有文人该有的高风亮节。我想着要把实情告诉你，今晚才过来的。我老干这种事，于是成了人们憎恨的对象。我这人刺太多了，是吧。"说着，他寂寥地微笑。

"我们所期待的，是你的成功。如果你抛下了你拥有的宝珠，被那些无聊的评论迷惑，专注于没有意义的理论讨论，那等于是让文学新人放弃了自己的才能。让你跳出这个圈子，才是我们的愿望。所以，不管你要不要去参加集体评论会，鸥外和露伴应该来你家走动一下。倒也不用特意邀请他们。"他显得格外冷淡。

谈论不知何时偏离了《觉醒草》，正太夫讲起了他自己的事。"我现在想，有一天我要离开文学圈，做一个底层的老百姓。和这些混蛋在一起待久了，心里难受。"他高声说着，又寂寥地一笑。"哎呀，我的本性暴露了。我原本打算来你家就不说'混蛋'这个词，结果没忍住，一下子又暴露了本性。让你受惊了。"他悄悄瞥了我一眼，放低声音。

"没关系。我虽是第一次听见，不过早就听过你骂人'混蛋'的传闻。这世上只要是知道你的名字的人，都知道这事。请随意。就把这次当作第一声。"我笑道。

他也快活地笑道："原来你早就知道了。"

"我想去吉原的妓院做个澡堂烧火工。落魄到再无可落魄之处，我就再也没什么地方可泄愤，没有人可说话。要是那样仍然感到厌倦，剩下的就只有死了。既然无处可去，反而会心安。在这个世上，人们存在阶级，居于上位的人和下位的人都一样受着普通的苦。我用一个图表来表示，先把这个叫作纵向的苦。纵向的苦，来自浮世这个词本身，上至天皇，下至万民，人人皆受之。是普遍存在的。然后，有一种叫作横向的苦。这种苦由于阶级而有差异，越是表面光鲜受人尊敬的人，越是苦。上等人的事，我不懂，所以不谈。像我这般漂在正中间的阶层，就算今天缺个一升米、一把盐，和别人讲了，对方也不信，想到这份苦楚，倒是羡慕那些相互照顾的底层阶级的人。要是我一味地落魄，一颗心也就自然地放低了，不会再有挣扎的苦痛。一个月如果有六元[1]的收入，再有个一个人能待的住处，就足够了。可人却要穿上没必要的长外褂，在不适合自己的地方转来转去。我是真的想要脱离这种状况。如果能当区政府的看门人，我觉得挺好的，但要是被人望着我说，那就是从前叫作正直正太夫的、曾以一支笔糊口的人，现在却做这种底层的营生——我一定会生气；或者在邮局的磨砂玻璃背后做个办事员，我觉得也不错，但会有讨厌的同事。我想要忘却前尘，当个和文字无缘的赌徒或是妓院的伙计。究竟做什么好，还没确定，所以仍然在文坛漂着。"他叹道。

我说："如果有人提出，让你不用忧心生计，为你付出一切，把你给供起来，让你随心所欲地骂人混蛋，惬意地度过一生——你会怎么做？你还会有苦恼吗？还会想当妓院的伙计或者赌徒吗？"

"要有这样的人就好了。我在报上登个广告吧。"他笑道，又说："可如果那样的话，我就成了食客。当食客不开心。"

"原来如此，这样你也不满意。"我笑了。

"我居无定所。天黑了，就去邻居或是熟人的家借宿，天亮了，便四处游荡。人们视我为蛇蝎，防备和躲着我，我自己则是满心愤懑，提起笔也无法写出温柔感人之作。偶尔写出的，是《油地狱》《现世报》《雨蛙》一类的文章，结果尽是树敌。我既没有为文坛增光，也不曾引导后进，文章里一味地呈现内心的挣扎，人们都骂我是毒笔。

"鸥外原本是个富家子，按部就班地就成了当代的名人，他是

---

[1] 底层民众的平均收入。

实至名归。至于露伴，我觉得他还差口气，不过这是我个人的看法。我这人天生性格乖僻，又不肯放过任何人的缺点，所以我看着他就越发的忧虑。"

正太夫又说："话虽这么说，我还是很难主动逃走。要是能搞清非从文不可的理由，我就不会胆怯地逃走。我现在29岁，竞争还在后头。"他笑起来。

"就是。人们一定是盼望你留在文坛的。"

"才不会。如今倘若有人劝我别离开文坛，那就是借过钱给我的人。他们怕我去做吉原的烧火工就要不回债了。"他笑道。

真的太晚了，下次再来。他说着起身的时候，已过了十点。今晚聊了许多。

进入六月，有两人来我这里学习。一个是野野宫介绍的，叫三浦流弥子，是某校的老师。另一个是榊原家的女佣长濑伊佐子写信介绍的，叫伊东圣子。后者是学书法的弟子，我给她写了习字的范本。

六月十日

夜里，平田君来了。"星野君胡乱猜测，以为我和户川天天上你家来，对此发了牢骚。结果户川说他再也不来你家了。"

我说："那可不好。真遗憾。"

"说是那么说，他不可能不来。不久还会来的。"

聊了一会儿，我们谈到了川上。我问："他父亲过世后，你去找过他吗?"

"还没。悼念信我也还没写。真对不住他。"

"你去一趟吧。他失去了父亲,该有多忐忑呢。"我又说:"你如果去找他,帮我道个歉。我一直想要写悼念信,不觉时过境迁,到现在再写也不合适。请帮我转达歉意。"

"我最近一定去。然后再喊上他来找你。"

正说着,大门那边传来人的脚步声。"在家吗?"声音正是川上君。我起身说:"啊,是川上君来了。"平田君也起身迎接他。川上君没想到对方在,显得愕然。他的脸红红的,看来喝了不少酒。我们分别向他致以慰问。

"人死乃是常事,不过那之后也忙得很。根本来不及感觉寂寞。每天都有人来找我谈各种事,烦得很,还有好些个债主来讨债,真是忙得没办法。"说着,他笑了。看起来并不怎么悲伤。

川上君又说:"没见面有一年了。"平田君忍不住高声笑道:"不对吧?"川上君慌忙咳嗽道:"没有没有,我不是指我们没见面的时间。从第一次来你家到现在,有一年了。我记得就是去年的这个时候。"

我说:"的确,是上个月的二十六日,去年第一次见面。"

"你记得真清楚。"

"没见面差不多有两个月吧?"

"没那么久吧。"他掰着手指数了起来,"居然有这么长的时日。毕竟是一个人没了。"

我们随意聊着,过了一些时候,平田君说要走了。川上君也起身说与他一道走。"你家近,再聊半个小时吧。我家比较远。"平田君若有所指地对他说。

"我留下来也没什么要讲的。一起吧。"两人出了门。十点半了。

六月十一日

一早,三木君来了。说要确定联合评论会的时间。我的确不曾说过要参会,他却自顾自地决定了。"露伴和哥哥都期待着那一天,请一定出席。先得把日子定下来。这个月十三日,还是下周六,这两天你哪天方便?"

我无心出席,便说"随便"。

"那就定在十三日。下午一点在千驮木[1]。"说完,他回去了。

真让人烦恼。这里那里都叫我入会或者出席,我单单去这一处,不好吧。最近《白百合》[2]也要派人来,怎么办才好?我和妈妈还有邦子一起商量。我想,总之写信推掉。往千驮木的森家写了信。没写具体的,只说,我性子怯懦,公开场合我会不好意思。

---

1 森鸥外的家"观潮楼"在本乡区千驮木町。
2 主要目的是介绍法国文化与启蒙的杂志,主要成员是长田秋涛和久米桂一郎。

水上日记[1]

(明治二十九年六月十七日—七月十五日)

六月间,许多素不相识的人给我写了信。有的寄到博文馆,也有的直接寄到我家。寄自静冈师范寄宿舍的有两位,加藤肠雪[2],关飘雨[3]。神奈川的小原与三郎。房州的原良造。群马的田岛清女等人。有的是写了小说来请我修改,有的是想要成为笔友,各式各样。对于声称想要写小说的女性,我都回信说"千万别走这条路",并写了我的艰辛。

六月十九日

正太夫入夜后来了。聊了不少幸田等人的事,还聊了他去年的作品《现世报》[4]。他说:"我多年来倡导不娶妻主义,到如今也不好说自己想要娶妻,想要有个家;不过对于打算娶妻的人,娶妻总是好的。人活一世,凡事都经历个遍,然后该骂的骂,该嘲讽的就嘲讽,这样最好。但人生阅历总是有限,一切只是隔墙窥见。"

---

1 封面有"二十九年",署名"夏子"。
2 此处是笔误。加藤雪肠(1875—1932),俳人,本名孙平。正冈子规的弟子。
3 本名关正义,因一叶的文风与井原西鹤相似,此人写信就西鹤作品讨教。
4 刊于《国民之友》夏季增刊。小说梗概为,一名提倡不娶妻主义的士族之子娶了妻,多情的妻子离家出走,留下丈夫抱着幼子哭泣。

又问我:"《青梅竹马》的文体在开头和结尾不同,你自己知道吗?你是从一开始就想好了用这样的文体写作吗?"

我说:"没有想过,就是怎么顺手怎么写。"

他笑道:"那就是提笔之后自成文体。人人都是这样。"

"对了,我今晚来,不为别的,是要问你,你答应给《国民之友》的夏季增刊写稿,是真的吗?"

"没有啊,关于此事,前两天国木田家的收二[1]君来讲过,我写信回绝了。你是听错了吧?"

"真的吗?请给我个确定的说法。"他气势很足地说道。

我答道:"我才不会故意撒谎骗人。你又为什么总是要怀疑人?太古怪了。"

"那么就是民友社骗人。今天早上,他们社的某某来了我家,说是一叶君确实答应给写稿了,以此为证——拿出一张纸,上有你的名字,划了线。其实,最早是我向他们社建议做夏季增刊。而且那建议不是别的,是由我匿名以四种文体写小说,让读者惊讶一下。我和那边说,如果同意我的提议,我就写。他们社以前有过一些事,谁都不愿给他们写稿。我原本也是不愿意的,只是提一下,若是能给我个戏耍一番的舞台,我就痛快地写一场。结果那边回复说,今年的夏季增刊已经请了某某和某某赐稿,有人已动笔了,现下没法按您说的做变动。我问,那么答应写稿的都有谁?他们就不肯告诉我名字。其实我

---

[1] 国木田收二(1878—1931),小说家国木田独步的弟弟,此时在民友社任编辑。

也想得到。民友社先是派人去露伴、鸥外、逍遥那里,恳请说,务必为今年的夏季增刊写稿,但没人愿意给他家写,所以又去拜托余下的人。被求告的人,不管是谁,都拒绝了他家,不会有人主动答应。我就算不去问也能想到。终究,民友社想到请以田山花袋[1]为首的所谓新派作家们[2]执笔。我就算死,也不要和新派的那些人同席。人们也把你叫作新派当中的一人,听了我这话,你可能心里不舒服,不过我说的新派和他们说的不是一个含义。那些个新派作家,都悄悄地带了稿子来请我修改,表面上装得若无其事,试图与我在文坛一决胜负。对我来说,简直就像自掏腰包借钱给小偷似的。还有比这更讨厌的事吗?所以呢,我对民友社说的是,同样被人称作新派作家,如果你要给他们写,我也应当露个脸。哪怕有一个值得作为对手的,也就能奋勇出战。和其他人我有什么好打的呢?就是凭着这个想法,我回答说'一叶君写的话,我就写。'结果他们撒了个谎,说是'唯有一叶是定下了要写的,她已经开始写了',这样地来哄骗我。好,有意思,我明天一早回绝他们,决不写。这下好玩了。"说完,他微微一笑。之后我们又聊了许多,他在十一点回去了。

---

[1] 田山花袋(1872—1930),小说家。师从尾崎红叶,后受到莫泊桑的影响。此时是创作初期,尚未形成后来的自然主义风格。
[2] 实际刊登的是田山花袋的《忘水》,内村鉴三的《时势的观察》,森田思轩的《死刑前的六小时》,三宅花圃的《空行月》。

六月二十日

夜深后，半井君来了。我心想，好稀罕啊。他还是慌慌忙忙坐了人力车来的，一上来就说："最近，斋藤正太夫突然来了我家。听说他也来了你这里。"

我笑道："他这阵子开始来的。是个让人很不舒服的人哪。"

"的确。他让人很不舒服，你要小心点。他来我这里问了好些你的事。还和我讲了许多，譬如最近关于你的评价都有哪些。太多了，我听了都没记住。就像之前告诉你的，我如今不沾尘世，做橘子包装盒度日，文学界的事，我就更不知道了。要不是他告诉我，我连做梦也没有想到，你如今这么有名了。他说，你的笔力大有提升。他最近会写一篇关于你的文章发表。他问我有没有材料，我回答说完全没有。他的语气，仿佛我和你之间有什么特别的关系，我便严厉地说，'全然没有的事。世人嚼舌头也就算了，连你也这么说，到底是怎么个打算？'他便说，'你的事已经过去了。无非是旧闻。不该再来翻腾。'他到底打算写什么呢！"半井君忧心忡忡地说，又告诫道："那人还说，'我经常去见一叶君。你可能以为我在找关于她的负面素材。说起来，我也许的确是在找素材。'真是个不能放松戒备的人。说是近期会在《万朝报》上登关于你的文章。我叮嘱他，既然要写，就仔细询问，别乱写。如果他写的是正面的文章，倒是和那份报纸的气质不对头。"说着，他笑了。

看起来，他有很多话要讲，却都是几句带过，便告辞了。我感到疑惑，今天太阳算是从西边出来了，会不会有什么事呢？

这天夜里，川上来了。他受高田早苗的委托，来邀我去《读卖新闻》工作。我说我有些事需要琢磨，拒绝了。他气愤道："你当我是个跑腿的吗？"他把上次硬是借去的照片还来了。"照片可能有变化。"既然他这么说，那就是去扩洗了。我心想，随便吧，只要我坚持了自己的主张。他特别不开心地回去了。

六月二十一日

深夜，斋藤来了一封信。开篇写道"发生了不好的事，无可奈何"。

刚有人送来一份十七日的《国民新闻》有篇名为《警听蜚语》的，其中有"正太夫拜访一叶"的内容。

——记者写了所谓你我的对话，又写道："正太夫想的是，要撕下一叶的假面。一叶想的是，正太夫此人，如同乌鸦。"

对于这些内容，我不认为我有深入辩解的必要。只是，就像我不相信你认为我"如同乌鸦"，我想，你也不会相信文中关于你的假面云云。为了阐明这一点，我才写了这封信。原本人们就不喜欢我，以此为契机，那伙人更加以为"奇货可居"，必要用这材料加以附会、夸张、自由粉饰，各怀心思。详情等见面再说。

文坛变得越发复杂了。

六月二十三日

（前略）我一直在等正太夫来，结果毫无音信，这个月就要过完了。有不少人告诉我，听说正太夫去了你家。因为发生了一些怪事，我想着等他来了和他说，却没等到。《每日新闻》报社的横山源之助从镰仓材木座写来了信，故弄玄虚地写道："我和民友社的人住在一起。"我没有回信。

这个月，生活愈发困窘。没法子，向春阳堂支取了三十元。人心真不可靠。

七月九日

我到谷中去找田中美浓子，恰好不在家的时候，正太夫来了。据邦子讲，他说自己生了场大病，差点死了，所以一直没有上门。他本来就瘦，现在更是变成皮包骨头，面无人色。邦子说，姐姐明天就会在家。他说明天来不了，下回再来。说完便走了。没见到他，我感到遗憾。

想着他不会来了，结果第二天的深夜，他来了家里。正如邦子所说，他的声音无力，几乎发不出声，看着让人难受。我问："生了什么病？"他说："肠子痛，靠打针度日。差不多两个星期不能吃东西。"我担心地问："你还很虚弱，可以出门吗？"他答："医生还不让我出门，可我太无聊了。昨天开始可以喝点粥，一高兴，就出来了。"

我们聊到了《国民新闻》的事。起初，正太夫刚开始来我家那会儿，说要试一下，看看谣言到底会从哪里起来，又会是怎么一个形式。他既然说是"秘密"，我就遵守了，没有把他来走动的事告诉平常出入我家的人，所以不会是我的熟人传的谣。正太夫只把这事告诉了鸥外君和露伴君，那么究竟是谁说的呢？正太夫说："于是我想做个尝试。在上个月的十四五日，我对《国民新闻》的松原讲过这件事。那之后，谣言的规模就变大了。这个月初的《早稻田文学》也登了我们的谈话摘要。然后事情就扩散开来。"

我觉得整件事很无聊。但在他心里，这样无意义的事也很有趣吧。他说："人们都说我在保守派里也是最硬气的，而我却来见新派当中风头最健的你，人们一定把这当成一件大事，所以才那么煞有介事。真有意思。"

他既谈了这么复杂的问题，又毫不避讳地谈了许多他自己的事。"生了这场病,感到没有个家真是不好啊。"这一晚他也到夜深才离开。

七月十五日

早上,哥哥来了。玩了一天。下午下起雨来,他回不去,今晚住这儿。久保木家的秀太郎也来了,是哥哥先去了那边带来的。半井先生也来送中元礼。他在门口停了停就回去了。

人们走后,夜深了。在客厅旁边一间屋挂了蚊帐,哥哥牙痛得厉害,让他睡在那边。我坐在桌前,打算写之前别人拜托我的《智德会杂志》[1]的稿子,这时听见路的拐角有人力车停了下来。今天夜里这么大的雨,马上路没有行人,从我家叫个车到日本桥,出四角钱的高价也没有车愿意去,会是谁来了呢?一看,站在那儿的是正太夫。我吓了一跳,让他进屋。他的面容愈发憔悴,看着心疼。

他说:"我终于下决心,要写一篇文坛的综述。材料收集得差不多了。有些材料想从你这里借,所以来了。"我问要借什么,结果是上个月的《每日新闻》。那些早就送到山梨的芦泽家了,我这里一张也没剩,便对他说了。他笑道:"那我去别处借。这次可要写你的坏话了。"我也笑道:"请随意。你来写,我是感谢的。"

他嘲讽地笑道:"这也是工作,没办法。我上你家的事,如今无人不知,有许多人质问我,'正太夫洞察的一叶是怎样的?'真是烦不胜烦。昨天遇到坪内逍遥,他也问了同样的问题。像这样一个个地问,也不好一个个地答,我想干脆就写一笔。我这次打算写的,

---

[1] 智德会是位于赤坂的教育振兴团体,该团体发行的杂志。

是今年二月起，这半年的文坛。要是都写，一本《觉醒草》都不够，所以打算控制在五六十页。其中六分之一是关于你的。"

这篇日记是在七月二十日写的。上午十一点开始写，还不到两点，就写完了一本。打算继续写和正太夫的谈话，幸田露伴和三木竹二君一道来了，就没写完。十五日的后续写在另一本。

水之上日记[1]

（明治二十九年七月十五日—七月二十二日）

七月十五日的后续。

"我想要看透你的本性，最近才常来走动。如果你的言谈举止和我想的一样，那么我的文论就是成立的。世人都说，你从《浊江》之后的作品'是含着热泪写就的'。简直是万口一词。可是在我看来，你那是冷笑的笔。即便是嘲讽的言辞，既有当面直接发出的，也有另一种，面上含着笑，温柔地说着'你很聪明，很好'，实则嘲讽。我以为你的作品里充满了这样的冷笑的心，你觉得呢？倒也不是说其中就没有人们所说的眼泪。那是哭过后的冷笑，确实是满含着泪。你是含着同情的泪，边哭边写下的么？那么无论罗列多少悲伤的辞

---

1 封面有"二十九年"，署名"夏子"。

藻，也无法清晰地呈现出眼泪吧。人总要先狠狠哭过一次，那之后会怎样呢？不会哭着就结束了。我认为，你正好就是这样的。你自己从来不说，不过究竟如何呢？你以前写的《暗夜》那篇小说的女主人公，给她憎恨的男人写信，满心怨憎，却装得若无其事地回信。那就是你毫不掩盖的内心吧？究竟我的解读是错的呢，还是人们的看法是对的？你怎么想？"

我说："我没想那么多。就是顺其自然地那么写了。你问得这么严肃，我回答不了。真不好意思。"

"不是，我没有要你清清楚楚地理顺和讲明你本人的意见。不过，你一定是有某种理论的。如果你没怎么深想就写出那样的作品，那就该将你称作伟人了。也许你真是个那样的伟人，不过，任何人的心里，总有一份理论。所谓观察的眼，不就是从尺度当中诞生的吗？"他气势很足地说。

又说："我打算评论你的《通俗书简文》，在书上做了这些笔记。是我的秘密，不过给你看看吧。"

他拿出一只小包裹，从里面拿出书。从头到尾密密地写了红批，一个个注释做得很细。

他说："这篇《通俗书简文》，通篇充满了我所说的冷笑。"我问："怎么讲？"

"下次有机会再讲。我是这样想的，我来了你家好几次，却仍然不是很了解你，这是为什么呢？难以理解的是你这个人。"他笑道，"等我解开了这个谜题，就不再来你家。我是为了写这篇文论，为了研究而来的。这也是工作，没办法。世人听到我的名字，都记得我是个讽刺家，可我一直没有写你，所以他们便起了怀疑，'正太夫'的名头也就不响亮了。请原谅，写人的坏话，是我的本职工作。"

"哪儿的话，你能亲自这么仔细地评论我，我的《书简文》很有面子。感激得很。"

"就是这样的口吻。这就是你的冷笑的标志。"

我笑道："说什么呢。我可没有冷笑。"

他说："世人都说，正太夫没有眼泪，就是个嘲讽人的毒笔头。这是只看到了表象。我正是因为思虑过深，才吞下眼泪，写些讨人嫌的不同意见。人们都以为，煮饭的政冈抱着千松的尸体，叹息说'我到底是个傻女人'[1]，此处有泪；山科的由良之助教训力弥[2]，却被他们看作是'狠心的父亲'。他们说你含着热泪写下《浊江》，真好笑。没有人看破那背后隐藏的冷笑，太傻了。比起泪水，那冷笑更让我欢喜。怎么样，你回答我吧？"

我只是微笑。他大概是觉得白讲了这么多，不再说了。

夜深了他才走。一如既往，让车等在外面。

---

[1] 歌舞伎《伽罗先代荻》的情节。政冈是仙台伊达家藩主之子龟千代的乳母，为了保护龟千代，亲自煮饭，让其与自己的儿子千松同吃。后有敌对势力在点心下毒，千松牢记母亲教诲，抢在龟千代之前吃了，毒发身亡。
[2] 歌舞伎《假名手本忠臣藏》。不过剧中并无斋藤讲述的情节。

七月二十日

风急雨劲。意外的是,下午两点,三木君陪着幸田君来了。这是我第一次见幸田君。"我是幸田露伴。"他自我介绍的时候,我仔细打量,只见他肤色白皙,靠近胸口的皮肤泛红,矮个子,很胖。说话的声音厚重,低而沉静。他说,此次来,是想请我在《觉醒草》写点什么,不是小说也行。

我们聊了许多。作品,各自的情况,评论之喧扰,还有些不值一提的小事。"你早些上年纪就好了,你现在还太年轻了,所以才难受。不过,你应该不愿意上年纪吧。"他笑着说,"我早就有个合作小说的计划,一直没成形。你要不要也加入,分担其中的角色?你如果同意,我们今天先定下各自分担的角色的性格,再把大致的梗概理一下。细节方面各自琢磨,决不妨碍写作的自由。我想,如果每个人以自己的文体随心所欲地写,该很有趣。如果叙述部分由不同的人来写,会使得前后文风不一,不好看,所以用书信体,信中写不下的心理活动用日记的形式,会很有意思。你想选哪个角色呢?纸笔请借我一用。"他指了指,三木君起身从我的桌上取了纸笔过来。

"想请樋口君演绎《浊江》的阿力。"说这话的是三木君。

露伴否决道:"不习惯写长篇的人,不适合写这个。"

"那就写《纸治》的小春[1]。"三木君又露出他戏剧性的一面。

---

[1] 歌舞伎《心中纸屋治兵卫》,改编自近松左卫门的《心中天网岛》,讲述纸品店的治兵卫与妓女小春的殉情故事。

"先等一下。先定下其中有哪些个人物，然后再分配角色，接下来定大纲。樋口君这边，总之应该请你写女性角色，身份方面，你有什么爱好吗？中等，上等，商人，士族，还是官员？"露伴说。

我说："写哪种人都很难，我没什么个人喜好，不过，乘两匹马的马车的贵族生活，我是不了解的，写不了。我还是写中等士族吧。"

"那就写士族家的女儿。先定下这一项。然后——"露伴舔了下笔，三木慌忙叫道："让我说一下我的想法。内向的女人写来没意思。像狂犬一样的女人怎么样？一旦看中了哪个男的，这辈子都不肯放开，像这样的烈性女人。"

"让樋口君写这种人吗？"露伴蹙眉道。

"不，就好比让菊五郎[1]来演，让正太夫写。我这里有个有趣的梗概。假定有个学者气质的官员，不谙世事，这个角色让我哥哥鸥外来写，如何？然后樋口君来写他的妹妹。做哥哥的专心于学问，被长官厌弃，断了升职的路，为此苦闷。之后，他投身哲学。有这样一个哥哥的角色作为映衬，妹妹是个沉浸于内心的人，很值得写。至于妹妹的恋人，露伴，该你写了。在这里，你是个豪饮的、粗野的浪子，和正太夫写的坏女人有了私情，被那个女人敲诈。一定会很有意思。"三木呼呼地扇着扇子说。

"我来写恋人吗？"露伴敲了一下他的头，笑道："我不适合写这种。我适合写急性子、暴脾气、爱惹事的蛮汉。而且每人一个角

---

1 五世尾上菊五郎，歌舞伎演员。

色撑不起舞台。第二个角色是老太太，教训她的孩子。樋口君，你把这一个写了吧。是正太夫写的角色的母亲。"

三木君又插话道："先不说其他的角色，你和樋口君如果不担任两大主角，这一场大戏可是唱不了。不管你怎么说，你都要写樋口的恋人。第二个角色，如果让你写孩子，那就写樋口君的弟弟吧。这也会很有趣。"

露伴说："这样舞台仍然寂寥，还需要朋友之类的第三方。这又该让谁写？"

三木君说："如果是古怪的官员的朋友，就让鸥外写吧。哥哥的朋友当中，有好些蓝本。"

"为了增添色彩，还需要三角关系的单相思的人。这个角色——"

三木君说："这归我写。"他接着说："且让我讲一下我的想法。之前读《青梅竹马》的时候，我悄悄地在心里想，龙华寺的信如是露伴兄，田中正太是我哥哥鸥外，胡同的长吉，不用说，是斋藤的角色，滑稽的三五郎则是在下，大黑屋的美登利确定是樋口君。想要这样分配角色。这一来，我哥哥就是团十郎，樋口是'新驹'，斋藤和菊五郎不分上下，露伴的角色由已故的宗十郎来演[1]。所以把这做成戏剧而不是小说，就更加有意思啦。"他又把事情扯到他喜爱的戏剧上，有趣。

---

[1] 这里举的是知名歌舞伎演员，九世市川团十郎，"成驹屋"四世中村福助（后来袭名五世中村歌右卫门），中村宗十郎。

露伴静了一刻,缓缓开口道:"故事的地点,按你的喜好。如果写自己不熟悉的场所,就无法移情,不够生动。有关西洋的情况,由鸥外君来写;乡下的部分,我来写。如此一来,便能栩栩如生。你有什么不满意的就请讲。这原本就是个临时的游戏,动笔之后,若是没意思,大可以写到一半扔下,没人会就此说什么。而且不该让彼此劳累。你可能会觉得,我们一伙人在强迫你为我们的《觉醒草》写稿,并没有这样的事。作为在同一个业界戏耍的人,我仅仅是想要彼此分享文学的乐趣,不懂的就问,懂的就教,共同进步。天明年间的横谷宗珉和□□□[1],他俩均是当代的名人,被称作双璧。这二位关系很好,两人执刀共同雕刻了一幅匾额,在当时传为佳话。原本每个人有自己的创作特点,两人刻同一个匾,肯定会存在差异。但有人会因此笑他们吗?与之相反,没必要却故意逞强,说什么'某某写的话我就不写',这是让自己的世界变窄,阻挡进步的道路。眼下,如果你和我们携手做出作品,我想,人们的迷梦将会醒来,会知道'文人的交往原来是这样的'。有志者们不再建起心灵的高墙,会主动建立悠长的交往。我的想法就是这些,你可能会有诸多顾虑,不过还请考虑一下。"他洋洋洒洒地说道。

我说:"我并没有多虑。只是我的文字太幼稚,和你们在一个舞台上,我感到惶恐。"

---

1 原文缺损。这里说的应该是宽文—享保年间(而非天明年间)的金工家横谷宗珉(1670 — 1733)和画家英一蝶(1652 — 1724)。

"你这份担心是多余的。我和鸥外难道就算已经从文坛毕业了吗？我们都还在学习的路上，写得好或者不好，也要看情况。你这么年轻，要说这种丧气话么？人生很长，写个一两百篇失败的作品，都还有很多机会翻盘。一生只要写出一篇好作品，就算是完成了。别说丧气话。"他劝导道。

他还说："此次合作，在完成之前不要告诉外界。各种传言已经听腻了。完稿后，既可以作为《觉醒草》的别册出版，也可以看情况，送到出版社。还可以留着我们内部交流不出版。一切都随意些才好。"

"今天聊了很久。等梗概定下了，我再来。"他起身告辞。聊了三个多小时。他说后面要去鸥外君的家，和三木君一起走了。他们刚走了不到十间[1]的距离，大雨倾覆如注。

以上的内容是七月二十一日上午写的。

七月二十二日

夜深后，正太夫来了。他问："我听说露伴和三木竹二来过，你答应给《觉醒草》写稿，是真的吗？"我说："没有，没完全确定。我一向写得慢，没法定下在什么时候给第几期的稿子，只说，如果写了，就给。不知道什么时候呢。没个准。"

---

[1] 18米。

"不是的,不管你写还是不写,我要问的是,你有没有答应,一定会给《觉醒草》写稿。'如果写了就给',报纸来约稿的时候,你也讲过这种话。别说这种不负责任的话,再说得明确点。"

"可我没法给出别的回答。你谈起责任论,太难了,我搞不明白。"我只是微微一笑。

"我今晚来,是有深意的。事关机密,我也很犹豫,不知道该先问清楚你的想法再讲,还是先讲给你听,再让你下决定。"他犹豫道,"《觉醒草》向你约稿,并不是想要你的稿子,而是想把你的名字变成我们一方的。是请你成为《觉醒草》的一员。我们的《觉醒草》,说起来原本不过是一介出版社[1]的企划,事实却并非如此,是鸥外、露伴和我共同担责任创办的杂志。而且,我们是从里到外都不同的一群人。在各种事情上意见不一致,迄今为止常起风波。我和露伴经常表露想一道离开的意思,鸥外想必为此很苦恼。外人都说,《觉醒草》快要办不下去了。这是真的。露伴如今是春阳堂《新小说》[2]的编辑;我们杂志借了红叶的名头[3],而红叶打算通过砚友社发行《雪月花》[4]杂志。森家兄弟为此感到震惊,赶忙去游说森

---

1 盛春堂。
2 明治二十二年(1889年)由山田美妙等人创刊,第一次发行持续一年半。明治二十九年由幸田露伴主持,再度创刊。这一次成为著名杂志,后来刊载过夏目漱石的《草枕》等。1926年停刊。
3 尾崎红叶是《觉醒草》的客员,类似编委。
4 原本由博文馆计划发行,未成。后来由一二三馆发行了两期便停刊。

田思轩[1]和依田学海,让他们加入《觉醒草》,此事我无法袖手旁观。他们做事这么不成体统,却还要维护体面。我们杂志社应该靠自己人来振兴。如果他们不听我的,那我也只能请辞了,只好流泪挥别《觉醒草》。倘若离开这份杂志,那我一定会创立新的杂志,哪怕发行不到三期。像现在这样开始完蛋的杂志,无论用什么办法都无法挽回,但如果有勇气引入其他人,收集那些老朽又有什么用呢?我说,如果要打开大门,那就应该引入新人。鸥外问,那么,新人该请哪位?当时,我举了你的名字。不过这是别无选择,并非我的本意。前天,三木竹二去了露伴家,不知他们聊了什么,之后就一道来找你。然后昨天,有个明确的消息到了我这里,说是樋口一叶终于答应成为《觉醒草》的一员,合作小说的事也谈妥了。我觉得特别奇怪,但既然有这样明白的消息,我想你说不定是答应了他们。此事纯属机密。我知道你不会讲给别人听,才这样毫无掩饰地告诉你。如果让我说实话,你的一句承诺,和《觉醒草》有很大的利害关系。而且和你本人,也有很大的利害关系。我一直密切关注文坛的动态,对泉镜花的评价到达顶峰的时候,是我给出了最先的一击,让其名声直坠,如今他等于离开文坛了[2]。我认为,你如今的状态正在全盛的巅峰,可如果你此刻加入《觉醒草》,将集世人的怨恨于

---

1 森田思轩(1861—1897),记者,翻译家,汉学家。译有雨果作品和凡尔纳的《十五少年漂流记》等。
2 这话言过其实,泉镜花的巅峰尚未到来,明治三十三年(1900年),其代表作《高野圣》发表于《新小说》。

一身,会受到严重的批判。《觉醒草》的其他人也会受到批判。自从我对你的《青梅竹马》做出好评,《早稻田》等杂志对我大加抨击,一月胜似一月。人们听说我到你家来,甚至说什么'到作者那里去讨了原稿烧的灰吧'[1],真是烦不胜烦。此次,你一旦加入我们,这一类传闻会愈演愈烈,会因为意想不到的事传出坏名声。我以为,你应该暂缓加入我们。我不是在阻止你,妨碍你。我说这些,是为你好,也是为了我自己。"

他翻来覆去地说道。我并非完全不懂这个男人在想些什么。不过,为什么到了现在又来谈什么世间舆论?[2]

---

1 《早稻田文学》第一期第二次第十四号,《速成批评法》。这篇评论和之前日记提到的《原稿的灰》,都是针对幸田露伴早先将一叶作品比作"灵符"的评论。
2 日记至此中断。四个月后,明治二十九年十一月二十三日,一叶去世。

樋口一叶年表

安政四年 （1857年）	父亲大吉（后改名则义）、母亲彩芽（后改名多喜）从山梨郡中荻原村私奔，靠着同乡真下丞之助的关系到东京。大吉成为番书调所的下级职员。两人的长女藤出生。彩芽到旗本稻叶大膳家做住家乳母。
元治一年 （1864年）	长子泉太郎出生。
庆应二年 （1866年）	次子虎之助出生。
庆应三年 （1867年）	则义购买了士族身份，作为组同心（捕快）迎来明治维新。
明治元年 （1868年）	则义在东京府厅上班。

明治五年 （1872年）	5月2日（以下月份为公历），则义和多喜的第二个女儿降生于东京府第二大区（现在的东京都千代田区）内幸町一丁目一番东京府机构内长屋（职工宿舍），户口本上的姓名是奈津。 9月 搬至台东区下谷练塀町四十三番地。
明治六年 （1873年） 1岁	11月，则义成为东京府权中属。明治初期的警察机构有二十一个层级，权中属位于第八级。 12月，则义兼任教部省权大讲义。教部省是通过宗教进行国民教化的中央政府组织。十四个教导职层级中，权大讲义位于第八级。 这一年，则义开始业余从事金融业（高利贷）。
明治七年 （1874年） 2岁	2月，樋口家搬到现在的港区麻布三河台5番。 6月，妹妹邦子出生。 9月，则义成为东京府中属。比权中属高一级。 10月，姐姐藤结婚，对象是陆军军医士族和仁元龟。
明治八年 （1875年） 3岁	3月，根据法令，则义成为士族。 7月，藤离婚。 9月，则义的兼任被免职。

明治九年 （1876年） 4岁	4月，则义买下本乡6丁目的房屋，搬家。 12月，则义辞职。
明治十年 （1877年） 5岁	3月，就读本乡学校，不久退学。 秋，进入私立吉川学校。 这一年，泉太郎和虎之助也都从本乡学校退学，就读松本万年塾。
明治十一年 （1878年） 6岁	6月，从吉川学校下等小学校第八级毕业。升入七级，这一年退学。经常躲在父亲的仓库木屋里阅读草双纸（配插图的传奇小说），因此患上了高度近视。
明治十二年 （1879年） 7岁	8月，则义在东京地方卫生局工作。 10月，姐姐藤和久保木长十郎结婚。
明治十四年 （1881年） 9岁	3月，则义成为警视厅警视属，重新回到月薪二十元的官吏生活。当时警视厅是新成立的部门。 7月，则义卖掉房子，一家搬到下谷御徒町1丁目14番地。和次子虎之助分家。 10月，搬到下谷御徒町3丁目（上野站前）33番地。 11月，一叶转入私立青海学校二级后期。
明治十五年 （1882年） 10岁	2月，虎之助被送到陶工成濑诚至身边当学徒，合约为六年。虎之助后来成为萨摩烧金襕画师，号奇山。

| 明治十六年
(1883年)
11岁 | 12月,以第一名从私立青海学校小学高等科第四级毕业,未升学,退学。 |

| 明治十七年
(1884年)
12岁 | 1月,开始通过信件接受和田重雄的和歌教育。此时开始将日常作的和歌放在手写的《咏草》中,到去世为止,共创作四十多册。
10月,搬到下谷上野西黑门町(汤岛天神下)。
同年起,在父亲的熟人松永政爱的妻子那里学缝纫。 |

| 明治十八年
(1885年)
13岁 | 在松永家结识了涩谷三郎。 |

| 明治十九年
(1886年)
14岁 | 8月20日,进入小石川安藤坂的荻之舍。不久,田中美浓子、伊东夏子和一叶三人试论《古今和歌集》。 |

| 明治二十年
(1887年)
15岁 | 1—8月,关于荻之舍的歌会,写了日记"身上衣 卷之一"。到去世共有四十多卷日记。
6月,泉太郎进入大藏省工作。则义辞职。
11月,泉太郎离职。
12月27日,泉太郎去世,终年23岁。 |

明治二十一年（1888年）16岁	2月，一叶成了户主。 5月，搬迁至芝高轮北町19番地。 6月，则义发起成立了马车行会。荻之舍的师姐田边龙子（后来的三宅花圃）为筹措其兄长的葬礼费用，创作小说《树丛莺》，由金港堂出版。 9月，为了则义的事业，搬迁至神田表神保町2番地。同年，东京帝国大学古典科的野尻理作、东京专门学校邦语法律科（现早稻田大学法学部）的涩谷三郎经常出入樋口家。
明治二十二年（1889年）17岁	3月，则义的事业失败，搬迁至神田淡路町2丁目4番地。 5月，则义卧床不起，将涩谷三郎喊到病床前，让他答应与一叶结婚，并继承樋口家。三郎应允。 7月12日，则义去世。终年58岁。 9月，一叶、邦子和母亲多喜搬到二哥虎之助位于西应寺町60番地的租屋，然而虎之助与母亲摩擦不断。同年，多喜向涩谷三郎确认婚约，对方先是答应，又派佐藤梅吉来传话，要一大笔聘礼。多喜怒而解约。不过涩谷三郎与樋口家的日常交往并未中断。
明治二十三年（1890年）18岁	1月，一叶和妹妹想要找工作。 4月，第三次内国劝业博览会召开，一叶姐妹似乎曾想在博览会卖东西。 5月，成为荻之舍的内弟子（住家弟子）。中岛歌子曾表示同情一叶的家庭情况，并试图推荐她去女校当老师，未成功。住进老师家的一叶实际上干起了女佣的活儿。此时创作了小说练笔《无题卷纸》。 9月，离开老师家，与母亲和妹妹搬迁至本乡菊坂町70番地。一家三口靠做缝纫、编木屐鞋面等手工活儿补贴家用。

明治二十四年 (1891年) 19岁	1月,写《枯尾花》。这时决心靠写小说养活全家。 4月15日,通过邦子的朋友野野宫起久的介绍,见到《东京朝日新闻》的记者半井桃水,接受小说的指导。 11月,写随笔《森下草》。 同年,开始用"一叶"作为笔名。其由来是,没有交通工具(与"没有钱"谐音)的达摩一叶渡江。
明治二十五年 (1892年) 20岁	2月,一个下雪的日子,去桃水家。此时有了《雪日》的构想。 3月,桃水访一叶家。桃水主办的文学杂志《武藏野》创刊,一叶发表《暗樱》。 4月,在《武藏野》发表《襻》(劳动时的揽袖带),并以浅香沼子的笔名在《改进新闻》发表《晚霜》。 5月,搬迁至本乡菊坂町69番地。 6月,桃水说打算将一叶介绍给尾崎红叶。荻之舍众人对桃水与一叶的关系有诸多传言,在歌子的劝告下,一叶不得不与其绝交。 7月,在《武藏野》发表《五月雨》。《武藏野》最终只发行了三期,这是最后一期。 10月,应野尻理作之约,在《甲阳新报》分七次连载《经案》,笔名为春日野鹿子。经龙子介绍,将在一流文学杂志《都花》发表小说,因此第一次拿到稿费,且是预付。 11月,在《都花》发表《埋木》。田边龙子嫁给三宅雪岭。正在准备创办《文学界》的平田秃木和星野天知等人注意到一叶,星野天知在《女学生》写了《埋木》的评论。

明治二十六年 （1893年） 21岁	2月，在《都花》发表《晓月夜》。 3月，平田秃木来访。在《文学界》发表《雪日》。 6月，《都花》停刊。生活变得窘迫，全家商议，决定从事实业。 7月，决心脱离"糊口的文学"，搬迁至下谷龙泉寺町368番地，开了一间卖零食、玩具和杂货的商店。 12月，在《文学界》发表《琴音》。
明治二十七年 （1894年） 22岁	1月，星野天知首次来访。 2月，听说花圃正式对外授课。一叶自称"秋月"，走访天启显真术会总部，向久佐贺义孝申请资助，失败。在《文学界》发表《花笼》前篇（后篇在4月刊载）。 3月，马场孤蝶首次来访。 4月，担任荻之舍助教。 5月，关店。搬迁至本乡丸山福山町4番地。 7月，堂兄樋口幸作逝世。此事给一叶的打击很大。在《文学界》发表《暗夜》（连载到11月）。 8月，卢川秋骨、岛崎藤村来访。 12月，在《文学界》发表《大年夜》。 一叶从明治二十五年左右开始教野野宫菊和歌，这一年入门者有所增加。

明治二十八年 （1895年） 23岁	1月，在《文学界》发表《青梅竹马》（断续连载，明治二十九年1月完结）。《文学界》客座成员户川残花来访。 4月，应户川残花的约稿，在《每日新闻》分两天发表《檐漏月》。博文馆大桥乙羽来访。 5月，在《太阳》发表《行云》。 6月，《文学俱乐部》重刊《经案》。 8月，应关如来的约稿，在《读卖新闻》发表《空蝉》。 9月，在《读卖新闻·星期一副刊》发表随笔。在《文艺俱乐部》发表《浊江》。 10月，在《读卖新闻·星期一副刊》发表随笔。田冈领云、内田鲁庵等人发表评论，盛赞《浊江》。 12月，《文艺俱乐部》临时增刊《闺秀小说》重刊《暗夜》，并刊载《十三夜》。 这一年是一叶的创作活动的顶点，她在文坛的名声也扩大开来。
明治二十九年 （1896年） 24岁	1月，在《日本的家庭》发表《这孩子》。在《国民之友》增刊《藻盐草》发表《岔路》。横山源之助来访，说要介绍二叶亭四迷与一叶相识。 2月，在《新文坛》发表《里紫》，未完。 4月，肺结核发作。《文艺俱乐部》全文刊载《青梅竹马》。《觉醒草》的"三人冗语"栏目（森鸥外、幸田露伴、斋藤绿雨）对其表示了高度的赞扬。 5月，在《文艺俱乐部》发表《破灭》。应大桥乙羽约稿写的《通俗书简文》发行。斋藤绿雨来访。在《若草》发表随笔。 6月，《觉醒草》同人、森鸥外的弟弟三木竹二来访。 7月，三木竹二带幸田露伴来访。在《文艺俱乐部》发表随笔。 7月22日的日记是最后一篇。 8月，病重。山龙堂医院就诊，院长表示情况堪忧。 9月，出席荻之舍例会。 11月23日上午11点去世。25日，于筑地本愿寺举行葬礼。妹妹邦子限制了出席人数，也拒绝了打算骑马陪棺的森鸥外。

一叶的家人们：

母亲多喜于明治三十一年（1898年）过世，终年64岁。
姐姐藤于同年去世，终年41岁。
二哥虎之助于大正十四年（1925年）去世，终年59岁。
妹妹邦子在一叶和母亲相继过世后，将一叶叮嘱烧掉的日记和其他手稿尽数保存下来，同时也背负了家里的债务。孤身一人的邦子在西村钏之助处寄居，和他之间育有一女，可能是因为这个缘故，西村将店铺转让给她。明治三十二年（1899年）末，邦子和入赘的丈夫结婚。他们之间有六男四女。一叶日记于明治四十五年（1912年）作为《一叶全集 前篇》出版，与邦子的努力密不可分。邦子于大正十五年（1926年）去世，终年52岁。

田肖霞

作家,译者。

笔名默音,个人代表作《姨婆的春夏秋冬》《甲马》《星在深渊中》等。

作品先后被评为上海作协 2015 年度优秀长篇、豆瓣 2017 年度中国文学榜(小说类)第三名。

翻译过包括直木奖获奖作品在内的多部日本小说,译文优美传神,深受读者好评。

全新译作《青梅竹马:樋口一叶选集》,让中国读者迷上樋口一叶。

译著

《多田便利屋》/ 三浦紫苑 2008（《真幌站前多田便利屋》2016）
《天才的价值》/ 门井庆喜 2011
《雪的练习生》/ 多和田叶子 2012
《冰点》/ 三浦绫子 2012
《冰点 2》/ 三浦绫子 2012
《嫌疑犯的夜行列车》/ 多和田叶子 2013
《赤朽叶家的传说》/ 樱庭一叶 2013
《摩登时代》/ 伊坂幸太郎 2013
《家守绮谭》/ 梨木香步 2014
《京都人生》/ 鹫田清一 2015（《京都的正常体温》2020）

小说

《月光花》2012
《人字旁》2013
《姨婆的春夏秋冬》2015
《甲马》2017
《星在深渊中》2020

作家榜®经典名著

★★★★★★★★★

读经典名著，认准作家榜

感谢您选择大星®文化出品的作家榜经典。

全新阅读品牌"作家榜®经典名著"，致力于为读者提供值得反复阅读和激发心灵成长的全球经典。自2017年诞生以来，策划了一本又一本经典畅销书。

作家榜经典名著系列，精选经典中的经典，由杰出诗人、作家、学者译注，凭借好译本、高颜值、优品质，在全国读者、各界名人、各大媒体中口碑相传，成为全网热销品牌。

越来越多有经验的爱书人，书架珍藏作家榜经典；越来越多的孩子们，因为作家榜经典爱上阅读。

经典就读作家榜
京东官方旗舰店

经典就读作家榜
当当官方旗舰店

经典就读作家榜
天猫官方旗舰店

经典就读作家榜
拼多多旗舰店

| 策划 | 作家榜 |
| 出品 | |

| 出品人 | 吴怀尧 周公度 |

产品经理	李 谨
美术编辑	陈 芮
全书绘图	王 媛
封面制作	王贝贝
产品监制	陈 俊

投稿邮箱	dxwh@zuojiabang.cn
渠道合作	021-60839180
官方微博	@大星文化 @中国作家榜
作家榜官方网站	www.zuojiabang.cn
作家榜官方微博	@中国作家榜（每天都在免费送经典好书）
作家榜阅读APP	免费下载·百大名著·随心畅读

下载作家榜 APP
百大名著·随心畅读

百态人生
尽在故事会

作家榜官方微博
经典好书免费送

图书在版编目（CIP）数据

青梅竹马：樋口一叶选集 /（日）樋口一叶著；田肖霞译. -- 杭州：浙江文艺出版社，2021.8
ISBN 978-7-5339-6513-6

Ⅰ.①青… Ⅱ.①樋…②田… Ⅲ.①短篇小说—小说集—日本—现代 Ⅳ.①I313.45

中国版本图书馆CIP数据核字（2021）第111035号

责任编辑：余文军

作家榜®经典名著
读经典名著，认准作家榜

青梅竹马
樋口一叶选集

[日] 樋口一叶 著　田肖霞 译

全案策划
大星（上海）文化传媒有限公司

出版发行
浙江文艺出版社
杭州市体育场路347号　邮编 310006
浙江省新华书店集团有限公司 经销
上海盛通时代印刷有限公司 印刷

2021年8月第1版　2021年8月第1次印刷
889毫米×1194毫米　32开本　14.25印张
印数：1—10000　字数：291千字
书号：ISBN 978-7-5339-6513-6
定价：49.80元

版权所有　侵权必究
（如有印装质量问题影响阅读，请联系021-60839180调换）